¡PAGANINI ESTÁ VIVO!

Volumen II
Con Toda El Alma

Ignacio Farías

Contenido

Dedicatoria

A Stephanie Klinge, mi amada esposa y musa.

A mis padres.

A todos los músicos, violinistas y concertistas.

A los apasionados de la música, amantes de la

aventura, el éxito y el romance.

Y desde luego,

A Nicoló Paganini.

El equilibrio y la relatividad son las leyes.

Lo único que no cambia, es que todo cambia.

En realidad nada importa, uno decide qué importa.

Lo único que se puede saber, es la propia

ignorancia.

Se es más libre y más solo, de lo que se cree.

La quietud no es posible, sólo la no-acción.

Se es efímero en medio del Infinito.

Ésta, es la aterradora naturaleza de la vida.

Y ha de vivirse con toda el alma.

Obertura.

El encabezado de los periódicos ahora grita: *«Paganini en La Scala»*; esto crea conmoción, provocando que se arrebaten los boletos sin importarles en lo absoluto quién más está en el programa.

—*«El frenesí que este virtuoso desata, seguro se debe a algún artilugio que escapa de la luz».*

Al ver todo este revuelo, el coordinador del evento decide que ha de ser Paganini quien cierre el espectáculo para evitar conflictos con el público. Los otros artistas aceptan, temerosos que una vez que toque Paganini o ya no quede nadie en la sala o ansiosos de seguir escuchándole, les lleguen a abuchear. Todos aceptan el cambio, Paganini cierra. El Teatro de La Scala está a reventar. En la calle se amontonan curiosos queriendo ver al violinista. Como muy pocos conocen su físico, entra por un costado escondiéndose bajo un enorme sombrero.

El director levanta la batuta y empieza la música. Al llegar su momento, hace entrada con tremendo dramatismo erizando la piel de los que escuchan. Paganini y *el Cañón*, fusionados en uno, hacen cosas imposibles. Todos hipnotizados atienden, escuchándose gemidos y suspiros. Al terminar, irrumpe el ensordecedor aplauso. Él hace sus medievales reverencias, exagerándolas. El aplauso no cesa y con cada reverencia pareciera exacerbarse. Nuevamente de su violín salen sonidos jamás escuchados. Los escépticos miran alrededor como queriendo descubrir el truco. Las variaciones continúan en cadenza con todo tipo de acrobacias. Al terminar, el aplauso es atronador, incansable, y cualquier gesto que hace lo aumenta arrancando ¡Bravos! y gritos, siendo su propio nombre el más usado: ¡Paganini! ¡Paganini!

1 Regreso a Lucca y Génova.

El asombro de los Gambrelli no tiene límites al aparecer Nicoló después de tan prolongada ausencia.

— ¡Señor Paganini! ¡Milagro! ¡Gracias a Dios está usted bien…!

Todo el personal acude al oír los gritos. Este inesperado recibimiento y el encontrarse de pronto rodeado de gente solidaria y cariñosa, le llena de optimismo. El bonachón Gambrelli pone orden y la recepción retorna a su calma habitual:

—No sabe cuánto han preguntado por usted, Excelencia. Pero como no nos dejó qué decir, no supimos contestar. Ha venido muchísima gente a buscarlo y hemos recibido también muchas cartas. Su habitación le ha esperado todo este tiempo… no hemos hospedado a nadie en ella; ni al Señor Paganini, su padre, que vino… hace como un año… muy preocupado… buscándole.

— ¡¿Mi padre estuvo aquí?!

— Así es, su Excelencia. Estuvo… como diez días… preguntando por todas partes… nadie le supo contestar. Es cuando nos dimos cuenta que usted estaba realmente desaparecido. Como estaba tan enfermo cuando se lo llevaron… ¡imaginamos lo peor! ¡Si viera cuantas cosas le inventaron...! ¡No sabe qué gusto me da volver a verle Excelencia! –termina emocionado con ojos lacrimosos.

Con Nicoló ansioso por escuchar hasta los últimos detalles del efecto de su ausencia, la plática se prolonga por más de una hora. Al sentirse satisfecho le comenta sus intenciones de ir pronto a Génova.

—Pues tendrá que ser por tierra... —aclara Gambrelli— no hay paso a Livorno por la cuarentena.

— ¿Cuarentena?

—Si... llegó un barco con fiebre amarilla y se propagó por todo el puerto... Quién sabe cuánta gente ya murió... En Pisa, cerraron los caminos que vienen de allí. Espero que no haya estado por allá.

Viendo la inquietud de los Gambrellis:

—No, yo he estado todo el tiempo bastante cerca de aquí sanando, practicando, estudiando, aprendiendo... ¿Cómo es el viaje por tierra a Génova?

—Al parecer, un poco accidentado y el camino se interrumpe en tramos, haciendo necesario completarlos a lomo de mula o caballo. Así era hasta hace algún tiempo, no creo que haya cambiado gran cosa. ¿Tiene su Excelencia inconveniente en montar?

—No.

En su cuarto se entrega a leer las numerosas cartas. Ve la angustia en que ha estado inmersa su familia y también, que sería bueno dar algún concierto en Lucca antes de ir a Génova; las puertas están abiertas y necesita dinero para regresar respetablemente. Pero ¿dar conciertos cuando le falta la conexión?

Tiene que practicar hasta encontrar lo que perdió, jamás pensó que, «eso», pudiera perderse pues se daba solo, sin buscarlo. Cerrando bien el balcón y al otro extremo del cuarto, para no dar conciertos inconscientes, toma su violín y se entrega.

De cualquier manera, se le oye en toda la posada. Cuando el señor Gambrelli escucha el violín, sucumbiendo a la tentación, sube sigilosamente las escaleras, sólo para descubrir un amontonamiento de su familia y empleados a la puerta. En forzado silencio los corre de ahí a todos, ordenándoles regresar a sus obligaciones, pero él queda en éxtasis reflejándolo en su rostro que pareciera en oración.

A Nicoló la experiencia le sabe diferente. Recorre gran cantidad de lugares musicales que tiene en la memoria, esperando encontrar el estado mental en el que fluían las variaciones en torrente. En momentos cree lograrlo, pero no dura, se agota. Sigue sintiéndose como pez en el agua, pero en una especie de encierro. Una laguna después de un océano. ¡Qué ironía! ¿En busca de libertad, perdió su libertad? Tiene que encontrar el intersticio para asomarse al Infinito y conectarse de nuevo. Recorre incansablemente cuanta melodía recuerda y fluye entre ellas de manera continua, puede hilarlas y hasta entrelazarlas. Pero ve cortas sus variaciones, no en tiempo, sino en sustancia, en profundidad, en nuevos temas espontáneos. Nada como ese tremendo torrente de variaciones hechas al momento que fluía por sus dedos. Como le gustaría haber capturado en papel tantas variaciones. Pero fue imposible, el sólo detenerse para escribirlas arruinaba el flujo. No queda más que continuar la práctica en alerta, hasta encontrar ese acceso al torrente.

Entrada la noche, termina la sesión, se tira en la cama e intenta dormir. Como no comió en todo el día, se le ocurre bajar a la taberna por Salami y vino. Ahí encuentra simpatizantes que le saludan con entusiasmo. Le preguntan sobre sus dos últimos años y reafirma la versión expuesta a Gambrelli: la verdad sin detalles. Todos notan que su aspecto ha mejorado; se ve saludable y robusto, más varonil, más alto y con ropa más fina; menos locuaz, un tanto más maduro y reflexivo.

Al día siguiente, se dispone a visitar a empresarios teatrales. No resulta necesario, están ahí desde temprano con excelentes propuestas, que le hubiera gustado aceptar, pero se mantiene firme en su viaje a Génova, conviniendo con ellos: un concierto en cada teatro y platicar a su regreso. Después de mucho insistirles, aceptan lamentando no sacarle mejor provecho al revuelo de su reaparición.

Él espera con los conciertos recuperar la percepción perdida, pero no lo sabrá hasta que esté allí. De cualquier forma está contento, está fluyendo mejor de lo que esperaba.

Los conciertos se venden en su totalidad y él se invierte en los ensayos. Por primera vez en su vida los nervios no le dejan en paz y hace como otros concertistas, se encierra en el camerino y practica. Toca lo que sea con tal de no pensar hasta que golpean a su puerta y es momento de entrar. Al terminar los aplausos para el director, entra al escenario. Un jubiloso aplauso le recibe y él, sorpresivamente conmovido, agradece con reverencias y ademanes. Penetra en el concierto, se siente bien, fluye en la música sintiendo al público. ¡Qué agradable sensación! ¡Qué extraordinaria euforia! La echaba tanto de menos. Recorre notas con agilidad, sus dedos se han recuperado y le dan confianza. Percibe, con apabullante claridad, la esencia de: «Toca y vive». Se siente vivo, milagrosamente vivo; y le pone pasión a su cuidada ejecución. El público responde exaltado. Llega a la temida cadenza y con la misma pasión se entrega. Recorre notas con soltura y termina. En ningún momento encontró torrente, sin embargo, no se siente mal, y el caluroso aplauso le estimula. El público, lejos de notar la falta de notas nuevas, se sacudió con la pasión entregada y su conocida habilidad. Lo sintieron más maduro, viril, profundo, certero.

Los aplausos continúan y sin regatear entrega encores. En el obligado festejo posterior, una buena cantidad de mujeres le miran y felicitan más intenso que antes.

A la noche siguiente está listo para el concierto a la aristocracia en el Teatro Nacional. Como es usual, las mejores galas y carruajes desfilan frente al portal.

No tan nervioso como la noche anterior, hace el mismo ejercicio mental y se encierra a tocar hasta ser llamado. Repite los pasos y entra al escenario donde la gran ovación le recibe. Al agradecer aplausos, descubre que Dida está en la platea, acompañada de Rinaldo y Mónica, los tres elegantemente vestidos, con enormes sonrisas le aplauden.

Por primera vez, es cauteloso al dirigirle miradas a Dida.

Como ráfaga de viento al abrir ventana, recuerdos y reflexiones entran en su mente: Mónica le declaró su amor; el beso empapado y el beso soñado; el amor por los tres, y la imagen de esa «dama misteriosa», su gran amor. En otro momento hubiera cambiado el programa al vuelo, inventando algo nuevo para ellos pero, arredrado, se apega a lo ensayado con la orquesta sin audacias; un ridículo es lo último que quiere.

Al iniciar su ejecución, las memorias de la villa y su amada inundan su mente. En la última cadenza ve la mirada de Mónica y vuelven sus besos a preponderar, sus ojos se cierran y se abandona a las caricias con ella; la abraza, la besa en mil formas y en un desbordante crescendo, termina en un climático aplauso.

El público emocionado le ovaciona de pie. Con lágrimas en los ojos, él recibe el tributo con reverencias y cruzando miradas con los tres. El aplauso prevalece; entra y sale varias veces. Los encores, sólo interrumpen la sólida ovación. En camerinos, algunos personajes influyentes se adelantan para ser los primeros en saludarle. En el vestíbulo, como antes, espera el momento de ver a Dida mientras es saludado por personajes de Lucca y algunas damas de buen ver y mirada sugestiva. Dida sigue enseguida y quisiera abrazarla y besarla, pero se conforma con sumergirse en sus ojos mientras ella sonríe complacida. Atrás de ella Mónica, con su enigmática mirada ahora descifrada, le muestra su reprimido y secreto amor. Seguidamente Rinaldo que al estrecharle la mano, le dice algo al oído que no logra entender.

Esa noche Gambrelli alarmado, le da la noticia que la plaga llegó a la ciudad. Nicoló no le ve el caso a esperar y parte al día siguiente. Se enfrenta a un largo y difícil viaje que más parece expedición, pasando las noches en extraños parajes. Llega a Génova triturado, aunque nunca enfermó. Con la intención de dar la sorpresa, no avisó de su llegada. Ignora si estén en Romairone o en el apartamento del callejón. Deseando lo segundo, golpea la conocida puerta y oye voces en el interior, la emoción le rebosa. Teresa abre la puerta sin identificarlo por la penumbra:

—Sí señor…

— ¡Mamá…!

— ¿¡Nicolino…?! –Jalándolo hacia la luz– ¡Nicolino! ¡Hijo mío! –En un ataque de entusiasmo y llanto lo abraza, llenándolo de besos– ¡¿Estás bien hijo?!

— ¡Sí mamá! –disfrutando su euforia.

Los gritos de júbilo de Nicoleta y Doménica, ya mujercitas, se unen al corro en abrazos.

Antonio muy serio, observa desde el umbral a la recámara. Imaginando un posible conflicto, Nicoló termina de meter su equipaje y uniéndose al entusiasmo que muestran las tres mujeres, pregunta:

—Papá… que tal un abrazo.

— ¿Hasta ahora te acuerdas de tu familia?

—Nunca he olvidado a mi familia… Quiero a mi familia… le quiero a usted papá.

— ¿Si? ¿Y por qué todas estas rebeldías, desobediencias… desapariciones…?

Cargándose de paciencia:

— ¿¡Desobediencias?! Papá… ya soy un hombre que se gana la vida y paga sus cuentas. En muchos lugares me tratan de «Excelencia». Dígame… ¿por qué he de obedecerle?

— ¡Porque soy tu padre!

—El abuelo era su padre y jamás lo vi gobernarle… ¿Por qué usted ha de gobernarme a mí?

—Porque eres inexperto… no sabes lo que quieres… necesitas que yo te lleve los asuntos…

—Permítame… Lo inexperto… es cada día menos. Ahora, « ¿Que no sé lo que quiero…?» desde muy pequeño sólo quiero hacer música y es lo que pienso hacer el resto de mi vida… En cuanto a los asuntos los llevo yo… Y sí, necesito a alguien que los lleve, pero alguien que yo pueda gobernar y que no pretenda gobernarme.

— ¡Eres un desagradecido de mierda…! Tú no eres mi hijo. No sé qué vienes a hacer a esta casa…

— ¡Antonio ya basta! ¡Deja de decir estupideces…! —interviene Teresa gritando.

— ¡Si… mujer, siempre te pones de su lado! Tu eres la santa, yo el monstruo… —tomando su sombrero sale dando un portazo.

— ¡Ay hijo…! Espero que sepas comprender a tu padre… Él es el que nunca ha sabido lo que quiere… y tú eres… algo sumamente especial en su vida…

— ¿Y por qué me trata así…? «…de mierda», ¿No oyó lo que dijo?

—Hijo… ¿No lo ves? …a él, le hubiera gustado ser tú. —Oír esto, calla a Nicoló— Acuérdate que él tocaba la mandolina… dejó de hacerlo porque junto a ti se sentía ridículo.

—Mamá… nunca quise hacerle sentir mal, siempre le tuve miedo. Al tocar me lo quitaba de encima.

— ¡Mm! O tal vez, te lo echaste encima. -Riendo de la ironía.

Nicoló se extasía de inmediato con su risa. Su rostro, bello y sonriente le llena de amor antiguo. En un impulso, la abraza y la besa:

—Mamá, la he echado mucho de menos.

—Y yo a ti hijito –besando su frente.

Al ver que la tempestad ha pasado, Doménica interrumpe preguntando:

—Lo que no entiendo, es por qué papá siempre habla muy bien de Nicolino… y nos lo pone como ejemplo todo el tiempo… lo vimos sufrir y llorar cuando no sabíamos de él. Ahora que vuelve, «ya no es su hijo». ¿Quién lo entiende?

— ¿Habla bien de mí cuando no estoy?

—Todo el tiempo –contesta Nicoleta y Doménica agrega:

—A los vecinos, ya los tiene asoleados…

—Y a nosotras, también… y es que no habla de otra cosa: «Que mi hijo Nicoló por ahí… Que mi hijo Nicoló por allá… aprendan de Nicoló.»

—Hace tiempo, cuando regresó de buscarte en Lucca, cuando no estaba lamentando o hasta llorando tu desaparición, nos contaba a nosotros y a todo al que atrapaba: el gran respeto que te tienen por allá.

— ¡Bueno, pero ya tenemos a la estrella de la familia enfrente! ¡Platícanos!

— ¡Sí! Sabemos de ti por papá y por Carlo, ahora te toca contarnos…

—Bueno y ¿Carlo dónde está?

—Carlo se casó —contesta Teresa— ya no vive con nosotros, aunque lo vemos seguido. No debe tardar en llegar… Él ha sufrido mucho tu desaparición… Bueno… y ¡¿Dónde estabas hijo?!

—Estuve en una casa en el campo: estudiando, aprendiendo, escribiendo música… Sé que me fui sin avisar a nadie… se me fue el tiempo… nunca pensé que se armaría tal embrollo. Os escribí cartas e inclusive mandé algún dinero… ¿los recibisteis?

—Sí hijo, pero luego pasó más de un año sin que supiéramos nada… y no teníamos donde escribirte.

—Esa, es mi culpa… no sabéis cómo lo siento. Nunca os mandé dirección pues… yo mismo no la conozco aunque sé llegar, pero ahí no llega correo. Está en las afueras de Lucca… muy bonito lugar.

— ¿Y por qué no viniste a Romairone? -pregunta Nicoleta.

—Me recuerda a los abuelos, a *Staccato*… pero sobre todo… ¿cómo estar junto a papá? Él no acepta mi libertad… y es total y no negociable.

—Entonces ¿no te vas a quedar aquí en la casa?

—Depende de papá. Yo no vine a pelear con él, tal vez debo buscar algún hotel. De cualquier manera no creo que me quede en Génova mucho tiempo.

— ¿Cuándo te vas hijo?

—No hay prisa… pensaba quedarme una temporada, estar con vosotros… pasar la Navidad.

La noticia enloquece a las tres mujeres, pues son fines de octubre. La puerta de entrada se abre y entra Carlo entusiasmado con brazos abiertos:

— ¡Nicolino! ¡Condenado! ¡¿Dónde te metiste?! –metiéndose en abrazo.

— ¡Te he extrañado tanto Carlo…!

—Y yo a ti hermanito… te creí muerto y no me lo podía perdonar –lo vuelve a abrazar y lo besa– Mira Nicoló… Anna, mi esposa.

— ¡Anna, felicidades! Que no estuve para vuestra boda.

—Bienvenido Nicolino ¡Que gusto verte de nuevo y saber que estás bien!

Curioso, Carlo pregunta:

— ¿Qué planes tienes?

—Quiero ver cómo están los vientos por acá y… estar con vosotros… pero… ya tuve mi primer episodio con papá… así que lo primero… será buscar hotel.

— ¡Que hotel ni que calabazas! Te hospedas con nosotros y por papá no te preocupes. ¿Cómo crees que me enteré de tu llegada? A esta hora, ya se lo dijo a medio Génova… ha de estar en el muelle o alguna taberna, informándole al mundo. Apuesto a que hoy lo vemos lleno de vino. Dale unos días. Pero sí, es mejor que no duermas aquí para evitar confrontaciones. ¿No crees mamá?

— ¡Ay hijo…! ¿Qué le vamos a hacer? ¡Bendito sea Dios, que estamos todos bien!

Mientras se sucede todo esto, las cuatro mujeres trajinan en la cocina y se aprestan a servir una suculenta cena que no deja de oler y Nicoló de percatarse.

La vida en Génova se ha ido estabilizando bajo la bandera Francesa, respirándose un ambiente tranquilo y productivo. Entusiasta por la reaparición de Paganini, el Marqués Di Negro organiza un recital invitando como siempre a los personajes relevantes del momento. Entre los invitados obligados está el General Jean Baptiste Milhaud, que Napoleón asignó como Comandante Militar de Génova y que funciona también como Gobernador. Jamás escuchó a Paganini, aunque ha oído mucho de él y el Marqués y otros personajes genoveses le han saturado de anécdotas. La orquesta se prepara, Costa brilla por su ausencia. Los numerosos asistentes se acomodan en lo que se saludan.

Mientras tanto en el apartamento, Antonio grita y despotrica:

— ¿Lo ves mujer? Yo debería estar en ese recital… pero Nicoló es un desagradecido… ya se siente muy importante. ¡Yo… que trabajé como mula para pagar maestros y abrirle un porvenir! Yo mismo le enseñé paso por paso el asunto de los conciertos… y… me eliminó. Tú siempre defiendes a tu hijito. No estuviste en Lucca para ver cómo me echó a su pandilla encima.

— ¡Ay Antonio por favor…! Otra vez la misma cantaleta. Siempre dices lo que él te hizo, pero no lo que tú hiciste: lo atacaste y sus amigos lo defendieron…

— ¡Si yo sé! Carlo te metió esa basura. Para eso me sirven mis hijos, para voltearse contra mí.

—Mi amor… tu mayor debilidad es que te enojas fácilmente y confundes eso con fuerza de carácter. No tuve que estar allí para saber que pasó. Obviamente perdiste el control y…

— ¡Carajo Teresa! Ahora resulta que lo sabes todo…

— ¡Un momento Antonio Paganini…! Te casaste conmigo, porque te digo las cosas como son y eso es lo que hago ahora. ¡Eres un cascarrabias… no te controlas…! ¡A ver, contrólate en este momento…!

Antonio en verdadero esfuerzo reprime su cólera y ella, bajando la voz y sentándose a la mesa:

—Ven acá, siéntate. Tenemos que resolver un asunto familiar usando la cabeza y no como dices que la gente hace…«con el culo». —Condescendiente Antonio se sienta—. Te acuerdas que alguna vez, hace ya… mucho tiempo, Carlo se sintió muy mal con el talento de Nicolino… y tu saliste con algo así como: «Claro, ya descubrió que al lado de Nicoló es un imbécil». Y yo te contesté:

«Al lado de Nicoló, todos somos unos imbéciles».

— ¡¿Me estás diciendo imbécil?!

— ¡Ave María! ¡¿No me estás escuchando?! A Carlo le costó trabajo, pero hace mucho tiempo que aceptó el talento de su hermano… y se enorgulleció de él desde entonces. Las niñas crecieron orgullosas, nunca le tuvieron celos… Tú, eres el único que no acepta que al lado de Nicoló todos, ¡todos somos unos imbéciles…! hasta el Marqués… No conozco uno solo que no sea un imbécil junto a él… Pero claro yo soy su madre… ¿no…? Hablas de desobediencias, pero no veo cómo vas a manejar los asuntos de alguien a quien estás lejos de comprender y cuyo destino nos rebasa «a todos».

—Yo reconocí el talento de mi hijo desde el principio…

—Nadie habla de reconocer talentos, sino de aceptar la propia pequeñez junto a un gigante. Te quejas por no estar en el palacio del Marqués, cuando has tenido la fortuna de asistir a una cantidad de eventos, donde yo, sólo escuché tus relatos… y no me estoy quejando… así es el destino. Yo me siento orgullosa por haber parido a ese genio. Tú, tienes que resolver entre estar orgulloso de ser su padre y amarlo, o sufrir, porque te superó en todo y… odiarlo… Que es lo que estás haciendo. Tú escoges.

Al ella concluir y retirarse, queda Antonio apabullado y pensativo, apenas iluminado por una vela.

El recital de Di Negro fue organizado en el salón mayor de su Villeta, por lo que más parece un concierto. La crema de la sociedad genovesa está presente en un ambiente emotivo. Nicoló reconoce a muchos de los asistentes, incluyendo algunos en cuyas casas llegó a tocar.

Al aparecer el virtuoso, un fuerte y breve aplauso lo recibe. Durante su ejecución se mantiene en los límites autoimpuestos sin riesgos y aunque sintiéndose en casa, también se siente rígido e inclinado a visitar pasajes, para él repetitivos. El público, lejos de notarlo, aplaude acaloradamente.

En los saludos posteriores, el Marqués le presenta al General Milhaud, quien con autoritaria plática le invita a su oficina a hacer «planes para el futuro». Por compromiso, Nicoló acepta visitarlo. El personaje le parece insolente y tirano, no deseando en lo absoluto colaborar con él.

De regreso en casa, lamenta la velada completa. El concierto le supo a rutina, además de contestar las mismas preguntas hasta el cansancio. Costa no dirigió pero como si lo hubiera hecho y encima, se enredó con el narcisista General. Todo esto aunado a la sempiterna actitud de su padre hace que Génova le parezca sofocante. Deseaba estar en familia sin enredarse en compromisos; pero, cómo decir esto en voz alta sin ofender a alguien, empezando por el Marqués que le abruma con finezas. Más pronto de lo pensado ansía regresar a Lucca, pero ya anunció a su mamá que pasará la navidad.

Permanece en familia lo más posible, sin embargo, el general Milhaud, sin piedad, le asigna un evento con «composiciones hechas a la medida» a «una situación por explicar» y «fecha de entrega límite», como si fuera misión militar. La suma de los factores le es insoportable. Costa a su máximo exponencial. Con extremo esfuerzo, cumple.

La rozagante imagen de su llegada se ve menguada. Demasiado trabajo, poco resultado, forzado, mediocre y, lo peor de todo, sin disfrutarlo. Acomodó escalas, arpegios, silencios, que más parecen descripciones marítimas en una tina de baño. Un fiasco.

La fiesta de la Navidad se lleva a cabo en Romairone en fluida armonía. Antonio, afortunadamente, encontró algún lugar en su espíritu desde donde le es posible abstenerse de renegar y reprochar.

Toda la familia reunida convive alegre y sin colisiones. Como si Costa lo hubiese dirigido.

Metido en una burbuja que se aleja, se despide de Génova por un lado, y se desgarra de Dida por el otro, que al dejarla atrás, comprendió que un misterio develado deja de ser misterio y si la atracción es el misterio, al develarse cesa. Esta idea le asusta y gravita en su ánimo.

Después de todas las generosidades posibles mutuas con su familia, regresa a Lucca sin dinero ni deseo de dar conciertos, vacío. Hospedado de nuevo en su cuarto de hotel, contempla Lucca desde el famoso balcón con nuevas percepciones y actitudes. Por qué antes le apetecía hacer todo lo que hizo y le fue extremadamente fácil y, ahora, le parece insoportable, agobiante.

Aceptando la caminata que la asoleada ciudad propone, penetra los callejones sin rumbo con ganas de perderse y obligarse a encontrarse. En una plazuela, un titiritero muestra su talento a un público infantil que no cesa de reír. Curioso se sienta con los niños que le contagian las carcajadas.

Cerca de él, una adolescente no le quita la vista de encima. Nervioso siente su influjo. Su alegría y su risa le jalan y en una de tantas carcajadas enganchan miradas. El atractivo es fuerte y mutuo. Cierra el teloncito y los dos aplauden entusiasmados compartiendo sonrisas.

— ¿Cómo te llamas?

—Leonora.

— ¡Qué bello nombre! No lo conocía.

— ¿Y tú?

— Nicoló... ¿Te volveré a ver?

— Mañana vengo...

Y se retira, corriendo, dejando su aroma de frescura y candidez produciéndole bienestar.

Camina a la posada pensando en Leonora; la ve en el umbral de ser mujer y se ve a sí mismo transformándose en hombre sin haber conocido la infancia. Sus ya múltiples amantes, son todas mayores y es Leonora, la única más joven que él, que le ha llamado la atención. Al día siguiente, el encuentro se da con el entusiasmo de ambos. En ella, ve una suerte de dulzura e inocencia jamás contempladas. Al tomarle la mano ella se ruboriza y la retira, esto le fascina. Sus encuentros se hacen frecuentes y termina conociendo a sus padres, los Quilicci. Esta relación, lejos de esclarecerle, complica su cuadro mental. No está seguro de querer casarse y esta es la única vía, si desea tener una relación con ella.

Con espíritu disperso, el recital en el Palacio Guidiccione, pese a los aplausos, le parece un fiasco. En los saludos posteriores, el director de la orquesta de la Capilla Nacional le propone, un tanto en broma:

— ¿Qué le parecería ser el primer violín de la orquesta?

Ante su asombro, Paganini acepta. El director queda preguntándose: ¿quién le tomó el pelo a quién?

La realidad es que el desgano de Nicoló es tremendo y la incertidumbre total. Necesita aferrarse a algo. El padre de Leonora, le había platicado sobre las ventajas de un salario seguro. Tocar en una orquesta no es mala idea y le brinda un ambiente amigable; el puesto de primer violín es honorable e interesante. Desde el punto de vista «fama y fortuna»: pésima decisión; pero como seguridad: correcta y oportuna. Va a respirar orquesta, vivirla, sentirla. Y le ayudará a reponerse de haber develado misterios.

2 Músico de la corte.

La orquesta le da la bienvenida. No sin dificultades, sobre todo por su corta edad, se va ganando el respeto de los músicos. Su sencillez y paciencia son notables, para muchos, increíbles. Los miembros de la orquesta pueden ahora convivir con el controvertido personaje y aprender de él viendo de cerca sus exigentes técnicas y propuestas. Él, por su parte, al montar con la orquesta obras de grandes Maestros, comprende algunas rigideces de Costa; aunque, todavía piensa que el concertista es como un pájaro que se posa sobre una rama del árbol, que es la orquesta, entretejiendo su canto entre su follaje; ha de ser forzosamente libre para ser un auténtico concierto.

El ambiente político lo forman dos fuerzas principales: los aristócratas que se han disputado el poder por siglos y el partido demócrata que ejerce dictaduras parecidas cuando llega a gobernar. A esta segunda fuerza pertenece la Orquesta Nacional, siendo bastante nueva y en desarrollo.

Un violinista está por abandonar su puesto y Nicoló propone a su hermano. Carlo se presenta una semana después. Su esposa Anna se rehúsa a las giras y ambos desean un puesto en orquesta.

El deseo de ver a Dida le atormenta, pese a haber sido claros los porqués de su separación y la necesidad de cada uno de aprender a vivir sin el otro. Su incipiente relación con Leonora no mitiga en lo absoluto su controversia. La oportuna presencia de Carlo le ayuda a salir del agujero. Los tres armonizan bien, aunque la idea de vivir juntos, no les atrae. Anna es una chica callada y de buen humor, pequeña estatura e inteligente; Nicoló, que no entendía qué vio su hermano en ella, ahora lo comprende. La pareja entusiasta renta un apartamento y se divierten acondicionándolo. Estas imágenes matrimoniales, le dejan ver claro a Nicoló que no está listo para eso y gradualmente deja de visitar a Leonora.

Pasan los meses manteniéndose absorto en sus funciones de la orquesta y practicando el resto del tiempo. Eventuales visitas a Madame Rochelle le curan nostalgias y libido, pero no la soledad ni el arredramiento que le causa estar en medio de los vientos.

Ahora casado, Carlo es diferente y aunque no está dispuesto a acompañarlo en giras, no acaba de entender por qué su talentoso hermano ha preferido ser Concertino a Concertista.

—Dime Nicolino, ¿Qué carajo haces en una orquesta? Eras la gran estrella… además, no ganas ni la décima parte de lo que ganabas dando conciertos. ¿Qué te pasó…? Estás diferente…

—No… Estoy igual…

Por favor… ¿Dónde está ese… arrollador entusiasmo para conquistar el mundo dando conciertos...? ¿Dónde lo dejaste? Ibas increíblemente bien.

—Estoy bien Carlo… ya se me pasará…

— ¿No puedes decirme?

—… ¿Te acuerdas que… yo hacía muchas variaciones de cualquier tema?

— ¡Claro! Cómo no me voy a acordar… creciste haciéndolo…

—Pues… ya no puedo… no paso de lo mismo.

— ¡Yo te sigo oyendo extraordinario…! El mejor en la orquesta no toca ni la mitad que tú.

—Sí… sigo tocando… pero nada nuevo… Perdí algo muy especial… y no lo encuentro.

—Tal vez aprendiste lo que tenías que aprender. O ahora, eres «normal» como diría Servetto –y ríe.

—Yo me siento como un pájaro que en la jaula cantaba por volar y, afuera de ella… vuela sin cantar.

— ¿Y por eso, te metiste a la orquesta…? ¿A manera de jaula?

—No lo sé… puede ser… Necesito pensar… seguir tocando… pagar cuentas… La orquesta me brindó una rama donde pararme… por lo menos… mientras descubro como cantar de nuevo.

Napoleón asigna a su hermana Elisa el gobierno de Lucca y Piombino. Su llegada crea gran expectación y en una entrada espectacular que cautiva la atención de todo Lucca, Su Alteza Serenísima, la Princesa Mariana Elisa Bonaparte, entra en posesión del lugar. Inteligente, sagaz, excéntrica, ocupa la posición con su bien parecido Príncipe consorte Félix Bacciochi. Todos los títulos aristocráticos de ambos, recién otorgados por el auto coronado Emperador Napoleón que, harto de su incómoda y caprichosa hermanita, «cede» a sus demandas, alejándola de París.

Comienza un reordenamiento total en la ciudad. Los cambios suceden de la noche a la mañana. La Princesa Elisa se propone adaptarla a su gusto. Como «amante de la cultura y las artes», hace de esto su prioridad y el supuesto eje de su gobierno.

Los hermanos Paganini se han mantenido atentos a toda esta conmoción: desde las noticias del nombramiento hasta las consecuentes reacciones disidentes.

En Lucca existen dos orquestas: la más antigua «Capella della Signoria», apoyada por la aristocracia y «La Orquesta Nacional», de origen democrático, con no más de tres años de vida, a la cual pertenecen. Se rumorea que habrá una sola orquesta causando incertidumbre y aprensión entre los músicos.

El decreto de Su Alteza Serenísima es anunciado: Con la intención de simplificar y unificar, en el caso de las orquestas no simplemente se escogerá una, se conservarán a los elementos más competentes formando una sola de mayor calidad. Ambos hermanos se quedan, aunque Nicoló pasa a segundo violín, y como primero queda Giuseppe Romaggi, por su antigüedad en ese puesto en la otra orquesta. Los músicos no elegidos se irán a la calle.

La única orquesta de Lucca es ahora más pequeña y para uso de la Princesa y su corte, teniendo que viajar con ella o tocar donde ella disponga. Todo es claramente elitista y el pueblo se queda sin orquesta.

Al ser franceses recién llegados los componentes del gobierno, nada saben de Paganini y sus triunfos. Y opacado por su estancia en la orquesta más los juegos burocráticos, termina por pasar desapercibido. Ante la nueva administración es un mero nombre en la nómina, al igual que su hermano Carlo, siendo a menudo nombrados como «los hermanos Paganini». Carlo reniega contra esta injusticia a su hermano, mientras a Nicoló le ha dejado de importar, siendo el que celebra cuando les es asignado un salario de casi el doble del que percibían en la Orquesta Nacional, alcanzando doscientos treinta escudos al año. Una miseria comparado con lo que hizo en un solo concierto.

Al paso de los meses, la Princesa Elisa y la aristocracia de Lucca se van conociendo en los recitales que tres veces por semana se ofrecen en la corte y las lujosas fiestas quincenales en las que está la orquesta y algún solista ofrece concierto. Muchos de los asistentes han identificado la característica fisonomía del virtuoso, recalcándole a la Princesa la joya oculta de su orquesta, pero su cabeza está llena de proyectos, argumentaciones, avidez y soberbia, evocando la actitud de su poderoso hermano con quien el diálogo es imposible, reduciéndose las entrevistas a contestar interrogatorios o a recibir órdenes.

En uno de los recitales es Nicoló el concertista, haciendo caso de las ya múltiples opiniones, ella le presta atención y en efecto le parece muy buen violinista y le manda llamar.

Él recibe su llamado en pleno ensayo y acude. Al llegar sin violín, la Princesa le reprende sobre lo inútil que resulta un músico sin su instrumento y lo manda por él. Sintiéndose niño regañado o peor aún, sirviente; renegando, va por su violín. De regreso, «la gran dama» le hace esperar por más de una hora, ocupada dando órdenes sobre detalles de decoración que, al parecer, son urgentes. Impaciente, se vuelve a anunciar y ella insolente, le ordena seguir esperando. Ante el peculiar estilo, sólo la observa. La compara inmediatamente con Dida, a la que vio dirigir personal con fuerza impecable pero con fineza y empatía sutiles. Ésta mujer es demasiado masculina para su gusto, poco delicada y se enoja con extrema facilidad, llegando a insultar al interlocutor sin importarle su señorío. Pareciera que le causa placer intimidar al prójimo y tiene talento para hacerlo. No es bella, tampoco fea. De cuerpo delgado y corta estatura, su actitud es lo que produce la imponente presencia. Sus ojos son el foco de fuerza, su mirada es poderosa, lo sabe y la usa. Tanto su expresión corporal como facial son ágiles, cambia poses y expresiones, sosteniéndolas para enmarcar su protagonista mirada de fuego. En el tiempo trabajando para ella, ha visto claro que es una niña mimada, propensa a la rabieta y con el poder de castigar y hasta mandar matar si le diera la gana. Cuando finalmente le recibe, lo hace clavándole una de esas miradas. Erotizado le declara duelo: en lugar de bajar la mirada, sumerge la suya en la de ella. Sorprendida ante la fuerte respuesta, desvía los ojos, ruborizada. Él se crece. Recuperándose, lo mira nuevamente, esta vez sonriendo:

—Maestro, ¿Pudiera tocar algo para mí?

—Su Alteza… es un honor.

Nicoló se apresta a tocar, percatándose de su notable cambio de actitud. Una poderosa atracción se despierta con el juego de miradas y retos. Ahora, hay flirteo entre los dos y él, montado en las notas de su violín, vuelve a sumergir su mirada en la de ella para llevarla en vuelo. Ella no es fácil y se resiste con poses pensativas o analíticas. Imponiéndose, él cierra los ojos sublimando su ejecución.

Al ella sentir que pierde control, se desplaza por la habitación haciendo ruidos, pero él continúa inmutable la ejecución de un intenso adagio que logra finalmente embelesarla. Entregada al ensueño extático que caracteriza escuchar el violín de Paganini, se tumba en un diván y se deja llevar. Al terminar la pieza, él abre los ojos descubriéndola relajada, quizás dormida. No sabe qué hacer, pero ella, dando un suspiro:

—Maestro… ¿puede tocar algo más?

Sin romper el silencio, asiente reverenciando y comienza otra pieza. Ella vuelve a sumergirse en ensueño mientras él la observa. La envuelve con música y la despega de todo, la transporta en vuelo sin prisa alguna. Se atreve y la acaricia toda, prolongándose todo lo posible. Al terminar, el silencio llena la habitación, hasta que ella, erotizada y nerviosa se incorpora:

— ¡Bellísimo…! ¡Bellísimo!

—Gracias su Alteza. ¿Desea que toque algo más?

—…No… le agradezco. Eso es todo Maestro.

Haciendo reverencias y caminando hacia atrás, sale de la habitación.

Al regresar al salón, dos horas después, el ensayo terminó y Carlo espera preocupado:

— ¿Qué pasó?

—Nada… mejor dicho, no sé… esa Princesa Elisa… está medio loca…

— ¿Y…?

—…tuve que esperar más de una hora… luego me hizo tocar y se quedó dormida o por lo menos eso parecía… terminando, me pidió que toque algo más. Toqué… esta vez, me tardo el doble, y cuando creo que ya se durmió y me dispongo a huir, dice: «Bellísimo… eso es todo». Explícame.

— Por cierto… Acaban de comprar una enorme villa y vamos a estar yendo y viniendo. No creo que tú tengas problema, pero a mí me preocupa dejar sola a Anna. Creí que para eso te había llamado.

—No… sólo quería escucharme tocar…

Salen a la calle, Lucca está cambiando de aspecto con muchos proyectos en progreso. Calles son renovadas y edificios remodelados. Hombres trabajando y polvo por todas partes.

Caminan, sorteando obstáculos, hasta llegar al apartamento de Carlo.

—Ven, sube… tomemos una copa de vino mientras terminamos de platicar.

Anna les recibe con entusiasmo.

— ¿Tenéis hambre? Ya casi está lista la cena. ¡Pero… venís llenos de polvo!

—Es por las obras que hay que cruzar… —dice Carlo sacudiendo su saco.

—También dentro del palacio hay remodelaciones y polvo. Parece que nada le gusta a la señora, todo lo quiere cambiar. –Agrega Nicoló.

—Así es. ¿Qué tenía de malo el salón donde ensayábamos al principio? Lo están cambiando todo… ¡Ah! Por cierto… mientras estabas hablando con Doña Princesa… el secretario, que siempre nos lleva los programas, comentó que van a tirar todos los edificios frente al Palacio Ducale… porque: «…es ridículo que la sede del Principado esté en una simple calle y no tenga una plaza enfrente…»

—Pero si… hay una iglesia… –contesta Nicoló.

— ¡Sí! es la iglesia de San Pablo… a la que vamos… —dice Anna angustiada.

—Y ¿el clero va a aceptar esto?

—No es la única que tirarán, van a ampliar el palacio tirando la Iglesia de San Pedro que está más adelante… Elisa es igual que su hermano Napoleón… ¿Quién les dice no…?

— ¡Dios mío, está muy mal! San Pablo y San Pedro… la van a castigar… –dice Anna santiguándose.

Horas después, sale Nicoló con euforia de vino y camina por las calles rumbo al hotel. Carlo y Anna viviendo en Lucca le ayudan a salir de su confusión. Mientras camina, se le ocurre ir a jugar naipes o tal vez a casa de la Rochelle. Sin llegar a decidir, sus pasos le llevan al hotel. Sorprendido, encuentra a los Gambrelli casi llorando y a todo el personal consternado.

— ¿Qué sucede? ¿Qué os pasa?

— ¡Señor Paganini! Tal vez su Excelencia pueda ayudarnos… ¡Van a demoler el hotel!

— ¿Qué?… ¿Por qué…?

—…construirán una gran plaza para el palacio del principado y la posada será demolida.

—Pero si el hotel está lejos… —intentando visualizar.

—Tirarán todo con tal de unir la plazuela con la gran plaza. ¡Si sólo estuviéramos enfrente…!

—Bueno y… ¿cómo os puedo ayudar?

—Su Excelencia… tal vez usted pueda hablar con La Princesa y persuadirla… que sólo tire las casas frente a palacio… ¡quiere tirar hasta las iglesias… y eso, es un sacrilegio!

—Señor Gambrelli… es muy difícil lo que me pide… si viera qué poco poder tengo en la corte… La Princesa es muy estricta y todo quiere cambiar… Todos le tienen miedo…Ya ve, de dos orquestas grandes, pasamos a una chica y yo pasé de primero a segundo violín. ¡Cuántas protestas no quiso escuchar! Mucha gente se quedó sin trabajo… Allá adentro, somos meros sirvientes.

— ¿No se supone que Napoleón nos iba a liberar de la opresión de los aristócratas…? ¡El colmo! ¿Sabe cómo se va a llamar la plaza?

—No.

—«Plaza Napoleón».

Algunos extraños atestiguan sus comentarios y Nicoló le susurra al posadero:

—Tenga mucho cuidado al expresarse, la princesa… puede ser peligrosa.

—Ya que más nos puede hacer, la posada es nuestra vida…

—Y yo lo sé Señor Gambrelli… Sepa una cosa…yo os tengo mucho aprecio. Mañana veré qué se puede hacer…. ¡No sabe cuánto siento esta noticia!

—Le agradezco mucho, su Excelencia.

Despidiéndose del corro con movimientos de cabeza, Nicoló sube la escalera.

A día siguiente en el ensayo, Nicoló le platica a Carlo el asunto de la posada.

— ¡Claro… es parte de la manzana de enfrente! ¡Todo eso va a destruir…! ¡Qué barbaridad!

Al ver la seriedad de Nicoló:

— ¿Te duele…?

— ¡Cómo no, es mi casa…! La familia Gambrelli y el personal, mis amigos… como familia… ¿Qué va a pasar con todos ellos? Es una injusticia…

— ¿Y qué le vamos a hacer?

—Me gustaría decirle unas cuantas cosas a la princesita.

— ¡Cuidado Nicolino, no te vayas a meter en líos! Con ésta gente… es mejor tener prudencia.

Interrumpiendo el ensayo un sirviente dice algo al director:

—Señor Nicoló Paganini, Su Alteza, La Princesa Elisa, requiere su presencia… enseguida.

Los hermanos cruzan miradas de incertidumbre y Carlo le señala que lo tome con calma. Nicoló se inclina y asienta su violín pero, recordando el regaño, lo toma de nuevo y sigue al enviado por los pasillos. Una puerta se abre y entran en una enorme habitación. El mozo anuncia:

—El Señor Paganini. –Y se retira.

A primera impresión, pareciera no haber nadie en el salón, pero se escucha la voz de la Princesa:

—Pase por acá, Maestro Paganini.

En un gran sillón que le da la espalda, la encuentra sentada y le hace una reverencia:

—Su Alteza, dígame en que puedo serle útil.

—Veo que, esta vez, no olvidó su instrumento. –Dice con ironía.

—Hubiera sido imperdonable de mi parte, Alteza.

—A mi marido, el Príncipe Félix, le encanta tocar el violín… y hemos acordado que usted le enseñe. Ansía escucharle Maestro… desde que le comenté sobre su talento y juventud. Siempre sus profesores han sido mayores. El problema… es que se fue a Piombino varios días. Mientras… yo no pude resistir el deseo de volver a escucharle.

—Su Alteza, es un honor.

—Lo que tocó ayer me fascinó y lo he seguido escuchando dentro de mí.

El juego de miradas es más amable. Ya no le clava los ojos, más bien le acaricia con ellos, él se percata y hace lo mismo. Observándolo, ella se propone descifrar a ese joven músico que cautiva sus pensamientos. Nicoló comienza su ejecución concentrándose y al poco de haber iniciado, nota que la princesa lo mira, ahora de manera sensual. Le gusta el nuevo juego. La recorre con notas, la acaricia con la mirada. El tono sube progresivamente, la conexión se intensifica y la música también. Se acerca a ella hasta quedar con los ojos fijos en hipnosis mutua y desvanece la música quedando en silencio, absortos. En un impulso, ella abandona el sillón y, tomándole del cuello, le besa los labios. Él completa el beso abrazándola. La pasión aumenta, mientras el beso se prolonga. De repente, ella se separa:

—Señor Paganini, se dará cuenta que esta situación es inapropiada y muy delicada.

En sorpresivo escalofrío:

—Su Alteza, le suplico me disculpe, nunca fue mi intención ofenderle.

—No, no hay ofensa. Yo fui quien le besó… usted, sólo respondió. ¿Cuento con su discreción?

— ¡Absoluta, su Alteza!

Escuchado esto, ella se retira saliendo de la habitación dejándolo pasmado y con espíritu alborotado. Recuperándose, regresa al ensayo pasmado y sudando frío. Carlo lo ve llegar con esa expresión en la cara que le ha visto cuando hizo algo indebido. Cambian miradas pero éstas no le dicen nada. La intriga hace que el resto del ensayo se le antoje eterno.

— ¡¿Qué pasó?!

Recuperado y con franca mirada pícara, Nicoló contesta:

—No tengo la menor idea…

— ¡Vamos…! ¿Qué?

—Yo mismo… no sé si creerlo…

— ¡Nicolino…!

—Bueno… le voy a dar clases al Príncipe… pero no está en la ciudad. Entonces toqué el violín, porque…«le fascina como lo toco»…y…me besó… y la abracé… eso es todo… Por cierto… extrema discreción con esto… me hizo prometerle…

— ¡¿En qué lío te estarás metiendo?!

—No lo sé… pero confieso que me gusta… y mucho…

— ¡Por favor…! No es en lo absoluto atractiva…

—Ahí te equivocas, no será bonita pero… es muy atractiva. Su tremendo poder, su acento francés, su mirada… esa mujer da miedo y cuando te planta un beso ¡Bum! ¡Cañonazo! Además, ¡Qué beso…! No puedo pensar en otra cosa.

—Y ¿Qué vas a hacer?

—No lo sé, ella ordena, yo no puedo tomar iniciativas. Será de oído y contrapunto. –sonríe.

— ¡Cuidado Nicoló...! Juegas con fuego. Recuerda que los franceses son dados a cortar cabezas.

3 Princesa y amante.

En un recital, al que buena parte de la corte asiste, la Princesa, sentada al centro y al frente de la concurrencia, cambia miradas con Nicoló y, en una de ellas, le sonríe. Todo muy discreto e imperceptible para otros, pero con el misterio que, a él, le enciende. El recital fluye y las miradas continúan, llega el momento del concierto y Nicoló pasa al frente. Particularmente inspirado y nervioso al llegar a la cadenza algo se destapa y, soltándose en notas, compone al vuelo música nueva. Le sale del alma en manantial y su espíritu danza de alegría retornando a su hogar. Las melodías fluyen por fin una tras otra. De pronto, la conmoción en el salón interrumpe a la orquesta y se ve obligado a romper su trance viendo que la Princesa se retira a medio concierto. Ante un público confundido y sobreponiéndose a la humillación, reanuda la ejecución y la orquesta le sigue. Al terminar el recital, reina la confusión. Algunos se imaginan posibles cosas de mujeres. Para los más, es uno de sus desplantes de poder, otro capricho, posible rabieta. Pero ¿qué lo ocasionó?

Nicoló lo ha tomado personal. Por fin, vuelve a tocar fluidamente conectado al torrente y esta señora le interrumpió sin piedad. No sólo no pudo recuperar el estado mental, sino que le provocó un tremendo dolor de cabeza. Su orgullo está herido, se siente transgredido, humillado. Guardando su violín, sale del salón, seguido por su apresurado hermano:

— ¡Nicolino, espera…! —Alcanzándolo— ¿…qué pasa?

—Lo hizo con intención… para insultarme… ¡¿Qué necesidad tenía?!

Un sirviente le intercepta, diciendo:

—Maestro Paganini, Su Alteza la Princesa quiere hablarle. Le espera en el salón azul.

Contrariado al extremo:

—Gracias… enseguida voy.

Carlo preocupado le toma del brazo y le recomienda prudencia; él confirma tocando su mano. Da unos pasos, reacciona, y entregándole su violín:

—Si no me puede escuchar en público y es capaz de interrumpirme, no le pienso tocar en privado.

Dejando a Carlo preocupado, se dirige con decisión al encuentro. Al acercarse, le abren la puerta. Calmando su ira, respira hondo y atraviesa el umbral. Sentada detrás de un gran escritorio:

—Maestro por favor, tome asiento.

—Su Alteza… —previa reverencia, se sienta.

—Tuve que salir del concierto porque no pude soportar su música.

—Su Alteza, ¡nunca pensé que fuera tan mala…!

— ¡Por el contrario…! ¡Fue sublime! Me sentí… desnuda… delante de todos… Quiero decirle que si algo me ha gustado de Lucca, ha sido su música. Hoy… lo que tocó fue… demasiado intenso.

— ¡Entonces, ¿le gustó?!

— ¡Claro que sí…! Veo que no trae su violín…

—Su Alteza perdone. Pensé haberla molestado y que traerlo hubiera sido… insolente de mi parte.

—Maestro Paganini… su talento y su violín tienen un efecto muy especial en mí…

Al decir esto se pone de pie y rodeando el escritorio se acerca a él hasta quedar enfrente y le acaricia la patilla. Él, pasando de un extremo emocional al otro, siente su cercanía y su aroma. Su sangre sube de temperatura, el impulso de tomarla es insufrible y el sudor brota por su frente, ella lo nota. Mirándolo en elocuente silencio, ella pregunta con total seriedad:

—Maestro… ¿Quiere ser mi amante?

Atónito, y sin dejar de verla a los ojos, asiente y la besa. Ella responde entregándose al beso que se encadena con otros y un abrazo que evoluciona en caricias. Interrumpiendo y controlando su pasión:

—Pero antes de seguir adelante, es importante que se dé cuenta de las responsabilidades que asume. —Él escucha sorprendido— Tenemos que ser muy discretos, sólo confiar en determinadas personas. En general, nadie debe saberlo… tendremos que hacer… arreglos. ¿De acuerdo?

—Su Alteza ordene, para mí… todo esto, es un gran honor.

— ¿Sabe alguien que está usted aquí?

—Sí, mi hermano… me está esperando.

— ¿Y por cierto… tiene usted esposa o novia?

—No Alteza, soy soltero y en cuanto a la novia… creo que estoy por tener una.

— ¡Mm…! –Sonriendo— ¿Voy a ser su novia…? Me gusta la idea… – nuevamente le acaricia la mejilla y lo besa— Lo mejor, por hoy, es despedirnos. Tengo cosas que atender y… no debemos hacer esperar a su hermano… su imaginación pudiera producir ideas inconvenientes. ¿No cree?

Con impaciencia juvenil, sobre todo para un evento sexual, pregunta:

— ¿Cuándo nos veremos?

—Buena pregunta. Tampoco quiero esperar… Puede ser esta noche… en mi recámara. ¿Conoce a Madame Chantelle Laplace?

—Creo que sí, es una de sus damas de compañía ¿no es así?

—Así es… Un guardia le va a esperar en la puerta de servicios de Palacio, sólo tiene que seguir sus instrucciones. ¿Le parece bien… a las nueve de la noche?

—Ahí estaré su Alteza. Mientras tanto, me despido.

— ¿No habrá otro beso… antes de irse?

Sin agregar palabras la besa y disfruta una vez más. Su forma de besar y su olor le vuelven a excitar. Con dificultad, no sabiendo bien cómo tratarla, se despide con todo el protocolo:

—Estaré puntual.

Al salir al encuentro de Carlo, sus reflexiones le van mostrando la importancia de la discreción inclusive para con su hermano al que pudiera poner en peligro. Efectivamente, es una situación en extremo delicada y así debe manejarla. Por otra parte, le fascina el misterio y la indiscutible importancia de la dama. Entre sus putas, Madame Rochelle tiene mujeres más bellas, pero ¿puede, acaso, haber una aventura más excitante e interesante que un romance secreto con una monarca? Así deba callarlo el resto de su vida, no se lo perderá por nada.

Con un violín en cada mano, Carlo espera impaciente. Nicoló, firme en su resolución, no le devela detalles; se limita a tranquilizarlo desviando la atención del romance antes anunciado.

—Sólo quería disculparse pues se sintió mareada y tuvo que abandonar el recital.

A la hora convenida, Nicoló espera en el punto de encuentro. Una gran puerta flanqueada de dos guardias se abre y aparece otro guardia preguntando:

— ¿Señor Paganini?

— ¿Si…?

—Sígame por favor.

Lo sigue por oscuros pasillos y escaleras de servicio, que intenta aprender por si ha de salir sin guía. Llegan a una puerta cerrada que el guardia golpea.

—Le suplico espere aquí.

—Pero…

—Debo retirarme, dejándolo aquí.

—Bien.

Segundos después, se entreabre la puerta y una voz femenina:

— ¿Maestro Paganini?

—Sí…

— ¿Está usted solo?

—Sí.

La puerta se abre y aparece Madame Laplace, también sola:

—Pase por favor… Le propongo que no me haga preguntas ni comentarios, así, podremos mantener lealtad a nuestra señora. ¿Le parece?

—De acuerdo Madame… –contesta, impresionado por su belleza.

—Bien, sígame por favor.

Atraviesan una especie de bodega llena de muebles cubiertos con telas de protección, destaca un clavecín detrás del cual una pared con molduras, Chantelle mueve una de estas y ante su asombro se abre una puerta hasta entonces invisible por la que pasan cerrándola de inmediato; enseguida un pasadizo oscuro, un trecho y, más adelante, otra puerta hacia la recámara de la Princesa. Ella espera en suspenso.

— ¿Se le ofrece algo más Su Alteza?

—No Madame Chantelle, gracias.

Nicoló, impresionado con todo el proceso queda paralizado apenas entra y ve la enorme y lujosa habitación. La princesa se le acerca:

—Con esa cara… supongo que es primera vez que entra en la recamara de una princesa, aunque… espero… no sea la última.

—Su Alteza, una vez más es un honor. –Inclinándose.

—Bueno… aquí… mientras estemos a solas… en esta habitación, no me vas a decir Alteza ni Princesa… ni nada por el estilo… Soy aquí, para ti… Elisa. ¿De acuerdo…Nicoló?

Aceptando el juego, sonríe alagado, viéndola en un sensual camisón de seda.

—Y ¿Cómo quieres que te haga el amor…Elisa?

—Como se te dé la gana… ¿Como un león? Veo que trajiste tu violín. ¿Lo usas para hacer el amor?

—Es para lo único que lo uso…

— ¡Mm…!

Con gran curiosidad por tocar en ese lugar y con el suficiente misterio para lograr torrente, se deshace del saco y toca. Su mirada anclada en la de ella; sus manos en su violín y la toca toda. Ella vibra con la música, su piel se eriza. Al avanzar la melodía, sus pezones erectos resaltan en el camisón. Entre temblores y escalofríos se acaricia, dejándose caer en la mullida alfombra. La música la erotiza a nuevos y profundos niveles.

Él, se libera en vuelo y entra al torrente, descubriendo pasajes; sus ojos se nublan de alegría. La ve armonizando con sus movimientos y ansía penetrarla. Ella, encendida, le abraza por las piernas y al sentir su firmeza, desabotona prendas hasta el encuentro. Metido en las notas, continúa encontrando momentos cada vez más intensos. Ella lo besa, lo devora apasionada, hasta que él se vuelca en erupción y sus piernas flaquean.

Dejando el violín a un lado, la levanta y la despoja del camisón.

Desnuda, es pequeña, luce indefensa y frágil, con bellas formas de mujer.

Sus ojos, siempre poderosos, no dejan de mirarlo.

Cargándola, la besa en los labios mientras se acurruca en sus brazos. La tiende en la cama y completa su propia desnudez con el ánimo de besarla toda; comienza por sus pequeños y bien formados pies dispuesto a encontrar una sonata.

Aunque es de corta estatura, el recorrido lo hace lento y largo; piernas contorneadas, senos firmes, boca que gime desesperada por un beso y sus ojos implorándole que entre. Dando prisa al paso, cierra sus labios con los suyos en un beso completo, apasionado. ¡Entra! Posee su cara con sus manos y la acaricia, la estruja, la llena de besos voraces que van a su cuello y a sus senos; las caricias duran y los movimientos rítmicos aprietan, hasta que, desde muy dentro de ella, sale un intenso y prolongado orgasmo, coronado de gemidos y temblores.

El calor del verano les hace sudar copiosamente, obligándoles a romper el relajado abrazo. Elisa contempla el rostro exhausto de su amante virtuoso, reposando junto a ella, desnudo. El silencio se prolonga; los amantes reflexionan, mirándose a los ojos, buscando respuestas.

Rompiendo el silencio, Nicoló pregunta:

—Elisa ¿y cómo voy a salir?

— ¿Ya te quieres ir?

—No… Por mí…me quedo toda la noche…

—Pues quédate toda la noche…

— ¿Se puede?

—Hoy, podemos…

Al decir esto, se acurruca encogiéndose bajo su brazo y recargando su cabeza sobre su hombro. Al verla chiquita, haciéndose más chiquita aun refugiándose en su costado, ve la ironía y paradoja del poder. Es suya, sin embargo no tiene poder sobre ella, más que el de poseer su cuerpo como le dé la gana, aquí y ahora. Todo y nada. Nada y todo. También ve el otro extremo: ella, sí tiene enorme poder sobre él.

—Tengo una sed tremenda…

—Yo también… Allá, sobre la mesa, hay vino, coñac y demás.

— ¿Qué quieres tomar? –saltando de la cama.

—Un poco de vino sería excelente…

—Salen dos vinos… –fingiéndose mesero.

Elisa lo ve alejarse desnudo; observa su delgadez, su peculiar modo de andar, su cabello largo, negro, rizado y alborotado, la manera en que sirve el vino y luego camina hacia ella con una copa en cada mano. Su marido es atlético, pero este flaco desgarbado es un genio, un extraordinario amante y muy simpático.

—Su Alteza, el vino…

—Quedamos en que aquí y a solas, soy Elisa. No se te ocurra mofarte de mi investidura –apoyando lo dicho con mirada congelante.

— ¡No! ¡De ninguna manera!

—Quiero que quede claro. –Cambiando de expresión, toma una de las copas y añade— ¡Salud Amor!

Estas dos últimas palabras le recuerdan a Dida y un dejo de nostalgia se refleja en sus ojos.

— ¡Salud! –Sin dejar de verla, bebe.

Elisa se percata del amago de lágrimas y lo atribuye a su regaño.

—Perdona cariño… no quise lastimarte… pero hay cosas que son…como son.

Nicoló mantiene el silencio sin esclarecer, llegando a una conclusión: «La buena música, la buena ejecución es aquí y ahora; es donde está lo nuevo, es donde realmente se vive. De lo único que debe asegurarse es de no soltar su violín; lo demás… desfila y desfilará frente a él; Elisa inclusive, igual que desfiló la mágica Dida. Su vida es: desde el violín.»

Elisa observa sus cambios de expresión con sus reflexiones. Su juventud le hace sentir vieja.

—Por cierto… Me enteré que vas a hacer una gran plaza frente al palacio.

— ¡Ah sí! ¡Es horrible como está ahora! Esta ciudad está…muy apretada y…ni modo. Pero que el Palacio Real esté metido en una callecita… ¡imperdonable!

—Pero hay que tirar media ciudad y muchos saldrán perjudicados…

— ¡Vaya! Parece que estoy de nuevo ante la junta planteándoles el proyecto. ¿No te gusta la idea?

—No es que no me guste la idea, es que me voy a quedar sin casa.

— ¡No me digas! ¿Vives en una de las construcciones afectadas?

—En el Hotel Gambrelli…

— ¿El que está frente a la placita?

—Exacto.

—Sí…ese se va… Pero no te preocupes… ¿Qué te parece si te alojamos aquí… en palacio?

— Estaría muy bien, lo agradezco... Lo que me preocupa es el señor Gambrelli y su familia.

—Pues se les va a compensar debidamente… Yo quería todo el frente del Palacio y sólo va a ser la fachada principal. La idea además, es que la plaza mayor se una con las plazas más pequeñas, quedando espacios abiertos… como en París… El progreso puede ser doloroso pero es necesario. Siento que es algo que se debió haber hecho hace mucho tiempo; desde el principio para ser exactos… ¿Cómo el Palacio Ducal en una callecita como si fuera una casa cualquiera? ¡Tiene que haber una plaza! Pero… hablemos de otra cosa… Por favor.

4 Chantelle.

Se suceden varias citas de esta misma manera. El enlace en cada ocasión es Chantelle: una mujer bellísima, francesa, de grandes ojos claros y mirada sensual, capaz de inspirar cualquier poema con sólo verla. Cada encuentro es más intenso, se miran sintiendo atracción que reprimen por la lealtad mencionada. Ver a Chantelle es inspiración inevitable, aunque sólo pueda tener a Elisa.

Después de numerosos encuentros con la princesa, la orquesta se prepara para otro recital. Carlo nervioso, espera a su hermano que desde que vive en Palacio sólo ve en los ensayos y eventos. Ya, a punto de empezar, aparece Nicoló por una entrada inusual para músicos y se integra. El director da la señal y el recital comienza. La Princesa al frente-centro y a su derecha Chantelle, brillando. Él tiene cautiva la mirada de Elisa pero Chantelle tiene la suya.

Esa tarde está programado, por órdenes de Su Alteza, tocar un concierto en la segunda parte del recital. Él está emocionado pues hasta en sus prácticas ya logra acceso al mágico torrente.

En pleno recital, toma a Elisa con su música y la recorre toda. No puede mostrar su relación con ella pero la puede poseer con su violín frente a todos. Único escape que tiene el noviazgo de un músico con una Princesa. Única manera de acercarse en público sin sentirse sirviente.

El calor del verano eleva el deseo y la sensualidad del momento. Inicia la segunda parte y al frente: él en concierto. Su ejecución es apasionada. Ya conociendo a Elisa percibe su éxtasis y mide sus reacciones, cuando llega el momento de libertad se explaya cubriéndola de caricias. Sus notas provocan en ella tan poderosa reacción que nuevamente se retira. Él sabe, porque ella misma se lo dijo, que lo hace para evitar un orgasmo en público, aunque al resto de la gente le sostenga que es un desmayo lo que intenta evitar. El asombro de los asistentes ya no lo detiene y continúa su ejecución, sabiendo que ella le escucha. Cerrando los ojos prosigue, mientras Elisa busca refugio en un cuarto contiguo desde donde siente a Nicoló acariciarla y puede gemir libremente. En un pasaje de orquesta, en lo que él espera entrar nuevamente, entre el sopor del trance, ve a Chantelle temblar con la música. A diferencia de otras damas, ha dejado de abanicarse, entregándose al sudor y al éxtasis. Sufre, disfruta, se suelta; y él la lleva lejos con sus notas, besándola, desnudándola, estrujándola. Cuando ella, por fin, abre los ojos, la mirada de Nicoló la espera para dialogar y ella lo hace sin resistir. Las miradas se entrelazan con las notas. Termina el recital, las miradas continúan. Ella trata de disimular aplaudiendo con todos los demás pero no puede, no quiere. Él, agradece los aplausos, mirándola. Los dos sudan profusamente y con los ojos se confirman, se citan.

Esa misma noche, en la rutina para entrar a ver a Elisa, ansía que se abra la puerta para ver a Chantelle. Al sucederse, los dos se miran paralizados. Ninguno quiere tomar iniciativa. Se ven, se sienten y, muy suavemente, se besan. Es un beso tranquilo, necesario, esperado pero impaciente.

—Nos tenemos que ver…

—Creo que sí… —contesta ella nerviosa.

—Y ¿Cómo lo vamos a hacer?

— ¡No lo sé...! ¡Dios mío...! Los celos me matan... pero es mi señora... y, de eso, prefiero no hablar. He querido borrarte de mi mente... pero tengo que ir con ella a recitales, bailes y conciertos... y tú, tienes que tocar... y yo escucharte... Me has poseído tantas veces con tu música que ya me siento tuya... te sueño todos los días y convivo contigo en... otra realidad... No espero que sientas lo mismo por mí. Soy una de tantas que te escuchan... Hoy... no sé qué hiciste... pero fue muy intenso.

— ¿Hoy...? Te he amado plenamente... te recorrí toda... tu rostro, tu cuerpo desnudo, que imaginé bellísimo... tu aroma... que ya memoricé.

Emocionada contesta:

—Mañana temprano, Su Alteza se va a Villa Marlia, luego irá a Piombino. ¿Te parece si nos vemos mañana a la misma hora, en este mismo lugar...?

— ¡¿Misma recámara?!

—No... la mía... –aclara sonriendo.

— ¡Que difícil! No puedo esperar...

—Me lo dices a mí, que tengo que esperar mientras estás con ella... —apretando su pañuelo.

Nicoló se deja llevar extasiado por lo que ve, su belleza es perfecta, espectacular.

—Pero anda, que Su Alteza te espera y no la queremos enojada.

Sin ganas de despedirse, lo hace y entra a la recámara, Elisa le sorprende envuelta en un excéntrico vestido sosteniendo una pose y esperando que entre, o más bien, haciendo una entrada. El atuendo es grotesco y de colores imposibles que en ella, por alguna inexplicable razón, se ve bien, es más, muy bien.

— ¿Cómo me ves?

— ¡Extraordinaria! –contesta riendo.

— ¡Sabía que te iba a gustar! Tú estás tan loco como yo. No sé por qué las mujeres de todo el mundo se visten con miedo… ¡Hay que vestirse con audacia y como a uno le dé la gana! Lo acaban de terminar y me lo puse para ¡mostrártelo! Lo voy a usar en la primera oportunidad y a ver qué cara ponen.

Contemplando el cuadro completo, él ve en la ya abigarrada habitación, un abigarramiento más en contrapunto y total armonía, evocándole a Bach.

— ¡Permíteme, no te lo quites! –y pulsando *el Cañón* agrega su contrapunto. Comienza con algo, muy de corte, protocolario e inicia una serie de pizzicatos que cabalgan en conjunto con la habitación entera y el estrafalario vestido. La música en ritmo de danza, invita a bailar y ella lo hace, dejándose llevar; su peculiar gracia es perfecta para el atuendo. La danza le lleva a brincar encima de los muebles en excéntrico y gracioso ballet. Nicoló, zanquilargo, también danza mientras toca, con lo que ella rompe en carcajadas, diversificando su bailoteo. El cuadro se prolonga, hasta que la coreografía los pone: uno frente al otro, riendo y sudando. Con miradas enganchadas suspenden música pero no risa, se besan: la risa gana. Se besan de nuevo: vuelve a ganar la risa. Abrazados, continúan riendo hasta que la risa se agota.

— ¿Qué tal un poco de champaña? –pregunta Elisa.

Ambos brindan entre risas en residuo. Poniéndose grave, ella dice:

—Me tengo que ir y para mi tristeza no puedes venir conmigo. Como no van músicos, no puedo justificar tu presencia. Ya lo pensé y le di muchas vueltas.

— ¿A dónde vas? Si se puede saber…

—Primero a Villa Marlia… le estamos dando sabor inglés y quiero ver qué están haciendo. Después regreso… por unos días y voy a Piombino a reunirme con Félix, ahí estaré… un par de semanas.

— ¿En ese tiempo no nos veremos?

—Tal vez, ya estando en Piombino te mande traer para a darle clases a Félix…no puedo ser muy insistente…se descararía todo.

—Pero ¿y la orquesta?

—Para qué la llevo toda… ¿Pero qué pasa con la orquesta…?

—Bueno… soy miembro de ella… tengo responsabilidades…

—Permíteme… déjame aclarar… tú tienes responsabilidades para conmigo… y yo hago lo que me da la gana con la orquesta. Además… estás por ser primer violín. ¿O crees que no me he percatado que tocas mucho más que ese vejestorio? La orquesta quedó así, porque se respetaron las antigüedades, pero el arte es de talento, no de antigüedad. Así que ¿Cuál problema con la orquesta?

—No… está bien…

—En el mejor escenario… no nos veremos en una semana y luego… otro tanto… ¡Quiero que me hagas el amor como sólo tú sabes hacerlo…! Me quiero ir llena de ti, porque te voy a echar de menos…

A la mañana siguiente, Nicoló sale de Palacio, diversas demoliciones han comenzado y las calles, llenas de polvo, están cerradas al tráfico general. Camina hacia la posada, tal vez, para despedirse de ella. De ese lado, no empiezan demoliciones aún, pero hay gran trajín evacuando inmuebles y eso sucede en la posada: mudanza. Varias carretas cargan los muebles que salen del edificio. La escena le hace sentir un nudo en el pecho: es el final de ese lugar que tanto le apoyó. Al entrar a la recepción, entre muebles apilados, oye la voz de Gambrelli dando instrucciones y merodea hasta encontrarlo:

—Señor Gambrelli, ¡Buenos días!

— ¡Su Excelencia! ¡Qué gusto verle! ¡Le agradezco tanto lo que ha hecho por nosotros…! —Lloroso de emoción, le toma la mano y se la besa—. Usted siempre ha sido una bendición, un santo, nuestro padrino —la esposa apoya lo que dice su marido.

—Señor Gambrelli, no tengo ni idea de qué me está hablando… yo no he hecho nada.

—Eso… eso precisamente… su gran modestia lo hace santo… -dice la señora con los ojos al cielo.

—Sigo sin entender.

— ¿Le parece poco, Excelencia? Primero nos llenó la taberna y el hotel. Aun en su ausencia, gracias a usted, siguió viniendo gente y se mantuvo lleno.

—Esto ya me lo habíais mencionado…

—Pero no le habíamos agradecido la doble indemnización.

— ¿Doble indemnización…?

—Sí… ¿No sabía? El pagador nos aclaró: «Por recomendación del Señor Paganini, Su Alteza Serenísima, la Princesa Elisa Bacciochi les concedió una doble indemnización»; haciéndonos jurarle discreción, para no desencadenar protestas de los demás afectados.

Sorprendido y lleno de gusto por los Gambrelli y respeto por Elisa:

— ¡Hombre, pues qué bueno! No sabía dónde quedó mi gestión sobre el asunto.

— ¿Ya lo ve su Excelencia…? Una vez más nos trajo bendición.

—Pues ¡Enhorabuena…! ¡No sabéis cuánto gusto me da!

—Lo que nos tiene muy preocupados ahora, es cómo vamos a agradecerle sus favores. —Dice la señora besando su mano—. Ya no tendremos el hotel para hospedarle y cuidarle, su Excelencia.

Toda la familia le rodea, entre muebles, apoyando a los padres y con la clara intención de desfilar en besamanos pero Nicoló los detiene:

—Por favor, no hagáis esto. Apreció vuestro agradecimiento, pero soy un simple músico, un hombre común. Mis manos son para tocar violín y no para ser besadas por mis amigos… -dicho esto abraza a la pareja— ¡Que Dios os bendiga y que os vaya muy bien! Ha sido un privilegio conoceros.

Eufórico y conmovido, regresa a la calle y necesitando soledad se encamina a Palacio. Al pasar las demoliciones, ya no le parece nefasto vivir en Palacio mientras los Gambrelli lo perdían todo. Va a disfrutar su pequeño apartamento tocando su violín. Reanudará la composición de sus veinticuatro Caprichos que empezó en el hotel y ahora tiene la inspiración. Las notas fluyen. No bien termina un tema y ya fluye otro. ¡Pero tiene que escribirlos! De nada le sirve tocar maravillas si no puede recordarlas.

Papel pautado, pluma y tinta, esperan lo que con *el Cañón* capture. El derrame de notas se da y lleno de temor, lo interrumpe para escribir lo recién tocado. ¡Qué difícil! Lo acaba de tocar y apenas recuerda algo. Vuelve a concentrarse, a sumergirse en el estado mental necesario. Más notas sin capturar. Después de múltiples intentos, recuerda los ejercicios de Ghiretti y Paër para escribir directo en el pentagrama. Haciendo su violín a un lado, se concentra y trabaja en la idea. Muy difícil. El movimiento de sus dedos, que produce esa extraordinaria cantidad de notas, le hace falta. ¿Cómo capturar de sus manos al papel sin pasar por un proceso de pensamiento que lo estropee? O ¿Cómo recordar todas y cada una de las notas del abundante torrente y escribirlas en papel? Leer o tocar de memoria le fue siempre natural y fluido. También escucha una pieza completa y la repite, pero no puede repetir una cadenza espontánea recién tocada por él mismo. Como si necesitara verla desde afuera. Después de horas de intentos, se recuesta y entrecierra los ojos abandonándose al ensueño.

5 Un duelo.

Llega a tiempo al ensayo. Al ver a Carlo se le ocurre que él pudiera ayudarle en la captura de notas, pero a ese pensamiento se entremezcla una emoción: esa noche conocerá a Chantelle.

El Maestro Doménico Puccini, director de la orquesta, le susurra:

—Maestro Paganini, necesitamos hablar.

— ¡Sí, dígame…!

Tomándole del brazo lo aleja de la orquesta:

—A partir de hoy, es usted el Primer Violín. ¡Enhorabuena!

—Le agradezco… pero ¿y el Maestro Romaggi?

—Precisamente por eso le aparté. El Maestro Romaggi pasa a segundo violín, obviamente no está conforme y me temo que abandonará la orquesta.

— ¡Sería una pena…!

—Aquí viene la parte delicada… Cometí el error de decírselo a Romaggi antes del ensayo, ahora veo que debió haber sido después, pero ni modo, ya está hecho. Está muy disgustado y salió a tomar aire… Amenazó hablar con todo el mundo… Le prevengo porque… tal vez, en lugar de ensayo, tengamos una escena. Le suplico prudencia, no tiene nada que temer. Si puede evitar conflictos, se lo agradeceré.

— ¿Por qué? ¿Se pone violento?

—Digamos que un poco necio... ¡Mire...! Ahí viene de regreso. Ojala todo bien... –dicho esto, caminan hacia la orquesta.

Romaggi es corpulento y, por lo regular, rozagante y sonriente; hoy está pálido y serio, con las quijadas trabadas y mirando a todos con recelo. Los miembros de la orquesta aún no se enteran y le saludan sin explicarse tal actitud. Renegando, sin saber si se queda o se marcha, camina entre las sillas atropellándolas y llamando la atención.

Carlo, que observó el aparte de Nicoló con el director y ve la furia de Romaggi, deduce y sonríe.

El director pide a todos ocupar sus lugares. Romaggi se sienta en el lugar del primer violín. Prudentemente, Nicoló espera a un lado dejando el asunto al director.

El director con voz firme y paciente:

—Maestro Romaggi, le suplico pase a ocupar su lugar.

— ¡Éste es mi lugar! –Contesta gritando– Tengo muchos años más en este lugar que usted en el suyo... jovencito. Soy, por mucho, el violinista con más experiencia en la orquesta. ¡El primer violín!

— ¡Pero no el mejor!

— ¡¿Quién dijo eso?! –grita Romaggi revisando rostros.

—Yo señor... —contesta Carlo, poniéndose de pie.

— ¡Claro...el hermanito!

— ¡Señores, por favor, orden...! –implora el director.

—Con el debido respeto, Maestro, no es usted ni la mitad de violinista que mi hermano y lo sabe.

— ¡Él tiene mucho que aprender de mí! Le doblo la edad o más, y tengo mucho más experiencia.

— ¡Ni hablar...! Pero no más talento... –dice Nicoló, acercándose al frente– Ya que me obliga Maestro, le invito a que midamos nuestros violines.

Suspenso total, la orquesta boquiabierta y el director suda sin saber qué hacer. Nicoló prosigue:

—Sostiene que tengo mucho que aprender de usted. ¿Cómo qué? Por favor, le suplico haga con el violín algo que yo no sea capaz de hacer. Luego, haré yo lo mismo. El que no pueda hacer lo que el otro propone, será un caballero y ocupará el puesto de segundo violín sin causar problemas, y sin hablar más del asunto. ¿Le parece?

—Pero eso es una apuesta, un duelo.

— ¡Exacto! Que gane el mejor y el otro que se calle. –Al ver su silencio— Maestro Romaggi, no aceptar es automáticamente perder. Usted fue quien hizo el reto.

— ¿Yo? ¡¿En qué momento?!

—Cuando dijo que yo tenía mucho que aprender de usted.

—Bueno…pero…

— El que tenga mucho que aprender del otro, es el segundo violín. El que tenga mucho que enseñar, lógicamente el primero. Por eso, tenemos que medir nuestros violines. ¿No es obvio, sensato y práctico?

— ¡Bien! No se hable más… –en el impulso, pasa al frente violín en mano.

Los músicos rompen en comentarios y el director solicita silencio:

—Por favor… para investir esto de la debida dignidad, todos debemos mostrar absoluto respeto. Somos miembros de la misma orquesta y este acomodo, un tanto medieval aunque muy civilizado, nos puede ayudar a solucionar el presente conflicto. Maestro Romaggi, Maestro Paganini: ¿Estáis de acuerdo? ¿El que no pueda hacer lo que el otro propone ocupará el puesto de segundo violín como un caballero?

—Sí señor.

—Sí señor.

—Bien. Los demás, guardaremos absoluto silencio.

Romaggi le hace un ademán a Paganini para iniciar, pero él contesta:

—De ninguna manera Maestro, usted pone la primera muestra.

Llevándose el violín al hombro, toca un complicado pasaje que Nicoló jamás ha escuchado. Inmutable, toma su violín y lo toca exacto. Los músicos rompen el silencio, dejando escapar sus emociones que el director intenta silenciar. Pone su muestra Paganini y, asombrando a todos, toca algo sencillo de bajo grado de dificultad. Romaggi, sonriendo, lo toca sin mayor problema y pone su siguiente muestra, de gran dificultad. Nicoló, sin titubear, la toca sin fallas y pone su muestra, la misma que puso antes, con algunas variaciones y sensiblemente más rápido. El veterano, ya no tan sonriente, se percata por dónde va el joven y lo toca sin fallas; en seguida, haciendo un gran esfuerzo para recordar algo verdaderamente complicado y poner al insolente joven en su lugar, toca una pieza en que domina un rápido *staccato*.

Paganini lo repite exacto e inicia su muestra de inmediato, tocando el mismo tema que tocó al principio, con más variaciones y más rápido aún. El corpulento violinista, ésta vez, suda y sufre pero lo saca. Al terminar, se queda en silencio pensando qué proponer; la alegría ilumina su rostro al recordar algo que, con mirada maliciosa, entrega: una magnífica pieza gitana de extremo grado de dificultad.

Todos los músicos escuchan extasiados. Romaggi la disfruta profundamente, seguro que es imposible tocar la pieza sin ardua práctica. Sus ojos se entre abren en su rostro de total felicidad sabiéndose triunfador. Termina y todos le aplauden. Con gran sonrisa, ve a Nicoló con expresión condescendiente y lógicamente esperando que el necio apabullado reconozca su derrota y ni lo intente.

Nicoló sonríe y acepta los desplantes del viejo, pero sube su violín y ante el asombro general (menos el de Carlo, claro), lo toca igual o mejor, pues le imprime más pasión. El aplauso de todos explota sin poderlo creer. La sonrisa de Nicoló continúa en su rostro, la de Romaggi desapareció. Entonces, Paganini pone su muestra: la misma tonada que al principio, pero esta vez, con muchísimas variaciones y a extrema velocidad.

Todos pasmados, escuchan lo imposible: **staccatos, pizzicatos** de mano izquierda y derecha, dobles pisadas, armónicos a increíble velocidad, y termina con una nota larga anunciando el final. Un tremendo aplauso por parte de todos y hasta del mismo director emocionado.

Romaggi, asombrado, y ahora humilde, le da la mano diciendo:

—Maestro Paganini, es un verdadero honor trabajar con usted. No voy siquiera a intentarlo, porque sé, que requeriría meses de práctica. Es usted un gran violinista. ¡Enhorabuena!

Dicho esto, todos aplauden entusiasmados, mientras el Maestro Romaggi guarda su violín diciendo:

—Nos vemos mañana.

Algunos lo ven irse, otros ven al nuevo primer violín, felicitándolo y alabándolo. La emoción sigue en animada tertulia. El director se acerca a Nicoló y le felicita de abrazo:

—Nunca pensé, o imaginé siquiera, que tocar un instrumento pudiera llegar a tales extremos. Le he escuchado en los conciertos que hemos dado y siempre me pareció extraordinario. ¡Pero esto…! ¡Esto ha sido fantástico… increíble, Maestro! Es un honor para mí y para la orquesta que sea usted el primer violín. ¿No preferiría ser el director? –termina bromeando.

—Gracias Maestro, me gusta el primer violín.

—Lo merece. Pero si quiere dar a alguien las gracias… tendrá que ser a Su Alteza, la Princesa Elisa.

— ¿Si? ¿Por qué?

—Ella me mandó llamar, para decirme que: «era yo un imbécil por tenerlo como segundo violín». Que todo el mundo se había percatado de su talento, menos yo. En este momento ya no me cabe la menor duda que ella tiene absoluta razón. De hecho… le debo a usted una disculpa por los agravios que mi inepcia le hayan ocasionado. Maestro, me despido, creo que ya no queda mucho ensayo por hacer y todos los presentes hemos de digerir lo recién vivido. Por cierto, gracias por acomodar las piezas.

Carlo no ha perdido detalle y el orgullo le inunda los ojos como su madre. Nicoló lo ve sentado, esperando emocionado. Va hacia él y se funden en abrazo.

—Hermano, gracias por empujarme. Yo me hubiera quedado quieto, que es lo que el director me pidió. ¡Carlo, eres un señor!

—Y tú un genio… ¿Qué carajos haces en esta ridícula orquesta?

—Poco a poco Carlo, ahí voy… ahí voy…

— ¿Vienes a cenar a la casa?

—Hoy, no puedo…

—Pero si… —bajando la voz— la Princesa no está… —con mirada insinuante.

—Precisamente por eso… —con mirada más insinuante aún— tengo que atender un asunto pendiente. Tú entiendes Carlo… Pero mañana, te invito a cenar con Anna a algún restaurante. ¿Te gusta…? Oye Carlo, cambiando tema… ¿me podrías ayudar a escribir?

— ¿Cómo? ¿Necesitas escribirle algo a alguien?

— ¡No! Escribir música… Yo toco y tú escribes lo que toque… ¿Te parece?

— ¡Já, já, já…! ¿Yo…escribir lo que tocas? ¡Já, já, já! ¡Pero ¿estás loco?! ¿Cómo puedo escribir lo que tocas, si me quedo pasmado al oírlo? Lo que necesitas es un muy buen amanuense, excelente en dictado, que no se pasme escuchando tu música y sólo la escriba. Mientras menos se apasione mejor. Yo no soy ese, pero no sabes cómo me gustaría serlo. Quizás, entre los músicos, haya alguien apto.

— ¡Mm…! Puede ser… Nos vemos mañana.

6 Por fin: Chantelle.

Flamante y perfumado, él y *el Cañón*, llegan a la puerta y da los tres golpes de contraseña. La puerta se abre sigilosamente y los nuevos amantes se encuentran. Nicoló, lejos de arrojarse sobre ella, sólo quiere contemplar su belleza, boquiabierto, sin palabras. Es ella la que rompe el silencio:

— ¿No me das un beso?

Muy lento, como su contemplación permite, se acerca y la besa apenas rozando. ¡Mm, su olor! Su exquisita piel, sus deliciosos labios y, como ojos, dos lagunas de agua fresca. Embelesado, percibe la presencia de este delicado ser y la abraza suavemente. Todo, colmado de belleza perfecta y sensualidad.

— ¿Nos vamos?

—Sí, claro…

—Es por otro lado completamente, mi cuarto no tiene pasadizo. Es fácil, mira: salimos de aquí y, dos puertas más adelante a la izquierda, ahí te metes. Entras a un pasillo elegante, no de servicio, y la segunda puerta de la derecha. ¿Entendiste?

—Sí, creo que si… ¿y si me pierdo?

—No… es enseguida… voy a estar pendiente. ¿Vamos? Que nadie te vea…

Los expresivos ojos de Chantelle lo tienen hipnotizado. Sigilosamente, ella sale de la bodega; él, espera un momento y hace lo mismo, entra al pasillo elegante, camina hasta la segunda puerta y toca. La puerta de enfrente se abre y siente un escalofrío.

— ¡Psst…! ¡Nicoló! Por aquí…

Él voltea sorprendido, viéndola al otro lado del pasillo y corre a meterse en lo que ella cierra de prisa.

— ¡Te dije a la derecha!

— ¡Cierto! …

— ¡Sh! –escucha pegando la oreja a la puerta– ¡Que susto me has dado!

— ¡Me equivoqué…!

De menor tamaño que la de la Princesa, su habitación es de fina elegancia y sencillez. Suficientes velas conservan dramáticas penumbras y pesadas cortinas cubren el ventanal.

— ¿Quieres un poco de vino?

— Por favor.

Al pie de la cama, un sofá encara la chimenea apagada por ser verano.

— Toma asiento… —dice ella sirviendo vino.

La ve acercarse con suave y elegante andar. Disfruta contemplarla y más, en movimiento. Si fuera pintor, estaría desesperado por pintarla en mil formas.

Asentando las copas en la mesilla, se sienta frente a él. El silencio reina.

— No te gusto ¿verdad?

— ¡¿Qué?!... Eres la mujer más bella que conozco… me tienes hecho un imbécil contemplándote.

— ¿Y por qué no me besas?

— Por eso… estoy hecho un imbécil...

Le da un beso que le rebota y da vueltas por todo el cuerpo, volviendo a quedar en silencio y contemplándola como bobo.

— ¿También por eso estás tan callado?

—Es que me gusta escuchar tu voz y tu acento… aunque tienes razón, tengo mucho que decirte, pero… con mi violín. Tú eres algo así como… un «allegro moderato».

Las notas comienzan a desprenderse de su violín. La acaricia suave, como la brisa al lago; borda con notas el paisaje que es ella. Se sumerge en sus ojos y le imprime al tono la sensualidad que ella emana; sus húmedos labios, entreabiertos y en sonrisa, esperan un beso; su mirada le invita a descubrir bellezas, aún ocultas. El torrente se desliza con suavidad y fuerza de viento por un cálido paisaje de dunas, recorriéndola. Su extraordinario rostro, le demanda besos, muchos besos, más besos.

Embelesada escucha el poema que su amado escribe en el aire visitando sus más secretos rincones. Al principio se resistía, ahora, ferviente y decidida, desea su visita, dejarse llevar. Sintiendo que las ropas le estorban cuando ya la está poseyendo, comienza a deshacerse de ellas. Él infunde pasión en sus notas, ella, sensualidad a sus movimientos. Entre luz y penumbra, sus bellas formas se dibujan. Cada fragmento que emerge, tan bello como su rostro. Desnuda; todo un paisaje. Deteniendo su música, asombrado que tal belleza sea para él, se despoja de su ropa sin dejar de contemplar estático, su maravilloso e inmediato porvenir. Excitado a punto de dolor, se acerca al calor de su piel, entrando en la esfera de sus aromas íntimos.

Explotan en pasión, llenando de gemidos y chasquidos el silencio. Entre caricias y besos caen sobre el sofá: respirándose, devorándose. Firme y decidido, entra; lo recibe húmeda y amorosa deslizando sus uñas por su espalda que lo electrizan haciéndole temblar en escalofríos. Ella siente este temblor entre sus muslos.

La pasión se desborda y sus cuerpos se agitan y convulsionan. Ruedan cayendo del sofá sacudiendo la mesita, el vino cae sobre su piel y lo beben con besos. Al rodar, ella queda arriba y se yergue sentada sobre él. Descubriendo su rostro con ojos cerrados, hace una danza mística sintiendo a su amor dentro. Su cabello alborotado cubre y descubre sus facciones.

Él, pasa del asombro al éxtasis, una y otra vez. Sus manos acarician los muslos de Afrodita y Vesubio amenaza con erupción. Ella siente acudir de todos los rincones de su ser, fragmentos de orgasmo que se acumulan. La recolección continúa vigorosa y los escalofríos y temblores aumentan hasta hacerse insostenible. ¡De pronto! se reboza en un grito hacia adentro que se repite en ecos desatando la erupción del Vesubio en un desenlace intenso y prolongado.

Como árbol que cae, se derrumba sobre él. Los gemidos descienden a agitada respiración.

Con ella encima, Nicoló se siente entero. Cobijado por su belleza recorre su espalda con sus yemas. Se siente enamorado sin embargo, otra vez su amor es secreto.

Los nuevos amantes pasan juntos el tiempo que pueden y su enamoramiento crece. El tener que ocultarse con miedo a ser sorprendidos, intensifica los sentimientos. Chantelle visita su apartamento, pero llama demasiada atención una dama en esa sección al igual que es imposible explicar la presencia de Nicoló en el área de su recámara,

Los tres romances importantes en su vida, han sido secretos. El presente, el más secreto de todos. Si Elisa se llegara a enterar… quién sabe qué pasaría. Se pregunta, a sí mismo, cómo reaccionará con Elisa cuando sólo piensa en Chantelle que, a su vez, se carcome de celos y frustración al pensar en su retorno.

Una tarde-noche intenta escribir Caprichos y algunas formas de captura empiezan a ser eficientes, alguien toca a su puerta y entre penumbras del pasillo, un caballero que no reconoce:

—Sí, dígame…

El caballero permanece en silencio y él, asustado, insiste:

—Sí señor… dígame ¿Qué desea?

Dando un paso al frente, devela su rostro con la luz de la ventana.

— ¡Soy yo, tonto!

Chantelle en disfraz.

— ¡Menudo susto me has dado!

—No hombre, había que ver qué cara pusiste ¡Já, já, já!

—Amor, que gusto verte… —abrazándola y besándola.

—Te extraño Nicoló, te extraño tanto…

Al cerrar la puerta su pasión se desborda y se desnudan con desesperación. Después de acariciarse, hasta el agotamiento, platican junto a la ventana. La luz de la Luna devela nuevas bellezas de Chantelle.

— ¿En qué piensas? —Ella pregunta.

—…en que te amo…

— ¿De veras me amas…? ¿Con una princesa loca por ti?

—Olvida eso… Te amo… Todo el tiempo pienso en ti.

— ¿Qué vamos a hacer cuando regrese Elisa?

—No lo sé. Tú dijiste en esa primera ocasión…

—Sí, recuerdo lo que dije… Pero, ahora, los celos me matan…

—Vamos a ver… igual se aburre de mí y me cambia por otro. Hay que ver cómo le coqueteó al pintor aquél que le hizo su retrato.

—Es posible… le gustan los artistas…

—Claro que… después de mí, cualquier espectáculo es bodrio… Nadie le toca el violín como yo.

Ella lo ve entrecerrando los ojos con fingido enojo.

Conforme a lo programado, Elisa regresa de paso hacia Piombino. Hay en Palacio, nerviosismo por su llegada. Chantelle, cargada de sentimientos encontrados, la recibe con todos los protocolos que ella demanda. No bien le saluda, Elisa le informa:

—Prepara tu equipaje, no sabes cómo me hiciste falta, no me pasará lo mismo en Piombino. Tienes que ver lo bonita qué está quedando la villa. Regresando de Piombino, tan pronto se pueda, nos iremos para allá. ...¿Cómo está todo por aquí? Vi que la demolición ha avanzado... ¡Ah! Ya quiero ver la plaza terminada...— susurrando— ¿Cómo está mi flaquito...? Seguro feliz como primer violín... ¿No?

—No sabría decirle Alteza –respetando el amor que expresa.

—Claro... Para lo poco que lo ves... pero... ¿Está bien...?

—Supongo que sí Alteza.

—Pues avísale... que lo quiero ver. ¿Cómo está la agenda?

— ¡Bastante cargada...! Todo mundo quiere hablar con su Alteza, sólo cité a los más relevantes.

—Pues ni modo... cítalo a él para la noche. Ardo por verlo.

—Descuide Alteza, yo lo arreglo... –disimulando su tormento.

—Aprecio mucho tu ayuda en esto Chantelle, tu eres la única persona en la que puedo confiar «esta locura»... ¡Estoy enamorada como una adolescente!

—Alteza, siempre es un honor servirle. Valoro su confianza.

Las dos damas continúan plática en lo que desaparecen dentro del palacio.

Nicoló entre gente observó la llegada y las reflexiones le asedian. Sus dos mujeres en encuentro con el peligro que esto implica. La adrenalina le provoca temor e irresistible erotismo.

Pese a estar enamorado de Chantelle, no siente animadversión por Elisa y le tiene algún cariño, es amiga y excelente amante. Le encanta su poder y la original manera en que lo ejerce. Aunque menos bella e inmensamente más poderosa, le evoca a Dida molestándole ser nuevamente mascota de una gran dama, ahora, autoritaria. Da órdenes y él tiene que obedecer, recordándole a su padre como chubasco de agua helada. Está metido hasta las orejas en el embrollo. Si fuera por él, huiría con Chantelle dando conciertos por toda Italia sin importarle nada más pero es imposible, no queda más que sobrellevar la casi insostenible situación.

Es temprano y siente impulso de caminar entre calles y reflexiones. El ambiente de Lucca ha cambiado radicalmente desde que Elisa llegara; algunas cosas mal, pero otras mejoran. Una eliminación de lo vetusto, entrando lo nuevo. El afrancesamiento fue bien recibido desde el principio, y sentir a una Bonaparte en el poder causa a muchos gran euforia. Carreteras se están construyendo, el arte se está fomentando, hay teatros y escuelas en construcción y como sorpresa, los impuestos se han reducido en algunos rubros para estimular la economía. Las demoliciones sólo han encontrado oposición por parte de una minoría y de los afectados. Para los más, Lucca está en camino de convertirse en un nuevo París.

Camina y silba, y sin querer, conecta su silbido al torrente soltándose una catarata de notas.

Acelera el paso de regreso a su apartamento. En lo que avanza silba pero, al hacerlo, ve su música tirada por toda la ciudad. Trata de mantener silencio, pero las notas no dejan de fluir perdiéndose. Angustiado, siente en emergencia, posibilidad de capturar las notas directo al pautado.

En su ruta de regreso, recuerda una tienda de Música y se dirige allá a toda prisa. Sobre el aparador, canaliza el flujo de notas hacia el pautado. Asombrado, el viejo de la tienda con espejuelos a media nariz, observa la velocidad con que garabatea los compases llamando la atención de otros clientes. Nicoló, absorto, sigue su empresa escribiendo página tras página. De repente, se agota y aunque pretende seguir, nada nuevo le visita. Da por terminada la sesión y preparado para un «nuevo ataque», sale cargado de papel y lápices. Reanuda caminata hacia Palacio, su paso marcando un necesario ritmo induce el flujo nuevamente. Deteniéndose, se apoya sobre una cornisa y, marcando el ritmo con un pie, escribe sobre el pautado con resolución. Otra vez mengua el chorro y retoma trote. Llega a Palacio pasando las barreras, sube a zancadas las escaleras y entra en su apartamento para poner lo escrito en el atril y tocarlo con el violín. Enorme júbilo le inunda: ¡Ha capturado su primer Capricho!

7 «A Sotto Voce» en Palacio.

Chantelle abre la puerta de la bodega. Sus bellos ojos rebozan lágrimas. Él la abraza comprendiendo:

—Si no quieres, no entro. Me voy de Lucca hoy mismo y me alcanzas después.

—No mi amor. Sabes que eso es imposible y hasta peligroso. Otra cosa… mañana supongo que, estarás otra vez con ella y no nos podremos despedir.

— ¿Despedir…?

—Sí, me voy con ella a Piombino.

—Pero…

—Son sus órdenes… Anda ve con ella, no la hagas esperar… que está loca por verte.

Dispuesto a besarla, ella se niega retirando la cara:

— ¡No! No me beses… Elisa pudiera sentir mi presencia en ti.

El desgarramiento es intenso. Armándose de decisión e intercambiando miradas de incertidumbre, abandona a su amada sabiendo que amenaza cualquier final. Al entrar no ve a Elisa por ningún lado.

— ¡Elisa!… ¿Elisa? –nada.

Se sienta en un sillón a esperar asumiendo que algo la entretuvo. Sorpresivamente, de entre los cojines de la cama, levantando los brazos y las piernas, aparece desnuda gritando:

¡Aquí estoy!… ¡Aquí estoy!…

Nicoló asombrado, de la seriedad pasa a la carcajada. El contraste entre la severa monarca y la niña traviesa es tal, que la risa de ambos es imparable. Al acercarse a la cama, donde ella da brincos, abusando de su pequeño cuerpo, salta sobre Nicoló que la recibe haciendo esfuerzos para no caer.

Envuelto en sus besos apasionados ve las variaciones y excentricidades de Elisa en privado, es graciosa y creativa. Su imagen y seriedad en la vida pública, contrastan con su gracia y comicidad de la privada. Afuera, muy seria; adentro, ocurrente. En su vida pública, se protege con un oportuno chascarrillo; en la privada, con algún desplante de poder. En una: relaja, en la otra: tensa. Este contrapunto-contratiempo, le llamó la atención desde el principio y, de hecho, es el origen de su ternura hacia ella. A todos les parece andrógina; él la siente mágica, muy interesante y sin atavismos ni mojigaterías. Eso sí, extremadamente caprichosa.

— ¡Mi lindo niño, te extrañé como una idiota…! —besuqueándolo.

— ¡Y yo a ti!

— ¿De verdad amor…?

—Claro que sí –contesta riendo.

— ¿Te parece un poco de champaña?

Con ella prendida como chimpancé, camina hacia la mesa. En un espejo ovalado, se ve completo con ella prendida al torso. Es una imagen genial y se detiene a disfrutarla, haciéndole ver a ella el «camafeo» que forman en el óvalo. Sus miradas se enganchan en el espejo. También a ella le fascina la imagen. El momento se prolonga, hasta que uno salta a los ojos del otro directo y se dan un amplio y apasionado beso, cada uno transportado en el espejo del otro.

Beben champaña, hacen el amor explorando formas y posiciones, así sean absurdas; platican, ríen, se vuelven a besar. Cuando la noche deja de ser joven y él cae dormido:

— ¡Flaco...! te tienes que ir, mañana entran a despertarme muy temprano.

Conociendo el inconveniente, adormilado, se viste y se retira.

Al enfrentar los oscuros pasillos, recupera alerta con una vela que las traviesas ráfagas amenazan extinguir. Ya en su cama, tratando de dormir, las imágenes desfilan por su frente. Sus dos amantes se disputan su corazón y, aunque tiene una marcada preferencia, las quiere a ambas.

En la mañana toca en la iglesia; desde arriba ve a las dos damas sentadas al frente y las acaricia con su música. Al salir, cruza miradas con ellas. En el recital de la noche vuelve a verlas. Elisa susurra algún comentario sobre él, las dos voltean a verlo. Le dirige su música a las dos. Al ellas levantarse, los concurrentes lo hacen enseguida. Con miradas se despiden. Bullicio e incertidumbre reinan fuera y dentro de él. Conversa con Carlo, aunque sólo escucha, entonces aparece Chantelle queriendo hablar con él.

—Discúlpame Carlo, ahora regresó.

La sigue hasta alguna habitación. Al sentir privacidad se abrazan y besan.

—Supongo que es la despedida...

—Así es mi amor... ella quiere verte más tarde... como era obvio.

— ¿Vas a quedarte un rato conmigo?

—No puedo, me está esperando... es más me tengo que ir...

— ...te veo en un rato...

—No mi amor... no quiero estar ahí. Te dejo la puerta entornada, sólo empújala.

—Pero... ¿Cuándo te veré?

—No lo sé... —lo besa y sale corriendo.

Al regresar al salón, Carlo ya se marchó. ¡Lástima! Quería platicar con él. Pero quizá sea mejor así. Cuando el secreto se hace intolerable, amenaza con descubrirse. Deambula por el palacio sin rumbo y, al llegar la hora, entra en la recámara de Elisa. Lo espera recostada a lo largo del sofá, con la cabeza firme como si posara para retrato. Una diva. El cuadro es tal, que Nicoló por reflejo le hace reverencia. Ella, sonriendo, le dice sin romper la pose:

— ¡Mira que eres sensible! Estás viendo a la futura soberana de la Toscana.

— ¡¿Cómo?!

Elisa le hace una serie de largas y tediosas explicaciones políticas sobre la firma del «Tratado de Fontaineblue» con el que pasa de España a Francia, el control sobre la Toscana. Siendo ella la Bonaparte que gobierna la zona vecina, es lógico que su hermano Napoleón se la otorgue.

—Y ¿Qué va a pasar con Lucca? ¿La vas a dejar?

—Pero ¿estás loco?... ¿Cómo voy a dejar Lucca? Es parte de mi reino, de lo que estoy hablando es de expandir mi dominio, no de cambiarlo. ¿Comprendes?

— ¿No te vas a volver loca gobernando tanta cosa?

—Y tú, ¿no te vuelves loco con tantas notas…? ¡Claro que no! Lo que sí, es que en el momento en que me asignen la Toscana, tendremos que pasar la capital a Florencia.

Nicoló mudo, escucha el discurso sin explicarse por qué tantas demoliciones y adaptaciones en la ciudad si no piensa quedarse en ella. Se le antoja un disparate superfluo. Se siente estúpido escuchando planes de monarca, cuando él es considerado un mero sirviente. Lo único que salta a su vista, es su propio agravio, recorriendo distancias para satisfacer caprichos bajo un sueldo miserable.

Esa noche, la estruja y la posee sin ningún respeto y hasta violencia; paradójicamente, a ella le excita. Nunca había zarandeado a una mujer al poseerla, hasta las putas de la Rochelle habían recibido de él un trato delicado. Ella se siente agredida e intenta imponerse, pero es tal el placer que le da la embestida, que pasa por alto supuestas transgresiones y escoge los intensos orgasmos que esta agresividad le produce.

A la mañana siguiente, Nicoló asiste a la partida. Con miradas e inclinaciones, se despide a distancia cuando suben al carruaje. Un mozo le aborda:

—Su Excelencia, La Princesa Elisa, dejó esta carta para usted.

—Gracias…

Con algún temor la abre, no hay nada íntimo, sólo órdenes de montar una ópera y un plazo. La carta va dirigida a él. ¿Por qué no se la mandó al director? ¿Querrá decirle algo con esto?

En el ensayo, el director les informa sobre las órdenes a seguir y Nicoló no ve el objeto de exhibir su carta que, al parecer, fue mera diplomacia. Montar la ópera le sirve de entretenimiento y práctica. Continúan los tres recitales de la semana y los domingos en la iglesia; trabajan tiempo completo. Con la ausencia de sus damas, no ha logrado inspirarse para escribir Caprichos, pero recordarlas le inspira una novedad divertida que llama: «Escena Amorosa», que tocará cuando ambas estén presentes.

Por fin regresan, no sólo las dos damas sino también el Príncipe. El ambiente en Palacio es tenso, y no se ve mucha comunicación entre la pareja principal. Nicoló recibe una nota lacrada a través de un mozo que demanda respuesta:

¿Todavía me amas?

C.

Despacha al mozo con otra nota. Poco después, llega otro mensajero comunicándole que Su Alteza, el Príncipe Félix, requiere verlo. Por un momento duda, pero recordando la primera cita con Elisa, toma su violín y acompaña al mensajero. El temor y los nervios le hacen sudar. Es anunciado en un salón al que jamás entró y encuentra al Príncipe tocando violín que interrumpiendo su pasable ejecución, exclama:

— ¡Paganini...! ¡Por fin le conozco! He oído maravillas de usted y su violín...

Haciendo reverencia:

—Su Alteza, es un honor.

— ¿De verdad es usted tan bueno como dicen?

— ¡Mejor! –contesta atreviéndose y arrepintiéndose de inmediato.

— ¿Tan seguro está?

—Su Alteza... humildemente, sé mis habilidades, aunque mi respuesta fue más bien broma...

—Me encantó su respuesta Paganini. Veo que trajo su violín... ¿Podría tocar algo para mí?

—Será un honor Alteza... ¿Algo en especial?

—No... pero ya que me lo pregunta... que tal si toca esto, que estoy intentando descifrar.

Sobre el atril una pieza de Viotti de alguna dificultad que ha tocado en repetidas ocasiones. Nicoló lee el título y girando para darle frente, la toca con gran expresividad.

El Príncipe escucha impresionado con gran atención, notando además de su alta ejecución, que lo hace de memoria. Al terminar, aplaude entusiasta:

— ¡Bravo...! ¡Bravo...! ¡Extraordinario Paganini!

— ¡Gracias Alteza, me honra!

—Creo que voy a aprender mucho con usted… Maestro, yo veo el violín como la espada… se requiere pericia, agilidad, talento, alerta y mucha práctica. Si en lugar de violinista fuera usted espadachín, a su edad, en el ejército, sería, por lo menos, Capitán. ¡Cómo la ve! Así que… Capitán Paganini, ¿está dispuesto a enseñarme y entrenarme en el uso de esta sofisticada arma?

—Será un gran honor Alteza.

— ¡Pues celebrémoslo…!

Haciendo un ademán, un mozo sirve dos copas de coñac y se las presenta. Félix elevando la suya:

—Para mí será el honor Maestro Paganini… sólo para mí. ¡Salud!

— ¡Salud!

— ¿Le parece, si empezamos de una vez?

Nicoló le imparte la primera lección durante la cual una serie de reflexiones le acosan. Este hombre es amable y respetuoso con él, mientras por su parte, se acuesta con su mujer. Esto le hace sentir hipócrita al sólo sonreír. Lo siente muy agradable, pese a que su estilo militar le recuerda al General Milhaud, que tan desagradable resultó. Por otra parte, la mera presencia de este guerrero manifiesta el tremendo peligro y osadía de hacer algo, que él, ya está haciendo. Sudor frío le recorre; se siente transgresor. Terminada la lección y acordada la siguiente, sale al gran pasillo en donde ve a Elisa acercarse rodeada de su séquito; cediendo el paso, saluda con reverencia mientras la ve alejarse aún colmado de reflexiones y claridad.

—« ¿Qué estoy haciendo?… ¡¿Qué demonios estoy haciendo?!» -grita en su interior.

El torrente, esta vez de claridad, no cesa mientras camina. Tanto trabajo mantenerse alejado de apuestas y, sin percatarse, está metido en una hasta el cuello. No puede sustraerse, ha de llegar al final, pero ¿cuál es el final? Dónde gana y dónde pierde. Qué gana y qué pierde. ¿Cómo llegó hasta aquí?

Al plantearse esta pregunta, se detiene paralizado en medio del pasillo; una acelerada recapitulación se derrama en su mente dejándole ver su trayectoria y el por qué escogió este camino. Miedo, un miedo profundo le achicó y lo enfermó hasta casi matarlo, requirió rescate y se aferró a él. Cuando por fin lo soltó, se aferró entonces al camino asalariado que, también por miedo, ahora recorre. Su violín lo trajo hasta aquí, pero su mismo violín lo pudo haber llevado por el camino de la libertad, la fama y la fortuna y lo había probado. El miedo, el espantoso miedo al «allá afuera» que sin Carlo le fue imposible superar. Si pudiera escoger entre ser músico de la corte y dar conciertos independientes ¿qué escogería?

Asomado por la ventana de su apartamento sus reflexiones no cejan. Golpecillos en la puerta interrumpen su imaginación, es Chantelle bajo una caperuza negra tapándole peinado y vestido; el encuentro es ansiado con intercambio de besos e inseguridades.

—No tengo mucho tiempo mi amor, pero como la Princesa Elisa no ha dicho nada, es posible que nos podamos ver en la noche. Mientras, nos vemos en el recital.

—Voy a tocar algo que compuse pensando en ti, una pequeña travesura…

— ¡¿Qué vas a hacer?! –pregunta aprensiva.

—No, no te preocupes… es para todo el público.

—Bueno, te veo más tarde… —besándolo de nuevo, sale de prisa cubriéndose.

Con gran concurrencia, el recital comienza. Al frente la pareja de príncipes y junto a Elisa, Chantelle. Nicoló acordó con el director tocar «La Escena Amorosa» al final del programa, a manera de postre.

Llegado el momento y frente al público, Paganini remueve las dos cuerdas intermedias de su violín, dejando la primera y la cuarta, voz de mujer y de hombre. La idea es un diálogo entre amantes con varios momentos que representan los diferentes estadios del romance: Flirteo, Petición, Consentimiento, Timidez, Gratificación, Riña, Reconciliación, Muestra de amor, Noticia de partida y Despedida.

Al terminar, recibe aplausos y felicitaciones. Elisa le dice altiva:

—Maestro Paganini me encantó «La Escena Amorosa», me pregunto si fuera posible una pieza con una sola cuerda y la misma belleza.

—Su Alteza, será un honor, cuente con ella.

—Va a tener que enseñarme a tocar esa «Escena amorosa…» — agrega el príncipe.

—Desde luego, Alteza.

Semanas después, cumpliendo con su palabra, Paganini presenta la sonata que titula: «Napoleón», para una sola cuerda, dedicándosela al Emperador en su cumpleaños y para celebrar la inauguración de la nueva «Plaza Napoleón», frente a Palacio.

Pasan los meses, el doble romance se prolonga con secretas visitas nocturnas y un juego constante de miradas y mensajes que ya está lejos de ser agradable; una jornada difícil, llena de intrigas y miradas suspicaces de sirvientes y miembros de la corte.

Elisa reparte su tiempo entre Lucca, Villa Marlia, los Baños de Lucca, Massa y Piombino; mientras Félix, hace algo semejante y algunos viajes a París. Casi siempre separados, pocas veces coinciden.

Para Nicoló, el sistema ha resultado en ausencias y encuentros alternados e impredecibles. Tiene dos amantes o ninguna, una secreta y la otra, secreta dentro del secreto. También tiene encuentros con el Príncipe, impartiéndole clases que terminan en pláticas cada vez más amenas y cercanas.

8 *Capitán* Paganini.

En uno de sus esporádicos encuentros, Elisa y Félix platican sobre el carisma del joven Paganini. Ambos admiran su talento, disfrutan su plática y lamentan el impedimento protocolario que le impide, como músico, asistir a eventos de la corte como invitado.

—No podemos incluirlo sin crear incomodidades, en la corte o entre los músicos…

— ¿Cómo hacemos para que asista…? –pregunta Elisa.

—Podemos condecorarlo… darle rango, así la corte no protesta ni defiende a sus protegidos…

— ¡La corte es mía y hago con ella lo que me da la gana…!

—Bueno… pero estás bajo la lupa de tu hermano para el asunto de la Toscana… Y ya hiciste muchos cambios de protocolo… ¿Qué vas a hacer ahora, decretar que los músicos alternen con la corte?

— ¿Qué se te ocurre?

—Lo que dije… investirlo…

—Pero ¿de qué…?

—De *Capitán*… —dice Félix espontáneo y riendo.

—Eso sería enlistarlo y el ejército pudiera disponer de él acabando en el frente o quién sabe dónde…

— *¡Capitán de la Guardia Real!* ¿Qué te parece?

—Pero él… ¿qué sabe de eso?

—No acabaría en ningún frente y no necesita saber gran cosa… Alguien más desempeña la función… Sería sólo honorario… Puede arreglarse.

—Pero… tendría que usar uniforme…

—Pues que use uniforme… aunque sólo en Palacio… sería su «salvoconducto». La corte lo va a aceptar. El muchacho es de gran talento… todos quieren platicar con él. Las damas se volverían locas, son sus admiradoras. Además, como *Capitán*, lo puedo llevar conmigo en viajes.

Aunque los últimos comentarios no le agradaron, Elisa contesta pensativa:

—Bien, nombrémoslo «*Capitán de la Guardia Real*»… le va a gustar.

A Nicoló, el nombramiento le cae por sorpresa y aunque le agrada que el Príncipe le llame *Capitán* Paganini, jamás imaginó esta posibilidad. Definitivamente no tiene vocación militar ni atracción por los uniformes, pero como le insisten que «es meramente decorativo y no funcional», termina entre bromas aceptando. Se eriza pensando que usará uniforme pero verá a Chantelle con más frecuencia y estará en los eventos y no marginado. De cualquier manera, la vida en Palacio resulta un claustro, sobre todo, al aceptar vivir en ese apartamento que le impone horarios y absurdas restricciones.

Le gusta la idea de tener título, uno de Marqués o Conde hubiera sido mejor, pero como *Capitán*, además de poder ser invitado, podrá también practicar esgrima con los instructores de Palacio.

A partir de ese momento está presente en todos los eventos. Como músico ha de usar traje negro como los demás músicos, como invitado ha de portar el uniforme de *Capitán*; esto, le impone cambiar vestuario en cada caso.

Circula entre los asistentes, platicando con admiradores de la corte y con algunas damas deseosas de acercársele. Algunas le son muy atractivas y termina por enredarse en aventuras aún más secretas que las dos de base. Chantelle observa estas coqueterías, ya con ataques de celos o con estoica resignación; como no puede hacer una escena, lo hace en privado. Elisa sólo le pregunta si tiene interés por alguna de las damas concurrentes; él lo niega y ella vanidosamente se da por satisfecha.

El tiempo sigue su implacable marcha, los enredos continúan evolucionando. En ocasiones Elisa se lo lleva en su comitiva, en otras, es Félix quien lo hace. Nicoló es tratado con la deferencia que se le da a un Capitán donde quiera que esté pues, aun sin el uniforme, tiene la identificación que lo acredita.

Con el Príncipe y su grupo de amigos, amantes de la música, la amistad crece hasta formar un cuarteto de cuerdas y divertirse tocando hasta entrada la noche; él es lógicamente el director y héroe al sólo tocar. Otras veces juegan naipes, fuman magníficos puros y beben lo mejor. Aprovechando ausencias de Elisa y sus damas de honor, no falta quien organice fiestas incluyendo a chicas de la Rochelle, lo que aumenta el «heroísmo» de Nicoló, al ser reconocido por ellas que le saludan con cariños y hasta con apodos. En las prácticas de esgrima, ha llamado la atención su flexibilidad, rapidez y precisión.

Estando en Piombino con las damas, los encuentros nocturnos con Elisa han sido menos frecuentes. Una noche Chantelle le comenta, entre entusiasmo y picardía, que su Alteza ha adquirido un nuevo amante; esto le explica la distante actitud de los últimos días y sin poder evitarlo, los celos le invaden. La respuesta de Chantelle en reproches es automática y la pareja se enreda en desgastantes e infructuosas discusiones. Cuando Elisa solicita la presencia de Nicoló, es Chantelle, en disgusto, quien se lo ha de comunicar y en amargos desacuerdos, él acude. Así sucede una o dos veces por semana.

Un día, los tres montan carruajes para ir a Lucca y en alguna parada del trayecto, sin siquiera proponérselo, Elisa se percata que existe relación entre ellos al verlos reñir secretamente. Haciendo esfuerzos disimula y decide no tomar medidas hasta confirmarlo. A partir de ese momento no los pierde de vista y va develando la relación. Ahora, los ve como hipócritas y traidores; se siente insultada, burlada. Lo pensará bien y les dará el castigo adecuado; no lo pasará por alto. Al llegar a Lucca, recibe una noticia alentadora: Su Majestad, el Emperador Napoleón I, quiere discutir las condiciones para investirla con el título de «Gran Duquesa de Toscana». Días después, parte a París llevando a Chantelle con ella.

Todo esto es de lo más normal y Nicoló se dispone a otro período de ausencias, concentrándose en la composición de Caprichos y en sus romances secundarios. Al llegar al ensayo de la orquesta, se entera de nuevos cambios. Por decisión de Su Alteza, la orquesta quedará disuelta para el nuevo año, sólo quedando cuatro violinistas, un tenor y el director. En la carta, esta vez, sólo dirigida al director y proveniente de uno de los secretarios de Su Alteza, da los nombres de cada uno, mencionando a *los hermanos Paganini* como paquete. También hace una aclaración:

> *«En caso de que el Maestro Doménico Puccini no acepte el puesto de director, el puesto será para el Maestro Rustici. La nueva orquesta (o cuarteto) tendrá que acompañar a Su Alteza Real en todos sus viajes para cubrir las diversas necesidades musicales. Los gastos de viaje y hospedaje les serán cubiertos...»*

Los que quedan, han sufrido una notable degradación: de Orquesta de la Corte a grupo de músicos acompañantes de Su Alteza con una notable baja de sueldo. Por otra parte, queda sobreentendido, que el único que tiene libertad de no aceptar, es el director. Al resto, no les queda más remedio que asumir las nuevas disposiciones. Las humillaciones para Nicoló incluyen además, que ya no es primer violín, lo que lo hacía director suplente.

La consternación reina en el salón, nadie sonríe y menos los elegidos, que ahora se sienten degradados, indignados y atrapados en una situación a la que jamás se hubiesen ofrecido voluntariamente.

— ¿Sabías algo de esto? —pregunta Carlo a Nicoló.

—No... en lo absoluto... —contesta disgustado.

—... ¿y qué vamos a hacer...?

—Intentar renunciar cuando regrese la princesa... no sé, tal vez... ¡ahorcarla...! ¡¿Qué se yo...?!

— ¿Crees que nos deje renunciar...?

—No lo sé...cuando regrese te digo. Pero sería lo mejor. ¡Lástima que no nos corrió con los demás!

Esa noche toca su violín dejando sus dedos hacer lo que se les dé la gana; después de algunas melodías, acuden las notas de los momentos finales de «Escena Amorosa»: «Noticia de partida y Despedida». Comprendiendo a medida que toca, baja el instrumento al sentir un escalofrío recorrerle la espalda. ¿Qué se propone Elisa? ¿Habrá descubierto su romance con Chantelle o con alguien más? Esto, bien pudiera ser el castigo. Será mejor ser optimista esperando que haya buenas noticias a su regreso. ¿Sí? Qué difícil creerlo. ¿Qué está pasando?

No pudiendo más que esperar, se someten a los nuevos ordenamientos. A la quinta o sexta semana, se anuncia el regreso de Su Alteza. Los protocolos de recepción, se preparan escrupulosamente. Llevan casi treinta horas esperando el arribo. Para los más, es una rutinaria y tediosa espera; para Nicoló, insoportable suspenso. Si las semanas anteriores se le hicieron largas, estos últimos minutos son eternos y tendrá además que esperar para hablar con cada dama.

La caravana finalmente llega, entran los guardias y enseguida los carruajes desembarcando sus pasajeros sobre la alfombra que conduce hacia el interior de Palacio. Baja Elisa y otras damas, y de los demás carruajes el resto de la comitiva. Con frío sudor y pasmo total, ve que Chantelle no regresó. Concluye entonces que Elisa lo sabe y tomó medidas contra ellos. Una mezcla de dolor, frustración, impotencia e incertidumbre le producen náusea y vomita en total malestar.

Como puede, llega a su apartamento que siente celda. Elisa le mandará llamar con algún nuevo mensajero. Abriga la absurda esperanza de no haber visto a Chantelle por alguna distracción.

En un pesado sopor queda dormido, despertando a media noche sin poder volver a conciliar el sueño. Los pensamientos repetitivos lo zarandean. La idea de no volver a ver a Chantelle aunada a su próximo encuentro con Elisa y la incertidumbre de su inmediato destino, le dan un estado mental insoportable.

Al día siguiente está programado un recital de bienvenida, pero en el ensayo les comunican que se pospuso para el día siguiente. Cuando llega el momento, Nicoló ya está enfermo aunque presente. El director al verlo le sugiere retirarse, pero no quiere. Su rostro pálido y demacrado, acentuado con el brillo del sudor y el cabello alborotado, ofrecen un aspecto macabro.

El recital es de mediana concurrencia en un salón pequeño. La plática es interrumpida por el bastón que anuncia la entrada de Su Alteza; todos de pie hacen reverencia menos él que atrevido, la ve directo a los ojos, confirmando la ausencia de Chantelle. Elisa se cimbra con su fuerte mirada y siniestro semblante. Al ella tomar asiento, el director le indica a Nicoló que se siente, pues permanece de pie; tomándose su tiempo lo hace. Comienza la música y a medida que ésta progresa, el juego de miradas se prolonga; al sentirlo inútil, claudica y se limita a tocar. El mediocre recital termina. De pronto, Nicoló se pone de pie y agresivamente toca un Capricho que tituló *«La Risa»* apoyado de su expresividad corporal. Con mirada de fuego se lo dedica a Elisa que asustada y ofendida, se retira antes que él termine. Se produce un turbador ambiente, provocando que la gente salga detrás de la princesa.

— ¿Qué fue eso, Maestro? —Pregunta el director, sorprendido:

—La despedida… –contesta girando con intención de retirarse.

Carlo lo intercepta:

— ¡Tu vienes conmigo!

— ¿Por qué?

—Porque estás enfermo y necesitas cuidados…

Sintiendo algo de su mamá en su hermano, asiente aceptando.

Al entrar a casa de Carlo, cae como tronco en el sofá. Anna preocupada pregunta:

— ¿Qué le pasó? ¿Qué tiene?

—Está exhausto… seguro no ha dormido ni comido… Es mi hermanito… siempre ha sido así…

— ¿No come ni duerme?… ¿Por qué?

—Cuando algo le molesta… su cabeza no para y si no toca el violín, suelta un discurso a quien tenga a mano; si ninguna de estas dos, camina de un lado al otro como león enjaulado; no se detiene hasta caer exhausto. Los días siguientes lo mismo, hasta que en alguno, cae… en serio. Lo he estado viendo venir, cada día en los ensayos ha traído peor cara y peor enojo. Hoy llegó al clímax. Tocó el violín de manera ofensiva para Su Alteza. En el camino para acá no habló, ya sólo buscaba caer. Lo traje para cuidarlo.

—Entonces ¿Qué hacemos?

—Vigilar su sueño y cada vez que despierte, darle de comer… volverá a dormir muy pronto… cada vez dura más tiempo despierto, hasta que se normaliza. Ya hizo lo que se proponía.

— ¿Seguro Carlo?

— Crecí viéndolo… Cada vez que algo realmente le molestaba era algo parecido.

Suenan los ronquidos.

— ¡Oye eso…! –comenta Anna.

En tres o cuatro días, Nicoló se ha repuesto y regresado a los ensayos. El ahora cuarteto, no tiene nada programado más que la iglesia el domingo. Les informan que irán a Villa Marlia a partir del lunes por tiempo indefinido. Carlo se resigna ante tal orden preocupándose por Anna.

Ya en Marlia los músicos se enteran que todos los días tocarán en almuerzos y cenas. Una humillación más, ya no son para concierto o recital; ahora son música de fondo. Nicoló explota gritando:

— ¡Sólo falta que nos pongan tras una cortina en lo que… le dan!

Gracias a su ya famosa rabieta, ha corrido el rumor que Paganini está poseído por algún demonio; a varios aún les dura el susto de haberlo visto. Las descripciones hacen lamentar a los que no asistieron.

«Parecía un cadáver huesudo, vuelto a la vida, con cabello alborotado y mirada de fuego, haciendo una especie de danza y tocando esa horripilante música: La Risa del Diablo».

Nicoló, aun en un ácido estado mental, no hace ningún esfuerzo por neutralizar maledicencias.

Como músicos sirvientes, acompañan a la Princesa a todas sus sedes, él lo siente peor que cuando viajaba bajo la tiranía de su padre y le atormenta el deseo de liberarse.

El Príncipe ha adoptado a Lucca como residencia favorita y pasa la mayor parte del tiempo ahí. Extraña al *Capitán* Paganini, molestándole que Elisa lo acapare y sobre todo, que lo mantenga humillado. Pero la del poder es ella y él ha de ser prudente al abordar los asuntos.

La manera más sencilla resulta la más efectiva: le pide a Elisa a su Maestro de violín. Ella, seducida por la resultante humillación, lo acepta gozosa. Nicoló se siente rescatado por el Príncipe, creciendo por él su estimación. Félix lo acoge como amigo, aunque ahora, la falta de alegría marca su presencia.

En una ocasión, sirve dos copas de coñac y poniéndole una enfrente, le pregunta:

— ¿Qué pasa Maestro? No se ve usted feliz.

Viendo la genuina preocupación en el rostro de Félix sus ojos se nublan y niega con la cabeza.

— ¿Por qué mi entrañable amigo? ¿Qué le devora?

Ante su empatía, expresa su frustración:

—Yo debería estar haciendo música por todo el mundo… Mi lugar es en las salas de conciertos… sobre el escenario… de donde nunca debí haber salido…

Es tal la transparencia y lo indiscutible del asunto, que como admirador de su genio comprende sin más. Lo ve como un General de gran talento y preparación que por caprichos de alguna autoridad, no puede cumplir su destino y conducir batallas. Lágrimas de coraje acuden a sus ojos, recordando vejaciones semejantes en carne propia y después de un elocuente silencio, declara solemne:

—Maestro Paganini… Yo, voy a ver que se le haga justicia… y quede usted libre de hacer lo que se le dé la gana. ¡Salud!

— ¡Salud Alteza!

— ¿Qué le parece Maestro si para empezar se toma usted unas vacaciones?

Escuchar esto ilumina su rostro. El Príncipe prosigue:

— ¿Lo ve…? Ya se le ve mejor… ¿Le parece bien un mes…?

— ¡Desde luego Alteza…! podré ir a Génova, a ver a mi familia. ¡Hace tanto tiempo que no los veo!

— ¡Ajá! Mejor aún… Qué le parece una licencia por dos meses… con una sola condición.

—Alteza, por favor, ordene.

—Sólo tiene que regresar antes de que ésta venza. Desde luego, «regresar»; hago hincapié. No se puede ser fugitivo dando conciertos. Mientras… yo veré que hago para que la Princesa… le suelte.

—No sé cómo agradecerle.

—Yo sí… unas cuantas lecciones y su amistad querido Maestro.

— ¡Su Alteza! Es una fortuna ser su amigo. Cuente con ello.

9 Un clavo en el pie.

Ansioso de sentir el viento en la cara, sin perder tiempo, monta un carruaje hacia Pisa.

Al llegar, contacta al promotor que infortunadamente tiene su agenda repleta. No puede dar concierto de manera inmediata pero refresca su relación con él, que no deja de reprocharle haberse desaparecido después de tan estruendosos éxitos. Parte a Livorno y hace lo mismo con mejor fortuna, aunque esperará una semana para hacer la debida difusión. Hamelin contrata dos conciertos, con lo que llegará a Génova con bolsillos llenos. En Livorno, ya es una leyenda y aunque la fama es efímera, en su caso, pareciera ser excepción. En el hospedaje le tienen aprecio y admiración, celebrando que siendo un hotel modesto cuentan con su preferencia. Ahora atendido como si él fuera el aristócrata, contempla el otro lado de la moneda pues se encuentra bajo la licencia de su amo. Siente el filo de la navaja bajo los pies, la paradoja, el destino; la ironía. Igual que sus pláticas con la muerte, esta visión le recalca: cuidar equilibrio o morir.

En esta ocasión, los mejores músicos están dispuestos y los ensayos son brisa. Para poder llevar a cabo el evento, hubo de desmontarse una escenografía a toda prisa, quedando algunos escombros.

A la hora del primer concierto Nicoló espera entre bambalinas. El primer violín afina a la orquesta y también él lo hace. Entra el director y suena el primer aplauso. Él se prepara, pero al caminar y hacer su entrada:

— ¡Aúuu…! –suelta un grito de dolor que se oye en el público creando suspenso e inquietud.

Un clavo saliente de una tablilla le atravesó la suela y el pie. Apoyado sobre el talón, hace esfuerzos por no caer y con la tablilla clavada al pie, en medio de una danza de dolor, eleva el violín manteniéndolo a salvo. La danza es vista por el público que suelta la carcajada. Un tramoyista acude en su auxilio y se aferra a la tablilla jalando con fuerza. Nicoló en dolor, jala en dirección opuesta y al zafarse el clavo, la inercia del jalón le hace entrar al escenario reculando con el violín en alto, cojeando y haciendo esperpentos para no caer. Se repite la carcajada del público que lo cree a propósito y se dirige al atril del solista que jamás usa, dando saltitos, viéndolo como posible apoyo; su figura zancuda acentúa lo cómico. Al llegar al atril, se apoya tan repentinamente que la vela que lo ilumina sale volando y cae rodando hacia el público, hace lo posible por equilibrarse con el atril que también amenaza caer. Otra carcajada aún más fuerte. Con el apoyo del atril, el dolor inicial mengua haciéndose tolerable. Sudando frío disimula y, apoyándose de a poco en el lastimado pie, eleva su violín. La orquesta comienza con una introducción y al llegar su entrada: ¡Tiiing…! Le revienta una cuerda. Esta vez la risa es absoluta pensando que es un concierto bufo. Pero el violinista continúa sin interrumpir obligando al silencio. Sublimando su dolor aprovecha la aventura y toca en la cadenza todo lo que el momento dicta. Termina el concierto sin más percances con una ejecución extraordinaria, como si su violín hubiera tenido las cuatro cuerdas. El público le aplaude a rabiar. Sale del escenario cojeando y arranca una carcajada más. Al no parar el aplauso, vuelve a entrar cojeando y entrega un encore generoso para ahorrarse otros más. Al salir, el aplauso se prolonga un buen rato. Paganini ya no aparece.

En un camerino, postrado sobre un diván, un doctor le revisa y limpia la herida. Al salir del teatro, con el pie vendado, un nutrido grupo de admiradores le recibe con ovaciones que desembocan en aplauso al comprender que verdaderamente se lastimó y que, aun así, les entregó un gran concierto.

Este «accidente del clavo», hace que su fama y celebridad en Livorno se catapulten a niveles jamás vistos en el puerto. En las horas siguientes corre la voz entre el pueblo y al llegar el segundo concierto es un verdadero tumulto, haciéndose necesaria la intervención policial para mantener orden.

El día de su partida, una multitud le despide. Conmovido, ve Livorno hacerse pequeño al alejarse el barco y las lágrimas le borran la imagen. Sale de ahí, con un pie herido y un corazón henchido.

En Génova sólo quiere estar en familia sin llamar la atención, besar a su madre y escuchar su canto en lo que cocina, refugiarse un rato. Ver y consentir a sus hermanos y, si puede: acercarse a su padre. Aunque sabe que el Marqués Di Negro hará cuanto evento le sea posible.

Al golpear la puerta, abre Nicoleta que grita en explosión:

— ¡Nicolino!

Las otras dos mujeres aparecen enseguida uniéndose a la euforia. Teresa al verlo cojear:

— ¿Qué te pasó?

Platica la anécdota con lujo histriónico y después de muchas risas, les asegura que su pie está bien.

Doménica ruborizada, le anuncia su próxima boda con Giovanni Passadore y él lamenta no poder asistir por su compromiso en Lucca. Después de un rato de plática, las tres mujeres se aplican a cocinar una cena para la ocasión. Dominan: algarabía, ruido de cazuelas y magníficos olores. De pie junto a ellas, contempla a su madre en los trajines de cocina y le dice:

—Mamá… ¿Puede hacerme un gran favor?

— ¡Claro que sí hijo…!

—…me gustaría oírle cantar en lo que cocina.

— ¡Ay hijo! Pero… ¿Cómo voy a cantarle a un famoso violinista? Haría el ridículo…

— ¡No! No hay ni la más remota posibilidad de que usted haga el ridículo conmigo…

—Pero… ¿Cómo voy a cantar…?

—Como siempre lo hizo…sólo cante… cante lo que quiera... por favor.

—Si mamá…cante… –le animan Nicoleta y Doménica.

Teresa calla un momento cerrando los ojos hasta que letra e inspiración acuden; su bella y entonada voz llena el apartamento. Nicoló se deja llevar. Esa voz, esas canciones populares y el olor de cebolla frita, son pasaje a su niñez. El canto continúa y el trajín también; el momento es para él tesoro. Después de algunas canciones, rompiendo la magia, se abre la puerta y aparece Antonio que al verlo, dice:

— ¡Vaya…miren quién está aquí! Y ¿a qué debemos el honor su Excelencia?

Nicoló poniéndose de pie: —Papá, vengo a estar con vosotros y a disfrutaros, no a discutir.

—Y ¿Quién quiere discutir?… Que ¿no hay un abrazo para tu padre?

Sorprendido avanza hacia él y se abrazan. Atreviéndose, le besa la mejilla y, ante su asombro, su padre le devuelve el beso. Teresa conmovida, agradece a Dios. De algo sirvieron tantas pláticas con él.

— ¿Qué estás tomando?… ¡Teresa! ¿No le has dado vino a este muchacho? Que digo muchacho… ¡Estás hecho un hombre!

Pasmado y conmovido, recibe atenciones de su padre que le sirve vino como lo hace con sus amigos.

10 Gina.

Di Negro muestra su gran admiración y generosidad, como siempre, con una fiesta-recital donde conoce nuevos personajes entre otros: el Señor Adrianno Garucci, que le propone un par de conciertos en Turín con la asistencia del Príncipe y la Princesa Borghese, a quienes recién les fue asignado el gobierno del área. Nicoló escucha atento y llama su atención que la Princesa Borghese es Paulina, hermana menor de Elisa y Napoleón. La propuesta encaja en los límites de su licencia y será sutil manera de picarle la cresta a Elisa cuando se entere. Se sueltan sus fantasías. Ante su silencio, Garucci insiste mejorando la oferta hasta un número ultimátum más que atractivo. Va a ganar en dos conciertos para Paulina más de lo que gana en todo el año con su hermana Elisa. Sería estúpido negarse. Por otra parte, acaba de descubrir la manera perfecta de negociar; este buen hombre, terminó ofreciendo más del doble que al principio y él: sólo permaneció callado.

Mientras tanto, Di Negro se esfuerza por animar la fiesta que después de la climática intervención del virtuoso se aflojó bastante.

Nicoló sin pensarlo, toma una guitarra a la mano y la toca de manera magistral.

Asombrados, hasta el Marqués, escuchan con atención y rompen en aplauso tan pronto termina. Sin detenerse a agradecer, inicia una canción silbándola mientras la acompaña y contrapuntea con guitarra, convocando al que desee cantar; una dama se anima, no haciéndolo nada mal. A la vuelta de dos o tres canciones, un buen grupo canta en coro y otros músicos se han unido.

El Marqués no puede estar más feliz. Dos o tres horas dura el flujo de cantos, risas y aplausos, con los que Nicoló recuerda aquella fiesta en la villa de Dida.

A lo largo de la animada sesión, varias damas le rodean, una en especial le ha encantado con sus bellos ojos. En un juego de miradas, la convoca a la terraza donde tiene con ella una brevísima plática que se ve interrumpida por más admiradores, en mayoría damas. Al despedirse de los invitados, Nicoló besa la mano de la atractiva mujer y un pequeño papel queda entre sus dedos; discretamente lo mete en su bolsillo mientras siguen las despedidas. Para su sorpresa, de la misma manera, dos papelitos más le son entregados, que también mete en su bolsillo, una joven delgada algo seria y otra bastante atractiva de prominentes senos y sensual personalidad.

En el camino a casa, saca de su bolsillo los tres papelillos sin tener idea a quién pertenece cada uno ni manera eficiente y discreta de averiguarlo: tres nombres, tres direcciones. ¿Cuál es cuál?

El compromiso en Turín es en tres semanas, por lo que le sobra tiempo para divertirse en Génova y la tentación de encontrarse con la dama de los bellos ojos es intensa. Escogiendo al azar, manda un mensaje de mero saludo. Como respuesta, recibe una cita en una extraña dirección junto a los muelles. Una bodega en la que pareciera no haber gente, con algún temor revisa el lugar y alguien susurra su nombre. Aguzando sentidos ubica la voz arriba, al final de una breve escalera. En una puerta entreabierta se logra ver una silueta de mujer. Sube en el misterio y entra en él.

— ¿Francesca?

—Sí… adelante…

Su perfume le guía, las penumbras de la tarde ocultan sus facciones intensificando el suspenso. Al acercarse, ella lo abraza y besa con pasión; él hace lo mismo pero sin saber a quién besa. El abrazo le dice que es una de las dos más esbeltas pero con el beso prolongado, pierde interés en saber cuál es, pues desaparecería ese misterio que dispara su imaginación. Están en medio de una oficina, recargados sobre un escritorio, rayos de luz horizontales permiten ver el lugar a fragmentos; hay un sofá sobre el cual pudieran tumbarse, pero hay más luz y escogen permanecer entre sombras. La sensual entrevista progresa y la pasión encumbra. Al llegar el momento y entre ropas, la penetra; los dos en abrazo, continúan besos y agitación. Ella gime alterada, mientras él escala a nuevos niveles de excitación por el temor a ser sorprendidos. La aguda experiencia llega a la cumbre, quedando abrazados en sopor. Francesca balbucea:

—Debes irte… pero me gustaría repetir la experiencia…

—Ya lo creo… fue intenso. —Arreglándose la ropa, la besa despidiéndose y sale.

En la calle, la brisa del mar le seca el sudor del rostro. Una miríada de imágenes e ideas cruzan su mente. Pudo poseer a una dama misteriosa sin develar el misterio, dejándole un bello juego imaginario.

Días después, la idea de repetir la experiencia le jala, pero los otros dos nombres son invitación irresistible. La curiosidad por lo más desconocido le inclina a lo segundo. Escoge otra vez al azar y manda el mensaje, recibiendo respuesta con otra cita. Esta vez, es a media tarde en una pequeña casa de bonita zona. Abre una mucama de avanzada edad:

—Pase por favor… la señora vendrá enseguida.

Antiguos muebles y tapetes persas decoran la pequeña sala; una gran pintura marina sobre la chimenea añade dramatismo, mientras un sabroso olor de comida aún se deja oler. Se pregunta, a cuál de las tres espera. De las escaleras, oye tacones bajar, prendido en suspenso. Por fin, aparece frente a él.

— ¡Gina…! Que placer re-encontrarnos…

— Maestro Paganini, para mí es un honor que aceptara mi invitación. Por favor siéntese...

— ¿Cómo resistir a una mujer tan atractiva?

—Le agradezco sus halagos, es algo que necesitamos las mujeres... ¿Desea tomar algo? ¿Vino, coñac, anís... té?

—Coñac es excelente... gracias.

Sorprendido, contempla las finezas y gran mundo que refleja. Su escote con bellos senos, enmarca su rubio rostro de finas facciones y una magnífica sonrisa custodiada por dos lunares. Su personalidad, desinhibida y sonriente, es apoyada por su sensual mirada que le da un vigoroso atractivo. Debajo del vestido, se acusan bellas caderas, afinada cintura y redondeados glúteos. Asentando dos copas sobre la mesilla y aún de pie, le dice:

—Quiero decirle algo muy importante...

—Por favor...

—No quiero que piense mal de mí... No tiene idea cómo me fascina escucharle tocar y... en un impulso, le escribí esta...«invitación».

—Agradezco que lo hizo. Es usted una mujer muy atractiva y me sentí muy alagado. Cuente con mi absoluta discreción.

—No sabe... qué gusto me dio recibir su respuesta. Como se tardó en contestar... no sabía qué pensar... ¡Me arrepentí mil veces de mi atrevimiento! –sentándose junto a él, ruborizada.

—Le suplico disculpe mi tardanza...

—Nada que disculpar... Al contrario, le agradezco su visita. ¡Salud!

— ¡Salud!

—Maestro... no sé si pueda haber algo entre nosotros... yo... soy algo mayor que usted... pero el sólo disfrutar de su presencia...

—No diga más...

Poniendo la copa sobre la mesilla se le acerca y tomándole el mentón, la besa con suavidad.

Ella, llena de escrúpulos, no responde gran cosa, pero él persevera, la abraza entonces con decisión y la vuelve a besar. Ella, dominando susto y con alguna resistencia, lo deja ser y al sentir que le acaricia un seno, en medio de un suspiro y entregándose al beso, se deja tomar. Después de muchos más besos, abrazos y caricias, se incorpora diciendo sonrosada y excitada:

—Creo que… estaríamos mejor arriba… ¿Subimos?

—Sí…vamos…

El movimiento de sus nalgas, al subir las escaleras, le es intensamente erótico. En la recámara, ansía verla desnuda y recorrer su voluptuoso cuerpo, pero no le es posible esperar y la abraza besándola, acariciando sus formas, lo que a ella le provoca hervir en deseo acumulado. Dando un paso atrás, él dice:

— ¿Puedes quitarte el vestido?

Ella sin contestar, ante su mirada atenta y más erotizada con tal petición, sonríe con mirada sensual y se va quitando prendas con timidez, excitándose de ver como la mira aunque le ruborice tanto. Al quedar desnuda, Nicoló arde en urgencia por tocarla, por meterse en ella pero, sorprendido, prefiere sólo verla, su cuerpo es bello y voluptuoso, provocando en él una excitación equivalente. El insoportable rubor le hace a ella huir de su vista metiéndose bajo cobijas.

Él, se despoja de sus ropas y se mete junto a ella abrazándola con pasión.

Gina se revela ante él como una extraordinaria amante, de gran creatividad y entrega. Lo erótico pasa a niveles profundos, estéticos, poéticos. El misterio no es ella, más bien es lo que juntos descubren, excitándose con posiciones, movimientos y un deseo incontenible de ambos.

Como torrente musical, pasan de un complicado staccato a un adagio, scherzo, attacca, galope, con affetto, amore, brío, forza, somma passione. Empapados de sudor, la ejecución sigue y sigue, y el deseo no mengua hasta caer rendidos. Aún dentro de ella, ambos quedan dormidos. Ya de noche, él despierta en plena oscuridad; aún abrazados, siente su cuerpo con el suyo. Comprendiendo que debe marcharse, hace lo posible por zafarse del abrazo pero ella lo retiene:

—No te vayas, quédate…

— ¿No hay problema…?

—No en lo absoluto, soy viuda… vivo sola con Rita, que fue mi nana… nunca tuve hijos.

Con esto se relaja y reanuda su sueño. El hormigueo en su frente, provocado por muy leves caricias, le despierta. Ha amanecido y al abrir los ojos, la ve mirándolo. Desgreñada y sin cosméticos le es más sensual y la siente suya. Ella recorre su rostro con sus cálidos labios y suaves besos, provocándole escalofríos. Relajado, siente gran paz y se llena de ensueños, mientras ella prolonga sus cariños.

Camina por las asoleadas calles del ahora activo puerto. Se siente bien, si el ver a su familia le quita la depresión, Gina le ha llenado de nuevo entusiasmo. Como niño, escoge las baldosas evitando pisar rayas y sonriendo por dentro y por fuera. Lamenta no haber llevado su violín para tocarle todo lo que le inspiró. Pero no importa, volverá a verla esa misma tarde como quedaron y le devolverá con música las caricias con las que ella lo cautivó.

Todas las noches siguientes las pasa con Gina que, además de exuberante, es inteligente y de agradable plática, matizada con una bella voz contralto. Le toca al violín todo lo que se le ocurre, mientras ella le escucha extasiada y le mira con sus ojazos. Es ya, su gran amiga.

Su música le fascinó desde que le escuchó, aún niño, en el palacio del Marqués. A su difunto marido, el doctor Morelli, le encantaba escucharle y por nada se perdían un recital. Pasaron los años y lo que le hubiera parecido una locura, por un momento de afortunado atrevimiento, se hizo realidad. El mágico violinista es ahora su amante y su amado. No lo puede creer, pero no dejará de disfrutarlo mientras dure.

Llega la hora de marchar a Turín y le cuesta trabajo despedirse de Gina, aunque sólo sea por unos días. El sabor de sus candentes y elocuentes besos le dura todo el viaje.

Carlo, aprovechando la ausencia de su hermano y habiendo un aspirante al puesto, aprovecha la coyuntura y propone el cambio. No sin dificultad, le es aceptado.

Al primer concierto, asiste la más alta sociedad de Turín y Piamonte. En el lugar de honor, el Príncipe y la Princesa Borghese. Nicoló pasa al frente con gran curiosidad por ver a la hermanita de Elisa. Como ya es usual, el éxito y el aplauso son extraordinarios. El Señor Garucci procura que Paganini salude a Sus Altezas en el vestíbulo.

El Príncipe es un personaje pedante y desagradable que se cree lo contrario; la Princesa, en efecto, es bella y encantadora, nada en común con su pretencioso consorte. Sin poderlo evitar, clava la mirada en los ojos de Paulina, tratando de encontrar similitudes con Elisa; en el rostro no las encuentra, sólo en su pequeño tamaño, tal vez sus manos, su porte y comportamiento altivo. Engancha breves miradas con ella y cruza algunas palabras. En un conglomerado de ideas e imaginación, ve con claridad que por nada del mundo quisiera formar parte de esa corte o de ninguna otra, sólo deseando que Elisa lo libere de la suya.

No ha dejado de pensar en Gina que, sin ataduras ni restricciones, puede visitar cuando quiera. Tan pronto regresa a Génova va a su casa como convinieran.

Entre visitas a Gina, recitales y pláticas con el Marqués (en afortunada ausencia del General Milhaud), momentos con su familia, que ahora incluye a Carlo y Anna de regreso, los días de su licencia se le escapan entre los dedos. La sola idea de volver a la corte le produce pesadumbre. Se despide de todos, partiendo a Lucca con el olor de Gina en la piel y su extraordinaria sonrisa en su imaginación.

11 Una mujer peligrosa.

Elisa finalmente logró que Napoleón la nombre Gran Duquesa de Toscana, aunque las cosas no marchan como ella quería al serle impuestos los ministros de su gobierno que reciben órdenes y responden directamente al Emperador. Si ella contraviniere alguna disposición, enfrentaría cargos por desacato. Es decir, tiene un mayor territorio pero su poder es mucho menor, convirtiéndose en una figura más bien decorativa. De cualquier manera, la capital queda oficialmente trasladada a Florencia, siendo Pisa y Livorno añadidos al dominio. Aun con lealtad entre ellos, a Napoleón siempre le pareció Elisa bastante incómoda por sus incontrolables excentricidades, su estilo masculino y su incapacidad para entender el juego político de alto nivel. Es la hermana rebelde, excéntrica y antagonista, que hubiera querido ocupar su lugar y que, por lo mismo, le cuesta trabajo controlar. De ahora en adelante, no podrá hacer reformas ni tomar decisiones ejecutivas o evadir instrucciones que lleguen de París. Tampoco, en lo sucesivo, podrá comunicarse directo con su hermano, habrá de hacerlo estrictamente a través de los ministros asignados. Su papel se reduce ahora, a recibir órdenes y transmitirlas a subalternos, que también le son asignados desde París, quedando su creatividad e iniciativa restringidas a aspectos menores. A sotto voce, muchos celebran la correa que le han puesto a la Princesa al cuello, entre otros, el mismo Félix, que lo festeja con sus amigos, entre ellos Paganini, y que contemplan las ventajas de las que ahora gozarán con las nuevas disposiciones.

De manera bastante fría y sin respetar el protocolo que ella esperaba, la aristocracia de Florencia da la «bienvenida» a la, ahora, «Su Alteza Serenísima, Gran Duquesa de Toscana». A Elisa no le queda más que aceptar esta obvia hostilidad e intentar ganarse a los miembros de la corte. Para este propósito, ordena un gran evento de gala en el que todo personaje importante en Florencia estará presente. Se propone darles tal fiesta, que inspire admiración y respeto a los concurrentes. Los músicos y cantantes que participen serán de primera línea y desde luego, piensa en Paganini que sabiéndolo a su servicio, no duda en incluir, delegando a Félix la responsabilidad de su presencia.

Aproximándose la hora del gran evento, Elisa repasa todos los detalles, asegurándose que todo salga a la perfección. En el maratónico desfile de invitados, primero entran los de menor rango. Cuando el gran salón está casi lleno, es anunciado el Príncipe Félix Bacciochi que entra con su comitiva, incluyendo al *Capitán* Paganini con flamante uniforme de gala. La última en aparecer es Elisa con sus damas de honor.

El gran evento se va desenvolviendo no muy conforme a lo planeado. Muchos importantes invitados enviaron representantes sin rango alguno. Encima de todo esto, Elisa no puede dejar de ver a Nicoló pavoneándose con su uniforme sin estar oficialmente invitados. Lamenta haber olvidado despojarle del estúpido nombramiento de Capitán con el que ahora se da lujos. Nunca se le ocurrió aclararle a Félix que lo trajera estrictamente como músico. Nicoló, fortalecido con el amor de Gina y consciente de la pérdida de poder de Elisa, sin dirigirle una sola mirada hace su presencia ante ella lo más notoria posible.

Llegado su momento de tocar violín es interceptado por un mozo:

—Señor *Capitán*, Su Alteza La Gran Duquesa Elisa, le recuerda que debe cambiarse el uniforme por un traje negro para tocar el violín.

—Agradézcale a la Señora su atención pero no me molesta tocar así… no necesito cambiarme.

Dicho esto, se entrega a tocar. Elisa, ofendida al recibir tal respuesta, le envía un ultimátum. Pero él, haciendo caso omiso, prosigue su ejecución hasta terminar.

La Gran Duquesa furiosa, disimula dando órdenes con discreción. Al abandonar el estrado, dos guardias están prestos a arrestarlo pero Félix, que no ha perdido detalle, interviene oportuno anulando el arresto y sacándolo de ahí. Un par de amigos le escolta hasta un carruaje que lo lleva a la casa de Félix.

Todo ha sido de manera discreta y expedita, llamando muy poco la atención de los asistentes. Cuando Elisa se entera que el arresto que ordenó fue suspendido por su marido, sale del salón enfurecida en busca del transgresor. Félix la recibe listo a enfrentarse con ella, como lo ha hecho docenas de veces.

— ¡¿Cómo te atreves a contravenir mis órdenes?! –le grita al verlo.

—Te sugiero que seas discreta. No cuentas con la simpatía de ésta corte. Y lo que haces es absurdo. Aquí en Florencia conocen más a Paganini que a ti. Aunque no lo creas, te salvé de hacer una barbaridad.

— ¿Y por qué lo defiendes tanto?

—…es mi Maestro…

— ¡Por favor…! Maestros de violín sobran…

—Sí… pero, genios no… y él, es uno. ¿Te jactas en París de promover el arte y tienes a un gran artista humillado y cautivo en lugar de tenerlo sobre escenarios como debieras? La historia toma nota.

— ¿Y a ti, qué te importa?

— ¿Qué pasa Elisa…? ¿No fue tan virtuoso en la cama como lo es con el violín?

— ¡Insolente!

—Por favor Elisa... ¿A quién engañamos? Sabemos muy bien, lo que hacemos... No sé, si lo disfrutaste o no en privado, pero su música, ¡Ah su música! Esa... te he visto sentirla profundo... ¡Déjalo ir! Estás arruinando su vida. Nadie ve con buenos ojos lo que haces... y mucho menos París.

El regaño de Félix sacude a Elisa y le hace reflexionar. Félix prosigue:

—Siento lo que está sucediendo con este nuevo nombramiento y con la irrespetuosa corte de Florencia pero arruinar a Paganini no va a resolver nada y sí puede agravarlo.

—Y por eso ¿voy a aceptar que me falte al respeto en público...?

—A Paganini, ya tienes un buen tiempo humillándolo... ¿Cómo puedes esperar su respeto, si tú no le das el tuyo? No es un criado... y lo sabes. Tiene habilidades prodigiosas y más talento que tú y yo juntos.

Con lágrimas y conmovida:

—Preferiría no verlo más...

—No te preocupes, tiene mucho camino por andar.

Tras un momento de silencio, Elisa concluye:

—Me da gusto que lo protejas... Y sí... es un genio... –sintiendo el inminente llanto se retira.

El Príncipe la ve alejarse satisfecho de ganar la batalla para su Maestro-*Capitán*, como prometió.

El casi verse arrestado, le causa a Nicoló un verdadero tumulto interior no fácil de superar, pues sintió terror. Jamás imaginó que Elisa fuera capaz de ejercer su poder sobre él en esta medida.

Liberado de ataduras con la corte, a la mañana siguiente parte hacia Lucca, sintiendo por fin un poco de viento en la cara y el entusiasmo imbuido por el Príncipe Félix, que ha sido un gran caballero.

Con resaca y desvelado por la despedida, monta en el carruaje y se hace al camino. Es tal su contento y cansancio que al poco queda dormido. Llega a Lucca traqueteado, pero sintiéndose libre.

Habiendo Carlo regresado a Génova; la Plaza Napoleón aplastado la posada Gambrelli; su amor por Dida consumado y reducido a bellísima memoria; Chantelle en París, lejos de ahí; la complicada aventura con Elisa y su corte, concluida; no siente deseos de permanecer en Lucca.

Habituado a vivir de una maleta, empaca lo que cabe, abandonando lo demás en el apartamento. Colgado del estante queda el uniforme de *Capitán* del que se despide con exagerada reverencia cargada de irónico desprecio. Sin embargo, lleva consigo la espada y la identificación.

Han pasado casi dos años de su visita a Génova y añora a Gina a la que imperdonablemente postergó escribir; también quiere ver a su familia. Explotará otra vez su fama en Pisa y en Livorno, quizás levante alguna fortuna. Esta vez tiene que ser fuerte y consolidar su libertad. Sabe que no cuenta con consejero alguno, él ha de ser su propio amo y señor. Salir de Lucca le hará respirar.

Al llegar a Pisa, contacta al promotor Matelli y arregla tres conciertos que dará dos semanas después con la debida difusión. Mientras tanto, disfrutará de su libertad recién recuperada. Camina por la ciudad como turista recorriendo algunos lugares que visitó con Carlo. Le gustaría celebrar con amigos o una bella dama, pero en Pisa no conoce a muchos y pasa la tarde contemplando la torre inclinada desde un restaurante en plena Plaza del Duomo.

Un poco cargado de vino, liquida la cuenta y se dispone a ir a su hotel. Una hermosa mujer pasa cerca de él cruzando miradas interesantes, va vestida con ropas corrientes que dejan apreciar su figura, atrapando su atención; la sigue con la mirada disfrutando sus movimientos al caminar, aunque sigue pensando ir al hotel del lado opuesto.

Pero ver sus andares le seduce, la mujer es sensual y mueve su cuerpo de manera espectacular; de pronto, se detiene y gira restableciendo el cruce de miradas y haciendo un sutil gesto con las cejas, como invitándole a seguirla; acepta el reto y la sigue saliendo de la Plaza. Ella constata con miradas su seguimiento. Emocionándose al paso, ya piensa en acariciarla, en besarla, en penetrarla. Suspenso y misterio, sus ingredientes favoritos. La sigue una cuadra y ella dobla metiéndose en un callejón. Corre para evitar perderla y la encuentra recargada sobre una pared a corta distancia esperándole. Lleno de fantasías, avanza hacia ella pero antes de alcanzarla, un hombre lo abraza por detrás, poniéndole un cuchillo al cuello:

— ¡Quieto o te mueres! ¡Levanta las manos!

Ella con miradas sensuales y hábiles movimientos, sonríe burlona mientras le revisa los bolsillos quedándose con su dinero, su reloj y una sortija. Lamiendo su mejilla como despedida, sale corriendo alejándose. El hombre que le somete, le propina un golpe en la cabeza y un empujón, haciéndole rodar aturdido mientras huye. Mareado y con esfuerzos, se levanta sobándose el golpazo y sacudiéndose el polvo, recoge su sombrero y sale del funesto callejón.

Al llegar al hotel su cabeza da vueltas, no sólo por el golpe sino porque lo limpiaron. Segunda vez que en Pisa se queda sin dinero. Desconfiando de todo, sube a su cuarto con ansiedad para verificar que sus pertenencias, en especial su violín, están bien. Afortunadamente todo en orden.

Le robaron una buena cantidad; cerca de dos mil francos que incluían sus ahorros, más lo que Félix y amigos contribuyeron como despedida y regalo de Navidad. Se siente ultrajado, asustado y con aquél magnífico ánimo de liberación, mermado.

Empieza a oscurecer, siente náusea. Después de un buen rato forcejeando mentalmente con el frustrante percance, a medida que anochece se resigna aligerándose el dolor de cabeza.

Recuperado algún optimismo, ve las cosas mejor; su problema de dinero lo resolverá con el adelanto de Matelli que por suerte, no le entregó. Tendrá que poner más cuidado en las mujeres que lo ven de manera sensual. Cayó en una trampa y es lo que le cuesta más trabajo asimilar.

En plena tormenta cerebral siente el ímpetu para tocar su violín y curar su espíritu, aunque, es su orgullo el más dolido. El enojo lo suelta en notas que se traducen en espectaculares staccatos y paradas múltiples, como una derrama de golpes a sus asaltantes. Le gustó mucho lo tocado; visitó lugares nuevos y logró algunas peripecias jamás intentadas. No queriendo perder estas nuevas pericias, las repite hasta afianzarlas. Tenaz, practica hasta caer rendido.

Con renovado ánimo, a la mañana siguiente se afeita y al arreglarse el cabello siente el chichón recordando el evento con mínimos detalles. ¿Podrá recordar lo que tocó anoche? Compulsivo, toma su violín y constata. Puede repetir los efectos, aunque como siempre, no las cadenzas.

Más tarde, al escuchar su relato, Matelli insiste en que acuda a la policía y le entrega el adelanto.

—Maestro Paganini, no debería andar tan solitario, necesita algún asistente, un criado, alguien que le proteja y se encargue de quehaceres. Es usted una persona muy valiosa, debe cuidarse. Si el violín es su negocio, su salud y seguridad son esenciales.

—Tiene toda la razón y le agradezco el consejo… Por cierto… no me gusta el hotel en el que estoy… no me da confianza. ¿Sabe de algún apartamento o cuarto seguro… que pueda yo rentar el tiempo que dure en Pisa…? ¡Ah! Y que pueda yo practicar sin afectar a nadie, claro.

— ¿Le molestaría que fuese en último piso?

—En lo absoluto. De hecho me gusta, es donde menos molesto con mi violín.

— ¡Si se le pudiera llamar molestia…! Creo saber el lugar, es como una pensión… el dueño es amigo mío. Lo del último piso es porque, en general, son los disponibles y… está en pleno Lungarno.

— ¿Lungarno?

—Sí… está frente al río… el río Arno.

—Y ¿tiene vista al río?

12 *«Paganini no se repite».*

El apartamento resulta ser un descubrimiento y aunque hay alguno disponible en piso inferior, se inclina por el de hasta arriba, el último. El dueño feliz, pues rara vez lo alquila. Encantado con el cambio, disfruta la vista de la calle y el río desde la ventana y le escribe al empresario Hamelin de Livorno, proponiéndole conciertos. Empieza a visualizar que su vida será entre teatros, hospedajes y caminos. No más salarios buscando seguridad que se convierta en cárcel u obediencias. Requiere su libertad y tendrá que aprender a vivir solo con su violín para recorrer el mundo sin caer del andamio.

Reflexionando sus planes, ve claro que ir a Génova después de Livorno sería un error al entrar en relajamiento perdiendo el valioso impulso. Ha de adoptar un estilo de vida desapegado, en el camino, recorriendo ciudades y dando conciertos, ese es el reto: cambiar de piel. No conoce a ningún experto en esto, tendrá que experimentar y aprender sobre la marcha, igual que el violín.

Necesita mapas e información para planear su gira. En la oficina de transportes foráneos le muestran un mapa que pudiera servirle pero sólo puede obtener una copia a través de oficinas de gobierno que con los cambios de dominio son caos. Entre súplicas y propinas a renuentes personajes, logra por fin conseguir un mapa que sólo cubre parte del norte de Italia lo que será suficiente para empezar.

Esta averiguación le convence que los transportistas son necesarios aliados al poder describirle el lugar de destino. Viajar a caballo queda descartado pues, aunque tentador, su propia salud no es confiable y «*El Cañón*» demanda un viaje amortiguado. Después de Livorno, quizás regrese a Pisa dirigiéndose hacia el norte hasta salir de los dominios de Elisa.

Los conciertos se suceden en tres días consecutivos. El primero, no se alcanza a llenar pero es intenso: Nicoló cargado de cosas nuevas por entregar y ansioso de hacerlo. En el segundo, casi lleno, su violín se extiende en un paisaje completo y refinado. El tercero, hasta el tope y el poema vertido sublime.

Matelli tuvo oportunidad de escuchar los tres conciertos y no sale del asombro; le constó una evolución. Acostumbrado a las repeticiones, ahora se rompió la rutina; esto, había sido un solo concierto en tres partes. Entre el público, observó personas con doble y hasta triple asistencia. Paganini provoca convocatoria y repetición inmediata en su público. Él, es quien no repite y eso lo hace adictivo.

Contempla el río y siente el viento fresco en la cara pensando la propuesta de Matelli que recién aceptó: tres conciertos más. Otra semana en Pisa. Le apetece platicarlo pero no hay con quien.

La respuesta de Hamelin desde Livorno es entusiasta proponiéndole una temporada y suplicando le informe el día de su llegada. Él, responde de inmediato.

Es media tarde y el Lungarno le invita a caminar. Embolsándose una pequeña parte, esconde bien su dinero. Aunque hace frío le es agradable y camina silbando con las historias que el paisaje le cuenta. Se ha venido negando a invitaciones, hoy con el ánimo correcto no tiene ninguna. Los niños le rodean escuchando su silbido y le siguen el paso correteando.

Un rato más a lo largo del río y descubre un animado restaurante que le invita con olores. Un mesero de actitud alegre, lo sienta a una mesa y le presenta la carta proponiéndole con mucha gracia, la especialidad de la casa. Acepta. Entre risa y bromas, le propone un vino que también acepta.

— ¡Mira quién está ahí…! —un sujeto dice a su mujer.

— ¿Quién... dónde?

— ¡Paganini, el violinista! Detrás de ti...

La curiosa dama voltea y constata sin ocultar su entusiasmo.

— ¡Mujer... más discreta!

— ¡Nos fascina como toca...! ¿No?

—Sí pero...

—Vamos a platicar con él... —y se levanta jalándole de la mano.

— ¡Pero acabamos de ordenar...!

— ¡Ahora regresamos...! Sólo lo saludamos...

Cruzan entre las mesas y se plantan frente a Nicoló que los mira sorprendido.

—Perdone la intromisión Maestro Paganini, mi esposa... un poco impulsiva... quiso saludarle.

Ante él, una pareja joven, ambos agradables.

— ¡Caray...pues...! ¡Muchas gracias...! ¿Por qué no os sentáis?

— ¿No le importunamos Maestro? –pregunta ella deseando hacerlo.

—No, por el contrario... Necesitaba un poco de compañía... ¿Habéis cenado?

—Acabamos de ordenar... —contesta ella.

—Pues que os sirvan aquí... ¿os parece?

— ¿Seguro no le molestamos? –insiste el joven ruborizado.

—No, por favor, tomad asiento...

Al regresar el mesero con el vino descubre el cambio.

— ¿Vuestro vino, os lo traigo a esta mesa?

—Si por favor y la cena también... –contesta ella entusiasta.

—Maestro Paganini, yo soy Pietro Galvani, ella es María, mi esposa. Es un verdadero honor conocerle… ¡y más, cenar con usted! Fuimos a su segundo concierto y no pudimos resistir ir al tercero.

— ¡No sabe cómo lamentamos no haber ido desde el primero! –agrega ella compulsiva.

—Voy a dar tres conciertos más… Diferente programa.

— ¡¿Cuando?! –pregunta excitada.

—Mujer por favor, ¡contrólate!

— ¡Perdón…!

—En tres o cuatro días… mañana pondrán los carteles anunciándolo.

—Vamos a ir ¿verdad?… Maestro, ¡Qué manera de tocar el violín! ¿Dónde aprendió a tocar así?

—Bueno… tuve maestros de niño… pero ¿Tocar así? …digamos… es «mi manera de tocar».

—Maestro, ¿Cómo es que siendo el mismo programa, tocó cosas diferentes en cada concierto?

—El concierto puede ser el mismo pero al llegar las cadenzas, que yo hago más largas, el solista toca lo suyo… por lo menos, así lo hago yo.

—Es lo que llaman improvisación, ¿No?

—Bueno… le llaman así… para mí… son descripciones, capturas, torrente… manantial, fuente… paisaje, visión… variaciones tal vez. ¡Qué sé yo! pero ¿improvisación? Muchos solistas tocan las cadenzas siempre igual, ensayadas y memorizadas. Yo no estoy de acuerdo con eso, porque… deja de ser una cadenza, y ésta debe ser espontánea, capturada en el preciso momento de tocarla, como respuesta al autor. Desde luego, así es más difícil…es un reto…

—O sea que ¿ni usted sabe lo que va a tocar?

— ¡Exacto! Ni yo… Ni nadie.

— ¿Por eso no lee durante el concierto como otros concertistas? - pregunta ella.

—Entre… otras razones…

— ¿Qué razones…? –pregunta Pietro curioso.

—Por lo general leo una vez una partitura y ya no necesito volver a leerla.

—Pero cómo, si son demasiados símbolos e indicaciones…

—Así es… ¿Cómo deciros…? Uno captura la música que hay en esos símbolos e indicaciones, es más bien cuestión de escucharla… verla… no solo leer la partitura. Pero eso es algo abstracto que, aun entre músicos, es difícil… para mí, es… lo natural.

Al ver a ambos perplejos y que no es algo fácil de explicarles, cambia el tema:

—Bueno, ya está claro que yo… soy músico… ¿Qué hay de vosotros?

— ¡Nos acabamos de casar! Bueno, hace un mes… —contesta María, que se quema por decirlo— O sea que… estamos empezando. Él, trabaja en un banco… y un día… será el gerente.

—No tan de prisa mi amor… esperemos que así sea.

—Y ¿ya tiene tiempo trabajando en bancos?

—Sólo dos años en este…

— ¿Por qué es tan complicado enviar dinero a Génova?

—No es complicado… es más bien caro y tardado. En ocasiones, el dinero se tiene que llevar físicamente hasta el destino con los riesgos que implica; en otras, como entre dos ciudades con mucho comercio, como es el caso de Pisa con Livorno o Lucca, se hacen compensaciones.

Nicoló es ahora el que no entiende. Después de un rato de explicaciones, queda en visitarlo. La sobremesa se prolonga en animada plática. Al salir, la noche los envuelve en viento helado.

Las localidades se vendieron en su totalidad y con anticipación; los que pueden sufragarlo compraron para los tres conciertos. Nicoló hace lo suyo, el resultado es rabioso, el aplauso no cesa, los encores tampoco. Al terminar cada concierto, hay tumulto al salir; la gente quiere verlo de cerca. La sociedad de Pisa se lo pelea y es invitado a celebraciones y reuniones a todas horas. Su talento y carisma son incuestionables y la respuesta de muchas damas, fanática y hasta íntima. De nuevo, envidiosos y santurrones lo tildan de libertino.

13 Livorno «*Paganinesco*».

Después de una gran despedida y prometer a Matelli mantenerse en contacto, parte hacia Livorno cargado de fortuna, encomios, caricias y cartas de amor. Su espíritu henchido, no cabe en el carruaje mientras recapitula el rotundo éxito, lamentando tener que partir; parecido a la salida de Livorno después de la aventura del clavo. ¿Qué le espera ahora en Livorno donde la gente le adora y por lo menos dará nueve conciertos? Entre euforia y memorias, el viaje se acorta sin malestares.

En Livorno, el promotor Hamelin anunció su próxima llegada provocando inmensa expectación. Tiene puesto un jinete-heraldo a media hora de carruaje que, a todo galope, cubre en minutos. Planea darle una gran bienvenida con la participación de todo mundo. La anécdota del virtuoso y el clavo en el pie, lejos de olvidarse, se convirtió en leyenda. Regresa el genio capaz de tocar de manera extraordinaria y superior a todo lo escuchado ¡aun, con un clavo en el pie!

Nicoló, en medio de aletargadas recapitulaciones, ve por la ventanilla como se empata un jinete y le asusta al casi meter la cabeza para reconocerlo:

— ¡Bienvenido Señor Paganini! ¡Bienvenido!

Despabilándose, lo ve alejarse a todo galope sin entender que fue. Como falta para llegar, vuelve a enfrascarse en memorias-trofeo. Poco después, aparecen más jinetes corriendo en paralelo al coche y le saludan escoltándolo. Sorprendido y asomando por las ventanillas, recaba saludos de los entusiastas caballistas. Al llegar a la ciudad, el cochero tiene que aminorar la marcha para no atropellar gente. Gritos y saludos por todo el derredor. Al poco andar, una comitiva encabezada por el Señor Hamelin le recibe con gran algarabía y honores. Pancartas dicen: «Bienvenido Paganini», «Viva Paganini». Gritos, saludos y silbidos. Ésta vez le tienen reservada la mejor habitación del mejor hotel en Livorno, recibiéndolo como gran personaje. Con esfuerzos y asistencia policial, cruza el gentío que rodea al carruaje. Por fin dentro del hotel, Hamelin le da su personal bienvenida y Nicoló, alterado, pregunta:

— ¡¿Qué fue todo esto?!

—Su fama Maestro… Livorno le adora.

—Pero ¿Cómo se enteraron…? ¡Jamás imaginé…!

—Ahora se lo cuento… —continúa Hamelin mientras suben escaleras—. Cuando recibí su confirmación, lo único que hice para empezar la difusión y… calentar un poco, fue un comunicado a la prensa anunciando su llegada con fechas aproximadas de conciertos. Y así, publicaron algunos artículos. Enseguida, se desataron sucesos… Lo primero, fue una lluvia de preguntas en el teatro y los periódicos, queriendo saber de su llegada y si los boletos ya estaban en venta; enseguida, publicaron artículos entusiastas… Pero no crea que todo el mundo le adora… publicaron también, algunas patrañas sobrenaturales que lo único que lograron fue inflamar aún más la pasión de sus admiradores y que siendo los más, casi linchan a los calumniadores. ¡Já, já, já! Se armó un verdadero galimatías… ya nadie se atrevió a publicar algo negativo… Como resultado, sus aliados y admiradores proliferaron… siendo una mayoría los que, irónicamente, aún no le escuchan y desean hacerlo. Me atrevo a afirmar que no hay un alma en el puerto que no quiera asistir a sus conciertos… ¡Hasta los difamadores…! ¡Asombroso!

Escucha con miedo primitivo y escalofríos recorren su cuerpo; la paradoja domina su espíritu. Una catarata se le está viniendo encima. ¿Podrá con ella? ¿Sabrá manejarla? Conquistar escenarios es conquistar la fama y esto, así de agresivo, es la fama. ¿No será peor que un amo?

Su expresión de susto, acapara la atención de Hamelin, interrumpiendo su relato:

— ¿Se siente bien Maestro…? Tome asiento.

— ¡Sí…! Sólo… me sorprendió ver tanta gente viniéndoseme encima… hablándome… tocándome… –termina aflojándose el cuello, sofocado.

— ¡Perdóneme Maestro…! Es mi culpa…

— ¿Por qué?

—Debí haber imaginado que pudiera pasar algo así. Si le hubieran lastimado, estaríamos lamentándolo. La última vez que estuvo usted aquí, se acordará, tuvimos un poco de tumulto también… ¡Claro que… nada como ahora…! No se preocupe… voy a ver qué hago para garantizar su seguridad… —poniéndose solemne— Maestro… le doy mi más cordial bienvenida. ¡Vamos a tener una extraordinaria temporada!

—Así lo creo… le agradezco sus atenciones.

—Espero que le guste su alojamiento… Mire Maestro, este muchacho es Paolo Francesco Urbani; cualquier cosa que desee, no tiene más que ordenarle, es de absoluta confianza y muy eficiente… es aficionado a la música y gran admirador de su trabajo. Le dejo para que descanse… Por cierto, ¡Por poco lo olvido! Más tarde hay un brindis en su honor al que asistirán personajes importantes de Livorno. Es aquí mismo en el hotel, sólo tiene que bajar. Como se enteraron que ha tocado para Príncipes y Marqueses… me temo que está por recibir muchas invitaciones… ¿Contamos con su presencia?

—Claro que sí, Señor Hamelin.

—Nos vemos entonces. Yo vendré a tiempo para indicarle su entrada. –Se retira dejando a Paolo.

Nicoló observa al muchacho de corta estatura y amable rostro:

— ¿Qué edad tienes?

—Dieciocho años, su Excelencia.

—Yo era más joven aun cuando di algunos conciertos aquí en Livorno.

—Lo sé Excelencia. Mis padres asistieron y todavía lo comentan. Perdón… ¿Puedo llamarle Maestro a su Excelencia?

—Claro que sí.

—Pues sí Maestro… después de esa primera vez que estuvo usted aquí, todos los niños y jóvenes querían ser violinistas. ¡No había suficientes profesores ni violines!

— ¿De verdad?

—Sí Maestro, así fue. Yo no pude escucharle hasta la última vez que usted vino… hace como dos años… ahí entendí lo que significaba «*Paganinesco*»

— ¿Cómo?… « ¿*Paganinesco*?» –pregunta sonriendo.

—Cada vez que usted viene, se pone de moda lo «*Paganinesco*».

Nicoló ríe, estos comentarios le son agradables y curiosos.

—Paolo, disfruto tu plática pero necesito descansar. ¿Me puedes dejar solo? Tengo que recuperarme para la noche. Despiértame media hora antes del brindis.

—Como diga Maestro. ¿Se le ofrece algo más?

—Pues sí… ¿Puedes ver que me traigan una botella de coñac?

—Enseguida Maestro… –y sale.

Levantándose del sillón y recuperado del susto, ve las cosas con mejor perspectiva y ríe de gusto ante la increíble situación. Recorre con la vista la habitación, demasiado lujosa para su gusto, pero testimonio del respeto y admiración que le tienen:

—«Y… lo único que tengo que hacer, es tocar mi violín».

Unos golpes en la puerta le interrumpen, es un mozo del hotel con la botella de coñac.

—Pase por favor…

El mozo entra y coloca la botella sobre una mesa.

— ¿Desea su Excelencia que le sirva una copa?

—Por favor…

— ¿Se le ofrece algo más?

—No, eso es todo por el momento, gracias.

—Su Excelencia, bienvenido a Livorno, es un honor servirle –se retira haciéndole reverencia.

Nicoló, no sale del asombro. Todas estas atenciones y honores hasta del último, de corazón. En Palacio, hacían todas estas cosas, pero eran protocolarias, jamás espontáneas. Elevando su copa, brinda:

— ¡Por Livorno! –Y viendo su destino enfrente— ¡Y por Paganini y lo «*Paganinesco*»!

Es hora del ágape y él se arregla. Tocan la puerta.

— ¡Adelante!

Entra Hamelin con sus habituales nervios y expresión de novedad:

—Maestro, veo que ya descansó, luce mucho mejor.

—Me siento mejor, gracias.

—Parece que asistirán personas que ya le conocen, tanto de Lucca como de Génova.

— ¡¿De Lucca?! –Pregunta en escalofrío — ¿Quién?

—No sabría decirle… ¿Algún problema?

—Espero que no… Una pregunta, Señor Hamelin… ¿Debo bajar con violín?

— ¡No…! Si le quieren escuchar… que vayan a un concierto… ¿No le parece?

— Bien… pues vamos.

Bajando al evento, concluye: «Elisa ya lo hubiera arrestado, a menos que lo quiera hacer en público para provocarle toda la vergüenza posible».

Para entrar al salón lo anuncian y es recibido con aplauso por más de cien personas que forman diferentes corros que acaparan uno a uno su atención. Nicoló repasa rostros con curiosidad y temor de encuentro. Se siente en la mira y no reconoce a muchos, pese a que le saludan con familiaridad. Acostumbrado a sonreír ante esta «familiaridad», fluye devolviendo saludos y conversando. Es posible que vio a los de Lucca y no los reconoció, aunque sigue en alerta y especulando.

En dos días es el primer concierto y Nicoló ensaya la orquesta. De un solista como él, esperan persistencia, pero no paciencia y humildad. Hace lujo de todo esto y la orquesta, en tributo, se adapta a sus exigencias. Se niega, como siempre, a ensayar sus cadenzas o a escribirlas para que la orquesta se ubique. Él, defiende su inevitable necesidad de hacerlo al vuelo. Por consecuencia, algunos músicos creen que lo memoriza y no exhibe la partitura para que no le plagien. Los demás sólo le observan sin perder detalle. Es un gran misterio para todos. Si alguien le pregunta de dónde saca su música, sale con una serie de crípticas explicaciones o con gran habilidad cambia el tema. Pero lo peor es cuando se sumerge en silencio mientras mira a alguien a los ojos. A Nicoló, todo esto le causa gracia sin preguntarse por qué responden así; todo se lo atribuye a su manera de tocar el violín. Ignora que su personalidad, tan excéntrica como su violín, adquiere fuerza cada vez mayor. Su magnetismo va en aumento. Muchos no pueden dejar de verlo. Su rostro de nariz, mirada y expresiones aguileñas con un cuerpo delgado en extremo y zanquilargo, lo hacen un tipo único que embelesa y a muchas damas, sin proponérselo, seduce; pero, a algunos otros, incomoda.

Como Hamelin vaticinara, tiene múltiples invitaciones que le obligan a llevar agenda.

Desde luego, hay gran expectación para el primer concierto y los boletos son acaparados por las clases altas de Livorno. En una audacia de Hamelin: el precio por boleto es un poco más caro para los tres primeros conciertos que igual se venden en su totalidad.

Después de cada concierto, Nicoló sale al vestíbulo a saludar. Al llegar el tercero y entregarse a esta rutina, ¡de pronto frente a él! un rostro no visto en años e imposible de olvidar, su corazón da un vuelco de emoción: Dida, que con ojos colmados espera su turno para saludarle. El mundo de los dos se detiene un instante y el bullicio desaparece; viéndose a los ojos ingresan de nuevo en esa exclusiva dimensión. Algo mágico les protege, nadie se percata ni interrumpe el encuentro. El momento es intenso, de mutua posesión. Al sentir el bullicio reaparecer, él rompe el silencio, consciente que hay ojos y oídos atentos:

—Mi Señora, es un placer y un honor volverla a ver… –le besa la mano.

—Maestro Paganini, el placer y el honor siempre han sido míos.

—Espero que asista a otro concierto.

—No tengo ninguna otra intención.

—Le puedo preguntar ¿Qué hace tan lejos de su maravillosa villa?

—Fui a Génova, al funeral de una… muy querida tía…

— ¡Oh…! ¡Cuánto lo siento!

—Le agradezco… Espero verle de nuevo… Según parece, estoy hospedada en el mismo hotel…

— ¡Que agradable coincidencia…!

Nicoló vuelve a besar su mano y esforzándose, continúa saludando asistentes con furtivas miradas hacia ella. El evento continúa y en el primer momento privado:

— ¿Qué tal…?

— ¿Cómo estás amor…?

—Feliz de verte Dida… siento lo de tu tía.

—Sí… la veía ya muy poco, aunque siempre le tuve gran cariño…

— ¿Tú, estás bien?

—Sí, gracias a Dios, estoy bien.

—Me gustaría que nos viéramos…

—A mí también… ¡No sabes cuánto! Espera mi nota —retirándose al ver oídos peligrosos.

Una agradable sensación le causa recibir esa respuesta, disparándose su imaginación.

En su mensaje, Dida le avisa que esa noche tocará a su puerta. Nicoló prepara la habitación poniendo velas en lugares absurdos para hacerla reír. Golpecillos en la puerta y el bello rostro entre penumbras de su primer amor. Impacientes, se funden en apasionado beso con ansiedad acumulada. La parodia de las velas hace reír a ambos llenándose de recuerdos. Sin sombras de reproche, se acarician como si no hubiera pasado un día. Después de satisfacer su pasión inmediata, sus miradas se prenden queriendo conversar sus aventuras. Entre ellos, aún claro y necesario, su tácito acuerdo de distancia sin separación: ella su villa, él su violín. Cada uno, admirador y amante del otro sin tener que explicar su relación a nadie. No hay ausencia, es así. Una sedentaria, el otro trotamundos. Única forma en que pueden ser.

En la conversación se entera que Giuseppe falleció, quedando ella propietaria única de la villa y la casa de Lucca. La discreción sigue siendo elemental pero ya no de tal importancia.

—Con tantas admiradoras, tendrás romances… —ante su silencio añade— Perdón amor, fue imprudente mi comentario… me encanta tu discreción.

Viéndola con cariño, sólo sonríe. Ella se acerca y le besa sutilmente. En respuesta, salta de la cama, toma su violín y toca. Dida se acomoda, lista a viajar en un recital sólo para ella.

Los conciertos continúan al tope y con atronadores aplausos. Dida asiste a todos. Al llegar el octavo concierto, se da la noticia: «La Gran Duquesa de Toscana, ha pasado su residencia a Pisa». Nicoló no puede pensar en otra cosa e ignorando las intenciones de Elisa, descarta regresar a Pisa por más conciertos o extender su temporada en Livorno. Lo más seguro será rodear Pisa saliendo de la Toscana por el norte o cambiar plan e ir en barco hacia Génova. Platica con Dida sus antagonismos con la Gran Duquesa y ella, con su clara inteligencia:

—Estoy de acuerdo, en que no toques en Pisa, no sería… prudente, y si tiene intención de arrestarte, lo hará. Pero, ¿para qué cambiar planes o rodear Pisa por caminos horribles? Sencillamente vienes conmigo a Lucca cruzando Pisa sin detenernos... mi carruaje tiene salvoconducto. ¿Te gusta?

—Suena bien, pero si nos llegan a detener… saldrías perjudicada.

— ¿Cómo van a saber que viajas conmigo?

—No lo sé… alguien pudiera verme subir a tu coche. La última vez que salí de Livorno, todo el mundo fue a despedirme. ¿Cómo evitar la despedida… ahora tengo más fama?

Dida ríe al ver a Nicoló sufrir. Fascinado, lo nota:

— ¿Por qué te ríes?

—Porque ya eres famoso y sufres por ello… ¿Cuándo saldríamos?

—Pasado mañana, temprano…

— ¿Ves? Me da más miedo ese último concierto…

— ¿Por qué?

—Amor… Pisa está a una hora a caballo… si nosotros sabemos que ella ya está ahí, ella sabe que tú estás aquí, sobre todo por tanto ruido que hiciste allí y el que estás haciendo aquí. ¿No es obvio?

— ¡Entonces, están por arrestarme…!

—No creo que ella quiera arrestarte… ya lo hubiese hecho. ¿Vas a dar el concierto de mañana?

—Lo tengo que dar. Ya está totalmente vendido... además, no puedo dejar a Livorno así.

— ¿Ya tienes contratado el transporte?

—Si... ¿Por qué?

—Das tu concierto... mientras yo rezo para que no te arresten... y pasado mañana temprano, después de la despedida, sales en tu transporte... cuando ya estés lejos de aquí, te detienes y me esperas.

—Eso me gusta...

—El contratiempo pudiera ser la despedida... Por eso, te despides con toda calma y sales... yo salgo minutos después... Además, no me quiero perder la famosa despedida, já, já, já.

Extasiado con su risa siente otra vez su solidaridad.

Al día siguiente Dida le hace comentarios sobre su nuevo aspecto.

—Te veo más delgado, más varonil... Ya no puedo pensar en ti como «mi niño».

— ¿Ya no te gusto?

—Al contrario... no puedo dejar de verte... y desearte. Eres más... ¡recio!

—Pues yo creo que tú estás más bella y no puedo dejar de verte... porque estás más ¡recia! –Termina en parodia y ambos ríen.

—Por cierto... tengo un hambre tremenda y ganas de salir. Ya me cansé de estar encerrada. ¿Has visto un restaurantito aquí junto, bastante agradable? ¿Qué tal si vamos a comer allí?

— ¿Cómo hacemos...?

—Yo me voy con mi dama de compañía y me siento... luego llegas... y te invito a sentar.

— ¿Así de fácil...? Y ¿cómo se llama tu dama de compañía?

—Elisa... –contesta riendo.

— ¡¿Qué?!

Una vez en el restaurante no resulta tan fácil. Nicoló es asediado por admiradores y no le queda más remedio que abandonar la mesa. Inclinándose, le susurra a Dida:

— ¿Qué te parece el restaurante del hotel? Al fondo hay mesas menos visibles, aunque no tan pintorescas. —Ella asiente.

Camina con Paolo hacia el hotel rodeado de niños, percatándose que a los conciertos van pocos niños y su entusiasmo es por contagio de los adultos como Paolo le contó. Él mismo, tuvo la fortuna, excepcional como niño, de conocer a Durand. Al llegar al hotel, nota que la escalinata frontal proporciona una suerte de estrado que permitiría huir hacia adentro de ser necesario y le dice a Paolo al oído:

—Tráeme mi violín… con mucho cuidado, claro.

— ¿Les va a tocar Maestro?

Él asiente y Paolo sale corriendo emocionado. Con su habitual control sobre el público, Paganini le indica a sus pequeños seguidores que se sienten y acomoden como puedan. Para cubrir la espera les hace pantomimas fingiendo que toca un violín invisible y silbando mientras lo hace, la risa infantil hace coro y contrapunto. Llega *el Cañón* y el aplauso le recibe. Mientras afina, sorprende a los niños boquiabiertos con un repentino rebuzno de burro y absurda expresión facial que arranca la risa de todos. Enseguida, toca cosas ligeras y alegres que le gustaban de niño con cuanta bufonada se le ocurre. El público crece en lo que progresa el improvisado concierto incluyendo, a su espalda, personal del hotel y algunos huéspedes. La voz corre y más gente acude, convirtiéndose en gran evento a pleno sol. Al terminar, todos aplauden y ovacionan entusiasmados. Viendo que policías han entrado en alerta, cauteloso levanta su derecha:

—Ahora… os voy a suplicar que todos regreséis a vuestras casas y en orden.

Entre aplausos y ovaciones, Nicoló se interna en el hotel deseando que su audacia no produzca percance alguno y se dirige al restaurante.

— ¡Su Excelencia, bienvenido! ¡Muchísimas gracias por el sorpresivo concierto!

— ¡No…! Os agradezco a vosotros por valorar lo que yo no tengo más remedio que hacer… Le molesto con una mesa para cuatro donde estemos tranquilos.

— ¡Enseguida, Excelencia…!

Casi enseguida, aparece Dida emocionada.

— ¡Qué maravilla acabas de hacer! ¡Por eso te quieren tanto…!

Paolo expresa su tristeza por su ya próxima partida:

—Maestro, estos han sido los días más felices de mi vida… ¿No habrá manera que me lleve con usted como su asistente personal?

— ¿No tienes compromisos aquí?

—No Maestro, ninguno…

— ¿Y tu familia… estaría de acuerdo? No querría ver a tu padre, cargado de furia, aparecer un día.

—Al contrario Maestro… están felices de que esté trabajando con usted… deseando que me contrate.

Con miradas, Nicoló dialoga con Dida. Ambos asienten.

— ¡Bien…! Vendrás conmigo pero primero hablo con tus padres.

El júbilo de Paolo explota moviéndose como si bailara.

— ¡Gracias Maestro! No se va a arrepentir… ¡¿Puedo ir a decirle a mi familia?!

— ¡Ve! Pero recuerda que hay concierto…

—No me tardo… ¡Muchísimas gracias Maestro! –dice estrujando su cachucha.

Disfrutando el entusiasmo del muchacho lo ven salir corriendo.

—Creo que tomaste una buena decisión… creí que ya trabajaba contigo.

—No… me lo asignó el empresario del teatro recomendándolo… para algo así. No quise decidir antes… quería conocerlo más.

—Pues ¡Salud, por tu nuevo asistente!

— ¡Salud!

En el concierto Nicoló está en júbilo. Dida presente, un público que lo adora y cuenta ahora con un asistente simpático, respetuoso y eficiente. Su ejecución es luminosa, cargada de alegría. El público es su interlocutor y el diálogo magnífico. Más allá de sus extraordinarias técnicas, éste público ve en él a un amigo. Su popularidad es arrolladora. Con temor de un arresto, el concierto transcurre sin contratiempos y los aplausos y ovaciones son interminables. Nicoló entra y sale repetidas veces, dando encores. En una de las salidas espera para ver si se calman pero el aplauso sigue furioso; entra entonces, con violín elevado y cojeando, evocando el clavo en el pie, la carcajada colectiva explota, renovándose aplausos y gritos.

—Os agradezco muchísimo… Si algo necesita un artista, es reconocimiento; y vosotros… me lo dais sobradamente. Voy a tocar esto último para terminar… os lo dedico a cada uno de vosotros… Mi bella familia de Livorno.

Sube el violín cortando el aplauso y con gran pasión, entrega un extraordinario encore final.

Al salir del teatro, una multitud le aguarda. Sin nadie poderlo evitar y ante su propio susto, lo levantan en hombros y, en medio de ovaciones y silbidos, lo llevan por las calles. Desde las ventanas lo saludan agitando pañuelos mientras la gente corre a su derredor hasta llegar a su hotel. Desde la entrada, donde tocara por la mañana el improvisado concierto, levanta los brazos desatando una ovación y se interna en el hotel cubierto gloria, aplausos y gritos de entusiasmo.

Con la emoción de lo recién vivido y aún rodeado de gente en el vestíbulo, se dirige a su habitación deteniéndose repetidas veces a escuchar encomios. En su cuarto, sintiendo alivio, se afloja el cuello y golpes en la puerta.

— ¿Quién?

— ¡Paolo…!

Su ser termina de calmarse al verlo entrar con su violín.

— ¿Todo bien con *el Cañón*?

—Si Maestro…

— ¿Y la señora Dida?

—Salió hacia su coche… la perdí entre la gente, ha de estar por llegar.

Entre lamentos por tan corta temporada, Hamelin ofrece una cena de despedida en la que abundan brindis y buenos deseos con elocuentes discursos de la bohemia de Livorno.

Más tarde, ya en la habitación, pulen y completan el plan: Nicoló esperará a Dida en las afueras de la ciudad, él cambiará de coche y el suyo continuará viaje con Paolo y equipaje hasta Lucca.

Concordando con lo vaticinado, una multitud asiste a la partida. Dida emocionada, lo ve despedirse de Livorno entre el gentío. Minutos después, aborda el carruaje y se hace al camino. Al llegar al encuentro, Nicoló cambia de coche y reanudan viaje. Llegan a Lucca sin contratiempo, Dida insistiendo que si Elisa lo quisiera arrestar, ya lo hubiera hecho. De cualquier manera, Nicoló respira con alivio. En el camino deciden ir a la villa por un momento romántico y sin entrar a la ciudad, van directo hacia allá.

14 Un *Amati* para Nicoló.

Rinaldo y Mónica salen a recibirlos al portón, preguntándose quién vendrá con ella en el segundo coche cargado de equipaje. Dida, que ya tiene su plan, baja del coche y anuncia:

—Les traigo un regalo muy especial…

Al oír esto, que es «su señal», sale Nicoló del coche mientras Dida observa sus reacciones. Rinaldo entusiasta le da la bienvenida mientras Mónica entre escalofríos intenta disimular.

— ¡Me encontré a este hombre en Livorno triunfando de manera espectacular! ¡Nunca me hubiera imaginado una cosa así! ¡No podía creerlo…! ¡En el último concierto lo llevaron en hombros por las calles hasta su hotel! ¡Toda la gente vuelta loca! ¡No lo quieren… lo adoran! Fue increíble… ¡Es que no eran unos cuantos…! ¡Todo Livorno estaba ahí…! Fiestas, brindis, comidas, discursos… ¡Qué barbaridad! ¡Eres… una gran estrella Nicoló! No salgo del asombro.

Contagiados de júbilo, entran todos a la casa. Dida no deja de contar sus impresiones sobre el encuentro conforme recuerda. La plática de sobremesa se sumerge en la noche. Rinaldo, mostrando orgullo, eleva su copa:

—Nicoló, no necesitas un brindis más, pero del mío ni Dios te salva. Yo brindo... por tu enorme talento... tu vocación y tenacidad que a menudo nos sirven por acá de inspiración. Por lo que a mí respecta... ha sido un privilegio conocerte y aún más, ser tu amigo. Hoy te tenemos aquí de cuerpo presente... pero créeme, nunca te fuiste. ¡Salud!

Todos elevan las copas brindando con él. Paolo, impresionado, observa. Sin palabras, Mónica participa, cautiva del atractivo que Nicoló ejerce sin proponérselo. No puede dejar de verlo pero tampoco tiene que evitarlo pues todos lo hacen, sobre todo al narrar sus anécdotas con gracia peculiar y su ahora madura y varonil presencia. Su voz es más grave y su forma de hablar más experta y elegante. Todo esto le hace vibrar. A Nicoló, Mónica no le pasa desapercibida y menos sus miradas acariciadoras.

Esa noche, estimulados por estar en esa habitación que Dida mantuvo intacta para no borrar la memoria, platican después del amor entre penumbras hasta quedar dormidos. Dida despierta por la mañana y ve a Nicoló examinando su mapa frente al ventanal. Al acercarse, le expone sus planes y ella aporta algunas ideas, ofreciéndole la casa de Lucca para hospedarse. Primero ha de visitar empresarios teatrales y si el Príncipe Félix está en la ciudad, aclarar con él las intenciones de Elisa.

En Lucca, sus pasos sobre las baldosas marcan el ritmo de sus pensamientos, las cosas no son como esperaba: uno de los teatros está cerrado, quedando sólo el Castiglioncello. Después de mucho platicar con el empresario, conviene un concierto en la única fecha libre, teniendo que encargarse de los músicos necesarios, lo que no es fácil, pues los más se marcharon de la ciudad al disolverse las orquestas. Pareciera que Elisa en su afán de promover el arte, casi termina con la música en Lucca.

A medida que camina una idea le aligera. ¿Para qué quiere músicos…? Cuando en Livorno no los hubo, apareció solo y tuvo éxito. ¡Eso hará! Lo madura en lo que avanza. Le servirá, además, para dar recitales en pequeñas poblaciones del camino. Necesita aumentar el número de armónicos y saltos múltiples a la hora de tocar, como con la guitarra, forzando su arco hasta lograrlo. La prisa se imprime en sus pasos, quiere tomar el violín y experimentar.

En la casa de Lucca, Dida se entregó a limpiar y ventilar el lugar cerrado por tantos años. Es una casona de varios siglos, con muebles de la misma edad, que siempre perteneció a la familia. Al convertirse la villa en residencia principal, la casona sólo se usó esporádica y parcialmente por lustros. Entusiasta, tiene ahora urgencia por entrar a los rincones que jamás visitó y descubrirla. Casi no la conoce. Las escasas veces que la ocupó de adulta, sobre todo al venir Giuseppe de Florencia, usaban un par de recámaras y el comedor. La mayor parte de los muebles han permanecido cubiertos. Ella no conoce todos los cuartos ni los muebles. Hoy quiere compartirla con Nicoló y abre cortinas y ventanas dejando entrar la luz, ahuyentando fantasmas de su niñez. Descubre objetos de gran belleza, pinturas de antepasados y bellos paisajes, ropas y efectos personales. En una de las recámaras, al fondo de un armario, recargado en el rincón, captura su atención un negro estuche de violín que más parece un pequeño ataúd. Ansiosa le sacude el polvo y colocándolo sobre la cama, lo abre; tiene las cuerdas flojas y pareciera diferente o faltarle algo. Sin hacer más, lo cierra y lo acaricia, con la obvia intención de dárselo a Nicoló. Regresa a su exploración con mucho por descubrir pues es una magnífica casona cargada de historia, de su propia historia. Al morir su padre, ella había sido recluida en la villa a cargo de institutrices, cuando a los catorce o quince años regresó a la casa, por pocos días, sólo le trajo tristes recuerdos de agradables momentos. Ahora los tiene de nuevo, pero las heridas cicatrizaron.

Entre pasos, conclusiones y silbidos, Nicoló llega a la casa golpeando el portón. Mónica abre y entrecruzando miradas, entra quedando frente a ella. Ambos controlan el deseo de abrazarse y sus miradas se intensifican. Nicoló, acariciándole la mejilla y reprimiendo el impulso de besarla:

—Mónica... me sigues siendo en extremo atractiva pero... creo... que somos para otro momento... quizás, para otra vida.

—Lo sé Nicoló... lo sé...

Con cariño la abraza, le besa la frente y entre miradas y suspiros, sube las escaleras en busca de Dida. Una mucama le señala un cuarto y del enorme armario sale Dida con objetos en las manos.

— ¡Nicolino! no te oí llegar... ¡Te tengo un regalito! Mira sobre la cama... es para ti.

Nicoló se acerca al estuche y lo abre ansioso en total silencio. Con interés científico saca el violín y lo examina. Está en excelentes condiciones. Necesita cuerdas... El cuerpo del violín es un poco más grande con curvas más pronunciadas. Sin decir palabra y ante la mirada atenta de Dida va en busca de cuerdas. Regresa, se las pone, lo afina, explora la resonancia y toca un Capricho. Dida, fascinada, contempla el proceso, disfrutando de paso el bello sonido de su descubrimiento.

—Pero mujer, ¿de dónde has sacado esto?

—De este armario...

— ¿Alguien tocaba el violín en tu familia?

—Ha de ser de mi abuelo... creo haber oído que lo tocaba... yo era muy chica. ¿Es bueno?

— ¡¿Bueno...?! ¡Al parecer... es un *Amati*!

— ¿Un *Amati*...?

Aún impresionado por el hallazgo, continúa examinándolo incrédulo asomándose en su interior, probando otras afinaciones e intentando los armónicos que traía en mente. Tiene extraordinaria sonoridad y presencia incuestionable, las notas son nítidas y dulces, de bella definición, delicado, firme y de bonita voz. Los armónicos se dan robustos… pero el puente… el puente es una porquería que dificulta los saltos y las notas altas pero eso lo puede arreglar.

Después de muchas pruebas Dida le interrumpe:

— ¿Te gusta?

— ¡Desde luego que me gusta! Es una joya… ¿Cómo no va a gustarme? Más me pregunto cómo agradecer tu maravillosa generosidad. No la merezco.

—Amor… tú me has dado los momentos más felices de mi vida… Yo, sólo saqué un violín de un mueble ignorando que existía y te lo di. Te aseguro… que todos los violines que encuentre serán para ti – ambos ríen— ¿Cómo te fue?

—Salió un solo concierto en el Castiglioncello, en quince días… creo que lo daré solo sin acompañantes… ¡Tal vez… use este violín!

— ¿Tanto te gustó?

— ¡Es muy buen violín…! Aunque… tengo que cambiarle el puente que… no me gusta.

—Y ¿eso es fácil?

—Es ésta pieza que las mismas cuerdas sujetan… Yo lo modifico hasta que me acomoda.

— ¿Qué le haces?

—Para mi gusto, está un poco alto con errónea curvatura provocando innecesaria dificultad con el arco… sobre todo en saltos y armónicos. Necesita ajustes sutiles… si se pasa uno… ya no sirve…

— ¿Dónde aprendiste todo eso?

—Tocando, experimentando... arruinando algunos... Me da por experimentar. Aquí... en Lucca toqué en la Catedral con cuerdas de violonchelo en mi violín... ¡Já, já, já! Arruiné el cordal y las clavijas... y por poco arruino el violín completo al afinarlo... de milagro no lo reventé. ¡Já, já, já! ¡Nunca lo volví a intentar! ¡Já, já, já! ...con la tensión de las cuerdotas sentí que me iba a explotar en la cara...

Dida ríe a carcajadas con el relato que Nicoló ensalza con aspavientos y expresiones faciales.

— ¡Y qué pasó! ¿Terminaste...?

—Con angustia... pero terminé. Algo... hice bien... me aplaudieron con furia y el gentío se me vino encima... ¡Já, já, já! Terminé refugiado en la sacristía... mientras, los sacristanes veían el violín con cuerdotas... que no pude cortar, más parecía una araña. No toqué el violín, toqué la araña. Eso me hace el primer «arañista» de la historia... Luego, perdí ese violín en los naipes. ¡Já, já, já!

La desbordada sesión de risa llama la atención de los demás que asoman por la puerta con antojo y sonrisa en la cara. Nicoló viendo que cuenta con auditorio, se entrega a narrar anécdotas en su personal histrionismo. Por la ventana abierta brotan carcajadas llamando la atención de los vecinos acostumbrados a ver la casona cerrada y sombría.

En el mismo día asoleado, kilómetros al sur: Elisa en resaca, añora a su talentoso y divertido amante que hizo huir en un arranque de orgullo y amenazándolo con cortarle las alas. Recuerda con nostalgia la manera en que cambiaban de realidad, a una mucho más amable y feliz. Ve claramente que se castigó a sí misma y que quizás, jamás vuelva a ver a su amado «flaco» con el que tanto reía.

Llegó a Pisa esperando encontrarlo pero él ya estaba en Livorno; abrigó entonces la esperanza de verlo a su regreso, como sostenían los rumores que le confirmó el empresario Matelli. Pero no fue así.

Han pasado varios días que él salió de Livorno y nunca llegó. Si no aparece, su estancia en Pisa es innecesaria y absurda, tendrá que regresar a Florencia o irse a París. Se siente deprimida y sola, rodeada de un séquito en el que no confía y con creciente angustia y frustración. El nombramiento de Gran Duquesa, lejos de darle el poder que esperaba, le quitó el que tenía y la rodeó de espías de su hermano que la vigilan en todo. Una farsa, una burla, una humillación.

Después de pruebas y ajustes, el puente del *Amati* quedó a su gusto y lo usará en el concierto. Dida, satisfecha del efecto de su regalo continúa descubriendo la casa, mientras escucha las tenaces prácticas.

Nicoló se presenta al concierto dispuesto a probar sus nuevas técnicas y audacias. Aunque el teatro no se llenó hay nutrido público que, al verlo aparecer solo, lo recibe con aplauso medio flojo, reflejando cierta decepción. Toca la primera pieza y una vez más su fórmula funciona y se da el fuerte aplauso. Con las siguientes piezas crecen aplauso y ovación.

Durante la tercera pieza, una mujer en el público riñe a su marido, mientras el hombre tratando de calmarla, la exalta más. Nicoló interrumpe su ejecución abruptamente y les fija la mirada, apoyada por la zancuda expresión corporal que le caracteriza. La atención del público se posa sobre la transgresora arpía que, al escuchar su propia voz en medio del repentino silencio, descubre la mirada de Paganini aterrándola al punto de orinarse. Una vez logrado el respeto, el virtuoso prosigue su ejecución.

El *Amati* se siente de maravilla y sus audacias y variaciones funcionaron excelente para tocar solo. El poderoso aplauso final lo confirma. Vuelve a comprobar que puede dar conciertos solo, seguro que, de haber dado los tres conciertos, como hizo en Pisa, hubiera logrado un éxito «in crescendo» similar.

Durante el trayecto a casa, Dida lo siente callado, atribuyéndoselo al éxito menor comparado al delirio de Livorno. La realidad es que está harto de Lucca y sólo piensa en la gira. Le urge ponerse en camino y, como el agua que encuentra su cauce, encontrar el suyo.

En los días siguientes, una suerte de inercia indecisa se instala en su ánimo; el amor de Dida le atrapa. Pero al llegar la primavera, viendo absurdo el indulgente retraso, pone fecha a la partida y lo ejecuta con disciplina militar. Sobre la carretera, sus pensamientos son un embrollo pero el consejo de la muerte, «tocar o morir», pone paz en su espíritu. Tocar es el tronco de su carácter, su genio, su libertad.

No tiene idea qué pasará en Bolonia, tal vez un triunfo, la única manera de saberlo es yendo.

Paolo contempla al Maestro reflexionar. Su aprendizaje es constante y ya incluye esgrima que, por practicar, Nicoló le ha ido enseñando.

15 Tiempo nublado en Bolonia.

Llegan a Bolonia de noche y bajo tupido aguacero desde la mitad del camino. Con la lluvia no hay quien les oriente y se refugian en una posada que resulta ser una porquería. Sin calentamiento alguno, entra aire helado por todas partes con olor a letrinas o algo parecido. La experiencia es miserable, sólo atenuada por la compañía de Paolo, a quien intenta divertir sacando el filo gracioso a la apestosa y helada posada. Su presencia le salva de deprimirse si estuviese solo. Encogido en posición fetal, envuelto en una apestosa frazada y sacando la nariz con avidez, logra por fin conciliar el sueño. Al entreabrir los ojos por la mañana, en sobresalto, ve la imagen de Paolo parado frente a él.

—Perdone Maestro, no quise asustarle…

— ¡¿Pasó algo?!

—No, Maestro… mejor dicho sí. Conseguí mejor hotel… un carro espera para llevarnos.

— ¡Hombre…! ¡Pues… qué bien! ¡Vámonos!

Incorporándose tembloroso con el frío en los huesos, se viste asistido por Paolo. En el nuevo alojamiento, Nicoló se mete en la cama con malestares que atribuye al haber mal-dormido.

Una semana tarda en recuperarse del brutal resfriado que amenazó en convertirse en otra neumonía, si no es que lo fue. Paolo es de invaluable ayuda, no sólo es de actitud humilde, también ha demostrado tener iniciativa para resolver asuntos que a él le son agobiantes.

Cuando por fin esta puesto para reanudar proyecto, se enfrentan a un día obscuro con tormenta por caer y opta por esperar, preguntando sobre teatros y espectáculos.

Mientras tanto, Elisa regresó a Florencia con creciente desesperanza y sintiéndose rodeada de enemigos. En todo momento tiene que tolerar y actuar hipocresía. Sin poder resistir este régimen, marcha a París donde espera arreglar las cosas con su hermano.

Después de semanas en Bolonia y mucha diligencia, Nicoló no ha podido contratar ni un solo concierto. Los empresarios teatrales son difíciles de localizar y de abordar. En general, sostienen que ya tienen los programas llenos para el resto del año. Con paciencia y optimismo, ha ido abordando a cada uno. El último, del Teatro del Corso, que ahora visita, es el colmo:

—Vuelva en un año... a ver si entonces es posible hacer algo. ¡No olvide traer su violín...! —Lo despide con tono despótico y sarcástico.

Decepcionado, entre tribulaciones y frustración, sale a la calle sin rumbo, seguido de Paolo haciendo esfuerzos por mantener el paso. Otra vez, trata de encontrar soluciones en las baldosas que pisa con paso acelerado. Se siente inútil y contrariado ante la irrevocable negativa y escaso interés de estos señores de actitud burocrática. Bolonia le gustó cuando niño y tomó por hecho que tendría una buena temporada. No puede creer lo que pasan ni ocultar su agravio. Seguro se percataron de ello, en especial el último que salió con el comentario imbécil. Después de caminar sin rumbo por las techadas calles de Bolonia y sin aflojar el paso, le dice a Paolo que se esfuerza tras de él:

— ¡Paolo...!

—Sí Maestro… dígame… —jadeando.

—Vamos al hotel a empacar… nos vamos… aquí, no hay nada que hacer.

—Sí Maestro… como diga… y… ¿hay alguna prisa?

—No… saldremos hasta mañana.

—Entonces… ¿podemos caminar más despacio? —deteniéndose para respirar.

Nicoló sorprendido le pregunta:

— ¿Vamos muy rápido?

—Pues… tal vez no Maestro… pero cada uno de sus pasos… son dos míos…

— ¡Perdona Paolo…!

Al llegar a la administración del hotel, pide le hagan los arreglos para ir a Módena:

—Lo siento señor, nosotros no damos ese servicio, tiene que contratar directo con los transportistas.

La gota derrama el vaso y su temperamento explota:

— ¡Carajo! ¡¿Que aquí todo lo hacéis diferente?!

El empleado permanece serio, en lo que Paolo le dice:

—No se preocupe Maestro, yo me encargo…

—Gracias Paolo, pero tendrá que ser ahora mismo… ¡No quiero quedarme en esta ciudad de imbéciles más de lo necesario! –Dándole dinero, agrega— De paso… trae algo de comer y vino… ¡Ah! y una botella de coñac, que no tengo humor de ir a ningún lado.

Sale el muchacho a sus misiones y Nicoló sube a su habitación. Frustrado y humillado, experimenta el látigo del rechazo y desinterés.

—« ¿No les interesa hacer dinero? ¿No es su negocio presentar espectáculos? ¿Por qué el escepticismo al escuchar la crónica de sus triunfos? ¿Por qué tanto trabajo para conseguir citas y luego prisa por despacharlo sin escucharle? ¿Se pusieron de acuerdo? Pareciera que hablan en otro idioma».

Asomando a la ventana contempla Bolonia en su trajín. Sólo quiere irse de ahí. Rechazar lo que le rechaza. Demasiadas ciudades que visitar para dejarse derrotar por una.

En la soledad de la habitación se relaja buscando en su espíritu ese manantial que le nutre de melodías cuando toca y que también le calma y rescata de sinsabores. De su padre aprendió que estando enojado peores errores se cometen y luego hay que morderse el orgullo para reparar los daños. Su fuga interior le gusta, le ayudó a sobrellevar el yugo de su padre y a liberarse de él, a superar enfermedades, a concentrarse en su violín y hacerlo florecer, pero sobre todo, a calmarse, adquiriendo perspectiva, objetividad y, por tanto, fuerza.

Llega Paolo con los encargos.

—Maestro, nos vamos a Módena a las seis de la mañana.

— ¡Excelente! Y ¿qué trajiste de comer que huele tan bien?

Paolo se sorprende de verlo con apetito y mejor humor:

—Espagueti, Maestro… salami, pan y aceite de oliva… desde luego: vino y coñac.

16 Módena: *Con toda el alma*.

En Módena, con renovado optimismo, ven las asoleadas calles parecidas a Bolonia, en lo que el trote sobre empedrado y el silbido de Nicoló, le ponen música al momento.

Ese mismo día, Nicoló va a sus gestiones. Sólo tiene una visita que hacer y es al Teatro Comunal de Vía Emilia. Sin mayor dificultad platica con el empresario, Señor Fibonacci, que lo recibe con cortesía y honores, recordando el par de conciertos que diera diez años antes con calurosos resultados.

—He sabido de sus éxitos, Maestro Paganini, y no sabe cuánto lamento decirle que el Teatro está comprometido por el resto del año a un empresario de ópera bufa… A mí, me hubiera encantado presentarle pero, por desgracia, aun siendo el propietario no puedo disponer de él.

— ¡Qué lástima! Me gusta la idea de trabajar con usted.

—Gracias Maestro, le agradezco el comentario y le suplico se mantenga en contacto, quiero presentarle en Módena con todo el ruido que merece… Tuve oportunidad de escucharle en Lucca hace algunos años y me enteré que…la corte de ahí le absorbió. Desde que supe de sus triunfos en Pisa y Livorno, he querido contactarle… pero…este contrato que le digo… me ha frenado.

—Pues lástima… pero cuente con el contacto que me pide.

— ¡Ah, pero no piense que le voy a dejar ir así! ¿Tiene compromiso para la cena?

—Ninguno.

—Será entonces un honor para mí y mi familia, disfrutar de su presencia en nuestra humilde casa. Esto es... si no tiene inconveniente...

Nicoló acepta alagado. Sale sintiéndose en paz y satisfecho, contrastando con la experiencia de Bolonia. Aunque no fijó fecha, la puerta de este teatro está abierta y la actitud de Fibonacci es oro.

Lejos de ser una simple cena, resulta agradable convivencia. Fibonacci no sólo incluyó a su familia, también invitó a amigos intelectuales y artistas. Una serie de personajes interesantes e interesados en él, le dan la bienvenida, todos ansiosos de escuchar su violín en cuanto haya oportunidad. Algunos, están enterados de sus hazañas en Pisa y Livorno. El intercambio de opiniones y temas es intenso y divertido. Escuchar las discusiones de personajes capaces, libres de mordaza y sin temor, le eleva. Ha constatado que la mayoría de los supuestos nobles, no ejercen nobleza alguna y son arrogantes y hasta crueles.

Octavio, de aguda inteligencia, toca temas de gran interés, rara vez abordados por ser difíciles o hasta tabú. Francesco, de vasta cultura, es el único que se atreve a rebatirle y siempre escucha con extrema atención; aunque entrado en años, retiene su porte y elegancia. Estos dos personajes capturan su atención.

A medida que avanza la velada y la mayoría se retira, quedan engarzados en animada discusión los dos intelectuales, Fibonacci y Nicoló, adentrándose en la noche sin prejuicios. Los pensamientos filosóficos dominan. Nicoló, siendo el más joven, les escucha con avidez hablar del ser y su insignificancia, lo que golpea en su ánimo como confirmación de sus diálogos con la muerte.

— Vivir: es lo que se hace con toda el alma, lo demás... es antesala de muerte... –sostiene Octavio.

—Sea lo que sea... así sea rascarse la nariz... –apoya Francesco.

—Perdonadme, pero eso es imposible, siempre habrá que pagar cuentas… y ¿pagar cuentas con toda el alma?… ¿Quién lo hace? -Replica Fibonacci— Además si me dedico a rascarme la nariz me muero de hambre. Si acaso, ¡Bendito aquél! que logra vivir de lo que hace con toda el alma. Es cuestión de suerte.

— ¡De vida o muerte! –interviene Nicoló.

— ¡Vaya!… o sea ¿que los tres estáis de acuerdo…? ¿Qué me decís de tener una familia? No todo lo que ésta requiere se puede hacer con toda el alma…

Francesco responde:

—De acuerdo… pero nadie está diciendo que sólo se haga lo que se hace con toda el alma. Si acaso, lo que se sostiene, es que ha de hacerse lo que uno hace con toda el alma, para que la vida no se convierta en supervivencia o mero camino hacia la muerte. Hacer lo que hace uno con toda el alma es vivir, es poesía. Tener algo que le inspire a uno profundamente y hacerlo con total abandono es elemental.

—Bueno… ¿y aquél, que jamás encuentra una tarea así…?

—Existe… sí… mas no vive, es el que se aburre, está frito. La inmensa mayoría. –Concluye Octavio.

—Este conocimiento es algo que se captura pero, a la vez, es intangible… —dice Francesco— Sólo se logra venciendo el miedo a descorrer velos, abriendo los sentidos, el corazón, la mente… Entre los componentes de ésta gran imagen obtenida, está lo que se hace con toda el alma. Puede ser de lo más simple… como quedarse sentado contemplando el descubrimiento… o de lo más complicado… que requiera industria y esfuerzo. Hacer, puede ser un acto pasivo o activo. Puede inclusive hacerse, no haciendo. Como cuando un escritor escribe sin cuestionarse de donde lo saca. O un músico, como el joven Paganini, aquí presente… derrama música de la nada.

Nicoló, de acuerdo y atento, no pierde detalle, reconoce las estructuras de esta descripción que pudieran antojarse falsas por inasibles, pero que son manejables en un muy alto grado. Escucha y reconoce, ahora en palabras, lo que ha venido haciendo desde hace tantos años para lograr su música. Después de algunas reflexiones, pregunta:

—Bueno... y querer abrazar, desnudar y penetrar a una mujer ¿se puede hacer con toda el alma?

— ¡Claro! El erotismo, puede llegar a la poesía, al amor, —contesta entusiasta Francesco— aunque, lo más común, es de manera mecánica y hasta por obligación. Cualquier cosa puede hacerse con toda el alma, por absurda o insignificante que parezca o elevada y profunda. Los asesinos más peligrosos son, desde luego, los que lo hacen con toda el alma.

—Ahora que... hacerlo con toda el alma y tener talento son dos cosas diferentes –interviene Octavio.

Paolo, desde hace varias horas, duerme profundamente sentado en un sillón frente a la chimenea, mientras los cuatro filósofos consumen velas dirigiéndose tenazmente al amanecer.

Se despiden de mala gana, con pujante inercia para continuar. Convienen en reunirse otra vez, Nicoló ofreciendo que tocará su violín.

Nicoló medita sobre lo platicado; le fascina la manera tan clara y elocuente en que Octavio y Francesco exponen ideas tan intangibles. Ha escuchado por primera vez en palabras, lo que tantas veces él expresa con el violín. El efecto es poderoso, le afirma en su percepción, le da fundamentos para creer en lo que hace y además, hacerlo como lo hace, *«con toda el alma»*.

De su inspirado violín rebozan notas por la ventana, el día nublado sin lluvia se transforma con ellas en una brisa seductora capturando a quien la percibe. Para los distraídos es sólo un violinista al ensayo, para los atentos: elocuente y sublime discurso. Todo el día Nicoló al violín, yendo, viniendo, conociendo lugares que, ahora sabe, visita con toda el alma.

La Música, esencialmente abstracta, con el talento de Nicoló que reflexiona y aprende a través de ella, se convierte en el vehículo de profundas y sublimes ideas que los afortunados disfrutan, suspendidos.

Esa noche, la reunión es en un restaurante donde se juntan artistas, intelectuales y curiosos. Asisten los tres filósofos, también Nicoló acompañado de Paolo y «*el Cañón*». Como si no hubiera habido interrupción, se reanudan las disertaciones y la avidez por aprender. Fibonacci se le acerca, invitándole a identificar las diferencias entre los razonamientos de Octavio y de Francesco, en especial, cuando antagonizan y pareciera que están por abofetearse. La colorida plática se prolonga varias horas y el corro aumenta. Esta vez, el tema principal es La Muerte. Nicoló pone extrema atención sin atreverse a intervenir, pero llegado el momento, revela su opinión con las sublimes notas de su instrumento. Extasiados, todos escuchan la perfección de sus disertaciones y ven elevarse el tono de la plática a franca poesía. Francesco y Octavio están embelesados: ese muchacho es un ejemplo vivo y modesto de todos los ideales que han venido expresando. Al terminar de tocar, Octavio se le acerca y tomándole la mano se la besa, diciendo con gran solemnidad:

—Eres lo más cercano a Dios que he visto en un humano… Nos has bendecido con la más prístina y sublime poesía que he escuchado en mi vida… estoy extasiado y sorprendido.

Para Nicoló, escuchar esto, de quien en pocas horas se había granjeado su total y devoto respeto, es sumamente intenso y su comentario toda una graduación. No siendo suficiente lo escuchado, Francesco, que ha permanecido en silencio y sumergido en reflexiones, se le acerca y mirándole a los ojos:

—Estoy de acuerdo con Octavio que, aunque a veces peca de locuaz, en esta ocasión su comentario es certero. Con total asombro escuché su extraordinario arte, coronado por este comentario con el que comulgo conmovido. Cuando Fibonacci nos advirtió de sus talentos al violín, yo sólo me imaginé un magnífico violinista, pero jamás a un hijo de Zeus. Es un honor Maestro…

El silencio se impone después de estos honores en extraño suspenso. Los presentes rompen la inercia con un aplauso al que los filósofos se unen. Desde luego quieren más y Nicoló, también. Nuevamente toca y se entrega al torrente que desata con gran pasión. El pequeño restaurante se ve inundado de poderosa música que con éxtasis devoto los asistentes disfrutan. Incluidos meseros y cocineros, todos atentos, nadie se mueve, Paganini toca con toda el alma.

Después de muchos días en Módena y otras tantas sesiones con tan sabios personajes, Nicoló parte con la intención de llegar a Verona, pasando primero por Mantua. Lleva consigo un muy buen sabor de boca y un plácido bienestar espiritual que le llena de optimismo y esperanza. El haber afianzado intelectualmente sus posibles especulaciones espirituales, le da una poderosa confianza en sí mismo que lo eleva, fortaleciendo su visión y arrojo. El horizonte, lejos de arredrarle, le invita, le atrae.

17 La espada del diablo.

Sobre la marcha, intenta recapitular los intensos días anteriores pero el camino, en pésimas condiciones, hace que el carruaje de tumbos interrumpiendo la línea de pensamientos. Una vasta cantidad de vivencias desfilan por su memoria, cambiando con cada bache o roca como si fuera una revista de lo vivido. Pese al ajetreo, en su rostro está esa muy peculiar sonrisa de inmensa satisfacción.

Finalmente, el camino llano suaviza la marcha, manteniéndose el habitual zangoloteo adormecedor donde Nicoló hace esfuerzos por retener alerta. Entre ensueños, un sueño lo captura y de la bruma desfilan entremezcladas: Dida, Gina, Chantelle, Elisa, las chicas de la Rochelle, que en una suerte de danza se fusionan unas con otras. Todas sus amantes en perfecta armonía.

Entre el galope de los caballos oye gritos.

— ¡Maestro…! ¡Maestro… despierte!… ¡Despierte! –Le sacude Paolo— ¡Nos asaltan Maestro!

Nicoló, sacudiéndose el imposible sueño y cobrando conciencia de la circunstancia, ve a un jinete darle órdenes al cochero para detenerse pero, lejos de hacerlo, azuza los caballos para un galope máximo; el cochero suplente le grita que se detenga pero es inútil, continúa tenaz incitando los caballos y vociferando insultos a los asaltantes.

— ¿Cuántos ves por ahí Paolo? –pregunta asomándose por su ventanilla.

—Sólo uno Maestro…

—De este lado, también… Quiere decir que son sólo dos o más adelante esperan otros más… conviene detenernos ya y hacerles frente… Paolo ¿estás listo a probar tu espada…? ¡Cochero… pare!

Con los ojos desorbitados del susto, Paolo ve como Nicoló se deshace de su saco y saca las espadas, preparándose para el encuentro.

— ¡Pare el coche le digo!

Pero el cochero no se percata de la orden. Uno de los bandidos al galope, dispara al cochero en pleno vientre. El hombre herido hace esfuerzos por no caer; el suplente toma las riendas y detiene el carruaje. Nicoló le señala a Paolo mantenerse en silencio y esperar.

 Los asaltantes bajan de sus caballos y someten al cochero suplente que se rinde sin resistencia, mientras el otro se retuerce de dolor. Uno de los cuatreros se acerca al coche y abre la portezuela para enfrentarse a una mirada de fuego en un rostro siniestro que, sin piedad, le planta una estocada en el brazo, haciéndole soltar la espada. Arredrado y encogido por el dolor, ve salir a Nicoló del carro seguido por Paolo, ambos listos para combate.

Colocando su espada en la garganta del asaltante herido, Nicoló le dice al otro que entregue su arma so pena de ver muerto a su compañero. Lejos de arredrarse, el adversario se pone frente a él con un hábil y rápido salto, viéndose Nicoló en la apremiante necesidad de defenderse y olvidar su negociación.

Entregados a la esgrima se atacan avanzando y retrocediendo. El pillo, no es un oponente fácil y tampoco caballero, atacando de maneras impredecibles y creativas, para él todo se vale. A Nicoló el estilo le causa sorpresa viendo que aprendió esgrima de metódicos como Costa y que no sólo se puede ser creativo, sino que es un asunto de vida o muerte.

La adrenalina corre por sus venas y se entrega a lo que el flujo exige con abandono. Su imagen zancuda, apoyada de sus gestos y miradas, va mermando la confianza del oponente, quien se empieza a ver seducido y distraído por la peculiar personalidad del violinista, que maneja la espada con gran precisión y que, en momentos, le da cintarazos en el costado y hasta en las nalgas, demostrándole superioridad. Convencido el pobre cuatrero que no podrá dominar, espía el momento de salir corriendo; sin la menor intención de matar a nadie Nicoló lo advierte y deteniéndose de pronto sobre una roca que le hace ver enorme, con extrema seriedad, voz grave y mirada de fuego, ordena:

— ¡Fuera de aquí… antes de que os mate como los bichos que sois!

Salen despavoridos, convencidos de que se enfrentaron con el mismo diablo. Paolo no sale del asombro, lo que acaba de hacer el Maestro es tan espectacular como cuando toca el violín de maneras increíbles y domina el escenario en un espectáculo sin paralelo ni posible descripción. A él mismo se le enfrió la sangre al ver los desplantes del Maestro y su control casi artístico de la situación, apoyado por su extraña imagen y muy personal estilo.

Nicoló preocupado, se acerca apresuradamente a ver al cochero herido que yace en lo alto del carruaje y trepa hasta él para ayudarlo, viendo al suplente y a Paolo observándole anonadados:

— ¡Vamos… despertad! ¿Qué hacéis allí? ¡Dadme una mano!

Los dos muchachos reaccionan y suben a bajar al infortunado cochero, que mal herido, sangra abundantemente. Una vez metido el pobre hombre en la cabina, le ordena a Paolo cuidar de él oprimiendo la herida y al suplente, subir con él a conducir el coche. Es Nicoló quien toma las riendas y azuza los caballos, poniéndolos en breve tiempo a todo galope. Encarando la emergencia, siente el paso de los cuatro caballos en las riendas e intuitivamente los empareja, como quien dirige un cuarteto, poniéndolos a ritmo. Toma las curvas como si lo hubiera hecho mil veces o fuera sencillo. El cochero suplente sigue pasmado ante la presencia de este extraño pasajero que ahora controla los caballos con extraordinaria decisión. Al entrar a Mantua, le cede al suplente las bridas para llegar a la enfermería más cercana.

Por lo menos una hora después, el médico sale para decirles que el cochero está grave y lo único seguro es que si se hubieran tardado un minuto más, estaría muerto.

—Este hombre, si se salva, les debe la vida.

Nicoló contempla sus manos con ampollas de espada y de bridas, y con sangre del cochero y suya; comprendiendo que no podrá tocar su violín por un tiempo, sin embargo está satisfecho. Repasa lo ocurrido y, él mismo, se asombra de su propio arrojo. Desde luego que sintió miedo, pero un miedo como el del escenario en que lo peor que puede hacer: es no hacer nada. Entró en acción y lo hizo con entrega, soltura y abandono, armonizando con todo el contorno como si fuera música. Se creció dentro de la situación en cada momento. Primera vez que se enfrenta con espada a verdaderos adversarios, primera vez que conduce un carruaje al galope, primera vez que salva una vida. Sus ojos se cargan de lágrimas de emoción. Se siente bien, muy bien.

La noche cae sobre Mantua y en una taberna, Paolo con un poco de vino, no deja de hablar lo sucedido. Nicoló escucha una y otra vez los detalles del evento, preocupado de la salud del cochero, sintiéndose en deuda con él y lamentando no haber podido actuar antes que lo hirieran.

Pasan varios días y Nicoló está al pendiente de los progresos del buen hombre, que se va recuperando. De la oficina de transportes ha venido un untuoso sujeto, exageradamente protocolario, a darle los agradecimientos, ofreciéndole los servicios de su compañía con grandes descuentos por haber salvado, no sólo al cochero, sino hasta el mismo coche y caballos, poniéndolos a buen recaudo. Enseguida, tres o cuatro funcionarios más lo abordan, cada cual con diferente enfoque.

Con los días, sus manos se han ido recuperando al igual que el cochero y ha retomado el violín. Desde luego no pierde tiempo y revisa las posibilidades de presentarse en concierto. Mantua es pequeño y no cuenta con empresarios o promotores de espectáculos. No hay una orquesta y las compañías teatrales se presentan en las calles usando la belleza de las fachadas como escenario. Como su llegada le dio inmediata fama de intrépido y valiente, algunos personajes se han acercado a él, brindándole todo tipo de información y apoyo. Los que va conociendo, lo tratan como héroe o como espadachín, costándoles trabajo pensar que se trata de un violinista, incluso creen que bromea al decirlo. En poco tiempo se ha enterado, no sólo de las realidades teatrales de la ciudad, sino de muchas innecesarias confidencias con la intención de tenerlo como aliado. La realidad teatral en otro nivel.

Entre muchos otros testimonios, un sujeto de apariencia poco significativa pero estilo veraz, le explica la estratagema del supuesto asalto:

Debajo del asiento en que Nicoló viajaba, iba una fuerte cantidad en oro y, él, sin advertirlo, lo había defendido con su vida sin exigir recompensa alguna ni aceptar reconocimientos, inclusive evadiéndolos. A la compañía transportista le hubiera costado una fortuna que el asalto se consumara, no conviniéndole siquiera que se dé a conocer, lo que viene a explicar la forzada «discreción» que los representantes usan con él. Esto es lo aparente. Pero lo mejor de todo, fue escuchar que la misma compañía había planeado el golpe por alguna oculta y favorable operación aritmética. Ahora se encontraban en un verdadero galimatías, pues el golpe no se había consumado, pero el asalto sí. Tienen dos asaltantes prófugos y cómplices, que pueden soltar lengua y demasiados testigos. Pero sobre todo tienen un héroe salvador, famoso en varias ciudades al sur. ¿Quién se iba a imaginar que un violinista fuera espadachín?

Como la sede de la compañía se encuentra en Pisa, saben sobradamente quién es Paganini y, por lo mismo, lo han tratado todo el tiempo como «*Excelencia*», procurándole el mejor hospedaje posible.

Los de Mantua, al observar esto, se inclinan a pensar que se trata de algún importante aristócrata que viaja incógnito, haciéndose pasar por violinista.

En las dos semanas que lleva en Mantua, una maraña de intriga le envuelve con las resultantes miradas suspicaces por todas partes. Nicoló no entendía una jota, hasta la explicación del evasivo sujeto, ahora no puede verlo de otra manera. Le da alguna satisfacción entender lo que está sucediendo; pero sin lograr verle beneficio alguno, decide que lo mejor es marchar hacia Verona, dejando este lío atrás. Su decisión se topa con todas las dificultades posibles al pretender hacer los arreglos. No se explica qué es lo que quieren de él y se siente secuestrado.

Contrariado, esa tarde toca su violín. La música reina en el lugar. ¡De repente, golpes vienen a la puerta! Paolo se apresura y abre:

—Si dígame…

— ¿Se encuentra el Maestro Paganini?

— ¿Quién lo busca?

—Vengo de parte de Su Alteza, el Príncipe Félix Bacciochi…

Nicoló se cimbra en escalofrío al oír esto.

— ¿Algún asunto en especial…?

—Es de gran importancia que yo le vea.

—Permítame un segundo…

— ¡Paolo! Hazlo pasar… por favor.

El hombre entra con decisión y al ver a Nicoló le saluda a la usanza militar.

— ¡*Mi Capitán*, que gusto verlo de nuevo…!

Lo reconoce enseguida, es el guardaespaldas de confianza del Príncipe. Con él practicó esgrima en muchas ocasiones y estaba presente en las fiestas y partidas de cartas, siempre vigilante.

— ¡Fabrizio! ¿Qué te trae por aquí…? ¿Cómo supiste donde encontrarme?

—Dos preguntas que me va a costar trabajo contestarle y en este momento ¡el tiempo apremia! ¡Tenemos que salir de aquí…! Así que, tome sus cosas y acompáñeme, le espera un carruaje para llevarle donde usted quiera, con la debida escolta bajo mi mando. Le daré todas las explicaciones pertinentes en la primera oportunidad.

— ¡Estoy metido en algún lío!

— ¡No sabe usted cuánto *Capitán*! ¡Vámonos…!

Al salir Nicoló, ve con sorpresa que la escolta consta de por lo menos veinte hombres armados con fusiles y espadas, pero ninguno uniformado, es cuando se percata que tampoco Fabrizio lo está. Dentro del coche cambia miradas con Paolo sin tener idea qué rumbo darle a su imaginación, sólo experimenta un estado de susto-alerta sin saber en quién confiar, pues pudiera estar entregándose a un disfrazado arresto de Elisa; pero no, Fabrizio siempre le inspiró confianza y cree en la palabra de Félix. Además: ¿qué objeto llevarlo con engaños, pudiendo hacerlo abiertamente, amarrado y amordazado? Absurdo. Algo que escapa a su percepción está sucediendo y él está en medio del huracán. No queda más que fluir. El carruaje se pone en marcha y un nutrido galope de caballos es el fondo.

Asombrados, algunos lugareños observan la operación, confirmando sus sospechas de que se trata de algún personaje aristócrata de gran importancia.

Después de un buen rato en que el galope no ha bajado de ritmo, Nicoló comienza a impacientarse. Se siente atrapado y a esto, le tiene fobia. Saca la cabeza por las ventanillas pero no ve a Fabrizio. ¿Se habrá marchado dejándolo a merced de todos estos hombres posiblemente hostiles? Las peores especulaciones visitan su imaginación en lo que las miradas en desconcierto con Paolo continúan. Sin mucha espera, los caballos se detienen y ve a Fabrizio montado, acercarse.

—*Mi Capitán*, parece que por lo pronto estamos fuera de peligro. Nos vamos a tomar un descanso en lo que los caballos se refrescan.

Recuperando un poco de paz, Nicoló baja del coche seguido de Paolo que ésta vez, le supera en lo pálido. Algunos de los hombres le saludan con familiaridad, aunque él no los recuerda bien. Del mismo carro bajan comida y vino. Un suave viento le seca el sudor e impaciente:

—Fabrizio dime… ¿Qué demonios está pasando?

—Parece que por una infortunada coincidencia, usted vino a ser pasajero de una diligencia a la que nunca debió subir.

—Luego ¿son verdaderos los rumores de que: bajo el asiento iba una buena cantidad de oro?

—No sé del oro… sé más bien de unos importantes documentos que algún poderoso no quería que alcanzaran su destino y el asalto resolvería el inconveniente. –Agregando ironía— «Pero una heroica espada, manejada de manera magistral, lo impidió», creando un verdadero conflicto de intereses. Cuando recién nos enteramos, celebramos su valentía y destreza… pero Su Alteza, el Príncipe Félix, dedujo de las circunstancias el inminente peligro en el que usted quedaba, al convertirse en un personaje muy incómodo para estos señores, a quienes el mismo Príncipe no tiene más remedio que respetar. Hacerlo en abierto, lo hubiera convertido automáticamente en un asunto oficial y, por tanto, en transgresión al no ser de su incumbencia. Se nos ocurrió entonces secuestrarlo y sacarlo de Mantua en un baúl, pero su Alteza insistió en que no debiéramos usar ningún tipo de fuerza contra usted… en especial, después de su actuación en el asalto, pues sería peligroso y podía empeorar las cosas en lugar de resolverlas. Yo propuse y me ofrecí para este rescate pero tenía que verse como un asunto civil, con lo cual pudo haber sido quien sea, incluso los Jacobinos, que le tienen tanta estima.

— ¡Por eso, no usáis uniformes…!

—Correcto. Por otra parte… es importante que le haga ver que la coincidencia de usted siendo pasajero en el viaje, les pareció en extremo conveniente, pues la noticia de su muerte hubiera acaparado la atención, arrojando una cortina de humo sobre la desaparición de los documentos comprometedores.

—Entonces ¿me querían matar para ocultar sus tropelías…?

—*Mi Capitán*, con el debido respeto… es importante que se percate de los peligros de su fama. Una persona famosa puede ser utilizada de muchas formas para equilibrar fuerzas políticas… o para desequilibrarlas. Le recomiendo no confiar tanto. Cuídese la espalda que hay enemigos ocultos sólo para famosos… Claro que, lo que hizo en el asalto ya es parte de su fama y el que quiera atacarlo por la espalda… tendrá que planearlo muy bien. ¡Já, já, já! Sepa que la descripción oficial del asalto, incluye la declaración del cochero suplente, que le describió a usted como un verdadero demonio dándoles un tremendo susto a los asaltantes; siendo, ese, el detalle al que la gente prestó mayor atención, pues si como dicen: «El diablo le asiste al tocar el violín», lo mismo se está regando con el asunto de la espada… El hecho es que los maleantes salieron despavoridos. – Termina en otra carcajada a la que Nicoló se integra.

—Bueno… supongo que ahora tengo que cambiar de planes… ¿no es así?

—Pues sí, supongo que sí… ¿Qué tenía pensado?

—Ir a Verona…

— ¡No…! ¿Verona? De ninguna manera… toda esa área está llena de bandidos, no existe ningún control. Para usted, sería doblemente peligroso. De milagro no le pasó nada antes. Si acaso, hacia el sur por la Emilia-Romana. Yo, en su lugar… no me saldría de la Toscana o tal vez hacia Génova, Turín, Milán… Lo mejor sería que desapareciera dos o tres meses… eso, sería lo más sabio y saludable.

— ¿Cómo desaparecer? ¿Y hacer nada?

—Sí, que nadie sepa dónde está. Ya lo ha hecho usted antes, desaparecer sin dejar rastro…

— ¿La Princesa Elisa… tiene algo que ver con esto?

— ¡No…! No veo como, pero no sabría decirle con certeza, no me acerco mucho a la señora… le doy gracias a Dios que no estoy bajo sus órdenes. Hasta al Príncipe Félix le hace ver su suerte… No, mientras más lejos de ella, mejor. Si le teme, pues sí… tal vez sea mejor mantenerse fuera de la Toscana. Aunque la verdad… ella… ya no tiene poder.

—Me es más fácil arriesgar la vida, que la libertad…

—Por eso le admiro… Si yo no trabajara con el Príncipe, me encantaría trabajar para usted y protegerle como se debe… además tendría el privilegio de escucharle tocar constantemente.

— ¿Le gusta la Música?

—Sí pero la que usted hace… No sabe cómo le echamos de menos… empezando por el Príncipe.

—También yo os echo de menos, sois los mejores amigos que he tenido en mi vida… —mirando alrededor— ¿Dónde rayos estamos?

—En las inmediaciones de Ferrara, hemos estado viajando hacia el este… Por razones obvias no quise ir hacia el sur. Y hacia el oeste, es decir hacia Cremona, no conozco a nadie.

— ¿Y en Ferrara sí?

—Yo soy de Ferrara… toda mi familia también. Si desea quedarse ahí, nosotros le protegemos.

—Y ahí ¿podré dar algún concierto?

—Le insisto, lo mejor es que no llame la atención dos o tres meses, hasta que la situación cambie y estos señores pierdan el interés por usted.

— ¿Tienes idea de cómo afecta mis planes todo esto?

—Más los afectaría si le matasen. -Al ver a Nicoló pensativo, agrega— No tiene que quedarse en Ferrara, lo que importa es que nadie sepa su paradero durante un lapso prudente, eso es todo.

—Pues vamos a Ferrara, será un honor conocer a tu familia. Ahí, veremos que hago.

— ¡Muy bien *Capitán*! El honor será para todos nosotros.

18 En Ferrara, sólo la familia.

Protegido por la solidaria y numerosa familia de Fabrizio y mimetizado con ropas de usanza local, pasa un tiempo oculto en Ferrara. Nunca sale solo y si algo sospechoso sucede de inmediato aparecen parientes de Fabrizio. En agradecimiento, él toca el violín en reuniones de familia y amigos; esto, le ha dado el afecto de todos, capturando también la atención femenina, con alguna secreta visita a su alcoba.

Pese a tantos cuidados y atenciones, al cumplir un mes bajo estas condiciones, su sed de horizonte es insoportable al sentirse atrapado. Impedido de hacer sus solitarias caminatas, se encierra con su violín sintiendo que son conciertos tirados a la basura. Le hace falta el público. Revisando el mapa resuelve dirigirse hacia Rávena en la primera oportunidad.

Giovanni Giordigiani, un joven amigo de la familia de apenas quince años y vocación musical, se le acerca con gran interés. A Nicoló le es molesto pues hace demasiadas preguntas, sin embargo, le va conquistando el ánimo, especialmente al tocar el piano para acompañarlo de manera satisfactoria. Hacer música o solo platicar de ella con Giovanni, le alivia y rompe el tedio que amenazaba con deprimirle. En los ratos que pasa con él, recuerda a Ghiretti y Paër practicando contrapuntos. El muchacho tiene talento y con estas prácticas, ya se anuncia como compositor. Aunque, Nicoló le recalca:

—Como compositor te mueres de hambre; sobre el escenario es donde hay fortuna y reconocimiento.

Han pasado algo más de dos meses, Nicoló está por volverse loco. Sin que nadie pueda oponerse, parte hacia Rávena; tiene que pasar por Bolonia y de ahí, dirigirse hacia el sureste siguiendo la Vía Emilia, con una serie de ciudades a lo largo de ella. Contrata un coche independiente para evitar vínculos indeseables, ya no cuenta con la experiencia de los transportistas que ahora siente en contra.

La carretera hasta Bolonia está en pésimas condiciones, más tardan en alisarla que la lluvia en hacer surcos transversales, manteniendo el coche dando brincos. A partir de Bolonia el camino mejora, hasta que se ven obligados a desviarse hacia el norte, donde se repiten los brincos interrumpidos por un retén de soldados que, a manera de frontera, demandan salvoconductos. Nicoló presenta sus habituales documentos incluyendo además de su identificación personal, una carta del Marqués Di Negro y otra del Príncipe Bacciochi. Por alguna razón, no parecen ser suficientes y le impiden el paso a Rávena advirtiéndole que si le interesa entrar a la ciudad, tendrá que esperar a que se tramite su aprobación. Como si le interesa tocar en Rávena, acepta entregando sus papeles.

No habiendo hospedaje alrededor, tienen que pernoctar en el carruaje y debajo de él. No tarda en lamentar su decisión y haber entregado sus documentos, pues quedó atrapado esperando a campo abierto. Una semana completa pasan bajo las inclemencias del clima que van desde fuerte sol a aguaceros y heladas nocturnas, además de pésima comida y bebida que les son vendidas a precios exorbitantes por los mismos soldados. Cuando la respuesta llega, Nicoló está al borde de la neumonía.

La noticia empeora todo, la visa le fue negada sin explicación alguna y sus papeles le son devueltos sumamente maltratados. Después de discutir inútilmente con el soldado, frustrado y enfermo, se resigna a olvidarse de Rávena y antes de caer la noche, parten rumbo a Faenza con esperanza de encontrar algún hospedaje para restablecerse.

Los tumbos del camino, aunados a los malestares del resfriado, terminan por dejar a Nicoló hecho un trapo. Paolo y el cochero también están enfermos.

La llegada a Faenza es nocturna, con los inconvenientes que esto lleva. Se guarecen desesperados en un triste hospedaje. El cochero y Paolo se restablecen en pocos días, no así Nicoló que nuevamente se siente morir. En el hotel amenazan con echarlos, pues: «no hospedan enfermos». Las súplicas de Paolo, acompañadas de recargos en la tarifa, logran postergar la salida hasta que Nicoló se repone lo suficiente para abandonar el lugar por su propio pie y cambiar de hotel casi tres semanas después.

Salir de ahí le da algún optimismo, el nuevo hotel es mejor, más cómodo y más barato, al no haber los recargos que impuso el ventajoso posadero anterior.

Preocupado, ve sus fondos mermar sin perspectivas de ingreso y el mes de julio corriendo.

Paolo, diligente, concierta una entrevista para el Maestro con el Señor Pietro Ballato del Teatro Masini, quien no mostró interés por el violinista.

Aún con pésimo malestar, Nicoló se arregla lo mejor posible y acude a la entrevista. El sujeto, negándose a una audición, se lo pone fácil y difícil: simplemente ha de pagar la renta de los días que quiera presentarse y cubrir gastos de personal, publicidad, permisos, impuestos y etcéteras por adelantado. En otro momento lo haría sin pensar, pero ahora no cuenta con fondos para hacerlo. El fulano este, lo ve, con su deteriorada imagen, como un pobre diablo con pretensiones.

—Si lo tienes que pensar, te suplico por favor… no lo hagas aquí… —dice Ballato arrogante poniéndose de pie y con una insolente expresión corporal le apremia a retirarse, convencido de que el joven músico padece de sueños de grandeza y no interesa ni escucharlo.

Inhibiendo su deseo de insultarle, Nicoló se entrega a la caminata seguido de su asistente que intenta mantener el paso.

Contrariado con la reiterada mala suerte, se pregunta qué está haciendo mal, por qué la cerrazón e intolerancia y sobre todo la dolorosa incredulidad de los empresarios. Jamás conservó periódicos, por parecerle vanidoso e inútil pero, por lo visto, es la única forma de evidencia que suaviza a toda esta colección de incrédulos. Siente el mismo impulso de marcharse de inmediato como en Bolonia, pero está muy enfermo para hacerlo.

Sumido en depresión, su recuperación se dificulta; sabiéndolo, toca su violín para sentirse mejor. Días después, parten hacia Forli y enseguida visita el teatro. En este caso, es recibido cordialmente por un empresario bonachón que aunque no lo conoce, se muestra dispuesto a escucharle previniéndole que el teatro está comprometido pero de gustarle, le dará fecha para presentarlo a la brevedad. Pese a que no habrá concierto inmediato, estas palabras suenan dulces en los oídos de Nicoló que, sin perder un segundo, toma su violín y le da al buen hombre una apabullante audición.

— ¡Maestro...! Es usted extraordinario... jamás escuché algo semejante.

Nicoló sale del Teatro Communale de Forli con enorme sonrisa, contrato en mano para septiembre y una recomendación para presentarse en el pueblo de Piangipane cerca de Rávena. Toda una cura para su orgullo herido. Se imagina enloqueciendo este pueblo, mientras Rávena lamenta haberlo rechazado.

Aprovechando el impulso, se dirige a Cesena que está a menos de dos horas. Ahí, intenta hablar con el empresario del teatro que, para su decepción, está fuera de la ciudad. Sin perder impulso, con gran seguridad, vuelve al camino, llegando a Rimini al caer la noche.

19 El gigante.

Sintiéndose alegre, celebra con sus dos asistentes en una taberna popular. El ambiente le recuerda la taberna de Gambrelli y sus alegres parroquianos. Rompiendo armonía, un sujeto enorme y bravucón les dirige intimidantes miradas, soltándoles enseguida una perorata contra los «no bienvenidos forasteros», acaparando la atención de los presentes. Paolo y el cochero proponen marcharse, pero Nicoló en calma:

— ¿Y qué puedo yo hacer para que no me veáis como forastero?

— ¡Desaparece…! —contesta soltando una carcajada a la que la gente se une.

Viendo esto, se pone de pie y les propone a todos, en voz alta:

— ¿Qué os parece si toco el violín y nos ponemos todos alegres?

El rostro del bravucón se suaviza al ver el entusiasmo generado:

— ¡Sí que toque el violín!

Con una mirada le indica a Paolo que se lo traiga.

—Te advierto flacucho, que si no lo tocas bien, te voy a hacer comer el violín… a ver si así engordas… ¡Já, já, já! –la risa colectiva hace coro de nuevo.

Paolo se presenta con el *Amati* de Dida, lo que a Nicoló suaviza un poco más. Los va a acariciar. Al empezar a tocar, las burlas y comentarios soeces enmudecen ante un adagio que enternece a cualquiera, incluido al fornido fanfarrón, que escucha y sucumbe ante la magia del artista. Su semblante, lejos de la fiereza de antes, muestra a un ser vulnerable y conmovido. El silencio y respeto reina entre los presentes. Nicoló, cual sacerdote, cumple con su ofrenda y entrega comunión. Al terminar, un silencio de asombro le sigue. Es el fortachón que transfigurado, se planta y aplaude seguido por los demás completando con ovaciones y gritos de entusiasmo pidiendo que toque más. Nicoló, inspirado por la respuesta, vuelve a entregarse a las cuerdas. Todos en silencio escuchan con eventuales suspiros. Engolosinado por el placer de rendir su arte al público, Paganini se hace dueño del lugar y toca todo lo que no ha podido tocar últimamente. La derrama es generosa, la avidez de los que escuchan, insondable. Al terminar, con gran sonrisa y entre aplausos, demanda vino para brindar con todos, que ahora están prontos a atenderle, empezando por el bravucón que se deshace en disculpas y sin perder el personaje, ordena a los demás atender al Maestro.

Entre pláticas, Paolo comenta lo vivido en Livorno, la leyenda que el virtuoso es por allá y el privilegio que siente al ser su asistente. El cochero, que ignoraba quien es su pasajero, escucha con avidez las anécdotas, asombrado del concierto recién presenciado.

Rimini le gusta, le abrió los brazos y con esto se propone dominar los síntomas que todavía le acosan. Es media mañana y se presenta en el teatro dispuesto a conquistar, lográndolo sin esfuerzo pues corrió la voz, pero será hasta finales de octubre en el Teatro Público. Mientras tanto, se le ocurre bajar hacia el sur visitando pueblos y ciudades de la costa, sin olvidar que ha de ir a Piangipane y regresar a Cesena.

Examinando el mapa Ancona le parece importante y decide ir hacia allá por la costa. El camino es un verdadero desastre y es usado más bien para tráfico local, uniendo pueblos. En Pésaro, le recomiendan embarcarse si quiere ir hasta Ancona, pero sintiéndose muy mal y seducido por la belleza del lugar en un alojamiento frente al mar, desiste de continuar. Con el bolsillo restablecido por los adelantos de los empresarios, pasará unos días disfrutando de la playa. En los días siguientes se siente mejor, pero ya sin tiempo para ir hasta Ancona, aunque logra hacer contactos para algunos recitales. Entregado a disfrutar el lugar, da caminatas por la playa y toca su violín frente al mar, acariciado por la brisa.

20 Un romance muy peculiar.

El sonido de su violín se transporta con el viento y llega intermitente a oídos de una mujer en una casa cercana también frente al mar. Seducida, escucha la música entremezclada con la brisa. El efecto es delicioso y le eriza la piel. Presa de la curiosidad, se derrama por la playa siguiendo su oído, dispuesta a descubrir el origen de tan celestial música. No sin dificultad, pues el viento juega trucos, en una terraza frente a la playa, logra ver al esbelto genovés acariciando su violín. Acercándose lo más posible y procurando no ser vista, se sienta en la arena y escucha maravillada hasta que él termina y desaparece en el interior. La tarde siguiente, de nuevo la música y ella hace lo mismo. Encuentra un lugar más apropiado al pie de un muro, en una sombra que, cree, le oculta a los ojos del violinista. Nicoló la vio desde el primer momento y le dedica su música. La melodía la llena de sensaciones y la pone en éxtasis.

Puntual, cada día acude a su concierto vespertino que él le dedica en exclusiva. Toda la semana sucede lo mismo y en extática embriaguez, se encuentran entre brisa y música.

Una tarde la brisa se presenta sola y Nicoló, decepcionado al no verla, revisa la playa con la mirada pero no la encuentra, aun así, toca su violín atento. La brisa sólo trae su ausencia. Es hora de interrumpir y no apareció.

Al día siguiente, viendo que tampoco llega, camina por la playa por donde la veía aparecer, examinando casa por casa. Ignorando qué buscar, regresa horas después con más misterio que antes. Los días siguientes toca, pero tampoco aparece y concluye que no la verá más. Su estancia en la playa terminó. Como al terminar un bello romance, un dejo de tristeza queda en su ánimo. Jamás cruzó palabra con ella ni la vio a los ojos. No puede siquiera describirla por no haberla visto con claridad, pero se tuvieron mutuamente.

Llega la fecha de partir y, con rara nostalgia, hace música a la playa en despedida.

En Cesena, atrevido, apoya la promoción de sus conciertos tocando en la zona de mayor tráfico peatonal, mientras Paolo reparte volantes invitando transeúntes. Aunque criticado por muchos, el resultado es fenomenal y los conciertos se llenan. Paganini toca en ellos con total entrega y el público le responde igual. Prominentes de Cesena, ofrecen ágapes en su honor y un par de ellos compite para organizar recitales para la alta sociedad de Cesena.

Diez días de eventos y marchan a Forli. Con el mismo sistema, hace promoción sin preocuparse de críticas. Esta vez, hasta el cochero entusiasta reparte volantes. De igual manera, los tres conciertos se llenan y las invitaciones se dan, incluyendo un recital en casa del Conde Sforza que, además de bien pagado, promete haber personajes interesantes. Quedando compromisos pendientes.

El concierto en el pueblo de Piangipane es bien organizado, a media tarde, al aire libre y todo el pueblo presente luciendo sus mejores galas. En algún momento del concierto, un gallo se une cantando con gran enjundia y los pajarillos le siguen. Pero mejor aún es el final del concierto donde un perro inspirado suelta un inspirado aullido. Paganini se acopla de inmediato a la propuesta y termina con los rebuznos de burro. ¿Chusco? ¿Mágico? Increíble.

Sigue al concierto una fiesta muy alegre, los destacados del pueblo brindan con rústico estilo y apasionada elocuencia. Nicoló emocionado agradece y disfruta los honores que el pueblo entero le ofrece. Además de vino, hay platillos de cada familia y Paolo y el cochero los prueban todos.

21 Basura puesta en su lugar.

De regreso en Forli, en el palacio del Conde Sforza, al terminar su recital, el anfitrión lo presenta a los invitados, entre ellos, el falso e insolente empresario Pietro Ballato, que pretendiendo no conocerle:

—Maestro Paganini, es un honor haberle escuchado. Me encantaría presentarle en el Teatro Masini de Faenza que…

—Si lo tienes que pensar, te suplico no lo hagas frente a mí… — adoptando la misma insolente expresión corporal que él pusiera.

El Conde Sforza trata de entender tan extraña respuesta, observando a Ballato regañado que cambia expresión retirándose enseguida.

— ¿Ya os conocíais?

—Su Alteza, como regla general sólo desprecio a quienes me desprecian… jamás lo hago primero.

El Conde, aun sin entender, continúa las presentaciones.

Ballato humillado, necesita resolver el conflicto pues los aristócratas de Faenza le pidieron que presente a Paganini. Especialmente uno que es su benefactor y el que más insiste. No puede simplemente retirarse y disimular, tiene por fuerza que presentar al virtuoso si quiere salvar sus intereses y su prestigio.

Se reprocha no haber presentado semejante violinista antes que Forli y Cesena, habiendo tenido la oportunidad en la mano y el teatro sin compromisos. ¡¿Cómo hizo semejante barbaridad?! Pero lo peor, fue menospreciar al violinista y humillarlo. Abrigaba la esperanza que al pretender no conocerlo, él le siguiera el juego por su deseo de tocar en Faenza. Pero parece no perdonarle y no le queda más remedio que humillarse, suplicarle si es necesario. Mordiendo su orgullo, acecha el momento de abordarlo en privado y plantearle su apuro.

Nicoló no es dejado solo, los presentes le hacen plática uno tras otro en lo que traen el coche y procede a despedirse. Al salir del palacio es abordado por Ballato:

—Maestro Paganini es muy importante que hablemos… le suplico me conceda unos minutos.

—Te escucho… pero se breve.

— ¿Le parece que entremos en su coche o… vayamos a algún lugar con más privacidad?

—De ninguna manera… Eres un imbécil, no tengo nada que platicar contigo.

—Tiene usted razón. Le suplico me disculpe.

— ¡Bien! Quedas disculpado… con permiso.

Ballato, sin hacerse a un lado, insiste:

— ¡Maestro…! ¡Maestro… necesito que usted vea mi posición…! Soy yo ahora el que le ofrece el teatro en Faenza para dar sus conciertos y usted le pone el precio a su actuación.

—Además de imbécil, absurdo… ¿Por qué ahora, yo habría de aceptar honorarios cuando me conviene más pagar la renta y quedarme con el resto?

—Como le complazca… pero por favor… preséntese en mi teatro…

— ¿Por qué te es tan importante ahora… lo que despreciaste antes?

Mudo, no contesta:

—Bien damos por terminada esta plática… ¿Con permiso?

Ballato, en conflicto consigo mismo, le sigue bloqueando el paso y contesta nervioso:

—Si no le presento… pierdo la concesión del teatro…

— ¡Vaya! Eso sí es interesante. ¿Y cómo es esto posible?

Sudando empapado, saca sus últimas cartas:

—El propietario del Teatro Masini estuvo aquí en el recital y asistió a uno de sus conciertos. Prácticamente me ordenó presentarlo… Como se dará cuenta, no tengo ninguna razón para no hacerlo… más que… mi error inicial del que me he arrepentido y le he suplicado me disculpe…

— ¡Bien… ya lo sacaste del pecho…! Mira Ballato… personajes como tú, que no tienen ni la menor idea de qué están haciendo pero que ejercen, arrogantes, su «poder» sobre los artistas sin la más mínima decencia, profesionalismo o integridad… deben ser eliminados… ¡Sacados a patadas! ¡Aplastados… como cucarachas! — El pobre sujeto, cimbrado en escalofrío, recibe con estas palabras la intensa mirada que tantas veces ha causado pavor, apoyada de expresiones faciales que sólo Nicoló es capaz de hacer—. Para eliminarte… lo único que tengo que hacer es: ¡no hacer nada…! ¡Já, já! y eso… es precisamente lo que voy a hacer… nada. Escúchame bien: Jamás… sí, sí jamás contrataré contigo -y empujándolo— ¡Hazte a un lado! ¡Basura!

Con lo cual, sube al coche que inicia la marcha. El pobre sujeto, agraviado y en tremendo malestar, lo ve alejarse con urgencia de vomitar, orinar y defecar.

22 Besos para Paolo.

A los pocos días, agobiado por el exceso de compromisos sociales en Forli, se despide y parte rumbo a Rimini. En el camino se le ocurre ir a Pésaro por unos días de paz en la casita de la playa.

Paolo, con su entusiasmo, le mantiene despierto con su elocuente crónica de los días anteriores. Sus puntos de vista y las cosas a las que él prestó atención difieren de los suyos, por lo que además de divertido, complementa su percepción. Le recuerda a Carlo sintetizando pormenores en el tiempo que viajaron juntos, también enfatizaba los enormes contrastes de fortuna y salud que Paolo ahora presenta como una epopeya cargada de bienaventuranza y contrastantes vicisitudes. ¿Por qué, él no siente la aventura con esa intensidad? Al oír el cuento con el tal Ballato, a quien sin piedad regañó junto al carruaje y que Paolo reproduce con gran comicidad, los dos sufren un incontrolable ataque de risa. La admiración de Paolo crece incesante y él se da perfecta cuenta de ello.

—Paolo… no sabes cuánto aprecio tu compañía y toda la asistencia que me das, sobre todo cuando me enfermo y me convierto en trapo…

—Maestro… mi vida era aburrida hasta que le conocí… nunca me divertí tanto. Llevo apenas ocho meses siendo su asistente y si me pongo a platicar lo que he vivido en este tiempo, me tardo muchísimo más, que si platico todos los años anteriores de mi vida. Le agradezco que aprecie mi compañía porque es usted… mi Señor. –Dicho esto, le besa la mano que Nicoló retira en reflejo:

— ¡No hagas eso…! ¡Por favor! No lo hagas. No es necesario. Acepto tu respeto… acepta el mío.

Cambiando tema:

— ¿Qué me dices de Piangipane? Te vi muy romántico con la hija del alcalde… por cierto muy bonita… ¿Cómo se llama?

—Mariana… pero no me diga que se notó… pensé que nadie nos miraba.

—Bueno… en esto de las miradas… uno nunca sabe: Siempre hay ojos y oídos atentos. Pero ¿qué pasó? …la vi corresponderte.

— ¿De verdad? Yo pensé que no le interesé.

— ¿No le interesaste? Cuando una mujer no te corresponde, se marcha… o te utiliza, pero no se está una hora platicando y sonriendo si no le interesas. Definitivamente te correspondió.

—Pero ¿cómo?… si sólo estuvo discutiendo…

— ¡Con más razón…! una mujer no discute con alguien que no le importa y, menos… sonriendo. A esa chica le gustaste, por lo menos mientras duró la entrevista. Tal vez todavía esté pensando en ti… ¿Y si la vuelves a ver?

—Le daría un beso… –contesta espontáneo.

—Y ¿Por qué no se lo diste cuando la tenías enfrente?

—No sé… no se me ocurrió…

— ¿Qué te hace pensar que ahora sí?

—…tal vez que… tengo verdadero deseo de hacerlo…

—Si regresáramos a Piangipane ¿lo harías?

— ¡Claro que sí! Pero para regresar… pasará un tiempo…

— ¡Cochero…! ¡Pare cochero!

El cochero detiene los caballos y Nicoló le dice:

—Hay un cambio de planes… ¡Vamos a Piangipane!

— ¡Sí Señor, como diga!

— ¡Pero Maestro! ¿Qué hace?

—Sólo quiero agradecerle al alcalde sus finezas, presentándole algunos obsequios.

—Pero ¿De qué obsequios habla?

— ¡Já, já, já! ¿Ves esos objetos que me dieron en Forli?

—Si Maestro pero son muy valiosos…

— ¿Para qué me pueden servir en la carretera si no tengo casa? Un florero de cristal cortado, dos o tres artefactos de plata… ¿Para qué los quiero? ¿Son valiosos? Sí. Pero no para mí. A menos claro, que les saquemos algún provecho… Como por ejemplo que beses a esa bella damisela… ¿Te place?

—Pero Maestro son vuestros regalos… ¿y si… no logro besarla?

— ¡Ah! Ahí, yo no sé… tú sabrás que haces. Lo único que quiero es brindarte otra oportunidad… y es en lo único que debes pensar. Estamos yendo a Piangipane a que le des un beso a Mariana. ¿Lo entiendes? Concéntrate.

— ¡Maestro! ¿Y si no lo logro?

— ¡Dale! Pues ni modo… pero no podrás pensar que no lo intentaste o que nadie te apoyó.

Paolo, mudo y excitado, permanece pensativo pero al cabo de un rato exclama cargado de decisión:

— ¡Lo voy a lograr Maestro! La voy a besar.

— ¡Eh! Pero ve que sea de buen modo, y ella… esté de acuerdo. Con fineza.

—Claro, Maestro… desde luego… como caballero.

El arribo a Piangipane es tranquilo y el pueblo se alborota a medida que notan su presencia. El coche se detiene frente a la casa del alcalde que al anunciarse, sale a recibirlo.

—Maestro Paganini, ¿a qué debemos el honor de su presencia? ¿Quedó algo pendiente?

—Señor Alcalde sólo vengo a mostrarle mi agradecimiento.

—Pero Maestro, me honra… pasad por favor.

Al entrar en la casa, toda la familia hace acto de presencia y Mariana aparece al final de la escalera posando los ojos sobre Paolo que la mira fascinado. Nicoló, desde luego, observa este detalle pero sin perder el objetivo le ordena a Paolo traer los regalos. Cuatro presentes son puestos sobre una mesa, con la misma envoltura que los recibiera.

—Maestro Paganini… no era necesaria esta tan fina atención. Atenderle es suficiente honor.

—Y yo os agradezco vuestras finezas. Permitidme demostrarlo, aceptando estos obsequios.

Mientras tanto, Mariana ha descendido las escaleras y cuchichea con Paolo. Al poco rato, desaparecen en el jardín, mientras Nicoló acepta una copa de coñac del protocolario Alcalde y se sientan a platicar. La señora abre los regalos a invitación de Nicoló mostrándose complacida. Mientras en el jardín:

—No creí volver a verte tan pronto.

—La verdad yo tampoco… pero el Maestro Paganini quiso venir a traerles estos regalos a tus padres y a mí… me encantó la idea de volver a verte.

Estas palabras tienen en ella un efecto romántico. Paolo, con mucha delicadeza, le besa los labios, lo que transporta a Mariana en ensueños. Al abrir los ojos ve a Paolo observándola y es ahora ella la que lo besa, desatando la pasión de ambos.

Nicoló enfatiza en su plática lo agradable que fue tocar para un público tan bello en tantísimos sentidos mientras el alcalde le recuerda los momentos mágicos del concierto. Finalmente Nicoló se levanta anunciando que es hora de partir, pues no quiere que les caiga la noche y han de llegar a Rimini. Paolo y Mariana, que han estado pendientes, aparecen de manera casual; en sus bocas sonrosadas, la sutil huella de apasionados besos. Al partir el carruaje, silentes en el interior, los dos se sumergen en pensamientos cruzando algunas miradas de comprensión y alguna sonrisa de complicidad.

23 Un nuevo colaborador.

Acomodados en Rimini, Nicoló pregunta a sus colaboradores:

— ¿Qué os parece si vamos a comer y tomar vino a la taberna aquella del grandote?

Ambos aceptan de inmediato e interrumpiendo el entusiasmo, Nicoló pregunta:

—Cochero ¿cómo rayos te llamas? Que ya me cansé de decirte cochero…

Ruborizado y quitándose la cachucha, contesta con timidez:

—Es un honor trabajar con su Excelencia… me llamo Renzo. Para servir a su Excelencia y a Dios, nuestro Señor.

— ¿Renzo? Me gusta… Pues bien Renzo y Paolo, vamos a cenar.

En la taberna escasas mesas están ocupadas. Algunos les saludan y la hosca mesera, que antes les atendiera sin interés, ahora les sonríe y saluda. La efervescencia entre los parroquianos se inicia desde que los ven entrar y el público presente aumenta hasta llenarse el lugar. Muchos de ellos saludan al violinista, sentándose lo más cerca posible. Paolo, que observa:

—Maestro… parece que cuando entramos corrió la voz de su presencia y ya se llenó la taberna. Tal vez le pidan que toque.

—Eso mismo sospecho, pero primero comemos y bebemos. ¡Salud!

Espontáneamente muchos alrededor elevan vaso uniéndose. Un pequeño y magro personaje que recién entra, eleva la voz:

—Maestro Paganini, no le esperábamos tan pronto, aunque todos ya estamos listos para ir a sus conciertos. ¡Bienvenido!... y que Dios le dé muchos años para seguir tocando el violín y a nosotros oportunidades de escucharle. ¡Salud!

Poniéndose de pie, agradece los honores, respetuoso y en silencio. Contra lo que pensaron, no le piden que toque, la gente sólo acudió con la intención de verlo y, los más ambiciosos, saludarlo.

El grandote bravucón brilla por su ausencia y Paolo le pregunta a la mesera por él.

— ¡Pobre...! Está en la cárcel...

— ¿Cómo...?

—Ya vio como está últimamente... Se puso a discutir con un forastero... sobre usted Maestro...

— ¡¿Sobre mí...?!

—Sí... El forastero sostenía que otro violinista... que no recuerdo el nombre, era el mejor violinista del mundo y él... que usted. Así que se hicieron de trompadas y se armó aquí un jaleo. Uno fue a dar a la enfermería y el otro al calabozo. Todos nos pusimos de su parte, pero de nada sirvió. El juez dijo que tenía que aprender a controlar su temperamento y que por lo menos diez días de reflexión nadie se los quitaba, porque no era manera de tratar a los visitantes.

Impresionado por el relato, Nicoló siente ambivalencia. Por un lado, sufrió los acosos del energúmeno y por el otro, está ahora en la cárcel por haberle defendido. Esta ironía se le mete en la cabeza el resto de la noche y al día siguiente acude a la estación de policía a enterarse de la situación del sujeto.

Un oficial le informa que se trata de Pietro Galli, un aldeano huérfano de veinticuatro años, amargado con la vida desde que perdiera a su esposa al intentar darle un hijo que también murió. Metido en conversación, el oficial le aclara que antes de su tragedia, siempre fue amable, tranquilo y productivo. Esto le explica a Nicoló la empatía que todos le tienen.

—Dígame oficial, si pago alguna multa o fianza ¿lo podéis liberar?

—Me temo que no su Excelencia, el juez le dio diez días y sólo le quedan cinco por avanzar.

— ¿Puedo hablar con él?

—Desde luego. Le va a gustar verle.

— ¿Sí…?

—Desde que estuvo usted por acá, Pietro no habla de otra cosa…

Conmovido, sigue al oficial por el pasillo de celdas. Al llegar a una de ellas, anuncia:

— ¡Galli…! tienes visita.

En la celda el enorme hombre se incorpora y al ver a su visitante, su semblante mejora pese a lo sucio, desgreñado y barbón.

— ¡Maestro Paganini, que honor y que gusto verle! ¡Qué vergüenza que me vea usted aquí… así…!

Paolo y Renzo esperan un buen rato, viéndolo por fin salir y decirles:

—Tenéis libre el resto del día, os veo en la noche en el hotel.

— ¿Todo bien Maestro? –pregunta Paolo.

—Si… sólo necesito pensar y, para esto, caminar. Haced lo que queráis, desde luego no os metáis en líos… –dicho esto da media vuelta y se va.

Entrada la noche, sus preocupados ayudantes lo ven llegar con alivio.

—Mañana… buscamos un lugar en la playa donde hospedarnos, algo así como la casita de Pésaro, o tal vez nos vamos para allá y volvemos a los conciertos. –Y desaparece escaleras arriba.

En las playas de Rimini, además de la belleza natural hay muchas bellezas femeninas, lo que es suficiente para convencer a Nicoló de quedarse. En los días siguientes, caminar por la playa y saludar a una que otra dama se convierte en su rutina. Pero lejos de recibir alguna respuesta alentadora, una que otra resulta ofendida. Al tercero o cuarto día y múltiples intentos, pierde el interés en esta práctica, concluyendo una vez más que lo que le da gran poder, incluso sobre las damas, es tocar el violín; sin él, se siente desarmado, uno más.

Los volantes publicitarios en Rimini se ven apoyados por las floridas crónicas periodísticas de las ciudades vecinas que tanto encomian su forma de tocar el violín como mencionan su aspecto *demoníaco*. Nicoló, que ha leído estos artículos, se examina al espejo una vez más tratando de entender a qué se refieren con esto de lo «*demoníaco*». Hace muecas, se pone serio, se dirige miradas horrendas, se alborota el cabello como lo tiene al terminar un concierto, sonríe sardónico, ensaya poses y muecas siniestras. Todo esto, que al principio le asustó, pudiera utilizarlo; a la gente le gustan estas cosas, por qué no explotarlas. Al igual que la imitación de otros instrumentos o de animales con el violín, que tanto molestan a los puristas pero enloquecen al público, pudiera darle a la gente lo que pide: *Un Violinista Diabólico*, aunque los beatos se enfaden. La mera idea le provoca risa y no deja de ser buena, de hecho, necesita hacerse nuevos trajes y serán negros por los conciertos, no por *diabólico*. Lo que le molesta es que expliquen su talento inventando pactos demoníacos, eso es una calumnia y no le da ninguna risa.

Los conciertos en Rimini se llenan y le aplauden interminablemente.

Nuevamente es atendido por las altas esferas; nuevamente constata que después de haberlo escuchado al violín las mujeres le aman; nuevamente lee crónicas y críticas que hablan de sus extraordinarias técnicas o que las tildan de bufonadas; nuevamente se topa con comentarios sobre lo *diabólico*, esta vez, sobre «la macabra manera en que tuerce la ceja enmarcando su penetrante mirada cual personaje de novela gótica».

De pie frente al espejo, vuelve a escudriñar su imagen preguntando a Paolo:

— ¿Te parezco *diabólico*?

—No Maestro… desde luego que no…

—Me refiero a la manera en que me veo, en que… luzco para el público. Si no me conocieras ¿podrías decir que… doy miedo?

—Já, já… Sé a qué se refiere Maestro… puede ser… sobre todo porque es usted muy delgado y su mirada se impone… su presencia es muy fuerte.

—Cuando toco el violín, ¿se me ve *diabólico*?

— ¿Por qué me pregunta?

—Siempre hay comentarios en la prensa alusivos a estas formas en que me ve la gente. Por una parte, mi manera de tocar, por la otra, mi aspecto físico.

—Bueno… es porque no le conocen, usted no tiene nada de *diabólico*, si acaso… de mago.

— ¡¿Mago…?!

—Sí Maestro, usted hace magia con el violín… la gente… ¿Cómo decirle…? Algo les pasa… los encanta, los hace gozar y hasta sufrir. Yo diría eso… tiene usted gran poder sobre la gente. Su música es maravillosa… Nadie más puede hacerla… Y… pues sí… puede que a algunos les de miedo… y… para muchos, «lo que da miedo, es el diablo».

— ¡Mm…!

—Yo creo que no hay que hacerles caso... son rústicos que no pueden aceptar su poderosa sensibilidad y talento. ¿Se le ofrece algo antes que me retire...? ¿Un coñac?

— ¡Buena idea!

Al quedar solo, Nicoló contempla el fondo de la copa de coñac, observa las refracciones que se producen con la luz de las velas entremezclarse con sus reflexiones:

— ¡¿Mago?!...

Después de unos días de eventos sociales y recitales, en los que termina involucrado con una mujer que le fue atractiva, pero que es necia y posesiva a niveles intolerables, siente necesidad de horizonte nuevamente. Decide entonces retomar su viaje a lo largo de la costa y abandonar la Emilia-Romaña, adentrándose en Marcas hasta Ancona, de ahí, seguir a Roma. Preparando viaje y ávido de conocimiento musical, va a una tienda de música impresa que le hace extrañar a la que iba con Ghiretti en Parma.

El día de la partida, ante la sorpresa de sus dos colaboradores, el gigante Pietro Galli se ha unido al equipo y viajará con Renzo en el exterior, como cochero suplente. Paolo no tarda en preguntar al respecto y Nicoló le expone por qué sintió congruente y necesario contratar a Pietro. A medida que escucha, el joven colaborador se fascina al ver la mutación del sujeto, pero también, la sabiduría y nobleza del Maestro que, lejos de sentirse ofendido, reconoció al aliado y su necesidad de rescate.

—Por otra parte —agrega Nicoló—, ha sido cochero y con su espectacular tamaño y puños, creo que nos va a ser particularmente útil en caso de asaltos ¿no crees?

En Pésaro, sólo se detienen para estirarse, comer algo y continuar hasta Fano, a donde llegan después de sufrir la pésima carretera que los obliga a aligerar el coche, caminar, e inclusive, empujar las ruedas para salvar los tremendos disparejos de algunos tramos.

Sumamente cansados llegan a media tarde, sólo para descubrir que, pese a estar representado como una ciudad en los mapas, Fano es un pintoresco pueblo pesquero, más pequeño que Pésaro.

Nicoló no ve objeto a quedarse más tiempo y amaneciendo parten a Senigallia esperando que el camino esté en mejores condiciones. Por fortuna lo está, pero los acompaña una persistente llovizna que provoca descenso en la temperatura. Pese a su acostumbrada ropa interior de franela, traje, abrigo y gruesa cobija, Nicoló llega con declarado resfriado. Tienen la suerte de encontrar un pequeño albergue donde se guarecen que, como bendición, cuenta con una gran chimenea, frente a la cual pasa toda la semana restableciéndose.

Paolo le informa de la posibilidad de tocar en Senigallia pues habló con el dueño de una taberna que cuenta con una tarima para pequeños espectáculos y es donde se reúne el pueblo. Al salir de su encierro, Nicoló habla con el tabernero y aunque los términos económicos son ridículos, acepta motivado por el entusiasmo del sujeto. El público está lejos de tener alguna cultura musical, pero rebozan alegría y atiborran el lugar. Paganini, con su entrega habitual, les hace bromas y efectos pirotécnicos al violín. Ríen, aplauden, gritan y hasta bailan con grandes pantomimas. Nicoló, fusionado, le da vuelo a su creatividad y los divierte por casi tres horas. El tabernero feliz le propone un día más que él acepta.

Aún con catarro, vuelven al camino con Falconara Marittima en la mira, que resulta ser también un pueblo pesquero alrededor de un castillo, salvaguardando Ancona. En la taberna local, el tabernero es un viejo agrio que no gusta de probar novedades en su lugar, al que no pretende cambiarle un solo clavo. Pietro viendo la grosería de este individuo con el Maestro, se avergüenza de haber hecho algo parecido:

—Maestro… ahora veo, claramente, lo injusto que está siendo este fulano con usted… ¿Quiere que le dé una zarandeada para sacudirle lo imbécil?

Nicoló, impresionado por la seriedad en que Pietro propone tal barbaridad, suelta una sonora carcajada ante el desconcertado tabernero, que pone tal cara ante su risa que le provoca una carcajada mayor. Pietro se une a la risa en lo que abandonan el lugar, mientras el pasmado tabernero dice para sí:

— «Si ya me decía yo, que este par estaban locos…»

24 Ancona.

Con la pavorosa condición de los caminos, recorrer la costa por tierra es penoso en extremo, aunque a Nicoló le alienta que ya están por llegar a Ancona y cuentan con el carruaje para continuar viaje a Roma, lo que no hubiera sido posible si hubieran viajado por mar.

El frío se recrudece con el viento helado que sopla desde el mar. Nicoló no logra superar el catarro que se convierte en pulmonía para el tan ansiado arribo a Ancona. En lo que consiguen hospedaje, él permanece dentro del carruaje bajo cobijas, ardiendo en calentura. Ante la urgencia de hospedar al Maestro, toman un alojamiento que, aunque rústico, cuenta con una estufa que calienta bien el lugar. Pietro carga a Nicoló, sorprendido de lo ligero que es: cincuenta kilos, no más. Un poco más tarde traen a un doctor que después de examinarlo no se muestra optimista, anunciando al preocupado trío que quizás no pase la noche. Consternados, le montan guardia cuidando de darle sus medicamentos a tiempo. Pietro llora y reza, o más bien, reprocha a Dios, por haberse «llevado» a su esposa e hijo y ahora pretender «llevarse» al único benefactor que ha tenido en su vida. Paolo y Renzo no pueden sustraerse a la conmovedora escena con sus propios sentimientos por el Maestro. La larga jornada hacia el amanecer por fin concluye, el Maestro aún respira y su temperatura bajó, aunque sigue dormido. Al revisarlo el doctor:

—Parece estable. ¿Ha tomado sus medicinas a sus horas? —Viendo las caras de los tres.

—Si doctor… —contesta Paolo.

—Es importante que vosotros descanséis, si no, ¿quién lo va a cuidar? Haced turnos, pero dormid.

Los tres asienten con expresión desencajada.

—Veo que le tenéis en alta estima… ¿Es pariente vuestro?

—No… el Maestro es un gran hombre… —dice Pietro.

—Pues qué bueno que le tenéis cariño, porque necesita vuestros cuidados… rezad por él. Yo regresaré en la tarde. Cualquier cosa, sabéis dónde encontrarme. Que tome sus medicinas…

—Si doctor… a su tiempo… –contesta Paolo mostrando el reloj de Nicoló.

Una semana pasa sin dar señales de mejoría. El doctor lo visita cada día.

Despierto en breves momentos que le dan medicamentos, le dan de comer pero no muestra apetito ni intercambia ideas. Sólo dice que se siente muy mal y prefiere dormir. Una mañana la sorpresa es que el Maestro se ha sentado y tiene los ojos abiertos. Al verlo Paolo, de un salto se pone frente a él:

—Maestro ¿Cómo se siente?

—Tengo mucha sed… y hambre…

—El doctor dijo que sería buena señal que despertara con hambre. Ha comido muy poco…

— ¡Gracias Paolo…! —Viendo su preocupación y entrega.

—Maestro, nos ha tenido muy preocupados…

— ¿Cuánto tiempo he estado metido aquí?

—Ya casi diez días…

— ¡Carajo…! ¿Ya arreglaste alguna entrevista para conciertos?

—…pues… No se preocupe por conciertos Maestro… lo que importa es que se recupere.

—En unos días voy a estar bien… esto ya me ha pasado.

El rostro de Nicoló luce cadavérico y ofrece un aspecto impresionante. Al verlo hablar Paolo se estremece, pese a haberlo visto progresar en la enfermedad.

—Se va a poner bien Maestro, yo lo sé… ahora traigo su comida…

Al salir del cuarto alerta a Pietro que mal dormita en una silla y que en reacción entra a la recámara.

Unos días después se vuelve a oír el sonido del violín, el ojeroso trío sonríe viéndose mutuamente y:

— ¡Paolo…!

Al entrar lo ve de pie en su camisón de dormir con el cabello alborotado y violín en mano. Imagen fantasmagórica que le toma unos segundos asimilar.

—…si Maestro… dígame.

—Hace días te pregunté ¿qué averiguaste sobre los conciertos que voy a dar aquí…? ¿Qué pasó?

—Maestro… Me temo que la imagen que tiene de Ancona… no es… exacta…

— ¿Cómo…? ¿Qué estás diciendo?

—…pues que no es precisamente… una gran ciudad…

— ¿Vinimos hasta aquí en vano…? ¡Ayúdame a vestir! Quiero ver de qué se trata…

— ¡Pero Maestro! Todavía no debe…

— ¡Vamos…! Que sacar las narices a ver dónde rayos estoy no me va a hacer ningún daño… por la ventana sólo veo un pobre patio. Dile a Renzo y a Pietro que preparen el coche.

—Maestro… no lo creo necesario…

—Pero ¿qué dices?

—Bueno… ahora verá.

Al salir a la puerta de la posada Nicoló constata el lugar en que se encuentra. Al no haber adoquín en la mayoría de las calles, el viento levanta el polvo luciendo todo bastante sombrío sin poder ocultar pobreza y suciedad reinantes.

— ¿Estáis seguros que esto es Ancona?

—Sí Maestro… en estos días ya hasta la memorizamos.

Sorprendido y viendo la expresión de sus colaboradores, Nicoló da la media vuelta y se interna en la posada, percatándose que es pequeña y rústica. Al entrar a la habitación siente el impulso de huir:

— ¡¿Dónde están los condenados mapas?!

—Nosotros los tenemos –contesta Pietro—, ahora los traigo.

Casi de inmediato entra con ellos y los extiende sobre la mesa.

—Los hemos estado estudiando… —dice Renzo

— ¿Y que habéis descubierto?

Pietro contesta:

—Maestro, antes que nada… ¡Qué bueno verle de pie! No sabe cuánto gusto me da.

—Gracias Pietro…

—Mire Maestro… tratando de entender el mapa, hemos hecho muchas preguntas. Aquí en Ancona casi todo el tráfico es por mar, por eso nos vieron como bichos raros al llegar por tierra. Ahora que, de aquí a Roma… nadie va o viene… tal vez ni siquiera haya carretera, si acaso, caminos vecinales.

— ¡Vaya! Pues sí que estamos bien… ¿Tendremos que regresar por dónde vinimos?

—Así es…

— ¡Vaya con el fiasco! Pues… mañana nos vamos.

—Pero Maestro ¿ya se siente bien?

—No. La verdad no, pero quedarme aquí me hace sentir peor. Tengan todo preparado… en cualquier momento partimos. Por lo menos… hasta donde toqué en aquella taberna… ¿Cómo se llama?

—Senigallia, Maestro.

Antes de partir, Nicoló ha estado metido en la música impresa que comprara en Rimini. Le fascinan las orquestaciones de Beethoven de quien ya es profundo admirador y las utiliza para practicar saltos de arco y armónicos, además de intentar imposibles, como tocar la parte de varios instrumentos a la vez; la tenaz práctica en esto, para muchos absurda, ha expandido sus capacidades interpretativas. Sus intentos de hacer lo imposible le llevan a menudo a lograrlo. Su lectura y ejecución simultánea cada vez es mejor, con mayor precisión y velocidad, sin importar grados de dificultad. En privado hace cosas con conocidas partituras que jamás tocaría en público para evitar crítica adversa pero que son extraordinarias proezas.

Al salir del forzado encierro, se propone descaminar lo andado hasta Módena donde Fibonacci que tal vez ya tenga libre el teatro y si ha de esperar, hacerlo en elevada tertulia con Francesco y Octavio.

La esgrima de Pietro va mejorando en constantes prácticas con Paolo y con Nicoló cuando participa.

Después de muchas escalas, incontables recitales, fiestas, aventuras y partidas de cartas, por lo menos tres meses después, llegan a Módena donde es muy bien recibido y Fibonacci, conforme a lo dicho, programa conciertos mientras las noches con los filósofos alcanzan el infinito. Ellos exponen sus ideas y poesías, él toca el violín; todos los presentes se elevan en sublimes paseos que terminan hasta el día siguiente. En estas pláticas hace crónica de sus últimos meses, empezando por la aventura del asalto y la resultante fuga y desaparición. Después de muchas carcajadas, todos coinciden en que le hubiera ido mejor yéndose al oeste: Parma, Piacenza y sobre todo Milán.

Entre recitales y conciertos, su espíritu se fortalece de la maravillosa interlocución con estos personajes y su música crece con los nuevos retos impuestos, generando una derrama espontánea cada vez más poderosa. Nicoló no sólo siente más fuerza en su manera de tocar el violín, su espíritu se ha ensanchado y, con ello, su visión. Acaricia la idea de establecerse en Parma y desde ahí planear sus giras, habiendo más información y gente conocedora que puede orientarle. No quiere más errores como el viaje a Ancona. Si ha de apostar, ir a la segura. El mapa que necesita es musical y éste, sólo los expertos musicales se lo pueden proporcionar en pláticas. Por ahí debió haber empezado.

25 Bashira.

Después de un concierto, se reúnen en el pequeño restaurante. Nuevos admiradores se agregan, entre ellos, una mujer de abundante cabello negro, tez morena y enormes ojos obscuros que maravillada con la música y personalidad de Nicoló, decidió no despegarse de él, observándolo y tomando notas. Él, intrigado, cambia eventuales miradas con ella.

Al entrar todos al tiempo, el caos reina en el lugar. En lo que unos se saludan, otros se acomodan y otros más siguen llegando. Fibonacci acompañado:

—Maestro quiero presentarle al Señor Luigi Germi que desea conocerle. Acaba de recibirse de abogado… además… es músico.

—Señor Germi, es un honor.

—El honor es mío, Maestro. Le he escuchado en múltiples ocasiones y cada vez me impresiona más… no me explico cómo puede tocar así. También soy de Génova y le escuché tocar en la iglesia desde niño… Después disfruté de sus progresos en el palacio del Marqués Di Negro.

—Sí, su rostro me es familiar… Celebro que le guste mi trabajo. ¿Usted vive aquí?

—No, yo vivo en Génova –dándole su tarjeta– estoy aquí por un asunto que he venido a dirimir, pero vi su concierto anunciado y gracias al buen amigo Fibonacci pude entrar… ya no había boletos.

— ¿Que también es usted músico?

—Bueno… podría decirse… que soy un aficionado muy serio pero… sin capacidad de hacer cosas inusitadas y sublimes como usted Maestro.

El pequeño restaurante está a reventar y sigue llegando gente. Todos felicitan al célebre concertista en ambiente alegre e informal que es lo que le gusta a Nicoló. La mujer de los ojazos no ha dejado de mirarle y en la primera oportunidad se sienta junto a ella que le dice al oído:

—Me fascina como toca el violín… es usted un poeta de la música o… su música es poesía… También es un atrevido: toca a todos descaradamente y eso… es muy erótico. Es un brujo que hechiza a la gente y hace con ella lo que se le da la gana…

Nicoló, impresionado por este inesperado discurso, que pareciera disecarle, la ve a los ojos que irradian belleza y poder diferentes. Ella continúa:

—…me tocó toda… me desnudó… delante de todos me poseyó y… yo… lo permití… porque lo disfruté profundamente… estoy aquí porque no lo puedo evitar… soy yo la que ahora necesita poseerle. Sólo que no puedo hacerlo como usted lo hizo…

En lo que escucha la recorre con la mirada. Es una mujer de extraña belleza, diferente, poderosa, sensual; de carnosos y bien formados labios que enmarcan blancos y bellos dientes; hipnótica al sólo hablar. Toda ella es atractiva pero, sobre todo, lo que dice y cómo lo dice: su certeza, su seguridad, su voz, su extraño acento, su poderosa inteligencia.

Ella prosigue concluyendo:

—…no sé cuánto dure esta fiesta… o cuanto se tarde usted en ella. Le espero lo que haga falta. ¡Adelante! –termina autoritaria haciendo un ademán.

Nicoló obedece el mandato sin pensar, asintiendo con la cabeza y aun mirándola, se aleja entre la gente. Al ver a Octavio, se le acerca a indagar.

— ¿Me vas a preguntar si la conozco?

—Sí, ¿Quién es?

—Es Bashira, una mujer extraordinaria, inteligente y culta, muy buena poeta. Las malas lenguas dicen que huyó de un harén con una fortuna, otros… sostienen que es una princesa árabe, algunos más, que es gitana. Tiene guardias que siempre la acompañan y si observas, son aquellos. La verdad no se sabe… Platicar con ella es toda una experiencia. Sus puntos de vista son completamente diferentes, pero objetivos y en ocasiones apabullantes. Ya tiene algún tiempo viviendo aquí… es un misterio, pero nos encanta su presencia y sus eventuales participaciones… Rara vez se deja ver… Es un poco pitonisa… a algunos les ha dicho cosas que luego suceden. Tiene una suerte de clarividencia… ¿Te interesa?

—Es muy atractiva…

— ¡Uh… ya lo creo! Parece que le causaste una fuerte impresión. ¿Qué te dijo?

—No… nada importante… –contesta Nicoló disimulando.

—Y… ¿No te da miedo?

— ¿Por qué… hay peligro?

—Siempre hay peligro… nunca se sabe qué se va a encontrar… Con ella… menos.

El ambiente alegre continúa y las felicitaciones y comentarios al virtuoso, también. Nicoló, en suspenso, saluda a los más posibles y brinda con ellos mientras la observa a distancia charlando con otros. Al menguar el convivio, se despide y sale del lugar, manteniendo contacto visual con el misterio por descubrir. Saliendo él, ella aparece enseguida por el umbral y sube a un carruaje que espera a corta distancia. Con una última mirada le indica seguirle y él asiente casi imperceptible. Nicoló le pide a Pietro seguir el coche en que ella subió. Octavio, que observa, se percata de todo.

Se pierden entre callejuelas y, en alguna de ellas, el coche de Bashira entra en un portón que se cierra de inmediato. Un mozo sale a su encuentro:

—Su Excelencia. Le suplico me acompañe.

Nicoló, seducido por el misterio, dice a su gente:

—Espérenme aquí… no sé cuánto me tarde.

— ¿Está seguro Maestro? –Pregunta Pietro preocupado.

—Sí, no hay problema.

Siguiendo al mozo, pasan por un patio donde está el carruaje y entran a la casona, decorada en estilo arabesco y en una gran habitación le invita a ponerse cómodo. Pasan minutos eternos. El misterio, que tanto le fascina, adquiere matices demasiado intensos llegando a sentir miedo ante la penumbra. En un sobresalto, la ve aparecer de la oscuridad. Se ha quitado el abrigo que la envolvía, exponiendo un bello vestido que le hace ver espectacular sin revelar en lo absoluto su cuerpo. Sus pies, desnudos, son pequeños y bellos como sus manos. Su brillante cabello, suelto por un lado y detrás de la oreja por el otro con una gran arracada, equilibrando. Sus estupendos ojos resaltan en la oscuridad, viéndole fijamente. Nicoló vibra ante esta poderosa y extraña criatura.

—Gracias por venir. Son muy raros los encuentros con predestinados y, por demás…fascinantes.

Diciendo esto, se sienta entre cojines, frente una amplia mesa de poca altura y sobre pesados tapetes. Con un ademán, le invita a sentarse y con timidez, lo hace. Ella lo nota enseguida:

—Paganini, ¿dónde dejaste ese atrevimiento que exhibiste más temprano en el escenario?

Nicoló comprende enseguida:

—Tienes razón… pero sucede que ni siquiera sé tu nombre…

— ¿Cómo? Si es lo primero que averiguaste de mí.

—Cierto, lo confieso… pero es lo único que sé… y tú, al parecer… sabes cosas de mí…

—Yo sé de ti… lo que se puede ver con claridad y nada más.

—Y ¿Qué es lo que puedes ver… con claridad?

—Para empezar, un carisma fuera de serie… extraordinario poder de convocatoria y, claro, el júbilo y hasta pasión que despiertas en la gente… tu talento musical y el control que ejerces desde el escenario… Como te dije antes: tu capacidad para poseer a los que se te dé la gana ejerciendo tu magia…

—Me gusta cómo me ves… pero más me gusta tu estilo. Tu manera de decir con absoluta apertura, sin embargo, con total misterio.

—También eso me gusta de ti.

— ¿Cómo?

—Sí… estás envuelto en misterio, sin embargo, eres totalmente abierto cuando haces tu maravillosa música, es tu forma de hacer poesía… Tu estilo es… magia pura. Te tengo buenas noticias…

— ¿Buenas noticias…?

—Tal vez ya las sabes, aunque la mayoría de los predestinados no se percatan de sus extraordinarios destinos o los toman por hecho. Algunos hasta se resisten y los sufren en lugar de entregarse a ellos.

— ¿No es acaso el sufrimiento parte inevitable del destino?

—Desde luego que sí, pero puede evitarse en gran medida.

—De qué le sirve a uno saber su destino sino para arruinar el misterio…

—Es imposible arruinar el misterio… de eso, puedes estar seguro.

En ese momento, entra un mozo poniendo vino y variados platillos sobre la mesa.

— ¡No esperaba semejante banquete!

—Son sólo algunos bocadillos para acompañar el vino.

Ambos brindan y comen, con lo que Nicoló se relaja.

—Pareciera que me tienes algún miedo o que mantienes alguna distancia... —dice ella.

—Eres diferente...

—Tú también...

—Supongo que tienes razón...

—No podemos evitarlo. Aceptar esas diferencias y cultivarlas nos da poder, no aceptarlas es... morir.

Nicoló se cimbra ¿Cómo esta mujer sale con estas observaciones? Es acaso la muerte, que es a la única que le ha escuchado decir estas cosas entre sueños o delirios. ¿Está soñando acaso?

— ¿Por qué me dices todo esto...? ¿Quién eres?

—Soy una mujer común con un destino, igual que tú... Tu destino es viajar y tocar el violín.

— ¿Y el tuyo?

—Ver y escribir poesía.

—Todo el mundo ve...

—Lo que la gente cree ver son sus propias especulaciones y autoengaños. Yo no tengo capacidad de autoengaño ni especulación... Lo que mis ojos ven es estrictamente lo que es, tal cual, sin adaptarlo a caprichos o necesidades, temores o esperanzas... ese... es mi destino. Sería horrible si no escogiera disfrutarlo. Lo que ven mis ojos es la irrevocable realidad de la vida pero puedo disfrutar la parte graciosa de las cosas o las bellas e intensas como el amor. Por eso... escribo poemas.

— ¿Me vas a permitir conocer tus poemas?

—Desde luego que sí... pero primero me gustaría que conocieras mis labios... besándolos.

Nicoló, que no ha podido resistir el embeleso que le causa ver sus bellos labios en movimiento, poniendo extrema atención, se concentra en un beso lento y fino que genera una pasión sutil y otro beso más completo hasta llegar al abrazo. Desatan su entrega, el abrazo se convierte en fuego extendiéndose a lo largo de los cojines. Entre besos, se ven a los ojos, hundiéndose cada uno en la mirada del otro, intercambiándose el uno con el otro y viéndose finalmente a sí mismos. La dinámica se prolonga y continúan intercambiándose, entrelazándose. Se despojan de la ropa hasta que sus cuerpos desnudos, incendiados con la luz de las velas, se pierden entre cojines, besos y abrazos. Ella lo recibe en un suspiro profundo, perdido en infinito. No hay límites, son una sola cosa. Como un corazón que late, se expanden y se contraen, se expanden y se contraen. La fusión es total y se elevan flotando. Sus torrentes se juntan en uno solo inmensamente poderoso. Cada uno entrega su brío al otro, girando a mayor velocidad en una vorágine que se intensifica hasta llegar a un climático final, en el que se hacen estrellas. Quedan sus cuerpos exhaustos, abrazados y prendidos con la mirada. Silencio y obscuridad sirven de lienzo a infinidad de imágenes. Cada uno viendo al otro con asombro ante lo recién vivido.

— ¡Paganini… eres intenso…!

— Tú eres intensa…

Después de un momento mirándose, él pregunta:

— ¿Bashira…?

—Ese es mi nombre…

— ¿Tiene algún significado?

Como no queriendo decirlo:

—Sí… Bashira, «Que trae buenas noticias».

— ¡Ah…! ¿Y… cuáles son las buenas noticias que tenías para mí?

—Creí que no te había interesado.

—Claro que sí, pero hubieron prioridades… ¿No?

—La buena noticia… es que serás el violinista más reconocido del mundo. Tal vez… ya lo sabes.

—Hay muy buenos violinistas en el mundo…

—No lo dudo, pero ninguno ha sido ni será más reconocido.

— ¿Y si dejo de tocar?

—Te mueres… sin cumplir con tu destino. Tú lo sabes.

En escalofrío, Nicoló entra en reflexiones. Ella lo deja ser mientras sirve vino y le pone una copa enfrente. Después de prolongado silencio, dando un sorbo, se pone de pie:

—Bashira, fue y es extraordinario conocerte… espero que nos volvamos a ver. Me retiro… Nuestra entrevista ha sido particularmente intensa, más aún después de un concierto que… es intenso.

—Ya lo creo… Yo también espero que nos volvamos a ver… Aunque… nuestros destinos no pueden ser paralelos… si acaso, cruzarse eventualmente.

— ¿Puedes ver eso?

— ¿Tú no?

—No…

—Tú tienes que recorrer el mundo con tu violín… es tu destino, yo tengo que llevar a cabo «otros quehaceres» para cumplir con el mío, que no son… recorriendo el mundo.

— ¡Eres excepcional…! Tenemos que vernos.

—Tendrá que ser pronto pues tendemos a alejarnos. Solos… tú y yo. Tú tocas violín y yo leo poesía.

La idea me hechiza… —con esto, se acerca y la besa suavemente en la frente, despidiéndose; al hacerlo se llena de luz por un instante.

En sus reflexiones rumbo al hotel, recuerda a Dida que a base de tiempo y desgarres concluyó lo mismo. En la primera noche, esta mágica mujer lo ve, lo acepta y se lo hace ver.

El trote rompe el silencio de la noche y acompaña sus pensamientos mientras se alejan.

Días después, mientras toca su violín, los momentos con Bashira acaparan su imaginación. Aunque ansía reencuentro, resiste la tentación. No quiere sentir resaca de separación que tanto estrago le causa. Por su misma intensidad, Bashira le hace mantener prudente distancia, como fuego que alivia frío y soledad, pero que también incendia. Su momento amoroso con ella sigue vivo y es absoluta magia. No recuerda su cuerpo desnudo, de hecho, no recuerda nada que sus ojos vieran. Viva en él, está la fantástica experiencia en otra dimensión, en otro lugar, en otro mundo que él conoce y reconoce, pero que siempre ha explorado solo. El misterio de Bashira es su propio misterio, insondable.

Listo para marchar a Parma sólo le queda despedirse de Bashira.

La luz del atardecer entra por la ventana, permitiendo ver detalles de la arabesca decoración que antes, entre penumbra y velas, no pudo apreciar. Bashira lo observa en silencio y total inmovilidad. Nicoló se absorbe en reflexiones sin percatarse de su presencia. Ella cruza el salón sentándose sobre los cojines y permanece en silencio, observándolo. El momento se prolonga; la visita mutua no se ha visto interrumpida y el diálogo entre ellos se ha mantenido intenso en lo imaginario. Uno de los dos dice:

—El talento es el impulso de jugar sintonizado con el gran flujo, no es posible adquirirlo, se tiene o no, el estado de ánimo correcto lo favorece.

Ambos comulgan con la idea y se fusionan convirtiéndose en luz.

Dentro de lo sublime, Nicoló se sumerge en sus ojos y toca el violín. Acoplándose, en contrapunto, ella declama poesía; se unen al viento y se fugan. Fusionados en abrazo, en una sola substancia, recorren lo inalcanzable. Lo pequeño contrasta con la inmensidad, lo fugaz con lo eterno, el ser con la nada. Viaje efímero, aunque infinito. Un plácido, prolongado letargo sigue y se pierden en ensueños.

Entrada la noche, Nicoló susurra:

—Me voy a Parma y de ahí… no sé…

Bashira asiente, sus ojos se nublan; los de él, también.

—Gracias…

— ¡Gracias a ti…!

Nuevamente el trote de caballos separa a Nicoló de un mágico encuentro. Nuevamente se entrega al horizonte desconocido alejándose de una mujer amada. Nuevamente flaquea al hacerlo.

Su encuentro con Bashira altera su percepción de la mujer, siendo la experiencia más mística de su vida. Sigue sin recordar sus cuerpos desnudos, pero recuerda haberse vestido en ambas ocasiones para retirarse. De anteriores amantes, recuerda los detalles corporales y sus diversas actitudes en el juego sexual. Bashira pareciera no tener cuerpo, fue como tocar una extraordinaria cadenza directo del torrente y no poder recordarla. Esto, le produce vértigo no del todo agradable. Echa de menos el contacto físico, que lo hubo, pero que no recuerda en lo absoluto. Experiencia única, maravillosa, inexplicable.

26 Una jornada oscura.

Al poco de estar en Parma, da un concierto en el Teatro Real que lo identifica entre los músicos locales plenamente. Le gusta la ciudad, pero una cierta melancolía le tiene atrapado el ánimo.

Al expresar su deseo de descansar de hoteles, el diligente Paolo encuentra una pequeña casa amueblada en renta a la que se mudan enseguida. A Nicoló, la idea de vivir en una casa le es inesperadamente agradable. Aunque jamás lo deseó, es como una pieza faltante que le proporciona paz interior; esto hace que la mayor parte del tiempo lo pase encerrado componiendo, estudiando partituras o tocándolas. Sólo sale para ir al teatro o a alguna tertulia.

Meses después, Paolo le pide permiso para ir a Livorno a visitar a su familia; con gran aprensión, se lo da y deposita una buena cantidad en su bolsillo para cubrir sus gastos. La noche anterior a su partida y sin proponérselo, escucha escaleras abajo las recomendaciones de Paolo a Pietro:

—Vigila bien que el Maestro tome desayuno, comida y cena, sobre todo cuando está encerrado trabajando que es cuando más se le olvida. Que no se enfríe, si hay frío, ve que se tape… que salga bien abrigado. No se te vaya a enfermar, te lo encargo mucho. Él no sabe cuidar su salud, se desvela demasiado… duerme muy poco, por eso cuando se enferma duerme tanto.

—No te preocupes Paolo, yo me encargo…

— ¡Ah…también! Vigila que Renzo no beba tanto… si el Maestro se pone mal, quién te ayuda…

— ¡…sí claro! Descuida, ve en paz. Con mi vida yo respondo por el Maestro.

— Yo lo sé… pero de una buena enfermedad ¿quién lo protege…? ¡Muy alerta Pietro!

Enternecido por los sentimientos de sus colaboradores, se interna en su recámara.

Semanas más tarde, Nicoló les ordena que preparen coche y equipaje para ir a Ferrara. Renzo se alegra al pensar que verá a parientes y amigos, celebrándolo con vino. Pietro al verlo enfurece y le prohíbe beber, so pena de darle una buena felpa. El pobre hombre jura enmendarse y al menos esa noche no intenta ni oler el vino.

En Ferrara, Nicoló se entera que la soprano con la que iba a alternar no llegó y el empresario, que ya la había anunciado, desesperado se lo comunica. El joven músico Giordigiani se entera del apuro y propone a su amiga: la bailarina Antonieta Pallerini para debutar como cantante. Al Nicoló conocerla y escucharla le parece posible y se ofrece a acompañarla con guitarra. El empresario aliviado acepta.

Esa noche en los ensayos, descubren que aunque entonada y cuadrada, su voz es pequeña. Giordigiani enfatiza que el teatro es pequeño y el público de Ferrara no es exigente. Omite aclarar su enamoramiento por ella y el consecuente deseo de apoyarla. La chica, que ignora estos sentimientos, no ha dejado de flirtear con Nicoló.

Cada uno de los involucrados tiene sus propias razones para que la Pallerini debute. Ninguna, correcta. Por más que ensayan, la mujer no suena profesional.

A la hora del concierto, el pequeño teatro está repleto. Nicoló sale con guitarra, poniéndose en penumbra como un músico cualquiera sin llamar la atención; enseguida sale Antonieta y terminando un breve aplauso, comienza la guitarra y hace su entrada.

Al parecer todo bien; hasta que un sujeto se impacienta y silba, viéndose apoyado por más silbadores y otros que abuchean. La cantante no tiene más remedio que abandonar el escenario, seguida del anónimo acompañante. El público, escandaliza. Sale el virtuoso con su figura zancuda y miradas de fuego. Para su sorpresa es recibido con enorme aplauso y duda, pero su temperamento no olvida a los groseros silbadores que tiene identificados entre el público.

Da un concierto llevando su violín a extremos, enojado, agresivo, de gran virilidad, regañando, golpeando. El aplauso es furibundo, rabioso. En éste «toma y daca», Nicoló se envalentona y decide dar un encore de animales, dedicándole sus conocidos rebuznos a los transgresores.

El problema es que, en Ferrara, llamar burro a alguien o emular un rebuzno es el peor insulto local imaginable por una serie de enredadas razones. La reacción es todo un tumulto, interviniendo la policía y terminando arrestados los más destacados de la trifulca, incluidos desde luego, Nicoló que inició el conflicto y Pietro que damnificó a unos cuantos. Después de muchos alegatos son puestos en libertad con la condición de abandonar Ferrara de inmediato y olvidar los conciertos pendientes.

Al alba, el violinista y acompañantes salen de Ferrara custodiados por la policía. Renzo, por paisano, se lleva una buena colección de insultos. Giordigiani, sintiéndose culpable, lo ve partir, mientras que la Pallerini, agarrada a su brazo, llora desconsolada por razones que «no puede platicar».

Muchos en Ferrara no se explican que pasó, en especial los parientes de Fabrizio y los que deseaban escucharlo. Se polarizan las fuerzas y Ferrara tarda meses en digerir el evento.

De regreso en Parma, Nicoló reflexiona sobre el dar conciertos y todas las imponderables que las giras tienen: pasaportes, guerras, ocupaciones, asaltantes, accidentes, etc., etc., etc. Detesta las dificultades pero siempre las hay. Pese a tener listos los papeles para viajar a Brescia y Bérgamo, al regreso de Ferrara en completo desgano, lo posterga.

Fanático de la libertad se siente atrapado por lo mismo que lo hace libre: El Violín y su demandante ámbito. De esto, no parece haber escapatoria, es su destino, su propio laberinto y sólo es libre dentro de él. Luego, ¿Se puede ser libre dentro del propio destino? ¿Es eso la libertad? ¿Es acaso posible? ¿Existe?

Entregado a la fuga, se sumerge en la vida nocturna y oculta de Parma. Pietro preocupado, lo cuida como le jurara a Paolo. Le protege de agresiones y hasta lo abriga al salir a media noche, aunque en ocasiones no sale hasta el otro día. Gana dinerales en el juego y también los pierde. Conoce muchas mujeres e igual las olvida. Pasa semanas sin tocar el violín. Añora a Dida; lamenta no haber huido con Chantelle; recuerda momentos graciosos con Elisa; se erotiza con la liberal Gina y su risa; intenta rescatar la lucidez de Bashira. ¡Cuántas mujeres! Sin embargo se siente solo, perdido en el Universo. ¿Necesita acaso a su mamá diciéndole que todo está bien, acariciándole la cabeza? Tal vez debiera abandonar tantos planes y buscar a una de ellas, olvidar los aplausos, hacer familia, tener hijos y verlos crecer, comer comida casera hasta engordar. Instalarse y no volverse a mover.

Los colegas le insisten en Milán, seguros que ahí triunfará, pero él teme que Milán esté controlado por puristas de conservatorio, detractores de su propuesta libre como Costa. Pasaría como en Bolonia o Faenza, rechazándolo a priori sin siquiera escucharle.

Lleno de ideas sazonadas con miedo, su cerebro no descansa. Insomne, progresivamente más delgado, camina solitario por las calles de Parma, llamando la atención de quienes lo ven como personaje macabro. Los rumores se desatan intentando explicar la misteriosa y tétrica apariencia del violinista, siempre vestido de negro «como enterrador», lanzando «miradas de fuego» a quién le mire.

Harto del encierro en rutinas que él mismo se impuso, ordena preparar todo para el viaje pendiente a Brescia y Bérgamo. Aún con dudas, se encierra en su habitación y toca el violín. Esta vez escoge el *Amati* y al tocar se llena de agradables imágenes que le dan la inspiración necesaria. En medio de su ejecución, oye un alboroto en la planta baja y sale a enterarse. ¡Sorpresa! Paolo regresó y sólo verlo le contagia del entusiasmo del que los otros dos ya son presa:

— ¡Paolo…! Creí que no regresarías.

— ¿Todavía me quiere por aquí Maestro?

— ¡Claro que sí muchacho…! Te hemos echado de menos…

Al decirlo, Nicoló confirma que es profunda verdad: lo ha extrañado más de lo que imaginaba. Su mera presencia le recupera y llena un hueco que le hacía daño.

— ¡Bienvenido a casa…! ¡Pietro, saca vino que tenemos que celebrar!

Renzo entusiasmado, oye lo del vino mirando a Pietro de reojo.

En lo que celebran, Paolo cuenta las vicisitudes de su viaje, incluyendo la muerte de su madre cuya agonía se prolongó y él hubo de cuidar de ella; narrar esto le llena de llanto. Nicoló lo abraza solidario, sin saber que decirle pensando en su propia madre. El silencio reina en lo que el joven se repone.

—Pero dígame ¿Qué planes hay? ¿…conciertos, viajes?

—Nos preparábamos para marchar mañana a Brescia y Bérgamo…

— ¿A dar conciertos?

—No… sólo a establecer fechas y a conocer… Tengo que estar de vuelta en diez días a más tardar para dos conciertos aquí en Parma. No necesitas venir, puedes descansar de tu viaje… lo entiendo.

—No Maestro… no necesito descansar. Lo que necesito es estar con vosotros. Prefiero ir.

— ¿Seguro?

—Totalmente, Maestro... Con sólo dormir bien, estoy listo para mañana.

—Aparte de tu grandísima pena... ¿cómo está Livorno?

— ¡Bonito como siempre...! Usted Maestro, es una leyenda y le siguen queriendo. Mucha gente me preguntó... Al verme, asumieron que usted estaba en la ciudad y daría algún concierto... Me costó trabajo convencerlos que fui solo y que no lo estaba ocultando. No sabe la cara de decepción que ponían. El mismo Señor Hamelin... Le sugiero escribirle, él está puesto a hacer una temporada.

—Pues sí Paolo –contesta con nostalgia– pero... sólo que fuéramos volando... Todavía no me atrevo a pasearme por la Toscana... Ni modo.

La plática se extiende hasta que el Maestro se despide para ir a dormir. Al quedar los tres colaboradores, Paolo reprocha a Pietro:

— ¿Por qué no cuidaste al Maestro?

— ¡Pero ¿qué dices?! No nos despegamos de él... ¡A este tío no le he dejado beber una sola gota hasta ahora...! ¡Hemos estado al pendiente...!

— ¡Sí, sí...ni una gota! –agrega Renzo.

— ¿Y por qué está más delgado y con ese aspecto...? ¿Ha estado enfermo?

—No precisamente...

Pietro le describe el viaje a Ferrara y su comportamiento en Parma mientras Renzo salpica con estribillos confirmantes el relato.

—Poco antes que llegaras, nos dio orden de preparar viaje y se puso a tocar el violín por primera vez en meses. ¡Gracias a Dios ya llegaste! Yo soy capaz de triturar a aquellos que atenten contra él ¿pero a él? No sé qué decirle cuando se pone así. Si no le da la gana de comer, ¿qué hago...? Tú... tienes algo que lo nivela... yo me siento como un imbécil sin saber que decirle. ¡Qué bueno que vienes con nosotros! Este viaje me tenía nervioso. Créeme, hemos hecho lo imposible por cuidar al Maestro pero... ¿de él mismo?

—Bien Pietro... Vamos todos a dormir e intentemos recuperar la alegría, que buena falta nos hace.

Al día siguiente, en el camino, se siente en el grupo una renovada moral que sin palabras se confirman y se mantienen optimistas pese a la tristeza de Paolo. El viaje se sucede sin percances, logrando acordar conciertos en ambas ciudades. Kilómetros antes de llegar a Parma, el carruaje da un tremendo tumbo en un bache oculto por una roca, volcándose en aparatoso accidente. Los caballos salen bien librados y todos ellos ilesos, aunque aporreados. No así el coche, que yace en uno de sus lados con una rueda rota, bastante maltrecho. Nicoló ansioso, comprueba que todos están bien y de inmediato se ocupa de rescatar sus violines que entre los estragos imagina lo peor. Para su tristeza, encuentra el *Amati* de Dida destrozado. Presa de horrible aprensión, busca desesperado *el Cañón*, descubriendo que un costado del carruaje yace encima del estuche. Alarmado da voces casi en pánico, solicitando ayuda. En lo que los tres levantan como pueden, Nicoló lo saca, pero al ver el estuche, tan estropeado, siente un sofocante nudo en la garganta. A toda prisa lo abre. Milagrosamente, su amado violín sobrevivió. Agradeciendo a Dios, lo abraza y llora ante la mirada de sus pasmados colaboradores. Recuperando la calma, lo revisa al detalle y poniéndose de pie entre estragos lo afina, tratando de descubrir algún desperfecto. A medida que hace pruebas y toca cuanto se le ocurre, comprueba que su amado violín sigue siendo un cañón; conmovido lo abraza, lo besa, lo revisa y lo vuelve a tocar.

El campo abierto, un carruaje accidentado, un violinista que apasionado toca su instrumento entre el destrozo y tres sujetos que, embelesados, escuchan el inesperado concierto. Absurdo, poético, inexplicable. Sublime. Loco. ¿Mágico?

Habiendo pasado todo este trance, en lo que Nicoló recoge el infortunado *Amati*; Pietro propone tomar uno de los caballos e ir en busca de ayuda. Nicoló acepta en lo que vuelve compulsivo a tocar su violín celebrando su supervivencia. Antes de caer la tarde, Pietro está de vuelta con otro carruaje.

De regreso en Parma, Nicoló contempla sobre una mesa el violín de Dida en pedazos; un recuerdo vivo de ella que disfrutaba tocar en intimidad. No cree que tenga remedio, aunque se lo llevará a un buen lutier, a ver si es posible hacer algo. Un inevitable duelo se posesiona de su espíritu pensando que ya nunca tocará ese bello instrumento.

Pasan los días y llega el momento del primer concierto en el Teatro Ducal. Como no ha podido dejar de pensar en el *Amati* y por tanto en Dida, al salir al público revisa las primeras filas donde solía sentarse, obviamente sin encontrarla; no obstante, la imagina allí, tan exquisita como siempre. Sus ojos se inundan al sentir vibrar *el Cañón* en su hombro en pleno concierto. Toca apasionado y su elocuencia es tal, que el público lo percibe generalizándose las lágrimas. Sus sentimientos encontrados, van de la tristeza profunda a una alegría llena de gratitud. El aplauso es nutrido y emocionado. Paganini agradece con sus características reverencias, sintiendo la magnífica presencia de su violín en su izquierda que, se jura a sí mismo, cuidará como oro en polvo. De regreso a casa lleva su instrumento abrazado como cuando niño mientras Paolo lo observa con empatía.

27 De apuesta: un *Stradivarius*.

Los carteles promocionales incluyen un desafío:

> **«El Maestro Paganini toca cualquier pieza musical
> a primera lectura, por complicada que ésta sea».**

El afamado y exitoso pintor de miniaturas, Antonio Pasini, contesta el llamado haciendo una apuesta. Lo reta a tocar una complicadísima composición que él, también violinista, ha practicado hasta el cansancio y no logra dominar. La apuesta, es su violín *Stradivarius* contra el valor del mismo.

Nicoló acepta seguro de su capacidad, recordando la primera ocasión que intentó tocar los Caprichos de Locatelli y que no fue precisamente fácil. La apuesta le prende; es lo que hace con todo el alma, su destino mismo. Además, atraerá la atención del público y «o toca o muere» frente a él. Perdería algo más que el valor del violín. Concierta la cita con el pintor y se lleva a cabo con los debidos testigos.

La partitura es indudablemente compleja, pero nada como Locatelli o sus propias composiciones. Toma su violín ante el suspenso de una buena concurrencia y «a filo de navaja» la toca completa sin un solo error y con extraordinaria interpretación.

Ante el aplauso de todos, Pasini, agraviado y maravillado, no puede decidirse entre lamentar la pérdida de su violín o entregarse al asombro de haber escuchado la pieza tocada de esa manera. Sacando con ceremonia el *Stradivarius*, le dice, entregándoselo:

—Maestro, el violín es suyo… no puedo evitar sentir tristeza, pero tampoco puedo evitar sentir honor al entregárselo. ¿Le puedo pedir un inmenso favor…?

—Dígame.

—Me puede hacer el honor de tocar la pieza de nuevo, pero en éste, que hasta hoy fue mi violín.

Recibiendo el fino instrumento con gran respeto, contesta:

—El honor es mío, aunque espero me permita tocarla en mi propia forma.

— ¡Maestro por favor! Hágalo como le plazca.

Cerrando los ojos y sin ver la partitura, Nicoló se entrega a la música y le agrega sus variaciones prolongándola, paseándola, elevándola.

Pasini, conmovido con semejante interpretación y proeza, despide a Paganini y a su amado violín con ojos llorosos, agregando:

— Maestro, no cabe duda que usted merece el violín.

De camino a casa, acompañado nuevamente de dos violines, reflexiona sobre la ironía y paradoja que ha sido en su vida «perder violines». Sus mejores violines han llegado al perder otros.

Pese a ganar esta apuesta y el gusto del regreso de Paolo, le han seguido atormentando las dudas de viajar, sobre todo después del accidente y los agravios que trajo.

En Parma, además de dar conciertos de vez en cuando, se presenta en recitales privados que le son bien remunerados y su presencia es muy apreciada. Cuenta con conexiones que hiciera desde su estancia con Ghiretti, que han seguido su desarrollo con interés. Además, se presentan buen Teatro y Ópera que a él le encantan.

¿Qué objeto tiene correr riesgos, si se la pasa agradable y libre? Pero a medida que toca en recitales y conciertos, el deseo de viajar crece paulatinamente; se enciende en su ser la necesidad de acudir a la distancia, de tocar para públicos diferentes y disfrutar el asombro que provoca. Ha postergado por meses conciertos convenidos por temor a viajar. Sin embargo, ya siente la urgencia de hacerlo, esperando con ansiedad respuesta a sus cartas. La idea de ir a Milán, postergada por años, adquiere ahora preponderancia y rebota en su cabeza cada vez más.

— ¡Maestro, llegaron cartas de Génova y Bérgamo! –Anuncia Paolo.

Nicoló sale de su encierro con espíritu y cabello alborotados. Pleno de ansiedad, lee la primera:

— ¡Paolo… nos vamos a dar conciertos…!

Los ojos de Nicoló brillan de entusiasmo y en consecuencia Paolo sonríe.

— ¿No va a abrir la de Génova?

Poniéndose grave y temiendo malas noticias, abre la carta y lee.

— ¡Mm…! Mi hermana Nicoleta se casa con un tal Andrea Gandolfo que no tengo ni idea quien es… ¡Qué barbaridad… se casa Nicoleta… cómo pasa el tiempo! ¡Era una niña la última vez que la vi!

—Parece que va a haber mucho viaje… —dice Paolo.

—No lo sé… las fechas están casi montadas y el viaje a Génova desde acá, es bastante pesado… sería muy cansado. Cruzar la Toscana hasta Livorno… el barco…

—Perdone Maestro… pero le recuerdo que estamos en Parma… no en Lucca… ahora podemos ir por Piacenza y Tortona, nos tardaríamos… tres o cuatro días…

— ¡Cierto, ahora esa ruta es posible! Y… ¿cuánto nos tardamos de Génova a Bérgamo?

—Mm… eso sí tendríamos que verlo en el mapa y calcularlo…

— ¿Cómo es que sabes de aquí a Génova?

—Nos imaginamos que algún día querría ir y lo estudiamos por si acaso.

— ¡Excelente! Podremos ir a la boda de Nicoleta… a la de Doménica no pude ir… pero ¿podremos llegar al concierto después? Sólo tendríamos cuatro días, a lo sumo, para lograrlo. Quiero ver los mapas. Llama a ese par, a ver… qué resolvemos

En el mapa descubren que la mejor ruta de Génova a Bérgamo es pasando por Milán y, éste, es el detalle que se necesitaba para tomar la decisión.

Arriesgando no llegar a Bérgamo a dar los conciertos con cualquier posible contratiempo, salen rumbo a Génova. Una apuesta más.

Montados en un carruaje que el fabricante garantizó aguanta todo tipo de camino y clima, salen entusiasmados a la nueva aventura. Caballos saludables, papeles en regla, coche nuevo; no debe haber problemas, por lo menos en esos rubros. El frío está presente con el invierno en pleno. Nicoló va envuelto en pieles entre Pietro y Paolo que generan más calor que él. *El Cañón*, viaja de manera similar envuelto y flotando entre ropa en medio de un sólido baúl.

Haciendo una pequeña desviación, hacen escala en Cremona para entregarle el *Amati* en pedazos, al prestigiado lutier Giovanni Ceruti, que después de examinarlo y pensarlo, le llena de optimismo:

—Los he recibido peores y han quedado bastante bien, pese a que es laboriosa la reparación. Yo le avisaré tan pronto estemos por terminarlo.

Llegan a Génova sin contratiempos y con suficiente antelación para, antes de la boda, estar con la familia y saludar al Marqués Di Negro.

Aunque impresionadas por su nuevo aspecto, Teresa y Nicoleta le dan una entusiasta bienvenida que Antonio interrumpe mostrando su sempiterna y desacertada actitud con nuevos reproches y reniegos. Harto de su perorata que se prolonga e impide disfrutar de su madre y hermana, de un salto se pone de pie frente a él, dirigiéndole una de sus fulminantes miradas; es tal la elocuencia de sus ojos apoyada del silencio que los enmarca, que un escalofrío recorre la espalda de Antonio con ojos que no pueden estar más abiertos. Después de eternos segundos, en los que al progenitor se le agotan los ímpetus, Nicoló dice con voz amable, haciéndose del mando:

— ¿Por qué no nos tomamos un buen vino para celebrar…? Mire papá, traigo algunos muy buenos y también coñac para compartir con usted… ¡Ah! y el tabaco de Turquía que tanto le gusta.

Antonio, amansado con el susto y la ofrenda, acepta aún con los ojos desorbitados. Una mirada de satisfacción de Teresa apoya todo este proceso. Su preocupación, es el deteriorado semblante de Nicoló que a sus treinta y un años, luce de cuarenta.

En los días siguientes Nicoló acude al palacio del Marqués y en la oficina le informan que está fuera de la ciudad. Del cuarto contiguo se escucha una voz:

— ¡Maestro Paganini, qué gusto saberle por acá!

En suspenso, ve aparecer a un hombre joven bien vestido con rostro familiar pero que no logra identificar. Habituado a esto, contesta el saludo:

— ¡Qué gusto verle…! –Su cerebro sigue en esfuerzos.

—Me quedé con deseos de seguir platicando aquella noche, pero estaba usted muy solicitado…

—Pues sí… ya sabe… —aún sin recordar.

—Esa noche, Fibonacci me presento con Francesco y Octavio, «los dos filósofos», como él les llama, y ellos expresaron su admiración por usted y su poderoso talento.

—Bueno… yo soy admirador de ellos. Son las pláticas más nutritivas que he sostenido en mi vida; dos verdaderos sabios… –por fin recuerda, es el abogado– ¿Y usted trabaja con el Marqués?

—Le llevo algunos asuntos… pero más bien trabajo independiente.

De manera rutinaria le da su tarjeta de presentación despejando de una vez la incógnita. Una serie de preguntas acuden a su mente.

—Señor Germi, creo que tengo una consulta que hacerle. ¿Cuándo podría visitarle?

—Mañana durante el día o esta misma tarde… voy a la oficina después de la comida… ¿Pero… qué le parece si comemos juntos? Aquí en Génova tenemos muy buenos restaurantes ¿ya se le olvidó?

—A decir verdad no los conozco mucho. Cuando estoy aquí, mi madre me acapara con lo que cocina y como lo hace estupendo… Pero acepto su invitación con gran placer.

— ¡Excelente…! Y dígame ¿va a dar conciertos por acá?

—No, en esta ocasión… Sólo vengo a la boda de mi hermana.

—Entonces, es una verdadera suerte haberle encontrado…

En el restaurante no sólo comen bien y disfrutan de buen vino, también descubren mutua simpatía. Germi, también toca violín y resulta ser buen conocedor de la Música.

— ¿Tiene usted experiencia en asuntos financieros?

—Sí desde luego. ¿Necesita algún préstamo?

—No, al contrario… más bien… necesito ver qué hago con mi dinero… inversiones… qué se yo…

—Pues ¿qué ha venido haciendo con él?

—A través de bancos le he mandado algo a mi familia… el resto me lo gasto… lo guardo en algún cajón… o lo traigo en el bolsillo.

Germi, asombrado, no puede más que reír diciendo:

—Me está tomando el pelo… ¿verdad?

—No, en lo absoluto… Alguna vez me gustó jugar cartas y ahí lo dejaba todo… aunque, a veces, salía con más… Ya no lo gozo y hasta me parece algo imbécil hacerlo. Se necesita que esté medio borracho. He perdido en el juego cantidades obscenas y he ganado otro tanto… Se lo saqué a mi padre… ¡Y yo que tanto lo criticaba…! Así es la vida.

— ¿No le ha dado por comprar bienes raíces?

—Eso es lo que quiero consultarle. Quiero comprar una casa para mis padres… estoy harto de verlos en ese apartamento; sobre todo por mi mamá que tiene que subir todas esas escaleras acarreando cosas. Tenía tiempo sin verla y la veo… más acabada… me preocupa.

— ¿Tiene el dinero para comprar una casa ahora?

—El dinero sí, el tiempo… no. Al día siguiente de la boda salgo corriendo a dar conciertos.

— ¿A Milán…?

—No… nunca he estado ahí… tengo que ir a explorar.

— ¡Pero hombre! Tiene que ir a Milán…

—Sí, lo sé. He oído muchísimo… sin embargo… no lo he hecho.

— ¡Usted solo, llenaría la Scala o cualquiera de los teatros que hay ahí! ¡Vaya… le va a gustar! ¿Le gusta ir a la ópera o al teatro?

— ¡Sí claro! Es mi principal diversión. Por eso vivo en Parma.

—Si por eso vive en Parma, Milán le va a enloquecer. Pero dígame, volviendo al tema de la casa que quiere comprar. ¿El dinero lo tiene en Parma?

—No, lo tengo en casa de mis padres… en una valija.

— ¡Qué! – exclama llamando la atención de otras mesas.

— ¿En dónde más lo voy a tener?

— ¿No teme que le asalten?

—Ya lo han intentado, no es precisamente fácil. Sé usar la espada y el par de muchachos que esperan allá afuera… no están precisamente mancos.

—Bueno, eso está muy bien. Pero ¿no cree en los bancos?

—No mucho… ¿Quién me defendería de ellos? Ni la espada. Por eso quiero su asesoramiento, no quiero que me roben. Con tantos cambios de gobierno que ha habido y sigue habiendo, bancos van y vienen; nunca he sabido en quién confiar, por eso he vivido el día. Quién garantiza que no se caen los franceses y entran los ingleses o los españoles otra vez. Si viera cuantos cambios hubo en Lucca desde que Napoleón se hizo emperador…

— ¿Y qué quiere que haga respecto a la casa? ¿Ya saben cuál quieren comprar?

—No, en lo absoluto. Ni siquiera saben mis padres que tengo tal intención. Por eso necesito, además de un abogado, un amigo que les asista y apoye para hacer todo esto. Desde luego cubriré sus honorarios.

—No se preocupe Nicoló, yo veré qué hay que hacer. Le agradezco la oportunidad y la confianza.

Esa misma tarde, Nicoló va a casa de Gina y descubre que ya no vive ahí; los nuevos ocupantes no tienen idea adonde se mudó. Quizás nunca la vuelva a ver. Sube al coche y sólo pide que lo paseen.

Al llegar al apartamento, les informa a sus padres de la decisión de comprar una casa y del abogado Luigi Germi que vigilará que toda la transacción se haga en regla. Teresa reboza de emoción y Antonio, aunque disimula, también.

—Han pasado varios días y no veo a Carlo ni a Doménica. ¿Qué es de ellos? ¿Cómo les va?

—Están bien hijo… siempre muy ocupados, seguro por eso no han venido… —contesta Teresa.

—Bueno… los veré en la boda pues a la mañana siguiente me voy.

La boda es sencilla y alegre, ve rostros que no veía en años y que ahora le tratan con gran respeto y cierta distancia. En efecto, encuentra a sus otros hermanos, aunque sin mucha oportunidad de platicar con ellos. Como cuando niño, a petición de amigos y vecinos, toca su violín. Los maridos de sus hermanas le parecen desagradables y demasiado rústicos. Pero claro, después de años en cortes y palacios, él mismo cambió. Carlo es ahora evasivo y no muestra deseos de platicar; lo siente distante, inasequible. Ésta vez, el calor familiar proviene solamente de su madre a la que no se cansa de abrazar y besar.

Como extraño recordatorio, todas estas percepciones le sirven para ordenar sus pensamientos. Una vez más confirma que no hay vuelta atrás, ha de seguir el ascenso de esa escarpada montaña que desde niño comenzó a escalar e intentar llegar a la cumbre. Continuar avanzando en su solitario y largo camino.

28 Milán.

Sobre la carretera recapitula lo vivido sin acabar de asimilar. La vida es diferente para cada uno y la suya, aunque incomprensible para los demás, está tomando forma y rumbo que él entiende a perfección.

Conforme lo planeado, pasan la primera noche en Tortona y muy temprano salen a Milán para pernoctar ahí y seguir camino. Pero al llegar a Milán, Nicoló se fascina con la ciudad y para su sorpresa, al registrarse en un hotel con su nombre:

— ¿Es usted acaso el célebre violinista de la Toscana?

— ¿Cómo… me conocéis por aquí?

—Desde luego… aquí en Milán, todo se sabe…

— ¿O sea que le gusta ir a conciertos?

—Sí, pero prefiero la ópera. ¿Va a dar algún concierto aquí?

—No por el momento… sólo estoy de paso.

— ¡¿De paso en Milán?! ¡Éste es lugar destino…! En fin… bienvenido, que tenga una feliz estancia… —entregándole su llave.

— ¡Gracias!

Pese a lo pedante del sujeto, el encuentro con él le fue agradable. Era un tío cualquiera, pero que sabía de él, por tanto, Milán y sus empresarios seguramente también.

Con curiosidad infantil sale a explorar. Paolo y Pietro le acompañan con el ánimo prendido como farol. Caminan las calles mirando comercios y sintiendo la intensidad de tan gran ciudad. En algunas esquinas, carteleras anuncian los espectáculos en diferentes teatros y muchachos entregan volantes convocando. Los restaurantes se ven excelentes y muchas tabernas interesantes.

Una tienda le deslumbra y boquiabierto entra a conocerla, es la tienda más grande de instrumentos y música impresa que ha conocido. Absorto, le toma más de dos horas salir y lo hace porque están cerrando. Compra una buena cantidad de partituras; ahora conocerá el trabajo de tantos que sólo ha oído mencionar, además de piezas de Mozart y Beethoven que no conoce. Esa tienda es como una cueva llena de tesoros, podría pasarse todo el día revisándola. Paolo y Pietro corren a ayudarle al verlo salir cargado de paquetes.

—Maestro… ¿Pero qué tanto compró?

— ¡Música, mucha música! Vamos al hotel… quiero revisarlo. ¡Esta tienda es una maravilla!

—Pero Maestro, no ha comido.

—Tienes razón Paolo… comamos primero.

A la mañana siguiente reanudan viaje. Nicoló se propone leer partituras pero hacerlo con el movimiento le marea y recordando sus viajes de niño, donde sólo vomitaba, abandona el intento.

En Bérgamo una serie de malestares le hacen visitar al médico y sale con más medicamentos que mezclados con los que ya ingiere, le producen efectos impredecibles. En el concierto del Teatro Riccardi, se presenta cargado de nuevos síntomas que le propician una suerte de misantropía.

— «Ojalá comprendiera la gente que puedo tocar para ellos lo que quieran pero que ahora no estoy para fiestas o pláticas triviales. Sólo quiero terminar el concierto e irme a la cama».

Las coyunturas le duelen, el clima no ayuda y estar de pie mucho tiempo le resulta demoledor, sin embargo, tocar el violín le equilibra y los malestares retroceden, pero al dejar de hacerlo sucede lo opuesto y sólo quiere acostarse. Su aspecto desencajado, aunado a su renuencia a socializar después de los conciertos, desencadena rumores de inmediato, los obtusos lo atribuyen enseguida a «sus satánicas prácticas» que lo hacen antisocial e incomprensible. Lejos de entender, que «su intolerancia y sus miradas despectivas o de fuego» se deben simplemente a que se siente mal, a veces, muy mal. De cualquier manera, los dos conciertos se llenan al tope y el público, asombrado como siempre, le aclama y aplaude. El misterioso violinista que toca música celestial, se ve solicitado a tocar un tercer concierto que acepta como si se sintiera bien y además, manda a Renzo a caballo con una carta al Señor Zaffarini de Brescia para establecer fecha de conciertos a la brevedad. Renzo regresa con «buenas noticias»: dos conciertos para la siguiente semana. Esto le da tiempo para recuperarse un poco pasando tres o cuatro días en cama durmiendo y ensoñando todo lo posible. Su falta de apetito hace que Paolo le imponga comer como si fuera medicamento; pese a que Nicoló lo comprende sobradamente, comer sin apetito le provoca náuseas.

Intuitivamente suspende medicinas que le dañan desde el momento de ingerirlas o que siente le provocan efectos extraños a lo largo del día. Sintiéndose mejor, parten a Brescia. El ensayo con la orquesta es con músicos alegres y ávidos de tocar con él. Algunos salpican el momento con anécdotas bien contadas, animándose a contar las suyas. Entre carcajadas, la comunicación se hace plena y los malestares parecieran sonreírle; el concierto sale de una pieza, cada uno de los músicos vive la unidad. El lucimiento del virtuoso es apoyado fluidamente por la orquesta y el resultado es sensacional; los vehementes aplausos y ovaciones demandan encores. Ésta vez, asiste a la fiesta después del concierto. Varias personas le insisten que él «solo» llenaría el Teatro de La Scala en Milán.

Nicoló está contento de triunfar en las ciudades de la Lombardía como lo hizo en la Toscana, cada vez más seguro que conquistará Milán. Su formación independiente le ha hecho arredrarse, aunque es esto precisamente, lo que lo hace único. Su punto de vista es diferente y libre, sin peso o rigidez de academias o conservatorios que lo posean. Su Alma Mater es su propio ingenio y espíritu libre con el que se sumerge en el gran torrente haciéndose uno con él y, éste, si acaso, es su secreto.

De regreso en Parma sólo piensa en Milán, demandándole ir ¡ya! ¿Qué objeto tiene tener su base en Parma si el centro es Milán?

— ¡Paolo…! Empaca todo, nos mudamos a Milán…

— ¡¿Cuándo Maestro?!

—Tan pronto esté todo empacado.

Sobrecogido por la emoción, seguro de hacer lo correcto, con el cuerpo enfermo pero el espíritu como vela de barco henchida de viento, Nicoló se lanza a la aventura una vez más. La apuesta es como siempre, total y con entrega. Uno con su decisión. Cargado de esperanza, ilusiones y fe conquistará Milán. Sus expectativas le llenan de fantasías musicales que serán su propuesta; es tanta la música dentro de sí que se le rebosa en inevitable silbido. Sentado entre Paolo y Pietro, forrado de ropa y pieles para el frío, se oye a Renzo azuzar los caballos que relinchan briosos e inician marcha.

¡Paganini llega a Milán! ¡Milán llega a Paganini!

En lo que espera respuesta sobre su propuesta al Teatro de La Scala, seducido por la ciudad, Nicoló camina las calles, conoce teatros, tabernas, garitos y bellas mujeres. Encuentra amigos conocidos y otros que ignoraba tener; igualmente detractores que sostienen que: «Lo que él hace no es arte, son payasadas y malabarismos: circo». Su ánimo se infla y desinfla al recibir todo esto, pero ve con objetividad que ya le conocen y que corre la voz.

Una noche asiste al Teatro de La Scala y asombrado por su enorme aforo, disfruta del ballet «*Il Noce de Benevento*». Sale silbando variaciones de la pegajosa tonadilla de «*La Danza de las Brujas*» que se le antojan presentar en La Scala, como en su infancia presentó «*La Carmagnole*».

En la tienda de música conoce a una agradable dependiente que le atiende muy cortés y que, con algún conocimiento, le recomienda diferentes autores y partituras. Nicoló se siente embriagado con su presencia y, entregado al cortejo, la invita a cenar; ella, ecuánime, rechaza con pretextos la invitación y sutilmente le delega a otro empleado. En sus posteriores visitas, al verlo llegar, ella busca ocupación para que alguien más le atienda. A la segunda ocasión, Nicoló pide que ella le atienda. Sin más remedio, seca y sin sonrisas, la bella joven lo hace. En la primera oportunidad, manteniendo seriedad y voz baja:

—Señorita, nunca tuve ni la menor intención de ofenderle, pero veo que… infortunadamente lo hice, le pido disculpas. Me fascina esta tienda, y ser atendido por alguien con amabilidad y belleza completaba el momento. Tuve la osadía de hacerle una invitación que… propició su enfado, le aseguro que no se repetirá… Si puede atenderme con el mismo encanto y buena voluntad de antes, se lo agradeceré.

Ella, sintiendo sinceridad, acepta tácitamente la propuesta y sonríe lista a atenderle.

A Nicoló la mutación le es agradable y pese a que la atracción no cesa, decide sublimarla. Después de todo, así como lo han amado con gran pasión, hay damas que no lo desean en lo absoluto. En visitas posteriores, ella hace esfuerzos por ser natural en lo que él se concentra en las partituras.

La ansiada respuesta de La Scala no llega y Nicoló camina de lado a lado. Han pasado tres meses, todo pareciera indicar que su propuesta fue ignorada no mereciendo respuesta. Imagina dogmáticos académicos dirigiendo La Scala. Si es así, no tiene ni la menor oportunidad y la respuesta que espera jamás llegará. El tormento dura semanas. El creciente rumor llega a la prensa: *«Paganini en Milán».*

Caminar por las calles deja de ser sencillo, su cuerpo zancudo le delata. Le hacen propuestas de otros teatros y reporteros quieren entrevistarle. Esto le plantea conquistar Milán por la vía de menor resistencia tocando en cualquier teatro y aprovechar el creciente ruido sobre su presencia. A volar La Scala y los «Costas» que la gobiernan; le tocará al Milán que quiera oírle. Repetirá lo que hizo en Livorno y Pisa.

El Teatro de La Scala, después de un gran incendio, se reconstruyó con dinero de inversionistas comprando palcos y muchos de ellos ya están contagiados con la euforia de «Paganini en Milán». Para su buena suerte, aunque él lo ignora, el director de la orquesta de La Scala es el Maestro Alessandro Rolla que apoya la idea de presentarlo y alega a quienes exigen credenciales académicas, que se trata de un verdadero genio, discípulo de Ghiretti y Päer; enfatizando el error que sería no presentarlo primero, teniendo la oportunidad en la mano. Finalmente, el voto apabullante de la junta es: presentar a Paganini.

Cuando se lo hacen saber, le aclaran que será un concierto compartido y no «solo» como él había propuesto, pues el teatro presenta de preferencia: ópera, ballet y cantantes, nada estrictamente instrumental. Hábil en su negociación y con la objetividad y desapego que le dieron sus reflexiones, se asegura entonces de recibir agresiva difusión y buenos dividendos sin dar exclusividad. Cierra el trato.

Lo que importa: es tocar en La Scala. Con eso conquistará Milán. La efervescencia musical que hay en la ciudad no puede compararla con nada. Su fascinación es absoluta. Vislumbra el triunfo venírsele encima. Después de La Scala tocará donde se le dé la gana.

El Maestro Rolla, al que en un principio no reconoce, le da la bienvenida a los ensayos y le presenta ante la orquesta que, para su asombro, es enorme. Sólo la sección de cuerdas cuenta con veinticinco violines, jamás había visto algo así. En los días siguientes, trabaja con Rolla haciendo arreglos, adaptaciones y ensayos. Un impresionante mundo se abre ante sus ojos y emocionado, entra en él.

En la primera oportunidad hace un paréntesis:

—Maestro Rolla, quiero pedirle disculpas antiguas por aquella inmadura transgresión que tuve a temprana edad atreviéndome a tocar su música con su mismo violín y... sobre todo... sin su permiso.

Soltando una sonora carcajada:

— ¡Muchacho... jamás me ofendiste! No salía yo del asombro que alguien tocara a primera vista la música que recién compuse... más aún, de la manera en que lo hiciste... me levantaste de la cama... Mi asombro aumentó al ver que eras un párvulo...

—Siempre me sentí culpable Maestro... especialmente de adulto... no tolero que alguien toque mi violín o husmee mi música... Sería capaz de aplastarlo... como cucaracha...

—Supongo que siento lo mismo... pero en aquella ocasión, lejos de verte como una cucaracha, estaba yo muy enfermo... y entre malestares y sueños, escuché mi propia música tocada de corrido y maravillosamente. Fue tan sorpresivo... que de una vez sané...

— ¿Lo dice en serio Maestro?

— ¡Totalmente...! Luego seguí tus progresos con Ghiretti y Päer... que me hacían comentarios maravillosos. Supe de tus triunfos en la Toscana. ¡Eres un músico excepcional! ¿Qué más puedo pedir...? ¡Talentos como el tuyo no se dan en maceta, muchacho! Tocaste un día a mi puerta y te di... la más honesta ayuda que pude. Hoy debutarás en La Scala y... yo dirigiré. ¿Es posible sentir más orgullo?

— ¡Gracias Maestro! Sus palabras me apuntalan... sobre todo en estos momentos tan intensos.

El encabezado de los periódicos ahora grita:

«Paganini en La Scala»;

Esto crea frenesí, provocando que se arrebaten los boletos sin importarles en lo absoluto quién más está en el programa. No por esto, los puristas académicos que votaron en contra cambian de opinión:

«El frenesí que este virtuoso desata, seguro se debe a algún artilugio que escapa de la luz».

Al ver todo este revuelo, el coordinador del evento decide que ha de ser Paganini quien cierre el espectáculo y evitar conflictos con el público; Rolla apoya la moción. Los demás artistas aceptan temerosos que una vez que toque Paganini, o ya no quede nadie en la sala o ansiosos de seguir escuchándole, les lleguen a abuchear. Todos aceptan el cambio, Paganini cierra.

El día antes del concierto, al salir del último ensayo, Nicoló siente el impulso de pasar por la tienda de música y asomarse en los ojos de la linda dependiente cuyo nombre aún ignora. La ve al fondo, sobre una escalera, acomodando un enorme librero. Acercándose, la saluda.

—Sí, dígame ¿qué se le ofrece?

Nicoló, que sólo quería verla, titubea y pide lo primero que se le ocurre:

— ¡…resina! Si… resina… para el arco del violín…

— ¡Mire! Hasta ahora me entero, ¿toca el violín?

— ¿Ah sí…? …pues sí… lo toco un poco…

—Con toda esa música que ha comprado, me imaginé que dirigía o tal vez daba clases…

—Sí… pues si… pero… toco violín… –contesta nervioso.

— ¿Va usted a asistir al concierto de Paganini?

Boquiabierto, Nicoló se percata que ella ignora quién es y se limita a asentir mientras ella continúa:

—No se habla de otra cosa... parece que toca divinamente y que encanta a todos aquellos que le escuchan. Me hubiera fascinado ir pero... es muy caro.

— ¿Le gusta el violín?

—Es mi instrumento favorito. El sonido del violín es sublime... Mire tenemos estas resinas...

Nicoló aturdido por lo imprevisto del suceso, no sabe si identificarse o no; optando por lo segundo, escoge una resina, la paga y con mínimas palabras, se despide.

El Teatro de La Scala está a reventar. En la calle se amontonan curiosos queriendo ver al violinista. Como muy pocos conocen su físico, entra por un costado escondiéndose bajo el enorme sombrero de Pietro que a su vez le abre camino entre la gente. Aunado a esto, con peculiar humor, camina como anciano jorobado de piernas encorvadas y rengueando, haciendo imposible pensar que pertenece en el escenario. Paolo camina tras él y pareciera que tose cuando en realidad hace esfuerzos por no reír. Los tres, ya en el camerino, se miran con expresión imbécil entre carcajadas. Rolla toca la puerta, nervioso:

— ¿Todo bien?

—Si Maestro, listo y dispuesto.

— ¡Qué bueno! Como ya sabrás, se agotaron las entradas. La directiva está en suspenso... quieren ver la reacción del público contigo en el escenario y... claro, me preguntan y... no sé qué decir... te he oído tocar, pero jamás te he visto en el escenario. Yo tengo mucha confianza, los ensayos salieron muy bien y la mayor parte del público está aquí, por ti. ¡Buena suerte Nicoló! Nos vemos al rato.

— ¡Muchas gracias Maestro...!

La expectación es enorme. Nicoló toca su violín para relajarse y no pensar. Alguien golpea:

—Maestro… Cinco minutos.

Sale del camerino y se asoma al público sin ser visto, el enorme aforo le vuelve a impresionar, jamás tocó para tanta gente en un solo concierto. Debe entrar pero no lo hace, el suspenso reina, lo buscan por todas partes, no lo encuentran, la expectación crece, la gente se inquieta. ¿Qué pasa? ¿Dónde está? Después de eternos segundos, sale de la oscuridad y entra al escenario haciendo explotar un enorme aplauso, el público se pone de pie y le ovaciona. Antes que el silencio domine, le señala a Rolla que está listo, el Maestro levanta la batuta y obliga el silencio. Empieza la música y al llegar su momento, hace entrada con tremendo dramatismo erizando la piel de los que escuchan. Paganini y *el Cañón*, fusionados en uno, hacen cosas imposibles. Todos hipnotizados atienden, escuchándose gemidos y suspiros. Al terminar, irrumpe el ensordecedor aplauso. Él hace sus medievales reverencias, que tanta mofa han producido, exagerándolas. El aplauso no cesa y con cada reverencia pareciera exacerbarse. Vuelve a darle a Rolla una discreta señal y la orquesta comienza; casi enseguida, hace su entrada con el tema de las Brujas ya conocido por todos, imprimiéndole una extraordinaria dulzura y entregándose a variaciones que pasan por todos los estados de ánimo posibles. De su violín salen sonidos jamás escuchados. Los escépticos miran alrededor como queriendo descubrir el truco. Nicoló termina las variaciones y prosigue sin detenerse en cadenza entregado apasionadamente al torrente que le exige todo tipo de acrobacias. Al terminar, el aplauso es atronador, incansable, y cualquier gesto que hace lo aumenta arrancando ¡Bravos! y gritos, siendo su propio nombre el más usado: ¡Paganini! ¡Paganini!

El éxito, es arrollador, absoluto. En algún rincón, entre bastidores, Paolo y Pietro en ataque de júbilo se abrazan y saltan de alegría. Nicoló conmovido continúa haciendo genuflexiones para agradecer el poderoso aplauso. Sale y entra, el aplauso aumenta; vuelve a hacerlo dos veces más y lo mismo en cada una.

En su interior, una emoción indescriptible amenaza con rebasarle en desmayo y para evitarlo, vuelve a elevar su violín y se mete en encore. La música calma al público mientras él restablece su equilibrio.

Dando un total de tres encores con estruendosos aplausos, salidas y entradas, se retira para no volver a entrar obedeciendo instrucciones del coordinador de piso.

En los días siguientes, la prensa se desborda sobre Paganini, convirtiéndose en el tema del momento.

Ante el gran éxito económico y de crítica, la directiva de La Scala le propone dos conciertos más para mediados del mes siguiente, ésta vez como lo solicitó en un principio: solo.

La Paganini-manía brota y como en Livorno, desde las cosas más nimias en el lenguaje coloquial, a platillos en restaurantes o modelos de sombreros son ahora «*Paganinescos*» o «a la Paganini».

Después de muchas fiestas, cariñosas admiradoras y demasiado licor, Nicoló engentado, se rescata y se encierra en su cuarto a recuperarse.

Durante semanas escribe música y estudia partituras en espera de los conciertos, con la esperanza de que se convierta en una mayor temporada. Como la parte obscura de la crítica enfatiza que no respeta la partitura de los autores, recuerda las palabras de Costa: «entre ser payaso y ser genial». Desea en lo futuro sólo usar sus propios temas para hacer cuantas variaciones le dé la gana y que nadie alegue que corrompe el trabajo ajeno. En sus futuros conciertos ha de ser Paganini tocando a Paganini sin depender de Viotti, Kreutzer y Rode que ha venido utilizando como plataforma de su virtuosismo y sus cadenzas. Pero para esto, necesita componer orquestaciones. Se siente fuerte componiendo para violín solo, al grado de parecer varios instrumentos al tiempo, pero ¿componer para una orquesta completa...?

Camina de lado a lado, escribe lo que se le ocurre, lo toca, lo rompe; vuelve a empezar; captura otro tema, lo escribe, le añade contrapuntos pero como diría Ghiretti, no lo logra ver; lo intenta tocar; imposible, el violín no da. ¿Cómo hará Beethoven para lograr esas increíbles orquestaciones? Se imagina lo grandioso que sería un concierto orquestado por Beethoven y tocado por él con sus cadenzas y la orquesta de La Scala, eso sí sería extraordinario. Revisa entre las partituras que tiene. ¡Eso necesita! Estudiar conciertos de Mozart y Beethoven, analizar orquestaciones. Viendo que todavía es temprano, sin importarle su apariencia, se planta el saco y sale. Pietro lo ve salir y corre a alcanzarlo:

—Maestro, ¿no quiere ir en el coche?

—Sólo voy aquí cerca… a la tienda de música.

—Le acompaño Maestro…

—No es necesario.

De cualquier manera lo hace siguiéndole pasos atrás. Entra a la tienda, atormentado con las orquestaciones y reflejándolo en su expresión. Al verlo la dependiente con esa cara le pregunta:

— ¿Está usted bien señor?

Nicoló reaccionando, se suaviza al ver la agradable presencia de la joven.

—Necesito conciertos de Mozart y Beethoven o en general sus trabajos orquestales. A ver que tiene.

Siempre lo sintió extraño, ahora, desaliñado con cabello alborotado y sin rasurar, francamente asusta.

—Sí Señor, por acá.

Al seguirla se percata que con la pasión musical olvidó acicalarse y está ante la chica que pretendía conquistar.

Tratando de ponerse presentable, se alisa el cabello sin éxito e intenta encontrar la expresión que neutralice su aspecto externo. Exagera entonces su amabilidad, que se siente artificial y forzada, mientras pretende mejorar su aspecto en el reflejo de las vidrieras. Ella le va mostrando partituras conforme las localiza, observando de reojo su raro comportamiento.

—Estas son las que tenemos… ¿Busca algo en especial?

Ve encima un concierto para piano y lo abre con brusca avidez, ella reacciona con un pequeño sobresalto y un paso atrás que enseguida trata de disimular. Con el objeto de relajar al singular cliente, se impone una sonrisa y trata de hacer conversación.

— ¿Cómo le fue en el concierto de Paganini?

Estupefacto, Nicoló se le queda viendo con la cabeza llena de música recién leída.

— ¡¿Cómo?!

—En su última visita, me comentó que asistiría al concierto de Paganini…

— ¡Ah…! Señorita… desde luego que fui… yo soy Paganini.

Vuelve a absorberse en su lectura mientras ella trata de mantener la sonrisa.

— ¡Claro…! Si… claro…

Asustada, intenta llamar la atención de alguien que la rescate. Después de un rato:

—Me llevo estas.

Tomando las partituras escogidas, que forman un buen paquete, se dirigen a la caja. Nicoló liquida la cuenta y aterrizando momentáneamente intenta esbozar una sonrisa que se ve más bien maléfica.

—Le agradezco señorita, es usted muy amable.

Completamente erizada:

—Al contrario… gracias por su visita.

Al salir, encorvado cargando el pesado paquete, lo sigue con la mirada y por fin, se expresa:

— ¡Está loco…! Ese señor está loco.

—Pues sí… ¿…es medio raro, verdad? ¡Si asusta!

— ¡¿Qué crees que me dijo?!

— ¿Qué…?

— ¡Que él… es Paganini!

Otro empleado que lo alcanza a oír, pregunta:

— ¿Quién te dijo eso… ese que acaba de salir?

— ¡Sí… está loco!

— ¡No…! Es la moda… todos quieren ser Paganini. Lo que no saben los pobrecitos es que: ¡Yo soy Paganini! –los tres sueltan la carcajada.

— ¡Por cierto! Paganini va a volver a tocar en La Scala. ¿Van a ir?

Han pasado varios días y Nicoló sigue encerrado. No ha hecho más que estudiar las partituras y escasamente asistir a algún concierto u ópera. Vertiginosamente, se acerca la fecha de su siguiente aparición y no tiene una orquestación suya.

Mientras tanto, el empresario del Teatro Carcano le propone lo que él quiere: una temporada con extraordinaria remuneración pero no le resuelve por esperar la respuesta de La Scala que con la lentitud de su sistema le tiene en suspenso. El empresario harto, no resiste más y mejora la oferta. Nicoló acepta.

Con instrucciones del Maestro, Pietro se presenta a la tienda de música y le entrega a la chica descrita, dos boletos para el concierto, retirándose enseguida. La joven sorprendida ve los boletos en su mano sin entender. Se imagina a algún pretendiente o compañero de trabajo que en ese momento no está en la tienda. Emocionada se los muestra a la cajera que más objetiva, le dice:

—Yo creo que ese señor extraño, sí es Paganini…

— ¡Ay no! No creo…

—Entonces ¿Quién te los mando?

—Tal vez… Giuseppe.

— ¡¿Giuseppe?! Ese no da los buenos días para no gastar saliva… Oye… ¿y a quién vas a llevar?

—Pues… a mi tía no le gusta salir, así que… ¿Quieres ir conmigo?

El segundo concierto se lleva a cabo con notable aumento en el alboroto de la gente, tanto en el interior como en el exterior del teatro, haciéndose necesario tomar medidas de seguridad.

Se desata un fenoménico frenesí jamás visto hasta entonces. Todos quieren ver a Paganini a quien sólo conocen de nombre y por la efigie publicada en los periódicos. Siendo, en proporción, pocos en Milán los que han asistido a sus conciertos y de esos pocos, menos de la mitad capaces de identificarlo, la curiosidad de la gente va creciendo a niveles extraordinarios y el amontonamiento en paralelo. Su éxito como solista virtuoso no tiene precedentes. Paganini es la primera súper-estrella y por tanto el tema obligado de todos los milaneses. Unos dicen que es un mago, otros que es macabro, genio, extraordinario virtuoso, el mejor violinista del mundo, etc., etc., etc. Ni los cantantes más destacados han logrado tal respuesta. Nicoló se entrega a Milán que responde apasionadamente viéndose envuelto en una vorágine de eventos, uno tras otro. Milán se entrega a Paganini.

En medio de todo esto, una noticia le ensombrece: «Lucca ha sido ocupada por los ingleses.» Preocupado por Dida, anudado en sentimientos, descubre que la seguridad de Elisa también le preocupa.

Termina en La Scala y pasa al Carcano a una temporada de nueve conciertos en trece días entrelazados con fiestas, comidas, convivencias, entrevistas, amantes, tumultos, etc.

La agenda se carga de recitales privados para después de la temporada. Su salud, a duras penas, le permite mantener el paso de la incrementada actividad que no le da tiempo de descanso. Él se siente feliz, cada concierto es intenso y con sus respectivas anécdotas. Ha conocido muchísima gente que le felicita y encomia; muchísimos más que sólo le miran. Como en cada uno de sus anteriores triunfos, su madre visita sus pensamientos. La saturada agenda no le da momentos de reflexión o esparcimiento, ni de pasar por la tienda y asomarse en los ojos de esa linda mujer, que por cierto, ¿habrá ido a escucharle?

En el aspecto femenino, un verdadero certamen de solícitas mujeres con todas las descripciones desfila ante sus ojos, quedándole además un buen fajo de papelitos recibidos al momento del saludo o enviados de manera discreta a su hotel. ¿Por dónde empezar? ¿A quién pertenece cada uno? Aunque no lo puede creer, sin tener que salir a buscarlas, algunas tocan a su puerta, desde luego, las más peligrosas.

Todos los periódicos publican algo sobre él, críticas, artículos, menciones, caricaturas... El corresponsal extranjero para el mundo de habla germana en Europa, escribe:

> *«El Señor Paganini de Génova que en Italia es considerado como el violinista más destacado, ofreció un concierto en La Scala el 29 de octubre, atrayendo un público extraordinariamente numeroso. Todo el mundo quiso ver y escuchar a este fenomenal mago, quedando estremecidos y sin aliento.*
>
> *En cierto sentido es sin duda: el violinista más importante y más grande del mundo. Su ejecución es realmente inexplicable. Realiza tal trabajo en determinados pasajes con saltos y dobles pisadas que jamás se han oído antes de cualquier otro violinista. Él toca, con una muy personal digitación, los pasajes más difíciles; también imita muchos instrumentos de viento.*

Toca la escala cromática casi pegado al puente, en las posiciones más altas y con una increíble pureza de entonación. Ejecuta las composiciones más difíciles en una sola cuerda y de la manera más sorprendente, mientras que arranca un acompañamiento de bajo en las otras, como si fuera una broma. A menudo, es difícil creer que no se están escuchando varios instrumentos.

Es fácil entender que provoque tal furor en sus conciertos. Sin embargo, expertos musicales tienen razón en decir que Paganini no ejecuta el Concierto de Kreutzer en el espíritu del compositor en lo absoluto, de hecho, distorsiona gran parte de él, haciéndolo casi irreconocible; pero, por otro lado, sus variaciones en la cuerda de Sol despertaron la admiración universal, porque en verdad nadie ha oído nada igual. Este artista, único en su género, no pudo satisfacer al público local con un solo concierto y tuvo que dar once, algunos en La Scala y otros en el Teatro Carcano. Es sabido que ha tocado con frecuencia en la corte. Por otra parte, algunos sostienen que puede tocar la mayoría de los difíciles cuartetos de Beethoven a primera vista, pero eso no lo creeré hasta presenciarlo.»

Corresponsales de otras lenguas y países de Europa publican artículos iniciando polémica y curiosidad a lo ancho del continente. Verdades y mentiras entremezcladas y convertidas en rumores van corriendo como el agua creando mitos y leyendas, formando opiniones.

29 La Dama de negro.

Lejos de ocuparse de lo publicado, Nicoló está alucinado con Milán y el mismo Teatro de La Scala, que cuenta con mesas de juego y bar llenos de sus admiradores. Como elixir con nuevos efectos, extasiado explora los rincones. En esta nueva presentación, el juego le vuelve a atraer. Esta vez es diferente, ojos admiradores le observan todo el tiempo y esto le provoca controversia, a veces le estimula pero más le inhibe, sobre todo cuando alguna atractiva mujer es quien le observa y le sostiene la mirada. Entre sus gustos por el juego y las mujeres, es más poderoso el segundo, aunque sea frecuentemente más riesgoso. Ha tenido romances con mujeres impredecibles, a veces incontrolables. Algunas toman iniciativas y posesivas, llegan a la violencia o al desplante público en bochornosos episodios.

Una noche juega en una mesa, al otro lado de la misma, una mujer de extraordinaria belleza no le quita los ojos de encima. Incapaz de concentrarse en el juego, cambia de apuesta y va por ella. Sin dejar de intercambiar miradas, abandona la mesa y se dirige al bar; ella hace lo mismo ubicándose al extremo:

—Champaña por favor.

Envuelta en un vestido negro de elegante sencillez, sostiene su propuesta con la mirada mientras bebe de la copa como si la besara. Le recuerda la belleza de Chantelle y el poder personal de Elisa. No se acerca para no dejar de disfrutarla, tomándose su tiempo para contemplarla. Todo un paisaje.

— ¿Qué le sirvo su Excelencia?

—Coñac, por favor.

Al recibir su copa y sin dejar de intercambiar miradas, él le hace una reverencia con la cabeza casi imperceptible y eleva sensiblemente su copa en brindis; ella contesta haciendo lo mismo y besa de nuevo su copa. Nicoló disfruta el sabor y el aroma del coñac, combinándolos con su extraordinaria y elocuente imagen. Procede a pagar ambas bebidas y tomando la decisión y el último sorbo, la ve intensamente a los ojos al asentar la copa y se dirige a la calle. Pietro lo ve salir.

— ¿Quiere el coche Maestro?

—Sí, por favor.

En suspenso, vigila la puerta, deseando verla salir o quizás nunca volverla a ver. Pasan eternos segundos, llega el coche y Pietro abre la portezuela. De pronto, con decisión y celeridad, ella sale del recinto envuelta en un chal y sube al coche. Sorprendido, Nicoló revisa alrededor constatando que nadie se percató. Emocionado con el desenlace, intercambia miradas con Pietro y sube al encuentro. El coche se pone en marcha. La cercanía en el interior eleva la intensidad al grado de hacerle tartamudear:

—Yo… yo soy Nicoló Paganini…

—Lo sé Maestro, he asistido a sus conciertos…

Su voz suena elegante, educada y peculiarmente devota.

— ¿Y con quién tengo el honor…?

—Con su más ferviente admiradora…

— ¿Y cómo la he de llamar?

—No sé… tal vez… « ¿Mi amor?» —termina con tono juguetón.

Experto en amores secretos, comprende las fronteras del presente romance y no quiere volver a enamorarse sobre estas bases. Esta mujer tan extraordinaria, seguro es aristócrata o esposa de algún acaudalado personaje. El problema es que no puede dejar de mirarla. ¿La toma o no? Sin pensar más, sabiendo las reglas del juego, la abraza y la besa con fuerza. Ella, sorprendida de su agresividad se aparta:

— ¡Maestro… por favor!

—…No entiendo… Si no puedo saber su nombre, significa que la debo besar, desnudar y tenerla como me dé la gana… mientras nadie nos vea… ¿No es así?

Contrariada lo mira y un escalofrío la sacude al sentir la mirada implacable de Nicoló. Restableciéndose:

— ¿Es necesaria la prisa y la brusquedad?

— ¿Es necesario que yo me comporte como sirviente?

— ¡De ninguna manera Maestro…! ¡No pretendo que sea mi sirviente…! ¿Por qué lo dice? Yo le tengo profundo respeto y admiración. Su música me toca en lo íntimo. Si no le dije mi nombre es para no arriesgarnos más de lo que ya estoy haciendo... Creo que cometo un error al permitirme estos sentimientos, pero han sido superiores a mí… le suplico me disculpe y me lleve de regreso al teatro.

Apenado, se percata de su error y absurda reacción. Para ella, él todavía está en el escenario.

—Soy yo el que le pide disculpas… me porté como un imbécil. Una dama como usted, elegante y bella… es toda una inspiración, una mujer para siempre, sin embargo para mí… es sólo pasajera. Lo sé.

Al ver en sus ojos sinceridad, comprende la fatalidad de sus palabras y la ternura que le inspira le hace besarle los labios. Mutua y cercana, la mirada se intensifica.

Nicoló responde a esa ternura tomando su rostro entre sus manos y acercando el suyo lo posible sin tocarla, siente su aroma, su calor, su respiración. ¡Qué bella es! ¡Qué increíblemente bella! Cada una de sus facciones, su piel, sus ojos, sus delicados labios. Recorre de cerca su belleza con besos sutiles, disfrutando su presencia. Todos sus sentidos se fusionan. El trote de los caballos marca el ritmo de este capricho. Se dispone a vivirlo, por qué no, y a darle toda la intensidad posible.

El carro se detiene frente al hotel. Sabiendo que no puede entrar con ella del brazo, se limita a decirle el número de su habitación para que ella le alcance. Sube la escalera lamentando que esta mujer, tan fascinante, tenga que ser secreta para él. Algún día se enterará quien es y habrá de callarlo. Puede tener a las más exquisitas mujeres en su cama, pero ¿aceptaría alguna de ellas ser la Señora Paganini?

Entra a su habitación prendiendo velas y despojándose del saco. En lo que sirve coñac, ella empuja la puerta entreabierta.

— ¿Coñac?

—Por favor…

Entregándole una copa, la invita a sentarse a una pequeña mesa. Con esta luz, más escasa, se ve más bella aún. El sólo contemplarla le da gran inspiración y se lo dice mientras roza su cara con las yemas, como constatando su presencia. Abandonando por completo las formalidades, se dirige a la que será su amante. Ella siente el cambio y le gusta, es lo que quiere y Nicoló se lo da.

—Hoy… "Mi amor", te acariciaré toda, te besaré hasta que me duelan los labios, te diré cuanta cosa bella se me ocurra, de frente, al oído y desde adentro; te recorreré como el viento recorre las praderas, acariciándolas, estrujándolas. Seré lluvia sobre ti, penetraré tus poros hasta que húmeda de mí, seas toda mía y yo, desde adentro, seguiré recorriéndote hasta el infinito. Me asomaré desde tus ojos y veré mi rostro extasiado, catártico, asomándose en ti para encontrarme a sí mismo.

Ella escuchando sus palabras recorre las mismas sensaciones que ha tenido al escuchar su violín: reconoce la caricia. Vuelve a sentir el desesperado y creciente deseo de abrazarlo y entregársele; de ser una con él. Sin poderse reprimir más, en un impulso, lo besa y abraza desesperada. Beso tras beso, le besa toda la cara, mientras él, extático, recibe su pasión disfrutando el chasquido de sus besos, su respiración, sus gemidos, sus caricias, su deliciosa piel y en definitiva, el sentirse poseído y amado. En maravilloso bienestar, se fusiona con ella. La caricia es profunda, extrema, total.

Desnudos, relajados y entrelazados en el remanso de después del clímax, ella de golpe interrumpe, se pone de pie y se viste a toda prisa.

— ¡Tengo que regresar al teatro…!

Sin hacer preguntas, que él bien sabe no merecen la pena, se planta una bata y llama a Pietro. Ella termina de vestirse y lo besa preguntando:

— ¿Nos volveremos a ver?

—Eso depende absolutamente de ti… Sabes dónde encontrarme.

—Pero… ¿Quieres?

Contemplándola deslumbrado:

—Desde luego que sí… ¿Tú…?

—Si fuera por mí… nunca me iría.

Diciendo esto, lo besa nuevamente y con una elocuente mirada, sus pies en marcha, la alejan sin piedad del recién amado. Nicoló la ve ir. Ésta vez, es él quien queda y no el que huye. Al cerrar la puerta, se sumerge en recuerdos de lo recién vivido, sintiendo su exquisita fragancia en la piel. De alguna manera, le gusta ignorar todo sobre ella; le da espacio a su imaginación y el misterio que invita a la exploración y al descubrimiento. Inmerso` en este estado mental, toma su violín y explora.

Como él mismo pronosticara, los días pasan sin saber de ella mientras él pelea con su deseo y ansiedad. Esta última aventura le desata recuerdos, viendo la rutina superficial en la que pueden llegar a convertirse.

Vuelve a pensar en Dida y Elisa, preocupado por la incertidumbre de sus destinos. Debiera alegrarse por ser Elisa ahora la perseguida, pero siente inevitable empatía enraizada en esos momentos cómico-felices de deliciosas horas jugando al amor. Sí, la amó.

30 Cae Napoleón.

La resaca de la dama de negro es poderosa. Paolo y Pietro preocupados, ven al Maestro desgarrarse sin poder hacer algo al respecto. En las noches se encierra en su habitación y bebe hasta quedar dormido. Una mañana, Paolo entra en la recámara anunciándole que llegó carta del lutier Ceruti de Cremona. Nicoló está metido en la cama amodorrado sin la menor intención de levantarse.

— ¿Quiere que le lea la carta Maestro?

El asiente, sin decir palabra.

> *«Maestro Paganini:*
>
> *Con mucho gusto le informo que su precioso violín Amati se pudo reparar satisfactoriamente y que puede pasar por él cuando le sea conveniente. Esperando noticias de Su Excelencia, me reitero como su servidor...»*

— ¡Maestro, esto es muy buena noticia!

Sólo pensar en Dida aunque sea por asociación le reanima. Incorporándose, se sienta a la orilla de la cama. Al ver que Paolo espera respuesta:

—Bien... prepara el viaje, mañana nos vamos a Cremona. Y cuando regresemos, tendrás que buscar una casa como la de Parma... ¡ya me hartó este condenado hotel!

— ¡Sí Maestro! ¿Se le ofrece algo más? No ha comido en todo el día... ¿Le traiga algo?

—Sí Paolo...

— ¿Algo en especial?

—Lo que sea... pero no olvides el vino.

Después de breve bienvenida de escasas palabras, el Maestro Giovanni Ceruti pone sobre la mesa de trabajo un elegante estuche. Él lo abre dejando ver el violín y un suspiro escapa de su pecho inundando su ser de regocijo. Ahí está el violín de Dida recuperado, completo, en una sola pieza, bellísimo. ¿Pero, sonará igual?

Paganini y Ceruti se miran en suspenso. Dando un respiro, toma el violín y lo inspecciona impresionado del buen trabajo; sólo se ve más limpio y brillante. Impaciente, toma el arco y lo afina, digita una serie de notas informes como de prueba, enseguida, toca un adagio. Ese violín le recuerda a Dida poderosamente como si fuera una barita mágica que produce imágenes vivas. El violín no ha perdido su poder ni su maravillosa voz. Sin embargo, detecta una sutil diferencia casi inasible, el timbre de su voz refleja haber sufrido, un lejano grito de dolor, cicatrices. Quizás sólo lo imagina y no le disgusta. Recordando que estaba en pedazos cuando lo llevó, lo separa de su hombro para verlo y llenándose de una mezcla de alegría y dolor, llora, abrazándolo. Vuelve a llevárselo al hombro y toca todo cuanto se le ocurre. El lutier y su hijo en suspenso están extasiados de verlo y escucharlo tocar. Después de expandirse tocándolo, dice después de un paralizante silencio:

— ¡Magnífico...!

— ¡Qué bueno que le guste Excelencia…! Antes de trabajar en él, mi hijo y yo, pensamos largamente como hacerlo y dividimos el trabajo en varias etapas… Para nosotros, el *Amati*… en especial este diseño, un poco más grande… es el mejor violín… Y tocado por su Excelencia… ¡es una verdadera maravilla!

— ¿Qué sería de nosotros los violinistas sin ustedes? ¡Felicidades, habéis hecho un excelente trabajo…! Dígame, Maestro Ceruti: ¿Cuánto le debo por su arte?

Ceruti, consciente de que no es precisamente barato, le presenta una meticulosa cuenta con la descripción detallada del trabajo realizado. Nicoló le da una somera leída y se dirige al final a ver el total:

— ¡¿Pero cómo?! ¡Esto es inaudito! ¡Inadmisible!

—Maestro Paganini, tiene que considerar…

Sin dejarlo hablar prosigue:

— ¡No, no, no…! ¡Vuestro trabajo vale por lo menos… el doble! No discutamos, lo merece.

Uniendo la acción a la palabra, pone sobre la mesa casi el triple y cerrando el estuche se lo coloca bajo el brazo con lo que procede a despedirse de los asombrados y agradecidos lutieres.

En el coche, Paolo disfruta observándolo abrazando el violín con esa cierta sonrisa que sólo le ha visto en momentos muy especiales.

De regreso en Milán una chica toca su puerta y entrega una carta lacrada con sello que no reconoce.

> *«Me fascinaría verte en la tarde.*
>
> *Si es posible, sólo dile «sí» a mi mensajera.*
>
> *O mándame un mensaje sellado con ella.*
>
> *La dama de negro.»*

Paolo, por más que busca no encuentra una casa semejante a la de Parma pero da con un piso amplio, asoleado y bien amueblado que en unos días estará disponible; a Nicoló le gusta y se mudan. Su estado de ánimo mejora con el cambio, no sólo puede tocar su violín a cualquier hora, también puede recibir amigas discretamente, atender negocios y tener a sus asistentes cerca sin que monten absurdas guardias.

Una mañana se despierta al pregón de los vendedores de periódicos:

« *¡Cayó Napoleón! ¡Napoleón abdica!*»

Nicoló lee los pormenores. Italia vuelve a separarse y los fragmentos regresan a sus antiguos conquistadores; esto es por mucho lo más doloroso. Un reportaje de menor tamaño en la misma página anuncia la salida de los Bacciochi pero sin decir a donde se dirigen. Pese a que nunca le atrajo la política, no puede menos que estremecerse a medida que progresa su lectura. ¿Qué pasará con los Bacciochi? ¿Qué tanto afecta sus planes? Precisamente ahora que las puertas se le abren no será fácil viajar.

Los disturbios en la ciudad se hacen más frecuentes y las noticias del resto de Europa no son alentadoras. Bandidos oportunistas afloran por los caminos haciendo sumamente inseguro viajar. No obstante, a partir de su triunfo en Milán, Nicoló se niega a cancelar los compromisos adquiridos. Pavia está muy cerca, cuatro o cinco horas, pero Turín está al doble o triple y ha de regresar de inmediato para otra temporada en Milán en el Teatro Re. Son cerca de veinte conciertos que además del placer de hacerlos, significan para él un gran ingreso. No renunciará.

Cuatro días después, contra múltiples advertencias de peligro, después de haber practicado todo lo posible, no violín sino esgrima, sale Nicoló con su trío rumbo a Pavia, armados hasta los dientes.

No tienen que esperar mucho para encontrar un bloqueo en una vuelta del camino, es una emboscada. Un hombre con el rostro cubierto amenaza a Renzo con una pistola dándole órdenes; Nicoló sin perder tiempo le dispara al asaltante desde el interior del coche volándole una oreja. El hombre, soltando el arma, se retuerce y lloriquea de dolor; enseguida salen los tres de la cabina con espada en una mano y pistola en la otra, dispuestos a matar a quien se ponga enfrente; al ver esto, los dos compinches salen despavoridos, quedando el desorejado encogido, tapándose la herida con la mano y gritando:

— ¡Me voló la oreja! ¡Me voló la oreja!

Nicoló contesta a toda voz:

— ¡Calla imbécil… te fue bien! Gracias a Dios estás vivo… ¿Qué esperas para largarte? ¡Fuera!

El maltrecho individuo se aleja encorvado y haciendo eses.

Los tres colaboradores se ocupan en desbloquear el camino. Pietro le comenta:

— ¡Maestro… eso de la oreja fue genial…! ¡Qué buena puntería!

— Al contrario Pietro ¡Que mala… gracias a Dios! Le tiré a matar.

Los tres escuchan esto, pasmados.

En ambiente incierto, los conciertos de Pavia se llevan a cabo sin contratiempo alguno, con gran afluencia y muchos aplausos. El feliz empresario, que lo ha tratado con grandes honores y lo ha hospedado en su propia casa, le pide dos conciertos más; la agenda sólo acepta uno. Sale de Pavia cargado de dinero hacia Turín. Con extremo alerta recorren el camino y llegan sin novedad dos días después.

En Turín hay expectación por su llegada, aunque lo reciben con reservas al no saber que esperar ante la caída de Napoleón. El empresario del Teatro Carignano ha hecho eficiente difusión y muchos en la ciudad aún recuerdan su visita anterior. Pese a que la leyenda ha crecido, las localidades no se agotan por la gente temerosa de salir a la calle. Con todo, una comitiva de ciudadanos le pide un concierto extra para beneficencia popular, y él contesta:

—Si vosotros tenéis las agallas, yo lo doy gustosamente.

El empresario del teatro no puede más que aceptar al enterarse de su disposición y no quedar como tacaño pero cobra los gastos. El concierto se llena y Nicoló está feliz de ayudar necesitados con sólo tocar su violín. Su actuación es elocuente y entregada, aunque al reflexionarlo, se percata contrariado que entre los asistentes no se encuentran los beneficiarios, sólo están los que no dan si no reciben.

Empieza a vislumbrar que pese al gran éxito en Milán y el revuelo que generó, no es posible hacer mucho y tiene que conformarse con pequeños logros, evitar decepcionarse y mantener el rumbo.

Asomado por la ventana, reflexiona sumido en el vacío de su mirada. Paolo le observa en lo que prepara el equipaje para regresar a Milán pero sintiendo su gravedad, se aproxima sin decir palabra uniéndose en reflexiones al cruzar una mirada. Después de un silencio:

—No nos queda más que seguir avanzando… ¿Listo para reconquistar Milán, Maestro?

Nicoló sonríe sintiendo al aliado.

— ¡Claro que sí! Pero antes, le voy a tocar a los pobres de Turín.

— ¿En dónde Maestro?

—En cualquier plaza, da igual… escoge una y corre la voz. Mañana a mediodía estaré tocando gratis para todo aquél que quiera escucharme. ¡Con o sin Napoleón!

Camino a Milán, con la mirada perdida por la ventanilla, Nicoló recuerda el improvisado concierto en la plaza de Turín, el entusiasmo de la gente, rostros felices, espontaneidad; todo esto le despierta frescas inspiraciones. Ve nuevamente las caritas de los niños que, escurriéndose entre la gente, llegaron a sentarse a su rededor. Les divirtió y se divirtió haciéndolo. Recuerda en paralelo cuando, escapando de Costa, tocó en el parque, *«El violinista del balcón»* y el espontáneo concierto frente al hotel en Livorno; memorables momentos donde la respuesta de la gente lo valió todo.

Regresa a Milán, a una fuerte temporada en el Teatro Re, esperando que la gente se haya calmado.

En las proximidades de la ciudad, un sorpresivo relincho seguido de un tremendo golpe y el coche da un considerable salto a punto de volcarse. Al terminar la conmoción, salen Paolo y Nicoló de la cabina para encontrar el desastre. Uno de los caballos de tronco yace bajo el carruaje con una pata rota y muy maltrecho; Renzo, que voló por los aires, es atendido por Pietro que desesperado lo zarandea. Nicoló interviene parando las sacudidas constatando que aún vive.

— ¡Necesita un doctor…! Pietro ¿Qué podemos hacer para llegar?

—El caballo caído se rompió la pata, hay que sacrificarlo y poner en su lugar uno de los delanteros.

—Bien… hagámoslo. Pero primero metamos a Renzo en la cabina.

Después de intensa angustia, llegan a una enfermería en Milán donde el doctor no se muestra optimista. Desolados, los tres esperan.

—Maestro, ¿por qué no vais vosotros a dormir? Yo me quedo a velar por Renzo… –dice Pietro.

Nicoló, que camina dando vueltas, contesta con los ojos inyectados de dolor y frustración:

— ¡No! ¿Quién piensa en dormir? Lleva los caballos a descansar… deben estar asustados con la muerte de su compañero.

Paolo triste, mirando a Pietro, asiente.

Horas después, a punto de clarear el nuevo día, los tres, consternados y demacrados reciben la noticia: Renzo falleció. Uno por uno, sucumben al llanto mostrando el cariño que ya le tenían.

Con el ánimo en el suelo, Nicoló se encierra en su cuarto caminando de lado a lado en espera de su debut en el Teatro Re. Una vez más el viento helado de la muerte sopla por su camino recordándole su propia transitoriedad. No ha tocado su violín, pero se sabe cargado de música que dedicará a Renzo.

Mientras tanto en Génova, los ingleses nuevamente han ocupado el puerto provocando tumultos y protestas. Nicoló lee los periódicos y concluye que al terminar los conciertos irán a Génova.

El día de la partida, Nicoló termina su maleta y Paolo entra apurado:

—Maestro, llegó esta carta de Génova…

Casi arrebatándosela, la abre a toda prisa. Es de su padre que, con su estilo insolente, le recuerda «sus obligaciones para con su familia» y le recalca que por estar cerrado el puerto carecen de ingresos mientras él no se preocupa. Enfurecido da una patada en el suelo arrojando la carta al suelo:

— ¡Carajo papá… allá voy!

— ¿Todo bien Maestro?

—Si Paolo… mi padre… es un poco difícil…

—Maestro… ¿va a dar conciertos en Génova?

—Pues… por qué no… después de Milán, todo es posible.

—Entonces ¿«corro la voz» al llegar?

— ¡Já, já! Sí… «Corre» toda la voz que puedas.

Tan pronto llegan a Génova, Paolo comunica a los periódicos de la presencia de Paganini en la ciudad.

Aparte de recitales para la aristocracia, no ha vuelto a tocarle al público genovés desde que era niño y Paolo tiene que proporcionar todo tipo de información sobre su cadena de éxitos; va cargado de recortes que ha ido acumulando y que comprueban lo declarado. No obstante lo intenso, a la prensa le parece «*árido*», faltándole sensacionalismo negativo que no tarda en nutrirse de los antiguos rumores: «*el famoso violinista estuvo años en prisión por asesinar a su mujer y fue en su encierro que adquirió pericia tocando el violín*». Sólo que esto último fue Durand y la prensa despreocupada por aclararlo, le agrega al encierro un pacto con el diablo por el éxito.

Mientras Nicoló, contento de visitar a sus padres en la nueva casa que no conocía, se deja consentir por su mamá que viéndolo tan delgado y pálido, le prepara sus platos favoritas. En estos momentos familiares se entera de «los nuevos rumores» y estalla en ira.

— ¡Cómo rayos salen con semejantes vilezas! Ahora resulta que, además de lo demoníaco, maté a una esposa que jamás tuve y pasé ocho años en prisión, y ¡Claro, ahí, hice un pacto con el diablo! ¡Qué más van a inventar… carajo!

— ¡Ay hijo! La gente es cruel. El éxito trae fama, fortuna, falsos amigos y muchos enemigos.

— ¡Pues sí mamá… pero esto son calumnias!

Saliendo de su prolongado silencio, Antonio explota:

— ¡El mediocre no perdona y cree que humillando a los grandes se hace grande de alguna manera, cuando en realidad es un cobarde que golpea y esconde la mano, haciéndose más chiquito cada vez!

— ¡Tiene razón, papá!

— ¡Pero no por eso te vas a dejar reventar! ¡Si cojo un tío diciendo una de estas estupideces… lo mato como a un perro! ¡El colmo, aquí… en tu propia casa!

Dentro de lo desagradable del momento, Nicoló experimenta inevitable gusto al oír a su padre iracundo y solidario, defendiéndole. Entrando en un remanso, contempla a sus envejecidos progenitores.

Di Negro hace su acostumbrado recital de alta sociedad y con gran orgullo presenta a su ya viejo amigo; entre las damas, una brilla con resplandor único: Gina. Él espía el momento de acercarse a ella que hace lo mismo pero los asistentes le atrapan comentando los nuevos rumores.

Por fin, la oportunidad:

— ¡Gina... qué gusto verte!

—Nicolino, no sabes cómo te he echado de menos, aunque confieso que me enteré que tocabas en Milán y no resistí el deseo de ir a verte.

— ¿Cómo? ¿Fuiste a Milán?

—Supe que estuviste en la Scala y luego me enteré del Carcano y fui a los tres últimos conciertos.

— ¡Y ¿Por qué no me contactaste?!

—No me atreví... lo pensé... pero no pude. Tal vez... tienes «compromisos»...

— ¡Pero por favor Gina...! ¡Qué lástima...! Yo estuve aquí en Génova hace algún tiempo y fui a buscarte... ya no vivías ahí...

— ¡¿Fuiste a buscarme...?! ¿Te acuerdas que vivía con la que fue mi nana... ya muy viejita...?

—Si... claro.

—Pues murió... y me sentí muy desolada en esa casa... llena de fantasmas. Me cambié a un pequeño apartamento que me es más cómodo y me renovó el espíritu.

—Hiciste bien, nada como los cambios.

Pese a que se le nota el paso del tiempo, Nicoló la siente tan atractiva como siempre:

— ¿Cuándo nos vemos? Ardo en deseos atrasados de estar contigo.

Ella sintiendo una fuerte emoción nublarle los ojos, voltea a ver con ansiedad si tienen alguna privacidad para besarlo, pero no es así.

—Tan pronto sea posible…

— ¿Terminando esta fiesta?

Conteniendo la alegría, asiente apretando su pañuelo.

—Bien, disimulemos… pero no se te olvide darme tu nueva dirección.

Dicho esto, se separan a saludar a otros asistentes.

Esa noche cargado de ansiedad, la desahoga en cuanto la ve, besándola y abrazándola. El grado de excitación erótica que Gina le provoca no tiene paralelo; sus candentes labios, su voluptuoso cuerpo, la textura y temperatura de su piel, su voz, su olor y sobre todo, su abierta actitud de deseo incontrolado, sin barreras de ninguna clase y con maravilloso temperamento. Gina está abierta a la creatividad y se acopla armónicamente en contrapunto; mientras él toca para ella, ella provoca con caricias respuestas musicales jamás escuchadas, sintiéndose parte de esa música, un tanto: autora. Siente el privilegio de escuchar cosas que nunca volverá él a tocar; este pensamiento le incita a acariciarlo más y más.

Días y tardes se enreda en múltiples compromisos; las noches, las pasa con Gina.

Al anuncio de su próxima aparición la euforia se desata en el puerto, viéndose el teatro obligado a vender los boletos con antelación y programar más conciertos. Al igual que en Milán y antes en Livorno, se convierte en el tema de conversación. Comentarios de todo tipo circulan sobre el virtuoso, entre otros, que es todo un «Rey Midas» y que gana dinero a manos llenas. Desde luego, esto último provoca que todo tipo de oportunista se le acerque y el consejo de su amigo, el abogado Germi, sea oportuno e invaluable.

31 Angiolina.

El teatro está al tope. La mayoría del público no tiene idea de lo que va a escuchar, es la fama, los rumores, la curiosidad y hasta el morbo, que lo ha hecho acudir. Nicoló se ve presa de inesperados nervios, al tocar en su tierra natal para público abierto; sin embargo, con las «tablas» adquiridas, a los primeros segundos, los nervios se convierten en inspiración y torrente, dando un concierto pleno con una buena cantidad de sorpresas, como a él le gusta. Logra enorme aplauso incluyendo a su familia. Teresa y Antonio, aplauden hasta el dolor, entre lágrimas y risas. Génova ovaciona a su hijo. Al final, todos quieren saludarlo y él disfruta emocionado la interminable procesión.

Confundida entre la gente, esperando a saludarle, le parece ver a la atractiva chica de la tienda de música en Milán. Ocupado saludando paisanos, ve que se acerca a él. La nota diferente y hasta más atractiva. No dejan de mirarse hasta pactar un encuentro para el día siguiente.

—Pero dime tu nombre…

—Angiolina.

Nicoló acude a la cita con nerviosismo juvenil y la imagen de la joven muchacha que ya tiene nombre. Verla caminando bajo el follaje le da ternura, sus pasos le llevan hacia ella mientras intenta entender sus emociones. El misterio le mete en fantasías mezclando memorias de la tienda y de la noche anterior. Le gusta que sea gente común, ni rica ni aristócrata y con estilo cándido.

Pietro, que observa su raro comportamiento ante este nuevo idilio, le comenta a Paolo:

—Parece que ésta chica tiene un poderoso efecto sobre el Maestro…

—Preferiría que no habláramos del tema… —contesta tajante.

—Bueno…yo no quiero meterme en lo que no me importa, pero en lo que sí… me meto entero.

— ¡¿Qué rayos dices?!

—Que el Maestro no está actuando normal ante una desconocida y con la fama de rico que ya tiene… nos lo pueden asaltar o hasta secuestrar.

Paolo se eriza al escuchar esto.

— ¿Qué ibas a decir de la chica?

—Que el Maestro es diferente con ella o… lo que es lo mismo, ella… tiene un efecto diferente en él y… me pone nervioso. Las otras son damas elegantes… y él… controla. Con esta es… diferente…

Paolo de acuerdo se une. Ambos vigilan.

Los ven sentarse en un restaurante y conversar por largo rato. Nicoló le escucha una serie de nimiedades dichas con gracia infantil que lo tienen embelesado. Es una niña que sin percatarse se convirtió en mujer. Arde por besarla, pero la timidez que le dominó antes, nuevamente le atrapa. Él mismo, se siente niño con ella. Aunque luce más madura vestida como dama, aunque de mal gusto.

Varias entrevistas después, Nicoló no ha conquistado un solo un beso, pero ahora, ella viste elegantes modelos que él le ha comprado de los mejores modistas de Génova y asisten a los mejores restaurantes y espectáculos. Él le pide pruebas de su amor y sólo logra breves besos en la mejilla. La presión de su caldera interior aumenta descomunalmente, pero respeta su gran virtud. Da dos conciertos más en el Teatro San Agostino y se los dedica a ella.

En una taberna popular a la que Pietro concurre, un audaz insolente le suelta el comentario: «a tu señor le gusta exhibirse con rameras». Iracundo, en reacción, le suelta un puñetazo que lo manda al otro extremo. Concluyendo que necesita saber más, ante el asombro y diversión de los presentes, levanta al caído con su espectacular fuerza y le urge a responder:

— ¡¿Pero qué dices, imbécil?!

Ante el silencio del aterrado sujeto, lo zarandea hasta que responde:

—Que la tal Angiolina... es una puta... ¡Todos lo saben...!

La risa es coro y recorriendo rostros ve que cada uno confirma lo que el maltratado sometido sostiene. Pietro comprende que es verdad y consternado, se retira ante la burla generalizada.

De inmediato se lo comunica a Paolo que pasmado le escucha.

—...sabemos que al Maestro le gustan damas o putas... pero ésta... ¿Qué carajos es?

—Se está pasando de lista... ¿No?

—Exacto... ¿Te has fijado que siempre se citan en algún lugar público?

—Sí... y nunca ha pasado la noche con el Maestro, lo que es muy raro...

—...no ha habido acción.

—Creo que estoy de acuerdo Pietro... pero... ¿Qué hacemos?

—Tenemos que decirle...

— ¿Cómo...? No te das cuenta que está loco por ella... posiblemente por lo mismo que «no ha habido acción»... No, primero... hay que seguirla... averiguar donde vive y ver quién es... No podemos decirle al Maestro, así nada más, y esperar que lo crea; tenemos que comprobárselo, aun así, se pudiera enojar con nosotros por meternos en sus asuntos personales... y tendría razón. Y se estropearía todo. Si nos corre a nosotros, es lo mismo que entregárselo a la fulana que evidentemente se trae algo.

—Muchos se casan con putas...

—Pues no lo dudo, pero creo que en este caso, por extraño que parezca, el Maestro lo ignora.

Las «*puritanas citas*» con Angiolina, continúan. Paolo la sigue, logrando averiguar su domicilio y constatando los rumores. Es hija de un mal sastre que la maneja en la prostitución y que cuando no está con el Maestro, se la pasa con otros hombres a los que se rinde completa y por dinero.

Una tarde, viéndolo tranquilo, deciden ventilar el asunto. Temerosos entran en la habitación.

—Maestro, tenemos algo... muy importante que decirle...

Sumergido en la lectura de partituras y desapegado del mundo:

—Eh... ¿Qué?

Como pueden cubren el tema entre los dos ante los oídos atentos de Nicoló que conserva la calma.

—Aprecio que me cuidéis pero creo que estáis confundidos. Angiolina es la chica que trabajaba en la tienda de música de Milán, ¿recordáis? Ahora... viste diferente... por eso no la reconocéis.

Atónitos se ven a los ojos y Pietro dice:

—Maestro... perdone que le contradiga pero... yo conocí a esa chica, y aunque... digamos, se parecen... no es la misma... Aquella era... una chica decente. Pregúntele detalles... y verá que miente.

Las imágenes se precipitan unas sobre otras en la mente de Nicoló y un pesado silencio domina entre los tres. Encuentra piezas del rompecabezas al recordar preguntas que le hizo y ella cambió tema y jamás contestó. Todo encaja perfecto y él es el imbécil que la noche anterior, víctima de su impaciente deseo, le declaró su amor a la falsa inocente.

— ¿Estáis seguros de todo esto?

—Sí Maestro todo lo que dijimos... se lo podemos probar. — Contesta Paolo.

—Pues sí... os suplico, me gustaría verlo con mis propios ojos... y si es así... haré algo al respecto.

Esa misma noche le llevan donde «la inocente» practica prostitución y lleno de rabia al verla, quiere ir a su encuentro en reclamo, pero enfriándose, decide esperar y jugar el juego.

En su siguiente entrevista con la damisela, Nicoló demanda sus derechos como amante y ella le aclara que sólo mediante matrimonio se entregará a él.

—Lo siento Angiolina pero... no puedo casarme contigo, por lo menos aquí en Génova... mis padres se oponen a nuestra unión y aquí es un requerimiento legal que ellos den su aprobación.

Ella negocia hábilmente con su silencio mostrándose ofendida, pero a Nicoló le es conocido el recurso, entonces es él quien, aparentando complacerla, sale con una propuesta:

—Vámonos a Milán... que ahí es donde vivo y nadie se opondría.

Seguidamente, le da un apasionado «primer» beso para sellar lo dicho y eufórica, ella acepta el trato.

El día de la partida, ella propicia una serie de inverosímiles artimañas para evitar que Nicoló conozca donde vive, mientras él disimula y hace como que no le importa. El carruaje no se dirige a Milán sino a Parma donde es menos posible generar escándalos.

Lejos del influjo de su padre y de las caricias y dinero de sus clientes, Angiolina sucumbe a la carismática personalidad de Nicoló, que la sigue tratando como una dama. Se sueña casada con el rico virtuoso, resolviendo con esto todo su destino. Deslumbrada con el prometedor porvenir y catapultada por sus reprimidos impulsos sexuales que en Génova satisficiera sin problema, se entrega a Nicoló confiada y sin ninguna inhibición que pudiera emular una virginidad. Poniéndose él pasivo en la intimidad, la deja ser. Presa de la pasión y con gran inspiración, ella se suelta y practica en él los mil y un secretos que sólo una puta conoce. Nicoló la disfruta como a cualquier puta, mientras ella no se percata que ha perdido el personaje y se comporta, simplemente, como lo que es.

Nicoló la goza cuanto le viene en gana, divirtiéndole ver cómo la tramposa cayó y sigue en la trampa sin olerla siquiera. Obviamente de casarse ni hablar, sólo espera que ella se dé cuenta de su estupidez y se largue avergonzada. Pasan los días y ella ni siquiera se percata que no está en Milán, pues en su farsa de fingirse recatada, sólo sale acompañada, creyendo que aún tiene el pez en el anzuelo. Paolo y Pietro se divierten viendo como el Maestro reviró la burla, domó a la fiera y le puso un collar y una campana.

Un mañana, Angiolina no deja de vomitar, enfatizando su inocencia se lo atribuye a las lombrices que alguna vez tuvo. Harto de todo el sainete, Nicoló se niega a pensar que sea un embarazo. En la botica le venden unos polvos que, al ella ingerirlos, las náuseas empeoran con dolores abdominales. Angiolina da horribles gritos, rompiendo la paz. El posadero les suplica silencio o que abandonen cortésmente el recinto. Nicoló decide terminar con la farsa.

—Angiolina, la policía me ha puesto el ultimátum de que tienes que regresar a tu casa.

— ¡Si… eso es lo que debo hacer!

Al escuchar esto, llama a Paolo.

—Si Maestro.

—Por favor arregla el transporte para que Angiolina regrese a Génova…

— ¡No…! Prefiero ir a Fumeri a casa de mi hermana… —contesta exigente.

—Bueno… a donde se le dé la gana a la señora esta…

Ofendida con el tono y la severa mirada:

— ¡Eres un imbécil…!

— ¡Y tú…! una puta barata y mentirosa que se pasó de lista y me quería ver la cara. ¿Y quieres que me case contigo? ¡Já! Si en un burdel yo hubiera sido tu cliente, te hubiera ido mejor.

Al oír esto se ve descubierta reflejándolo en el rostro y cambiando de actitud.

—Paolo por favor, sácala de aquí.

Sintiendo mucho malestar pregunta, esta vez humilde:

— ¿Y mis cosas?

— ¿Cuáles cosas…? Todo lo que tienes aquí te lo he comprado yo, pero no importa, llévatelo todo, no quiero recuerdos de ti. Paolo, ayúdala a empacar «sus cosas».

Nicoló se siente por fin liberado de lo que ya estaba siendo prolongada estupidez. Lamenta haber sacrificado sus veladas con Gina por su infatuación con esta fulana.

Sin pensar más el asunto, retorna a Milán donde mantuvo su apartamento. Tan pronto llega, con impaciente curiosidad, se dirige a la tienda de música donde, sin mayor problema, reconoce a la dependiente que aún trabaja ahí. Ella le atiende amable, agradeciéndole por los boletos y le felicita con una nueva actitud lambiscona. No se explica cómo pudo haberla confundido. Tal vez la experiencia con Angiolina le cambió la percepción pues la chica ya no le parece atractiva. Se limita a comprar unas partituras y abandona el lugar intentando comprender su confusión.

Varias semanas intenta conectar conciertos pero dada la inestabilidad política y económica, la mayoría de los teatros permanecen cerrados. Cansado de esperar que algo suceda, al recibir una invitación para un concierto privado en Génova, acepta y vuelve a preparar maletas. Decide también rentar un apartamento por no escuchar a su padre con observaciones sobre horas de llegada y demás moralinas.

En Génova, Paolo no «correrá la voz», así podrá estar con su familia, rescatar su relación con Gina y convivir con algunos amigos. Conforme a este plan, espera tener algo de encierro para retomar su intento de componer orquestaciones y completar un concierto.

Su experiencia con Angiolina le dejó un muy ácido estado mental que espera equilibrar con el buen humor y sensualidad de Gina, deseando que a ella no le haya afectado su insensato «romance» con Angiolina. Lleno de aprensión y temiendo el consecuente rechazo, la visita de inmediato. Gina abre la puerta y después de un pasmo, suelta una carcajada. Nicoló es ahora el pasmado.

— ¿Qué te pasó…? ¿Te desilusionó tu putita? ¡Já, já, já!

Nicoló se siente como gallo en aguacero y su expresión alimenta el ataque de risa en ella sin poder evitarlo. Sintiendo ternura y pena, intenta reprimir su hilaridad. Jalándolo del brazo lo hace pasar y lo abraza besándolo sin poder controlar sus espasmos de risa. Sintiéndose ridículo, pregunta y afirma:

—Te estás burlando…

— ¡No mi amor…! No me burlo… No esperaba verte tan pronto… ¡Já, já, já! perdón amor…

Con esta inesperada reacción, la visión de Nicoló da un giro y ve claramente lo cómico del suceso. Contagiándose conforme comprende, se une al ataque de risa y terminan riendo a contrapunto, lo que más risa les provoca. Ambos ríen desaforadamente. Cuando el ataque amaina, Nicoló afirma muy serio:

—Veo que te da gusto verme…

Los dos vuelven a montar en carcajadas.

— ¡Me da mucho gusto…!

—Y… ¿Sentiste celos?

—Claro que sí… pero tengo que comprender que es natural que, como joven, desees una jovencita.

— ¿Y… cómo te enteraste? ¿Y cómo sabías que era «putita»?

—Nicolino… no te vayas a enojar, pero creo que el único que no sabía eras tú. En Génova las malas lenguas son muy veloces.

—Sí… ahora veo…

—Pero cuéntame ¿qué pasó?

Sintiendo su camaradería, Nicoló le platica pormenores.

Como lo había deseado, pasa una temporada discreta entre amigos y familia, pero una vez dado el concierto, pese a ser éste privado, la voz corre sola y no tarda en saberse que Paganini está en Génova.

Una mañana tranquila, en la que trabaja sus partituras, alguien toca la puerta y Pietro en sobresalto encuentra al abrir a un par de gendarmes examinando su consciencia rápidamente:

— ¿Qué se os ofrece…?

— ¿El señor Nicoló Paganini?

—No… yo trabajo para él… ¿De qué se trata?

— ¿Se encuentra él?

Nicoló sale con curiosidad:

—Yo soy Paganini… ¿En qué puedo serviros?

—Señor está usted bajo arresto.

— ¡Ah Dios mío! ¿Y de qué se me acusa?

—Del secuestro y violación de la niña Angiolina Cavanna.

— ¡¿Qué…?! ¡Pero por favor… estáis hablando de una prostituta…!

—Bueno, eso se lo dice al Juez… Acompáñenos por favor.

— ¡Pero esto es inaudito!

—Le recomiendo no poner resistencia, pues sólo agravaría su situación.

—Lo comprendo… ¿Puedo tomar mi saco?

—Sí señor.

—Y ¿A dónde me lleváis?

—A la Torre señor.

—Recuerda eso Pietro, tan pronto llegue Paolo, van a casa del Señor Germi y le avisan de esto.

— ¿Si quiere voy ahora mismo?

—No, espera a Paolo. Está por llegar. Les quiero juntos.

Con todo y lo enorme, Pietro siente la angustia devorarle cuando se llevan al Maestro.

En la calle, Nicoló es metido en una carreta jaula, lo que lo cimbra haciéndole sentir terror. El carromato se aleja bajo la mirada curiosa de vecinos que enseguida se entregan a conjeturas y creatividad.

Al llegar a la Torre, Nicoló es encerrado en una celda:

— ¡Un momento, espere! ¿No iba yo a hablar con un juez?

—Sí señor.

—Y ¿a qué hora va a ser esto?

—Cuando le llamen… posiblemente mañana.

— ¡¿Cómo…?! ¡No! ¡Esto definitivamente es un mal entendido!

—Señor, guarde silencio, cuando le llamen podrá decir lo que quiera. De nada le sirve decirlo ahora.

Al ver al policía alejarse dejándolo encerrado en la fría y pestilente celda, la desolación se le viene encima, sintiendo rabia profunda contra la tal Angiolina que ha decidido continuar su farsa sin piedad. Se arrepiente de todo el evento desde el momento de conocerla.

Después de algo más de una eterna hora aguantando insolencias del patán de la celda contigua, ve llegar con alivio a Germi acompañado.

— ¡Luigi… por fin! ¡Sácame de aquí!

—Nicoló, créeme que lo siento… pero la cosa no es tan sencilla. Para empezar, yo no puedo llevar este caso por ser un asunto penal… no tengo la debida experiencia.

— ¡Pero qué…!

—Cálmate y escúchame… por eso me acompaña mi colega el Señor Gian María Figari, él, se ha dedicado por años a asuntos penales y hasta donde sé, no ha perdido un solo caso.

—Maestro Paganini, será un honor para mí representarle. Le sacaré de aquí a la brevedad…

—Por favor… el gendarme que me encerró, dijo que veré al juez hasta mañana… ¿Podéis creerlo?

—Maestro… me temo que, en cuanto a eso, no hay nada que hacer.

— ¡¿Voy a pasar aquí la noche?!

Esto último lo dice con tal terror, que Germi interviene:

—Cálmate Nicoló… tienes que comprender. Este es un asunto que se persigue por oficio al haber delito y por eso estás detenido, pero se resuelve por querella de partes y hasta que la parte ofendida no se dé por satisfecha o el juez declare que no existió tal ofensa no te van a dejar ir.

—Maestro -dice Figari— lo que yo recomiendo es llegar a un arreglo con ellos, negociando alguna cantidad… de inmediato lo dejan salir.

Sin controlar su temperamento, explota en gritos:

— ¡De ninguna manera…! ¡Yo no tengo por qué pagarles nada! Si les pago, es como reconocer una culpa… ¡Esa mujer es una puta… y lo único que ha querido es ponerme una trampa para sacar ventaja! Ella es la delincuente. ¡Es ella la que debiera estar aquí adentro… por fraude! Pero… un momento… ¿dijo «ellos»?; ¿Quiénes son ellos?

—Es Angiolina, su padre y el abogado que les representa.

— ¡Ah! O sea que la inocente criatura ya trajo a su pandilla de rufianes…

Los abogados se miran a los ojos, comprendiendo que el asunto no va a ser fácil.

—Maestro con todo respeto, no se trata de ver quien es culpable o inocente. Se trata de que usted salga a la brevedad posible de este embrollo y regrese sin más contratiempos, a dar sus conciertos. En definitiva: que continúe usted con su vida evitando el escándalo. ¿No le parece?

—Pero porqué he de aceptar culpabilidad de algo deshonroso que no hice. Yo no la secuestré, ella se ofreció… ¡Ah! y mucho menos la violé. Entended, por favor: se trata de una puta haciéndose pasar por virgen, pretendiendo que yo me casara con ella como condición para tener intimidad conmigo… ¡Obvio fraude! Según averiguó uno de mis muchachos, su mismo padre la regentea desde niña… él fue quien la metió a la prostitución. ¡Claro que me quieren sacar dinero por meterme con ella! Ese, es su negocio.

—Se da cuenta Maestro, que esto le puede traer precisamente la fama que no desea…

—Señor Figari, si acepto la culpabilidad de lo que se me acusa, es aceptar esa calumnia de que pasé ocho años en prisión por asesinar una esposa que jamás tuve. Ambas son cosas que no hice. Esta zorra me tendió una trampa y yo estaba cayendo en ella… mis leales asistentes me lo hicieron ver. Les exigí que me lo probaran y lo constaté con mis propios ojos. Hable con ellos, tienen testigos de todo esto.

—El problema es que… entonces, no vamos a poder sacarle pronto. Como le dije: si hacemos un arreglo, sale mañana; si no, tendrá que permanecer encerrado mientras haya un juicio y se dicte sentencia.

— ¿Cuánto tiempo sería eso?

—Pueden ser algunos días, varias semanas o hasta meses; nunca se sabe.

— ¡Pero por qué! ¡Dios mío! …si lo único que se tiene que hacer es demostrar que se trata de una puta… quedaría sobradamente probada mi inocencia… y su culpabilidad.

—Y nos tardaríamos, mínimo, una semana en hacerlo. Mire Maestro, tenemos dos opciones: la práctica y «la justicia». La primera, aceptamos «su triunfo» en la coyuntura legal y les pagamos, con lo que se callan y usted prosigue con su vida; la segunda es demostrar su inocencia y, tal vez, la culpabilidad de ella, sin olvidar que es usted el acusado y la corte podría fallar en su contra.

—No me interesa la primera… sería tanto como aceptar todo de lo que se me ha acusado a lo largo de mi vida. ¡Soy inocente! Punto.

Viendo que el temperamento del Maestro no permite flexibilidad, no les queda más remedio que retirarse con la esperanza de que una noche de calabozo le suavice.

Pese a que Paolo le llevó cobijas y comida, acompañándolo todo el tiempo que le permitieron, el ánimo de Nicoló al verse preso experimenta rebotes entre ira y depresión sin lograr estabilizarse.

Los abogados llegan apenas amanece para hablar con él y se encuentran a un Nicoló cansado al extremo y por lo mismo más calmado; sin embargo, al hablar con él, les reitera su decisión de demostrar su inocencia y no darles nada a los Cavanna. Germi le pregunta:

—Nicoló, ¿Qué es lo que ganas con todo esto?

— ¡Luigi por favor! Es cuestión de principios y de honor. Ese par de bribones no se van a salir con la suya… ¡Ni una moneda! ¿Me oyes? Ni una… ¡Soy inocente!

Inútilmente, Germi hace esfuerzos por convencerle. Al llegar la vista preliminar, Nicoló tiene oportunidad de conocer la estampa del tal señor Cavanna, pero lo que le sorprende, es que Angiolina va ataviada como niña de menor edad; hasta el cabello lo lleva completamente diferente, al grado de no reconocerla. De inmediato se lo comunica al Abogado Figari, a lo que contesta:

—Como verá Maestro, vienen vestidos para matar. La mala fe no tiene límites, alegan que se trata de una menor y, si es así, las cosas se pueden poner muy difíciles. ¿Es una menor?

—Desde luego que no… Bueno, ella aseguró que tenía veinte años…

— Veinte años… ¡Mm! ¿Está seguro que esa es su edad?

—Pues… pudo haber mentido.

—Exactamente… O lo están haciendo ahora. Vuelvo a sugerirle que lleguemos a un arreglo antes que se complique todo aún más.

— ¡De ninguna manera…! Ahora menos que nunca… es evidente su mala fe.

El juez examina el caso y escucha lo que exponen las partes; viendo que no hay acuerdo entre ellas, fija la primera audiencia para dos días más tarde.

Nicoló, desde luego, sale renegando de la sala de audiencias. No sólo no lo soltaron, como debieron haber hecho, sino que tiene que regresar a la repugnante celda por dos días más, mientras que la tal Angiolina y su nefasto padre gozan de libertad, siendo ellos los malhechores.

Dos días después, se encuentran en la misma sala. En boca de su abogado, los alegatos de los Cavanna se dejan oír en el recinto lleno de público. Con tres días en prisión, el aspecto y estado de ánimo de Nicoló están peor que antes, sintiéndose burlado, calumniado y humillado. A distancia ve a Angiolina y a su padre representando «su inocencia» y poniendo caras de víctima. Repugnante.

El abogado de los Cavanna expone su caso:

—El Señor Paganini, conocido y prestigiado violinista, en su lujurioso afán de satisfacer sus más bajos instintos, se propuso la tarea de poseer, a como diera lugar… a una niña…

La reacción expresiva del público obliga al Juez a imponer orden:

—Advierto a los presentes, no involucrados, que en la siguiente manifestación de este tipo, haré desalojar la sala… Tenga la bondad de continuar.

—Gracias Señor Juez. Angiolina Cavanna, aquí presente, es esa niña, un alma inocente e ingenua. Los encantos y gran mundo de este «famoso señor» lograron abrirse paso en las ilusiones y fantasías de esta cándida criatura, que lamentablemente fue sucumbiendo. Mediante engaños y todo tipo de artimaña, incluida la promesa de matrimonio, este individuo sin escrúpulos, la convenció de que fuera con él a Milán pues aquí en Génova... repito palabras del acusado: «sus padres no le daban su consentimiento y en Milán las leyes son diferentes». Ella aceptó, enamorada... engañada, soñándose casada con semejante celebridad y además, en Milán. Pero el astuto embaucador no la llevó a Milán... sino a Parma, en donde podía entregarse a la práctica de sus torcidas intenciones.

Lo triste del caso es que lo logró... y la inocente criatura entregó su virtud a este canalla que no tenía, en lo absoluto, intenciones de cumplir con sus promesas. Luego, al verla con niño, simplemente la mandó a su casa, prefiriendo la joven y asustada víctima, ir en busca de los cuidados de su propia hermana en Fumeri... bastante lejos de allí. Con esto... el agraviante, se deshizo del problema abandonándola a su suerte, mientras tranquilamente siguió con su vida. ¡Pido a la corte que se haga justicia y que obligue al acusado a cumplir con sus promesas o, en su defecto, a resarcir todos los daños y agravios con las debidas indemnizaciones y penas!

Nicoló escucha entre escalofríos, sintiendo náusea ante la desfachatez de las acusaciones. Es el turno de la defensa, el abogado Figari toma la palabra:

—Señor Juez, acabamos de oír un maravilloso cuento de hadas. El primer punto que debo aclarar es la edad de «la niña» en cuestión. Aquí tengo una constancia de su certificado de nacimiento debidamente confrontada, en ella podemos ver claramente que «la niña» es una mujer de veintiún años por lo que algunos de los cargos quedan automáticamente fuera de este alegato; además de hacerse patente el perjurio y el dolo por parte de los acusantes y un muy probable intento de fraude utilizando a la corte.

El público nuevamente incomoda con su manifestación, aunque el Juez meditabundo lo pasa por alto. El abogado continúa:

—He de poner énfasis en el evidente dolo que muestra la parte demandante con esta farsa de la edad, incluyendo el presente atuendo de la «supuesta víctima», que no corresponde a su edad y sólo intenta representar inocencia para perturbar a la corte. Con la presentación de testigos me propongo probar, además, que la supuesta «niña inocente», ejerce ya por años y de manera sistemática la prostitución.

Vuelve a haber expresiones por parte del público y el Juez cumple con lo prometido. Dando voces y golpes, hace desalojar la sala. Concluida la expulsión, pide al abogado continuar:

—Como decía: me propongo probar que «la niña», en cuestión, ejerce la prostitución y que es su padre, ni más ni menos, quien la indujo a ello y la regentea; siendo todo esto conocido de sus vecinos, entre los cuales, no gozan precisamente de buena reputación.

La audiencia se prolonga abundando los querellantes con múltiples detalles. El Juez, antes de dar por terminada la sesión, pregunta a las partes si después de lo expuesto son capaces de llegar a un arreglo. Se desata entre ellos una serie de consultas; los abogados concluyen:

—Su Señoría, no es posible aún ningún arreglo.

El juez da por terminada la sesión para continuar al día siguiente a la misma hora. El problema es que es viernes y el día siguiente será hasta el lunes. Tres noches más en prisión para Nicoló que se sigue negando a componendas.

En las siguientes sesiones la situación evoluciona, derivando en «Incumplimiento de promesa de matrimonio con el embarazo de Angiolina como agravante». Sigue siendo posible llegar a un acuerdo pero Nicoló se sigue negando. Al llegar el octavo día después de un altercado con otro detenido, harto de estar en la cárcel y escuchar a sus abogados insistirle sobre arreglos, termina aceptando con la condición de que se utilicen depositarios intermediarios para la entrega de los dineros a los Cavanna. Al ser aceptadas estas condiciones por la otra parte, se formula el escrito del acuerdo correspondiente y el Juez da por terminada la querella.

En resumen se especifica:

«El señor Nicoló Paganini pagará al señor Ferdinando Cavanna la cantidad de 1,200 Liras; 600 de manera inmediata y 600 en un término de cuatro meses, con lo cual el quejoso acepta que se libere al acusado sin más cargos en su contra».

Tan pronto se ve libre, Nicoló, sintiendo que está en su absoluto derecho, suspende el pago de ambas remesas hasta ver el resultado de su contrademanda por extorsión e intento de fraude. Enseguida, marcha a Milán llevando la desazón de todos estos acontecimientos consigo. Los abogados no pueden más que acatar su voluntad, advirtiéndole del peligro de ser ahora perseguido por desacato e incumplimiento.

Pocos días después, acuerda un concierto en La Scala. Pese a que es sin duda una inyección de optimismo, no aligera gran cosa su pesadumbre, pues aun sin querer, piensa en el embarazo de Angiolina y en la posibilidad de que un hijo suyo esté en juego. Su consciencia le hace pasar pésimos momentos y se atormenta pensando el nefasto desarrollo del incidente. Sí, quiere tener hijos; sí, quiere casarse; pero no así, y con esta ramera, menos. Piensa la posibilidad de rescatar al hijo y crecerlo con una de sus hermanas, vigilando que no le falte nada; pero seguir teniendo contacto con «esa mujer» es algo que, sólo pensarlo, le revuelve el estómago. Es la parte que más le molesta: «Cómo pudo ser tan imbécil de caer en las redes de una incipiente prostituta». No se explica, por más vueltas que le da.

El concierto en La Scala se acerca y, desanimado, solicita postergarlo una semana; ante su asombro le es aceptado pues a La Scala misma le acomoda el cambio.

De cualquier manera, su ánimo no mejora gran cosa y entrega el concierto en la nueva fecha con total desgano sin embargo es todo un éxito sumamente aplaudido.

La «Dama de Negro» hace acto de presencia pero, pese a sus extraordinarios encantos, Nicoló sumergido en melancolía, se niega a verla. Ella, contrariada, no lo toma bien y se retira resentida.

Después del concierto Nicoló se encierra en su cuarto y en su depresión. Paolo y Pietro cuidan de él; preocupados y empáticos, comentan el asunto Cavanna; sus testimonios fueron expuestos en la corte, pero al no tener el efecto esperado sienten inevitablemente decepción y frustración.

En una carta, Germi le comunica que el bebé nació muerto y era niña.

Enredado en reflexiones, en un principio siente que ha muerto su hija y experimenta el agobio y duelo que le produce. Horas después, surge en su mente: «No es mi hija… no puede ser, no hubo suficiente tiempo…». Se llena de interrogantes y afianzado en su cálculo contesta la carta de Germi exponiendo sus dudas y necesidad de saber la verdad, anunciándole su próxima presencia en Génova.

En el camino, entre ciudades, son detenidos un par de veces por retenes soldadescos exigiendo exhibir papeles que afortunadamente satisface; una tercera intromisión se sucede por parte de un inepto asaltante desesperado que, para su infortunio, recibe una buena paliza de Pietro en su primer descuido. En estos tiempos difíciles, a ésta, se le puede llamar una jornada sin novedad. Lo raro, es que no pase nada.

En Génova su ánimo mejora al constatar que el asunto Cavanna tiene mejores perspectivas. Reanudará sus conciertos en el Teatro San Agostino y dará recitales en casa de aristócratas y acaudalados.

Instintivamente se refugia en Gina que, además de gran amante, se ha revelado como comprensiva amiga de extrema confianza. Como la relación tiene que mantenerse en secreto, necesitan hacer una serie de peripecias para poder verse sin que nadie se entere, pero esto la hace más interesante y divertida.

Ya sea en su apartamento o en el de ella, se ven varias veces por semana. Pietro y Paolo les sirven de enlace con recados o carruajes. Nicoló pone especial énfasis en la discreción, al no querer verse en más escándalos, perjudicando a Gina a quien tanto quiere. En una de tantas veladas, lleno de coñac, Nicoló inspirado le pide que se case con él, pero ella le contesta con una de sus francas carcajadas:

— ¡Estás loco…! Si tenemos una bella intimidad… es porque nadie se mete con nosotros. Si nos anunciáramos como pareja, todo mundo tendría una opinión y eso, sin duda, afectaría nuestra relación. Eres mi niño, mi amante, mi gran amigo… ¿la verdad…? Soy feliz así.

—Supongo que tienes razón… Si así no me dejan en paz con rumores y críticas… ¿te imaginas?

—No… no lo quiero imaginar. Prefiero dejar las cosas como están… sólo cuidarlas. Es más, daría cualquier cosa para que no cambiaran en lo absoluto.

La euforia sexual entre ellos amaina paulatinamente, quedando en tonos más conservadores. Les fascina besarse y es algo que no pueden evitar, pero sus besos desembocan en amenas conversaciones entre caricias o divertidos juegos de cartas donde se apuestan cosas simples como el derecho a reír en la siguiente hora. Cuando él toca el violín o la guitarra, se ven a los ojos o se meten en ensueños. Las manos mágicas de Gina han sido el gran tratamiento para sus coyunturas adoloridas y otros malestares. Aunque cuando toca reciprocidad y le toca a él dar el masaje, invariablemente termina dentro de ella. Se platican, se confiesan, se cuentan sus historias, ríen y hasta lloran.

Ella asiste a conciertos y recitales; allí, se comportan como si apenas se conocieran. No obstante, él sirve alguna copa de champaña que le deja a mano; ella corta un pedazo de pastel, que él se encuentra con algún chiste privado y, delante de todos él la besa, la acaricia y la transporta al tocar su violín; nadie se percata, su diálogo es privado.

El verse sin poder manifestarse les excita poderosamente. Es después de estas sesiones cuando al llegar a la intimidad, cargados de ansiedad acumulada, llegan al profundo abrazo que con sus poderosos temperamentos desbordan en apasionado y agresivo encuentro. Amor sin decírselo, como si fuera prohibido, pero con cuanta manifestación les da la gana.

Después de un concurrido concierto de Navidad, la familia Paganini se reúne como cada año; Nicoló atento, contempla alrededor de la gran mesa. Todo es diferente, empezando por la casa; rostros envejecidos o madurados o nunca vistos; recuerdos de otros tiempos, otros momentos de los mismos personajes; anécdotas desconocidas que con avidez escucha; voces y risas que no oía en años; sabores, olores, presencias, caricias, memorias. Revive un poco el Nicolino de entonces, se siente parte, aunque extranjero; expulsado por sí mismo, crecido aparte. Sin hijos, sin cónyuge. Curiosos, le preguntan y él entrega sus anécdotas. Son tan diferentes sus vidas; para ellos, él es el héroe, el que conoce el mundo y al que el mundo conoce. Carlo, ahora lo trata con tanto respeto que pareciera distancia. Sus hermanas, ya casadas, no lo abrazan ni lo besan o hacen bromas. Hasta el trato de su padre es diferente. No queda más que aceptar. Lo bueno, lo glorioso, lo extraordinario, es que su mamá no ha cambiado con él; lo sigue tratando, acariciando, besando y hasta regañando, igual que siempre. Inclusive le entre peina el cabello mientras él, lo disfruta en éxtasis.

32 Lafont.

En el recital de fin de año del Marqués Di Negro, con sus habituales y distinguidos concurrentes, se encuentra uno de esos personajes conocidos que Nicoló no puede identificar y que le dirige la palabra con cierta arrogancia. Finalmente lo ubica, es el Señor Castorelli de Milán; un rico comerciante de telas provenientes de oriente que es también miembro del consejo de La Scala y con poder decisivo. Entre su jactanciosa verborrea sobre sus negocios, anuncia que el violinista Charles Lafont, de gran fama en Paris y el resto de Europa, tocará en La Scala próximamente, lo que le sacude el letargo que el aburrido tono de su voz y su tema le producen. Con giro malicioso, da a entender, sin afirmarlo abiertamente, que la directiva de La Scala considera a este músico francés, el mejor violinista del mundo. De nuevo desvía el tema a su negocio y enfatiza que se encuentra en Génova tramitando con los ingleses la descarga de sus cuantiosas importaciones. Interrumpiendo, Nicoló le pregunta:

— ¿Tiene alguna idea en qué fecha se presentará Lafont?

Sintiendo interrumpido su tema favorito, con lujo de pedantería, condescendencia y bajando de nivel:

—En los primeros días de febrero… dará dos conciertos.

Harto del tono estúpido de este fantoche, cambia de corro. A veces esos eventos le son insoportables, como ahora. Aunque se acaba de enterar que se va a Milán. Por nada del mundo dejará de escuchar al discípulo de Kreutzer, cuando él mismo, personalmente, le enfatizó la importancia de que se conocieran.

Lafont representa para él, lo académico, lo purista, el perfecto músico; como dijera Costa, el que toca las partituras con total fidelidad. Lo ha oído mencionar repetidamente, siendo una suerte de encomio que le comparen con tan brillante discípulo de Conservatorio que ha dado conciertos para reyes. Desde este momento siente insoportable curiosidad por conocerlo.

Al ver a Gina más tarde, une deseos diciéndole:

—Me tengo que ir a Milán pero esta vez… vienes conmigo.

— ¿Y eso… por qué?

—Se va a presentar en La Scala, Charles Lafont. Al parecer, es el más famoso violinista de Europa. Es más o menos de mi edad, aunque de formación académica, lo que me provoca enorme curiosidad. Quiero saber que hago mal… ¡o bien! Él, ha pasado por todas las despersonalizaciones y penurias posibles que los puristas le han impuesto en su formación y a las que yo me negué. Al escucharle me arrepentiré de no haber sido obediente como él y no tener todas las credenciales. ¡Já, já, já!

—Sí, he oído y leído de Lafont. Claro que me gustaría ir pero… no creo que sea posible.

—Pero por qué… ¿Qué te lo impide?

Ante su silencio y bochorno, sabiendo su estilo de vida frugal, Nicoló completa:

—De las cuentas no te preocupes. Será para mí un honor cubrirlas.

—Pero Nicoló…

—No se hable más. Nos vamos a Milán.

Numerosos personajes genoveses se trasladan a Milán para ver a Paganini encontrarse con el célebre violinista francés, incluido obviamente, el Marqués di Negro quien lo presentara con Kreutzer años atrás.

Gina tiene que inventar una serie de fantasías para explicar su viaje a Milán a los suspicaces. Nicoló opta por hospedarla en un bello aunque modesto hotel para cubrir apariencias y durante el concierto se sientan separados. Inevitablemente agraviado con tanta obligada hipocresía, se dispone a disfrutar el concierto desde el palco de Di Negro, que lo acapara ansioso de ver sus reacciones.

Con gran curiosidad y sin envidia, ve salir a su colega impecablemente vestido y peinado, evocando a Gnecco con su elegante estampa. Disfruta el concierto poniendo atención minuciosa a mínimos detalles. Su afinación es tradicional, la entonación perfecta, elegante e impecable ejecución, su respeto a la partitura total, las cadenzas, para su gusto, planas, predecibles, sin audacias ni temperamento… aburridas.

Por más que Di Negro le observa de reojo, sólo ve su cara de tahúr, inexpresiva al saberse observado.

En el encuentro social del vestíbulo, Nicoló comparte sus opiniones con el Marqués y amigos, expresándose muy bien de su colega. De repente la plática se ve interrumpida por el Señor Castorelli haciendo «su entrada» con un saludo general; del brazo le acompaña su bellísima esposa. Nicoló queda petrificado al verla, es «la dama de negro». Al querer disimular, intenta ver hacia otro lado encontrando a Gina que le sonríe desde corta distancia. Castorelli, al observar su errático momento, usa su ponzoña:

—Maestro Paganini, veo que le perturbó la actuación del Maestro Lafont.

Sintiendo la picada de cresta del arrogante gallo:

—No, lo que me «afectó»…fue su esposa…

Tenso el momento, todos cruzan miradas.

— ¿Mi esposa…? reconozco que es muy bella… por algo es mi esposa.

—Señora Castorelli, creo que todos estamos de acuerdo: es usted una dama muy bella y es un placer y un honor poder disfrutar de su presencia. –Dice Di Negro con suma elegancia, salvando el momento.

Un aplauso anuncia la presencia de Lafont y muchos asistentes dirigen sus miradas a Nicoló que en un impulso les hace una reverencia. El suceso, por demás orquestado, evoluciona rápidamente hacia el cara a cara de los dos violinistas que sorprendidos, no saben que decirse. Nicoló rompe el silencio:

— ¡Enhorabuena, Maestro Lafont! Disfruté cada momento de su concierto. Alguna vez, el Maestro Kreutzer, siendo yo más joven, me habló maravillas de usted y de la importancia de conocernos.

—Le agradezco, Maestro Paganini, el Maestro Kreutzer me hizo la misma observación con respecto a usted… Es un honor conocerle.

Al decir esto le da la mano que Nicoló estrecha gustoso y un sorpresivo aplauso llena el lugar descarando que todos los presentes están en suspenso, atentos al encuentro. Vuelve el silencio como invitándoles a proseguir su diálogo, pero Nicoló, sintiéndose fuera de lugar, levanta la mano en alto asegurando la atención y con la otra señala a Lafont, provocando un gran aplauso.

Acercándose a Lafont le susurra:

—Nosotros… mejor platicamos después. ¿Le parece?

Lafont, esbozando una leve sonrisa, asiente.

Junto a él, Di Negro sonríe satisfecho con la diplomática y oportuna maniobra de Nicoló; la noche es del francés y todos lo saben.

Nicoló intenta sustraerse pero se lo impiden con plática y le susurra a Gina al tenerla cerca:

—Voy a escapar tan pronto pueda. Nos vemos en tu hotel.

—Entonces, yo mejor me voy de una vez.

—Bueno…

A la semana siguiente, Lafont se presenta de nuevo en la Scala; la directiva también programa, unos días después, presentar a Paganini. Lafont, atormentado por la curiosidad, permanece en Milán para escucharle. Al llevarse a cabo el evento, Paganini toca su propio concierto que recién estrenara en Génova con gran éxito, cerrando con sus usuales acrobacias y pirotecnia que tanto gustan y critican. Lafont, impresionado, tampoco perdió detalle.

Como condición expresa de La Scala en sus contratos, ambos violinistas deben abstenerse de tocar sus instrumentos en eventos sociales, no accediendo a peticiones. El suspenso entre el público va in crescendo y en Milán no se habla de otra cosa. Entre ellos se da una sana convivencia y lejos de querer competir, cada uno quiere conocer al afín, no se trata de antagonizar y menos en público. La directiva de La Scala tiene su propia agenda sensacionalista propiciando todo para que se suceda un «mano a mano».

Al Paganini realizar su concierto, una oleada de artículos y rumores se suceden sosteniendo que él, es definitivamente el mejor. En una plática posterior y privada entre ellos, Nicoló, casi disculpándose y explicando el apasionamiento de sus paisanos, intenta equilibrar las cosas pero Lafont se lo impide:

—No tienes que explicarme lo que ya entiendo; lo que debemos de hacer es aprovechar la oportunidad y proponerle a La Scala presentarnos juntos, como Kreutzer y Rode alguna vez hicieron. Además de catapultar nuestras famas, nos hacemos de una buena cantidad de oro... ¿Qué te parece? Es un buen proyecto. La unión hace la fuerza.

—Pero... ¿No crees que todo mundo tomará esto como un duelo? Puede ser peligroso, sobre todo para ti... no estás en tu país, yo sí.

— ¿Qué pasa, tienes miedo? –pregunta sonriendo y como bromeando.

—No... cómo voy a tener miedo... Lo único que me da miedo es... no volver a tocar... sería morir.

—En eso estamos de acuerdo... me pasa lo mismo, sobre todo, cuando tengo el estado de ánimo por los suelos y no toco hasta por meses. Me entra angustia y me siento desolado...

Nicoló escucha identificándose y los ojos se le nublan. Al notarlo Charles pregunta:

— ¿Te sucede lo mismo?

Él asiente sin decir palabra.

—Parece que tenemos esa misma sustancia… Nicoló, es un honor y un privilegio conocerte.

—Lo mismo siento Charles… –contesta aún conmovido.

En un impulso espontáneo se envuelven en elocuente abrazo. Después de unos intensos segundos, Lafont rompe el silencio:

— ¿Bueno, entonces…? ¿Nos presentamos juntos?

— ¿De verdad quieres?

— ¡Claro que sí!

—Y los de La Scala ¿estarán de acuerdo?

— ¡Já! No sólo están de acuerdo, lo están propiciando. Lo proponemos y lo aceptan ¿Apostamos?

—No… porque… tienes razón… Pues… si tú no tienes problema, yo tampoco.

—Sólo una cosa… ensayamos bien el concierto. ¿De acuerdo?

—Sí, desde luego… ¿Por qué lo preguntas?

—Entre los músicos, tienes la fama que no te gusta ensayar…

—Bueno… Desde luego ensayo… Lo que nunca hago es tocar cadenzas en los ensayos.

— ¿Por qué? ¿Crees… que te las van a copiar?

— ¡No…! Es que nunca me salen igual… ¿Qué objeto tiene ensayarlas? Son cadenzas… son espontáneas… libres.

—Bueno, pero las ensayas en privado…

—No… ni en privado. Lo que toco en ellas, jamás lo ensayo… sólo lo hago.

Al ver su cara de pasmo, agrega:

—Pero no te preocupes, ensayamos todo lo que quieras… nos tenemos que acoplar, si no, ¿cómo…?

La plática, entre los violinistas, se prolonga por varias horas proyectando el concierto del que aún nadie tiene noticia, pero que todos esperan.

La Scala obviamente acepta la propuesta pues quieren: *«El Duelo de los mejores violinistas del mundo»*. Lleno seguro, además de histórico.

Los ensayos que solicitó Lafont tan enfáticamente, se llevan a cabo puntual y exhaustivamente con el entusiasmo de ambos virtuosos. Como amigos infantiles, se divierten jugando con escasos antagonismos. Los componentes de la orquesta disfrutan los ensayos de tal forma que nadie protesta de las largas horas invertidas por no perderse un solo momento del encuentro de gigantes.

Nicoló le ofrece a Charles que no tocará nada para la cuarta cuerda, manteniéndose en un tono lo más académico posible. De cualquier manera, cada uno hará sus cadenzas y afinará su instrumento como le plazca. A Nicoló siempre le ha gustado su afinación en «scordatura» que es con un semitono más alto, lo que da al solista una suerte de volumen con sombras y peculiar presencia. Para él: «En el arte todo se vale; la libertad es total o no es arte, sólo así, puede lograrse hasta lo imposible ».

Lafont sabiendo el infinito que ha aprendido, le tiene miedo al infinito que Nicoló representa, viéndolo como un hábil púgil callejero.

Gina permanece en Milán no queriendo perderse el gran duelo, aunque pasa los días solitaria esperando a Nicoló. Entusiasta y amorosa, cada noche lo espera, ávida por escuchar la crónica de cada ensayo. Lo atiende y lo acaricia hasta caer dormido.

Como Nicoló se niega sistemáticamente a ensayar cadenzas, Charles le solicita no estar presente en los ensayos de las suyas, lo que agrega inevitable tensión. Esto le recuerda las percepciones durante los encuentros de esgrima con el Príncipe Félix y el duelo que sostuvo con Romaggi. Luego, sí, es un duelo.

La noche del concierto-duelo, La Scala está a reventar y la expectación reina. Paganini inicia el programa tocando su concierto que causa mucha euforia con sus múltiples *staccatos y pizzicatos* de mano izquierda. Lafont se va hacia lo dulce y sutil, tocando una pieza de Kreutzer que le sale particularmente sublime. Termina la primera parte con acalorados aplausos. En el intermedio, la gente especula, opina e inclusive cruza apuestas; la emoción es incontenible, con gran expectación, regresan a sus lugares para la segunda parte, sin tener la más mínima idea de lo que están por presenciar.

Lafont entra primero y, como buen artista francés, lo hace con estilo elegante y ensayado; es recibido por un estruendoso aplauso. Entonces, Nicoló debiera entrar, pero ejerce lo practicado en anteriores ocasiones: espera lo más posible creando suspenso y entra generando una explosión que exacerba con sus peculiares reverencias y saludos haciendo movimientos con el arco como si fuera una espada. El resultado es ensordecedor y prolongado, con sus expresiones corporales y faciales se gana a la gente. Los comentarios entre el público son constantes. Tocan entonces el concierto de Kreutzer que otrora tocaran el mismo Kreutzer con Rode en París. Acoplados perfectamente como en los ensayos, al llegar los solos: cada uno ignora lo que el otro tocará. Nicoló siente la adrenalina igual que en un encuentro de esgrima. Se trata de mantener el alerta y conducirse con total entrega y abandono, fluyendo en el torrente, moviéndose con él y en ocasiones, dirigiéndolo hacia otros torrentes y efluvios. Lafont sufre; el estado de incertidumbre le pone nervioso y aferrado a su magistral oficio va librando escollos. Cada uno propone sus propias cadenzas, ensayadas o no. La tensión crece y el público irrumpe con aplausos al final de cada propuesta. Al llegar la intensidad a la plenitud de la pirotecnia Paganiniana, con saltos, *pizzicatos, staccatos* y armónicos, el auditorio enloquece y Lafont se limita a cumplir saliendo bastante bien librado.

El público de pie aplaude y ovaciona gritando «Bravos». Los violinistas agradecen con reverencias.

Para público y prensa: «Paganini es, sin duda, el mejor violinista del mundo».

Al día siguiente Charles Lafont parte de regreso a París y Nicoló al despedirse, se percata que en el fondo, tenía razón en un principio: no debieron haber competido. Algo muy difícil de definir se rompió irremediablemente entre ellos, al parecer, irreparable. Con una mirada desahuciada e insoportable desazón, se abrazan de despedida tal vez para siempre.

Nicoló lo ve partir hundiéndose en insondable vacío y sentimiento de culpa: se había arruinado la conexión con el único espíritu afín que había conocido. Con Ghiretti tuvo una experiencia semejante, pero la diferencia de edades los ponía en claros roles de maestro y discípulo; Lafont, era equivalente. De la misma edad, compañeros de juego, un juego que muy pocos pueden jugar, si no es que: sólo ellos. Fue profundo, divertido, didáctico, nutritivo; un acoplamiento extraordinario aun en los múltiples y constantes desacuerdos y discusiones. Los dos violinistas en completa yuxtaposición. Sumamente intenso. No debió terminar en duelo sólo para saciar la voracidad del público y de sus propias vanidades. Arruinaron un gran descubrimiento, una amistad única. Ambos, perdieron al afín.

Aun con la presea de aplausos que le fue entregada, no siente triunfo alguno sino doloroso trance. Triunfo con sabor a pérdida.

Más allá de sus percepciones, los académicos comienzan a aceptar su genio; la crítica y el público le han colgado al cuello el «*Honoris Causa*», reconociéndolo como un extraordinario virtuoso de formación libre con la mínima intervención de profesores; autor de su propio virtuosismo en una manera sui generis de tocar. Poco a poco, comprende que ese duelo fue un examen profesional que aprobó con honores. Una maestría adquirida por oposición enfrentándose al más encomiado violinista académico, resultando victorioso y ovacionado en el Teatro alla Scala en Milán. ¿Puede acaso aspirar a una mejor graduación? La confianza y un inesperado alivio-bienestar dominan su espíritu.

Como fuego en hierba seca, la noticia del duelo de virtuosos corre por Europa y a medida que avanza, se distorsiona y exagera, creando leyendas. El evento llama la atención de un sinnúmero de personajes de diversas disciplinas, despertando el deseo de presenciar al violinista.

Por su parte, la mitomanía de los obtusos aporta abundantes cuentos, engordando la gran leyenda gótica.

33 Venecia.

Después de despedir a Gina de regreso a Génova, se encierra entre atribulado y reflexivo. Ha recibido innumerables cartas, entre ellas algunas propuestas. No sabe qué hacer. A partir de la caída de Napoleón el norte de Italia quedó bajo el poder de Austria, pero si el idioma francés le es difícil, el alemán se le antoja imposible. Tal vez debiera ir a Viena, aprovechando el momento, pero no siente el impulso y no hablar la lengua le enfría el deseo.

Revisando cartas, lee la de Germi: la contrademanda del caso Cavanna no ha prosperado por su misma ausencia. Otra misiva es proveniente de Lucca, Antonio Puccini le invita a dar un concierto en los Baños de Lucca. Entre otras propuestas, una carta captura su atención, aunque sin remitente reconoce el perfume y sobre todo el sello de lacre, es de Elisa:

> «*Querido y extrañado Flaco:*
>
> *Te felicito llena de júbilo por tu cadena de triunfos, sobre todo el último, que todo mundo comenta: el ya famoso, duelo con Lafont.*
>
> *Siempre supe que eras el mejor. ¡Cómo me hubiera gustado presenciarlo!*
>
> *En los próximos días me mudaré a Trieste, si algún día vas por allá, me encantaría verte.*
>
> *E.*»

Nicoló siente una sacudida emocional. Si algo no se esperaba, era una carta de Elisa y, mucho menos, amable. Al no tener remitente, no la puede contestar. Ansioso al percibir una concordancia, busca entre las propuestas que recién leyó y la encuentra: de Trieste, precisamente, le proponen una breve temporada. ¿Habrá tenido algo que ver Elisa con esta propuesta? ¡Qué coincidencia! Su carta se siente amable, sincera, inclusive amorosa, tal vez lo sea. De cualquier manera, ella ya no tiene poder y menos sobre él, si no es por amor, ¿por qué entonces?

Lee y relee ambas cartas y una miríada de imágenes e ideas se forma en su mente. Revive el miedo que sintió cuando lo arrestaron y también los momentos íntimos con ella, el cariño y erotismo que aún le hacen vibrar. Se le antoja el reencuentro, ella no tendría ningún poder sobre él y no vería en ella a una princesa, sólo vería a la mujer. ¿Cómo sería?

Releyendo todas las cartas, las acomoda formando un itinerario. Siente la euforia crecer tomando decisiones. Para empezar, aceptará la invitación de Puccini y además de tocar, pasará un tiempo en los Baños reponiéndose en lo que llegan las fechas de los demás compromisos. En los días siguientes contesta cartas coordinando planes y ordena a Paolo y Pietro que se preparen para la gira que empezará con un descanso. La idea de ir a los Baños le fascina, dará un concierto con todo el señorío y se hospedará como una gran personalidad. Disfrutará de todos esos sofisticados servicios fortaleciendo su endeble salud y que antes no fueron para él por ser un mero empleado del lugar.

Para su satisfacción, su reservación en los Baños es aceptada con la línea: «*Su Excelencia Maestro Paganini: Será un honor tenerle como huésped...*», tan de su agrado, que le inspira una tonadilla que no deja de silbar durante el viaje. En la administración le reiteran: «*Su Excelencia, es un honor que nos visite*», lo que le inspira una segunda tonadilla.

Puccini le recibe gustoso, acompañado de un entusiasmado Romaggi que aún recuerda el duelo que sostuvieron años antes y que lejos de molestarle, ahora se enorgullece y platica como gran anécdota.

Su estancia en los baños es placentera y reparadora; su concierto muy aplaudido. Reconoce a importantes personajes locales que ahora le saludan y hacen conversación. Diciéndose a sí mismo:

— «De sirviente a celebridad; qué paradoja, ¡qué diferencia…! en buena hora me fui».

A los placeres de los baños, se agrega la presencia y flirteo de algunas atractivas damas que, admiradoras y huéspedes del mismo recinto, entran «por error» en su habitación.

Bien descansado, bien tratado, bien comido y muy acariciado, se prepara para el largo viaje hasta Padua y de ahí a Venecia, que tanto ha deseado conocer y de la que ha oído tantas historias. Es un recorrido pesado de varios días, pero superando malos caminos, malestares, percances y retenes austríacos demandando explicaciones y requisitos, llega a Padua exhausto y traqueteado.

Deambula conociendo Padua que con sus calles techadas le recuerda Cesena y Bolonia. Aprovecha que aún no le reconocen y camina sin rumbo en lo que silba, perdiéndose entre callejuelas. A corta distancia, Pietro y Paolo le vigilan, pues en cualquier descuido se les pierde. Tuerce a la derecha, camina lento, cruza la calle, acelera el paso, retrocede, examina fachadas, se detiene frente a los aparadores, reanuda andanza, se mete en un callejón y todo esto, sin dejar de silbar. El olor de la cebolla frita, ajo y orégano de una trattoria le capturan y volteando a buscar a sus asistentes, les grita:

— ¡Eh! ¿Tenéis hambre?

Minutos después, disfrutan de manjares vino y plática.

— ¿Qué os parece Padua?

— ¡Muy bonito! –contestan al unísono.

—Tenéis que ver Venecia. A ti Paolo, te va a gustar… vas a recordar a Livorno con sus canales, aunque según me han dicho, son mucho más grandes y están por toda la ciudad; no es el mar el que se mete por la ciudad, es la ciudad que está metida en el mar.

PAGANINI ESTÁ VIVO!   Vol. II Con Toda El Alma

—Yo he oído que las mujeres son bellísimas y que hay mucho misterio… –dice Pietro emocionado.

— ¡Mm… mujeres y misterio…! Peligroso, muy peligroso. ¡Salud! –dice Nicoló levantando copa.

Aplaudido por Padua, parten al día siguiente hacia la ansiada Venecia, cada uno con sus propias fantasías y expectativas. En lo que Nicoló se ve atrapado en ensayos, Paolo y Pietro ávidos, con el día libre, se sueltan por la fascinante ciudad en busca de aventuras que no les cuesta mucho trabajo encontrar. Con sólo caminar, se pierden entre callejuelas, puentes y canales; el reto, después de un rato, se convierte, no en conquistar los favores de alguna damisela, sino en regresar al teatro a la hora acordada. Siendo Paolo de corta estatura y Pietro medio metro más alto, la caminata es forzosamente desigual. Mientras más caminan, más se pierden o regresan al mismo lugar una hora después. Preguntan, confundiéndose cada vez más. Exhaustos, ya cayendo la noche y con los pies adoloridos siguen buscando el teatro. Reproches e inculpaciones mutuas se acentúan en cada paso. Las calles, cada vez más oscuras, son ya irreconocibles. Un farol alumbra unos escalones que seducen a Paolo:

— ¡Espera Pietro! Sentémonos un momento, que ya no aguanto los pies persiguiéndote con tus pasotes… tenemos que pensar.

—Pero ¿estás consciente que ya son más de las ocho y quedamos con el Maestro a las siete?

—Desde luego que sí… pero ¿qué caso tiene caminar si no sabemos hacia dónde? Te pusiste a cruzar puentes sin ton ni son… y yo, tratando de alcanzarte.

—Sí, pero luego, los cruzamos de nuevo…

— ¿Y eran los mismos… o estamos del otro lado de la ciudad…? Yo por mí, me quedo aquí sentado hasta que amanezca… con luz seguimos buscando. Así, tan oscuro… sólo con magia lo encontramos.

—No estoy de acuerdo, tenemos que seguir buscando… sé que estamos cerca.

—Lo más seguro es que el Maestro salió y al no encontrarnos, se fue al hotel...

—Entonces... vamos al hotel...

—Sí, claro... ¿pero dónde está? ¿Tú sabes llegar? Yo no tengo ni la menor idea donde estamos...

Pietro entonces, entregado a su temperamento, jalonea de un brazo a Paolo:

— ¡Muévete carajo!

Sin que ellos se percaten, entre penumbra y escaleras arriba, aparece un hombre que al verlos, pregunta enérgicamente:

— ¡¿Qué pasa muchachos?! ¿Por qué peleáis?

De entre la oscuridad, se deja ver la imagen de Nicoló con violín y portafolio bajando las escaleras.

—Siento haberos hecho esperar... pero ya sabéis, si el ensayo se prolonga no hay remedio.

Con cara de imbéciles lo ven acercarse, pasando de la desazón a un alivio dentro de pasmo.

— ¡Ves...! Te dije que estábamos cerca... –dice Pietro riendo.

Casi enseguida, van apareciendo múltiples caras entre sombras que se despiden del Maestro.

—Maestro ¿sabe cómo llegar al hotel? —Pregunta Paolo.

—El primer violín se ofreció a guiarnos, pero quería decirle algo al director, no debe tardar en salir... Está demasiado obscuro... nos perderíamos. Si de día es difícil, a esta hora... no quiero ni intentarlo...

Pietro y Paolo se miran uno al otro sin poder contener la risa.

— ¡Vaya! Veo que se os pasó el vino...

—No Maestro, no hemos bebido, ni siquiera comido...

— ¿Listo Maestro? –Una voz desde la penumbra.

El primer concierto de la serie se lleva a cabo con gran éxito convirtiéndose Paganini inmediatamente en un favorito de Venecia. Como era de esperarse y en especial de esta ciudad, el virtuoso se ve solicitadísimo: fiestas, entrevistas, comentarios, encomios y sobre todo, mujeres, mujeres de todas las edades y descripciones, cada una más audaz que la anterior. En una de las fiestas, lo rodean acaparándolo compitiendo por su atención; se desviven por atenderlo, mientras algunas manos, nerviosas e incontroladas, le acarician furtivamente; no faltando la que se atreve y abiertamente lo besa. Una parte de él, siente cálido placer y excitación, pero a la otra, un desagradable nerviosismo le recorre; se siente atrapado, acosado, invadido. La velada continúa y ellas no cejan en su empuje.

Viendo que la expresión del violinista va mutando a displacer, un caballero presente acude al rescate y jalándolo de un brazo:

— ¡Damas…! ¡Damas! Permitidme al Maestro, que lo necesitamos un momento. No os preocupéis, que os lo devolveré muy pronto.

Nicoló agradecido, lo apoya con sus movimientos y se deja conducir, agregando unas disculpas a las «agraviadas damas» que protestan la medida. Ya aparte de ellas, el hombre se disculpa:

—Perdone que interrumpí semejante sesión, pero creí percibir en su rostro señales de pedir auxilio.

— ¡Efectivamente! …le agradezco el detalle. La situación ya era bastante incómoda…

—He de decirle que es usted la envidia de los caballeros presentes. Entre las damas que le asediaban, algunas son muy codiciadas. –Al ver su expresión de desconcierto— No me reconoce ¿verdad?

—Perdóneme… Yo le conozco… lo sé… pero estoy completamente confundido.

—Pues sí, sí me conoce… Aunque, desde luego, no tanto como yo a usted.

—Ayúdeme por favor… ¿de dónde? Le he visto en repetidas ocasiones y hasta hemos platicado. Es lo que me pica más la curiosidad. ¿Es así…? Le suplico disculpe mi mala memoria…

—No tiene por qué pedir disculpas, ve usted a demasiada gente. Es lógico que no ubique un rostro, me muevo en muchos ámbitos y nos hemos visto en algunos de ellos...

—Me dijeron de las mujeres y los misterios de Venecia... Lo de las mujeres recién constaté, pero veo que el misterio recién empieza... — Después de otra pausa de suspenso— ¿No me va a decir...?

—Como no... He sido y soy... un mero testigo.

Su rostro se agrava. ¿Quién es este sujeto? ¿Qué pretende? ¿Por qué no le aclara quién es?

Nicoló sin sonrisa, es de facciones recias, de mirada penetrante y algo abismal que lo envuelve. Al ver el cambio de semblante:

—No quise incomodarle... supongo que el principio es la mejor opción. Hace muchos años, le conocí todavía niño, cuando tocó por primera vez en el palacio del Marqués Di Negro... por cierto, tuve entonces una buena plática con su padre. De entonces a la fecha, nos hemos encontrado después de algún concierto o recital y hemos conversado.

—Pero supongo que tiene algún nombre...

—Mi nombre no importa... pero ya que insiste: En mi niñez me llamaban «Pelón», después fui Don Ignazio Faricci y ahora soy el Conde Bartoccio.

— ¡Su Alteza...! ¡Claro...! Le suplico disculpe mi memoria.

Sonriendo, el Conde contesta:

Maestro, usted no necesita observar conmigo ningún protocolo... llámeme como quiera, pero no «Alteza». No tengo nada que disculparle y sí mucho que agradecerle. Un buen fragmento de mi vida se ha visto embellecido por su maravilloso arte... ardo en deseos de sentarme a escribirlo.

— ¿Y qué escribiría?

—No lo sé, tal vez una novela. Cada vez que escucho su música silbo los temas por meses.

— ¿Le gusta silbar?

—Muchísimo, es un instrumento musical natural que siempre lleva uno consigo…

La tertulia continúa animada hasta que la mirada de Nicoló escapa por encima del hombro de su interlocutor y sin poderlo evitar queda prendado con lo que ve. Es tal el cambio en su semblante, que el Conde sigue su mirada para ver qué le arrebató de esa manera su atención.

— ¡Mm! Veo que le gustó Lauretta…

— ¿Cómo dice que se llama? —Pregunta Sin dejar de verla.

—Lauretta…

—Y ¿Quién es? –temiendo sea aristócrata.

—Es una soprano… No es mala, pero creo que le falta escuela. Usted sería mejor crítico que yo.

— ¡Es muy atractiva…!

— ¿Le parece?

— ¡Cómo no…! ¡Qué mujer!

Ella, se percata de la mirada del virtuoso sintiéndose la triunfadora del evento. Las demás damas lo notan inmediatamente, mirando con envidia a la escogida que no es precisamente popular. De inmediato, los chismes brotan en manantial enrareciendo el ambiente. Nicoló siente las miradas polarizadas de los presentes pero no puede sustraerse al poderoso atractivo de Lauretta.

— ¿Me la podría presentar…?

— ¡Por supuesto, será un placer!

Al hacerse la presentación y tenerla enfrente, Nicoló intenta sumergir su mirada en la suya como ha practicado tantas veces, pero ella se resiste y desvía los ojos no dejándose atrapar. Contempla entonces sus facciones, sus magníficos senos, intentando percibir y disfrutar su aroma.

—Es un placer conocerle señorita Lauretta. Tengo entendido que usted canta…

La concurrencia en suspenso y curiosa, mantiene silencio intentando escuchar en lo que disimulan mirando hacia otros lados. Ella ve claramente que es la favorecida del momento y decide usarlo. Su actitud cambia radicalmente a dulce, amable y coqueta. El Conde, viendo el embeleso en el que se sumergió el violinista y el cuadro general, opta por retirarse discretamente del foco de atención.

Ella, tomando a Nicoló del brazo le susurra:

— ¿Le parece si buscamos un lugar donde tengamos menos miradas encima y platiquemos a gusto?

—Desde luego que sí. Nada me haría más feliz.

El encanto que ejerce ésta dama sobre él, borra lo demás de su percepción. En su mente da vueltas la idea de encontrar una mujer correcta, casarse y formar familia. Bien pudiera ser Lauretta, no es aristócrata, es cantante, lo que le agrada como si fuera auspicioso y por destino. Se concentra en ella ignorando el resto de la concurrida fiesta. Desde alguna distancia Paolo observa.

En los días siguientes, Nicoló hace todas las piruetas posibles para verla otra vez; ella inventa mil razones para evitarlo, sin embargo, nunca le dice no, sólo lo pospone sin decirle cuando, lo que a él le produce un estado de suspenso emocional que le acrecienta el deseo. Su cortejo, lejos de debilitarse, se intensifica llegando a montar ridículas guardias y hacerse el encontradizo.

Entrega los conciertos en Venecia, con su usual éxito, dedicándole el último a Lauretta, con quien no llega a nada, pero que lo tiene agarrado por el cuello sin que él lo quiera reconocer y menos evitar. Para él, los rodeos de Lauretta son debidos a su impecable castidad y así debe ser, pues «no pudiera casarse con una mujer que no cuide su honor», misma historia. Pasan semanas y Lauretta sostiene su actitud, los pocos momentos en que le recibe, sólo platican en presencia de algún testigo o chaperón. El tema favorito de Lauretta es su propia carrera como cantante y él, pensando que la conquista con esto, no se atreve a hablar de otra cosa. Temiendo otra Angiolina, sus fieles colaboradores intentan hacérselo ver con discretos comentarios para no desatar su ira.

El tiempo de marchar a Trieste y cubrir esos compromisos se aproxima y Nicoló se percata que tendrá que irse sin una prueba de su amor; ni siquiera un beso que invariablemente le evade. Intentando afianzar su corazón sube su ofrenda y se compromete a velar por su carrera de cantante. Diligentemente, contrata a los mejores maestros. Por alguna razón, todo el magnetismo que tiene con otras mujeres y el talento con que las seduce son inútiles con Lauretta.

Una noche, después de haberla visitado, encerrado en su cuarto con su habitual coñac, la ansiedad le hace beber en exceso. En plena ebriedad, decide que lo que necesita es una buena caminata para aclarar la mente y se entrega a la calle sin que nadie se percate de ello. Pasan de las tres de la madrugada y en plena oscuridad, derrama sus pasos sin rumbo caminando algunos tramos casi a tientas. Fluye por callejuelas, cruza puentes, los descruza y aun así, su interior le atormenta acusando mayor oscuridad. Cansado, decide regresar a dormir pero ignora dónde está. Lejos de sentir algún temor, en los primeros escalones que encuentra se sienta y se duerme profundamente.

A la mañana siguiente Paolo descubre que el Maestro no está en su cuarto y que la cama no ha sido usada. Alarmado avisa a Pietro. En la administración sostienen que jamás le vieron salir, pese a ser evidente que lo hizo. Sin saber por dónde buscar y temiendo perderse otra vez, se sueltan por el vecindario preguntando a todo aquél que encuentran.

Nicoló continúa dormido. La luz del sol, en su avance, va a parar de lleno a sus ojos y lastimándole terriblemente le obliga a despertar e incorporarse. Una jaqueca feroz y una volcánica acidez en la garganta le acosan. Aún borracho no sabe dónde está, tampoco tiene el cerebro ni el ánimo para encontrar su camino. Seguro que con sólo dormir se sentirá mejor, barre con la vista buscando un lugar propicio. Los curiosos lo acosan con miradas. Camina un trecho apoyándose en la pared y buscando sombra, en lo que va aceptando la ineludible e impostergable necesidad de ir a su hotel. Le fascina lograr la atención de la gente pero, en momentos como estos, de horrible malestar, le encantaría ser invisible.

Después de recorrer calles y canales, perderse y encontrarse, Pietro y Paolo regresan al hotel sin éxito alguno. En la administración les dicen que no ha regresado. Pietro intuitivo revisa su habitación, descubriendo que el Maestro duerme tranquilo en su cama. Ambos se miran sin comprender, respirando aliviados.

34 Trieste.

El viaje a Trieste difiere de los demás al ser por mar. El abordar un barco refresca el ánimo de los tres. A Nicoló le reanima el viento en la cara al meditar con la vista puesta en el horizonte. Aun pensando en Lauretta, le inquieta la idea de ver a los Bacciochi, especialmente a Elisa. ¿Qué irá a sentir? ¿Cómo reaccionará ella al verlo? Le es increíble haber temido tanto reencontrarla y ahora ir a su encuentro después de inclusive odiarla.

Esta combinación de horizonte, mar, brisa y Elisa, le da un respiro de su obsesión por Lauretta, recuperando equilibrio su espíritu.

No tiene ni la menor idea de que va a tocar en los conciertos y no le preocupa, formará algo al llegar.

Afortunadamente resiste el viaje y el clima del verano le es favorable. Como ha hecho en travesías por mar, toca su violín para evitar el mareo y beneplácito de los pasajeros. No faltan los ojos de mujer con los cuales enredarse sin sentir el más mínimo impulso. En el muelle, una nutrida comitiva le da la bienvenida con una enorme pancarta: «Viva Paganini». Al bajar del barco, es saludado por múltiples personajes que a juzgar por sus atuendos, parecen importantes. Detrás de una franca sonrisa, Fabrizio:

— *¡Mi Capitán*, qué gusto verle!

Es tal la reciprocidad, que se abrazan espontáneos.

— ¡El gusto es mío! ¿Cómo estás Fabrizio?

—Pues de lado a lado, parece que ya nos estableceremos aquí.

— ¿Cómo están los Bacciochi?

— ¡Bien! Están muy bien… ¡Ansiosos de verle!

—Fabrizio… ¡Qué bueno que te veo! Tengo una pregunta delicada… con temor de ser indiscreto… dime… ¿Cómo están entre ellos? ¿Es prudente que yo me aparezca?

—Le entiendo Maestro… Qué le puedo decir… Están como siempre, la política los junta pero… cada uno vive su vida. A veces pasan semanas sin verse y cuando lo hacen sólo discuten. Lo que sí puedo decirle es que los dos ansían verle. Además de darle la bienvenida, es ese precisamente el mensaje que le traigo, ambos le mandan decir que: «de ninguna manera se marche de Trieste sin visitarlos». Desde luego tienen intenciones de ir a sus conciertos, si los austríacos lo permiten.

—Eso también me da inquietud, es difícil moverme por el mapa con la ocupación austríaca. Exigen permisos, pasaportes, salvoconductos y demás, para cada movimiento…

— ¿Y teme acaso que por visitar a los Bacciochi, haya represalias o restricciones?

—Pues… sí, la verdad. Yo quiero verlos… pero mi vida está en circular por las carreteras y sería un verdadero desastre si me lo prohíben.

—Claro, lo comprendo Maestro… ya han recibido visitas y no ha habido ninguna reacción negativa. Los austríacos saben bien que los Bacciochi son inofensivos y más viviendo en Trieste, alejados del resto de Italia y más de Francia. De cualquier manera, haremos su visita lo más discreta posible.

—Eso… me daría tranquilidad. Gracias.

Urgido por los demás presentes Nicoló ha de acelerar y despedirse.

—No se preocupe *Capitán*, yo me pondré en contacto con usted.

Nicoló se entrega a los saludos, aligerado de preocupaciones.

En los días siguientes, ensaya con la orquesta y prepara el programa para cinco días de conciertos.

Después del último ensayo descansa en su hotel satisfecho de los resultados obtenidos con los músicos. Tumbado en un sillón, frente a una ventana y metido en pensamientos, sorbe un excelente vino imaginando a Elisa que pronto verá. Una simple vela mal ilumina la habitación mientras el silencio reina. Algunos golpecillos en la puerta; Nicoló acude a abrir vela en mano:

—Si dígame…

Una joven desconocida le pregunta en susurro:

— ¿Maestro Paganini?

—Sí soy yo… dígame…

— ¿Está solo?

— ¿…y porqué pregunta?

—Es importante su Excelencia. ¿Está solo?

—…Pues… sí… estoy solo. ¿De qué se trata?

Retirándose de la puerta, la joven se aleja por el pasillo iluminado por candelabros y se pierde doblando una esquina. Contrariado, sin saber qué esperar y en alerta ante el suspenso, corre hacia su maleta, toma una pistola y regresa a la puerta a observar. Por unos segundos nada sucede, de repente de la misma esquina por la que la joven desapareció, aparece un personaje encapuchado caminando rápidamente hacia él y que al llegar a la puerta lo empuja, entrando. Asustado, con la pistola en la mano:

— ¡Alto! ¡¿Qué es esto?!

— ¡Soy yo flaco! –dice Elisa descubriendo su rostro.

Cerrando la puerta, eleva la vela para verla, reconociendo la sonrisa traviesa.

— ¡…Elisa…! ¡No esperaba verte tan pronto!

Ella ve que tiene una pistola en la mano y eleva los brazos diciendo:

— ¡Te prometo no volverlo a hacer… pero no me mates!

Ambos ríen, en lo que Nicoló regresa la pistola a la maleta y enciende otras velas.

— ¡Qué susto me diste! ¿Cómo has estado? Me preocupó enterarme de vuestras vicisitudes.

—Nada se compara con el aburrimiento en el que ahora vivimos. ¡El tenerte por acá es todo un acontecimiento! No tengo mucho por platicar, lo más bello de mi vida quedó atrás. Tú eres el que me tiene que platicar… Me he ido enterando de tus hazañas… ¡Tus triunfos en Milán…! ¡Qué maravilla! Ya todo el mundo habla de Paganini. ¡Enhorabuena Flaco! No sabes que orgullosa estoy. Te lo mereces… siempre sentí que eras insuperable.

Asombrado con sus palabras y con alguna incredulidad:

— ¡Creí que me odiabas…! Es más, me hiciste temer por mi libertad y hasta por mi vida.

— ¡Perdóname amor…! No sabes cuánto lo siento… El cambio de Lucca a Florencia fue terrible y los celos… tus desplantes… y deslices… Todas las mentiras y humillaciones a las que me sometió mi hermano… Se me llenó el alma de demonios y la cabeza se me hizo un nudo… ¡Muy tarde me di cuenta…! Ya te habías ido. ¡No sabes cuánto te he añorado…! Con cuerpo y alma sufrí la resaca. Tuve que aceptar que tu destino y el mío no tenían nada en común. ¡Créeme… nunca te hubiera hecho daño…!

Al progreso de las palabras las lágrimas han inundado sus ojos y Nicoló comprueba la veracidad de las mismas. Estupefacto, se percata que es primera vez que la ve llorar e instintivamente la abraza.

—Flaco amado, lo eché todo a perder… Mi orgullo siempre ha sido mi peor consejero. Me puse celosa… muy celosa… me volví loca. Tú no eres precisamente inocente… —mirándole a los ojos Nicoló acepta—. Pero creo que… lo mejor, es cambiar el tema y disfrutar el momento. ¿No? Vine a verte, a decirte que te querré siempre y que seguiré disfrutando tus triunfos, no importa que tan lejos te encuentres de mí… ni con que fulanas te metas.

Nicoló, enternecido, sigue abrazándola sin salir del asombro de esta revelación. Lamenta los contratiempos vividos por creerse perseguido. Separándola de sí, la mira en los ojos nuevamente confirmando su sinceridad que junto con su nueva sencillez, sin aires de monarca, le producen un efecto peculiar que no acaba de entender. Interrumpiendo el interludio pregunta:

— ¿Perdón, bebía un magnífico vino, se te antoja?

—Por favor.

Sirve las copas entre reflexiones a las que se unen recuerdos de gran intimidad. Vuelve a sentir la sustancia intangible que con ella experimentara y que enfatizada por su aroma personal, aviva una llama que creyó extinta. Lleno de pensamientos, se dirige hacia ella con una copa en cada mano y entregándole una, la choca con la otra:

— ¡Salud Elisa!

Ambos beben sin dejar de mirarse para finalmente fundirse en un estrujado abrazo que coronan con un beso profundo y apasionado. El beso dura regenerándose mientras se frotan rompiendo el silencio con pasión. Interrumpen para mirarse a los ojos y aprovechan para desvestirse a toda prisa. En un profundo suspiro, Elisa se llena de temblores y exaltación al recibirlo de nuevo en su ser.

Nicoló, entre cortinas, observa el teatro lleno, pero sobre todo, la presencia de militares austríacos de alto rango que le obliga a olvidarse de dedicarles el concierto abiertamente a los Bacciochi en uno de los palcos.

A pesar de esto, en el transcurso del programa, sutilmente despierta memorias en ellos con piezas favoritas y borda con música, episodios y anécdotas que ellos perciben con claridad. A Félix, le repasa sus lecciones parodiando su estilo rígido y personal de tocarlas. A Elisa le recuerda algún pasaje que le fascinaba en privado por el tremendo erotismo y que entonces le era imposible escuchar en público optando por retirarse; esta vez, se queda a escucharlo completo, disfrutándolo en lo íntimo, recibiéndolo como intenso y personal regalo, sólo para ella.

El aplauso y ovación son atronadores y son los austríacos los más entusiastas propiciando encores. Nicoló recibe cuantiosas felicitaciones y panegíricos por parte de ellos que le rodean y acaparan en festejos. Esta reacción se repite en cada uno de los conciertos. Los Bacciochi sólo asisten al primero y es su ausencia lo que siente Nicoló en los restantes. En el último, confirma con pena que tampoco llegaron. No obstante, entre los asistentes que desean saludarle, está Fabrizio, Paolo lo pasa al camerino:

— ¡Fabrizio… mi buen amigo! Temí no volverte a ver.

— ¡Imposible Maestro! Sus Altezas, comprendiendo su preocupación, decidieron no asistir más que al primer concierto para llamar menos la atención y después tenerlo como huésped unos días en la villa que aunque está sin terminar, desean mostrársela. Es un bello rincón y como ellos dicen: «Posiblemente el lugar donde pasen el resto de sus vidas». La pregunta es: ¿Contarán con su presencia?

— ¡Claro! Sólo que hoy no puedo escapar… hasta mañana sabré cómo se encuentra mi agenda. De cualquier manera yo ya había reservado un tiempo para pasarlo con vosotros… Por cierto Fabrizio, recuerdo que alguna vez me dijiste que te gustaría trabajar conmigo. ¿Lo dijiste en serio?

— Desde luego que sí Maestro… ¿Me está proponiendo irme con usted?

Con expresión pícara, Nicoló sólo desorbita los ojos.

— ¿Cómo va tu trabajo con el Príncipe?

—Mi trabajo va bien Maestro… pero eso no debe preocuparle. Lo tengo ya muy platicado con él. De hecho… si usted no dice nada… él se lo va a proponer. Hace ya algunos años en Lucca, fue él quien salió con la idea…

— ¿Cómo?

—Él sabe que yo no tengo nada de sedentario y que usted es un hombre de distancias y movimiento. Su Alteza… es el mejor amigo que he tenido en mi vida, me tiene cariño que yo aprecio profundamente. A medida que ha aumentado su obligado sedentarismo… me repite: «Tú tienes que irte con Paganini y recorrer el mundo, que para eso naciste». Cuando se enteró que usted vendría… me dijo: «Prepara tus maletas que te vas con él».

— ¿En serio…? —Pregunta estupefacto.

—Como se lo digo.

—Y tú… ¿quieres venir conmigo?

— ¡Con toda el alma Maestro…! ya se lo he dicho.

Basta esta familiar frase para que Nicoló se colme de júbilo y se entusiasme aún más con esta alianza en medio de un ataque de tos. Sin poder decir palabra sólo asiente contento. Así es exactamente como quiere a sus colaboradores. Así también, es como quiere él vivir, así, como recalcan Octavio y Francesco.

Unos días después, Fabrizio los lleva a la villa de Campo Marzio en donde Félix y Elisa le reciben calurosamente de manera sencilla y casi familiar. Nicoló y Elisa se esfuerzan por aparentar que es primera vez que se ven después de tanto tiempo, aunque a Félix le tiene sin cuidado lo que pase entre ellos más bien contento que, ella ya no tenga ningún poder ni enojos sobre el Maestro, cuya presencia se dispone a disfrutar. En los días siguientes Félix lo acapara y Elisa tiene que sufrir para verlo. Practican esgrima, juegan naipes y billar, recorren el lugar a caballo y desde luego, tocan violín, donde el extasiado discípulo, intenta aprender todo lo que puede. Plática amena y abundante, brindis y carcajadas constantes.

Durante una caminata, Félix en tono grave, casi le impone que se lleve a Fabrizio como pago de favores anteriores; lo hace de manera emotiva, con una cierta pasión que delata que lo ve como a un hijo y vela por su destino. Tal, como el mismo Fabrizio describiera.

—Y... ¿Por qué cree que va a estar mejor conmigo?

— ¿Además de que le fascina su música y le tiene gran estimación...? Maestro, usted tiene por delante mucho camino que recorrer. Él, es viajero... además...un gran guerrero y espadachín, lo cual es muy útil en los caminos de hoy... ¿No le parece...? Conmigo el muchacho ya no tiene futuro... Odio decirlo pero... este bello lugar, es mi cárcel de la que posiblemente ya nunca salga... Es muy importante que él se vaya de aquí... y pronto. Por alguna bendita casualidad no lo han marcado, aunque en su nobleza, no ha hecho nada para evitarlo. No aparece en ninguna de las listas y si con el tiempo llegara a aparecer, yo podría negarlo con la seguridad de que no lo encontrarán. Por otra parte, el sólo saberlos juntos... me da paz y mucho gusto... y envidia, claro. Como ve Maestro Paganini, le estimo tanto a usted como a él y sé que a los dos les traerá beneficios esta alianza; se necesitan mutuamente, créame. Lo conozco a él y le conozco a usted. No puedo imaginarles separados.

—Pues no se hable más... Fabrizio viene conmigo y lo hago con sumo gusto. Efectivamente... tengo mucho que viajar y él... es invaluable.

— ¡Excelente Maestro! ¡Brindemos...!

Entran en un gran salón donde Elisa se encuentra recostada de lado sobre un diván y el verla estremece a Nicoló; ostenta esa actitud de monarca que en ocasiones le mostró antes de hacer el amor y que tanto le excitaba. Nervioso ante esa imagen y con la presencia de Félix en la misma habitación, tropieza tirando un adorno de una mesita que, al inclinarse a recogerlo, tira otro, desatando la risa de Elisa y, enseguida, tira otro más. Félix se une a la risa y le recuerda la anécdota que alguna vez le platicó sobre el clavo, la vela y la cuerda en medio de un concierto en Livorno.

—Maestro, sólo le faltó el violín. Con lo que acaba de hacer, ya imagino el suceso aquél de Livorno.

Ríen disfrutando el incidente, en lo que Félix sirve champaña para los tres. Nicoló se siente incómodo con ambos al tiempo, cada uno intentando capturar su atención. Ejercicio de filo de navaja. Elisa inicia un juego sutil de dobles-sentidos en lo que Félix enfatiza su plática viril y apabullante, sin percatarse, sólo continúan su eterna competencia y antagonismo. La tensión se va elevando, en especial para Nicoló, que no ve la hora en que el episodio termine. Los tres siguen tomando champaña tensando aún más la situación. Félix ya no es tan prudente con sus modos y comentarios como cuando Elisa tenía poder, significando para ella un esfuerzo tolerarlo; riñen con extrema facilidad, aunque pudiera decirse, irónica y paradójicamente, que la distancia entre ellos es mucho menor. La remodelación de la villa y la obligatoriedad de permanecer juntos en esta nueva situación inevitablemente les acerca, comportándose como dos necios cónyuges. Esto le salta a la vista a Nicoló, contrastando con el anterior estado de separación indiferente e independiente que practicaban.

Al cabo de un rato, Elisa opta por retirarse cambiando la situación radicalmente. De inmediato, Félix hace llamar a Fabrizio para comunicarle lo decidido y brindar por ello. Los tres se juntan en una animada plática-celebración que cubre el resto de la tarde. Finalmente, cargados de coñac, dan por terminada la sesión, recordando que a la mañana siguiente habrá paseo a caballo.

No bien llega Nicoló a su habitación y entre penumbras, aparece Elisa por la puerta:

— ¡Flaco que difícil vernos con Félix metido en todo!

— ¡Elisa! ¿Qué haces aquí?

— ¿Qué…? ¿Cómo que… qué hago aquí?

Confundido, no sabe qué contestarle. La realidad es que, por primera vez los ve como pareja y se siente intruso, algo cambió con esta percepción y no sabe explicarlo. Ella se acerca y lo abraza:

— ¿Qué pasa Flaco? Dime.

Él permanece en silencio, pensativo.

— ¿No me vas a decir…? –insiste con ternura.

—…jamás… había visto al Príncipe como tu marido… y ahora… no puedo dejar de hacerlo…

—Pues sí… y tú eres mi amante… ¿o no? Antes, no te molestó… ¿Cuál es la diferencia ahora?

—No lo sé… tú dime… Me siento desleal… y no me gusta en lo absoluto. Él, siempre ha sido una magnífica persona conmigo. Uno de mis mejores amigos y yo… ¿soy el amante de su mujer?

—Pero amor… tú sabes que yo nunca he sido realmente su mujer. Nuestro matrimonio fue por estrategia y conveniencia políticas; los dos lo negociamos desde el principio… punto por punto. ¿Tú crees que a él le importa un pepino con quien me acuesto…?

—Supongo que no… mientras no sean sus amigos… pero creo que si se llegara a enterar de nosotros, le dolería y terminaría irremediablemente con la amistad.

— ¿Y prefieres entonces terminar conmigo? No te entiendo, antes no te importó, lo supiste siempre.

—Pero era diferente…

—Te recuerdo que fuiste primero mi amante y luego su amigo y que fui yo la que te puso a darle lecciones; ahora resulta que valorizas más su amistad… que lo nuestro.

—Elisa explícame una cosa: si no es tu marido ¿Cómo es que tienen hijos y planes juntos para el resto de sus vidas además de llevar el mismo apellido?

—Bueno… las circunstancias nos obligaron a esto… Pero espera un momento, ¿Por qué ahora tengo que explicarte? ¿Por qué me cuestionas? Antes no lo hacías.

Entre intensas reflexiones, contesta:

—No… no te cuestiono… Soy yo el que se cuestiona. Les tengo gran estimación a los dos, pero estoy entre ambos… y no es precisamente fácil.

Viendo que la conversación no se dirige a nada promisorio, Elisa opta por retirarse con la esperanza que al día siguiente Nicoló vea las cosas bajo otra luz. Para despedirse, pregunta:

— ¿Vas a ir mañana al paseo a caballo?

—Si claro, ya quedé con Félix…

— ¿Tienes inconveniente en que yo también vaya?

— ¿Cómo me preguntas tal cosa?

Haciendo una mueca sale cerrando tras de sí. Él se queda mirando la puerta por un buen rato entre reflexiones. Cansado y un tanto ebrio, se tumba en la cama y aún vestido queda dormido.

En el paseo a caballo reina un ánimo alegre entre el nutrido grupo que incluye algunos personajes recién conocidos. Elisa y Nicoló cruzan pocas palabras pero muchas miradas. Atribulado por sus reflexiones, el sólo verla, paradójicamente, le produce incisivo placer. La siente más atractiva que nunca. Esa misma mañana, se repitió sus conclusiones de la noche anterior decidiendo no volver a tocarla. Ahora, sólo piensa en hacerlo en la primera oportunidad.

Después de mucho galopar, regresan a la villa cansados y hambrientos. Durante la comida las miradas continúan, Nicoló hace esfuerzos inútiles por distraer su imaginación pensando en Lauretta de quien, supuestamente, está enamorado. Elisa renunciando al postre, anuncia que se va a su recámara a descansar, dirigiéndole una prolongada y sugestiva mirada al despedirse.

Metido en dudas, Nicoló espera. Los temas políticos, que le aburren, dominan la acalorada sobremesa y en la primera oportunidad se excusa para tomar un descanso.

El descanso lo toma en la habitación de Elisa.

Al abrir ella la puerta, reanudan de inmediato la apasionada sesión de unos días antes. La intensidad se incrementa al tener que reprimir sus ruidos y la espeluznante posibilidad de ser sorprendidos.

Antes, le gustaba que fuera monarca y que tuviera algún poder sobre él, le erotizaba su don de mando; ahora, le excita el poder que él tiene sobre ella y la absoluta libertad de partir, amarla o no, tomarla o rechazarla y hasta humillarla si fuera el caso. Sin embargo, la venganza no visita su corazón; más bien le parece extraordinaria su relación con ella: un cuento lleno de claroscuros, jaloneos, emociones, secretos e intrigas que si lo contara, nadie le creería.

Ha tenido mujeres más bellas, amorosas, misteriosas o eróticas, pero la complicada aventura con Elisa es absolutamente increíble.

La estancia en Trieste se prolonga tocando su violín para los Bacciochi en numerosas veladas. En una de ellas, se entera que en Venecia se presentará el violinista Louis Spohr y no puede perderse la oportunidad de escucharle y mejor aún, de conocerle. Esto le hace planear su partida de regreso y poner fin a su visita a los Bacciochi. La despedida es como la bienvenida, calurosa y familiar. Para los que quedan, no es precisamente fácil sabiendo el tedio que les espera y que una visita como la de Paganini es necesariamente seguida por un gran silencio.

Félix contempla además la partida de Fabrizio, quien al despedirse le dice con ojos nublados:

—Su Alteza, no sé cómo agradecerle todo lo que ha hecho y sigue haciendo por mí.

—Yo sé cómo muchacho… no me dejes de escribir. Saber de ti, para mí… será saber del mundo. Mantenme informado de los logros del Maestro y… de las aventuras que corras con él. ¿De acuerdo?

—Cuente con ello su Alteza.

Acto seguido, Fabrizio besa la mano del Príncipe con gran respeto, lo que no escapa a la atención de Nicoló mientras, él mismo, besa la de Elisa y se despide de ella con una larga mirada. Ella lo ve partir con ese temple que la caracteriza.

35 Lauretta y Spohr.

Después del relajamiento con los Bacciochi, reingresar al trajín de Venecia es un esfuerzo, sin embargo, sigue teniendo gran curiosidad por conocer a Spohr y, esta vez, se abstendrá de absurdas y nocivas competencias. Si encuentra en él un espíritu afín, lo respetará y cultivará su amistad; no permitirá que se repita lo sucedido con Lafont.

En Venecia el deseo de ver a Lauretta se hace insoportable y acude a visitarla pero, para su sorpresa, ella se niega a recibirlo por «sentirse indispuesta». Indignado camina las calles, queriéndose desahogar con las baldosas, preguntándose por qué princesas y grandes damas se desviven por amarlo y esta cantante de poca monta acepta sus ayudas, pero no es capaz de recibirlo después de seis semanas de ausencia. Empieza a creer que lo que Paolo y Pietro le han querido decir tiene algún trasfondo como con la Cavanna. Al llenarse de suspicacia y paranoia, sus pasos se tornan lentos y vagos, ofreciendo un extraño comportamiento externo. Fabrizio que no lo ha dejado de cuidar un solo momento y lo ha seguido a corta distancia, decide abordarlo:

— ¿Se encuentra bien, Maestro?

Con mirada desenfocada le contesta, preguntándole:

— ¿Dónde están Paolo y Pietro?

—Supongo que deben estar cumpliendo sus encargos. Tal vez estén de regreso en el hotel.

—Vamos para allá, necesito hablar con ellos.

Fabrizio sorprendido, camina en paralelo mirándolo de reojo, es una nueva faceta que no le conocía y que le parece interesante. Félix le había hecho observar la manera como el Maestro, al tocar su violín, movía sus dedos, muñecas, codos y hombros con extraordinaria soltura y sutil suavidad, aplicando la justa presión en cada instante y, cómo, de igual manera, eran sus movimientos en general, ya sea caminando, practicando esgrima o hasta jugando billar. Flexibilidad y soltura, en todo momento.

— ¿Qué estará pasando por esa prodigiosa mente? –Se pregunta— Genios y locos, hermanos gemelos… –Se contesta y ríe.

De pronto, Nicoló detiene la marcha y con ello, sus pensamientos y los movimientos de su cuerpo, gira el rostro completamente inexpresivo y contempla a Fabrizio percibiendo su presencia, su ser. Sin decir palabra reanuda sus pensamientos y sus pasos, volviendo a fluir por la acera como si nada. Resultado de ese congelamiento instantáneo, Fabrizio queda confundido:

—« ¿Qué fue eso?»

Mientras, Nicoló sigue avanzando, alejándose. Reaccionando como puede, Fabrizio sale del inesperado pasmo y se obliga a actuar, pero ya no ve al Maestro por ningún lado; corre por donde cree que se fue y desemboca en la plaza de San Marcos por la que circula muchísima gente. Barre a conciencia con mirada de halcón, pero no lo encuentra. De repente, un golpecillo en la espalda:

—Fabrizio… ¿Qué haces? ¡Por qué este comportamiento tan extraño! Te advierto que aquí en Venecia se pierde uno con extrema facilidad, no te despegues… –y reanuda la marcha.

Fabrizio reingresa al pasmo:

—« ¡Resulta que el loco soy yo…!»

Siguiendo la recomendación, no se despega aunque se sigue cuestionando:

—«¿Cómo es posible que se me pierda el Maestro con su peculiar modo de andar y esa imagen zancuda…? Su fisonomía es única.»

Pero el pasmo mayor se sucede cuando, «el Maestro» voltea y no es él, es un sujeto que ni siquiera se le parece. Vuelve a barrer con la vista y nuevamente, no lo encuentra.

—«Esto es el colmo. ¿Qué rayos me está pasando? ¿Dónde está el Maestro?»

Orientándose como puede, se dirige al hotel y al llegar, ante el portón, Nicoló espera paciente:

—No te preocupes. Todos nos perdemos en Venecia.

¿Habrá querido decirle algo con esa frase? Él es un soldado de primera categoría, si esto le hubiera sucedido en alguna batalla estaría muerto. No se explica que pasó y, para colmo, se siente abrumado como un imbécil. En medio de sus especulaciones, nota que el Maestro lo mira sonriendo, no quedándole más que sonreír también.

Al llegar Paolo y Pietro, Nicoló ausculta sus pensamientos y percepciones sobre Lauretta, logrando distinguir las manipulaciones de las que no se percató por sentirse embebido. Elisa, con su reciente amor y respeto, le está dando el equilibrio necesario para ver claramente que Lauretta lo usa sacándole ventaja a su avidez. Lo que también ve, es que sigue atrayéndole y que, si bien no es la mujer para esposa, no significa que no pueda poseerla y disfrutarla, como quien juega una partida de cartas. Ahora, es un reto.

Esa tarde, acude a visitar al Maestro Louis Spohr que al día siguiente dará su concierto. Lo hace con total respeto y reverencia, en un humilde reconocimiento a su prestigio y su genuina curiosidad por escucharle tocar. Sin embargo, Spohr se muestra arrogante y condescendiente, dirigiéndose a él como si fuera un aprendiz de rango inferior y usando un impertinente tonillo:

—Señor Paganini… me dicen que es usted un mago prestidigitador de «gran calibre» y que tiene «hechizada» a la audiencia de Italia. ¿Usted qué opina?

— ¡¿Yo, qué opino?! –Sorprendido de pregunta y actitud– …Maestro… sólo vengo a darle la bienvenida y desearle mucho éxito en su concierto. Asistiré con total devoción. He oído mucho de su gran entonación y su pureza de ejecución. Estoy seguro que disfrutaré escucharle.

—Supongo que sí… pero dígame Paganini ¿Cuándo tendré oportunidad de escuchar sus artimañas?

— « ¿Artimañas…?»…me temo que no tengo nada programado por lo pronto Maestro. Pero… veo que está usted muy ocupado y que le importuno. Le reitero mis mejores deseos para el concierto de mañana. Con permiso… –y se retira.

Spohr quiere decir algo para detenerle, pero las palabras no acuden y se limita a pensar:

—«Es un rústico y encima, insolente…».

Nicoló se siente frustrado, decepcionado, humillado. Lejos de ser un afín con el cual establecer algún vínculo, es un arrogante clasicista, un sabelotodo académico que califica sin entender. Irá al concierto, pero con curiosidad crítica, a dar fe; no al encuentro con un espíritu libre, porque no lo hay. ¡Lástima!

El concierto se sucede y Paganini lo absorbe como esponja. Spohr es buen violinista, pero nada en él es original, sólo se parapeta en lo establecido. Le sería un verdadero placer estar en el escenario con él y echarle al público encima; punto por punto combatir sus ponencias y presentarle horizontes que él, está lejos de entender. Pero no, no le interesa en lo absoluto; mientras Spohr lo precalifica como un charlatán con «artimañas», él lo ve, después de escucharlo, como un mero copista, un enano sintiéndose gigante. No es afín ni está a su altura. Le dará la justa importancia, es decir: ninguna.

Los periodistas y el empresario del teatro no opinan lo mismo e intentan que se dé un encuentro.

Aunque insiste en que primero tendrá que escuchar al genovés, Spohr muestra abiertamente su arrogancia y al ver la renuencia de Paganini se crece, sosteniendo que es lógico que tenga miedo, completamente natural e irreprochable.

Nicoló en sus reflexiones, siente paralelismo entre la actitud de Lauretta y la de Spohr: ambos aconsejados por su vanidad; ambos deseosos de competir con él, de sacarle algo o apabullarlo, ambos proponen duelo. Le toca a él escoger armas.

Al día siguiente, forzado por la circunstancia, se encuentra con Spohr que, frente a testigos, le pide que dé un concierto o por lo menos una audición, para que tenga oportunidad de escucharle, pero Nicoló ya tomó su decisión, sosteniendo que sufrió una caída y que no está en condiciones de tocar. Molesto y considerando que es mera cobardía, Spohr se suaviza en insolente condescendencia y le invita a tener una plática, a solas. Paganini accede manteniéndose firme en su decisión. Y para deshacerse de él, conciso y breve golpea su vanidad:

—Maestro Spohr, mi manera de tocar el violín está dirigida a las masas, no a oídos refinados y educados como el de usted. Tocar para su Excelencia me obligaría a ejercer técnicas que no tengo ensayadas. Créame Maestro, no se pierde de nada y es absurdo que mida fuerzas conmigo, un mero «mago prestidigitador» con sus «artimañas». Espero tenga usted muy buen día.

Al salir de ahí, ve la cara de Fabrizio en alerta y le sonríe, sonriendo también en su interior por haber ganado esta batalla ante el «clasicista imitador»; de ninguna manera tocará su instrumento frente a un plagiario tan dotado que en el resto de Europa goza de tal fama. No es un afín. Lo único que tienen en común es tocar el violín, pero sus talentos y motivos son de diferente proveniencia.

Para el caso de Lauretta también tiene una decisión. Cuando la «diva» por fin acepta recibirle, él se presenta con sus usuales flores y ofrendas. Y tan pronto se ve a solas con ella:

—Quiero proponerte un negocio.

Lauretta, pensando que se trata de algún concierto o algo por el estilo, pone extrema atención.

—Dime...

—Tengo una enorme atracción por ti, pero quiero que lo veas estrictamente como negocio. Yo te puedo jurar, y sería parte del trato, mi absoluta y total discreción.

—Pero… ¿De qué se trata?

—A eso voy. Veo, porque no estoy ciego, que un poco de dinero no te caería nada mal…

— ¿Qué me estás queriendo decir? –contesta aparentándose ofendida.

—Que pases una noche conmigo y que le pongas una cifra…

— ¡Pero…! ¿Te das cuenta que me insultas? –inquiere sin el más mínimo enojo.

—No Lauretta, no se trata de eso. Sólo que ambos obtengamos lo que deseamos. Nadie se enteraría… nada más tú y yo.

En los ojos de él, lujuria; en los de ella, avaricia. Negocian y llegan a un acuerdo fijando una cita.

Al salir a la calle ve a Fabrizio nuevamente montando guardia, otra vez, le sonríe. El ex soldado intrigado devuelve la sonrisa. Ambos abordan una góndola y se alejan platicando del clima.

La cita con Lauretta es a media tarde en su cuarto de hotel. Nicoló, acicalado y perfumado, espera con impaciencia. Conociéndola, enfatizó puntualidad: no había trato si era impuntual y él no insistiría. Cual cronómetro, se oyen golpecillos a la hora exacta y, como sus salidas al escenario, deja pasar unos segundos de suspenso para abrir. Despampanante, envuelta en un sensual vestido e igualmente perfumada, aparece Lauretta ante sus ojos. Haciéndola pasar, la contempla. ¡Bella! ¡Radiante! Embelesado, se acerca para por fin besarla pero, una vez más, ella lo evade.

— ¡¿Qué pasa…?! ¡¿No habíamos quedado?!

—Sí, habíamos quedado… ¿Y…el dinero?

Soltando carcajada, se dirige a un cajón saca lo convenido y se lo entrega. Ella cuenta el dinero concienzudamente y lo mete en su bolsa.

— ¿Ahora sí?

—Ahora sí.

Procede entonces a abrazarla y besarla como lo había deseado por tanto tiempo. Ella lo permite sin reciprocidad alguna. Percibiéndolo, de inmediato él reclama, a lo que ella contesta:

—Nunca aclaramos nada sobre eso… —y se tiende en la cama.

—Bien… pero entonces… pon mucha atención.

Dicho esto, se dedica a besarla y acariciarla, tan sutilmente que su piel se eriza con escalofríos:

— ¡Detente! ¿Qué me haces?

—Te acaricio, eso es todo… parte del trato.

Sin poder ni querer resistirse más, cierra los ojos y relajándose lo disfruta. Poco a poco se excita cada vez más, mientras él continúa afinándola y tocándola, como si fuera un violín. Muy lento, la desnuda y la recorre sutilmente con yemas y labios, apenas tocando su piel. Como flor que se abre ofreciendo su olor, sus aromas de mujer brotan por su piel y su pubis. Retirándose un poco, disfruta eufórico su desnudez.

— ¿Qué pasó? –Dice inquieta, al sentir su éxtasis interrumpido— ¿Por qué te detienes?

Nicoló sonríe, ya la tiene. Y prosiguiendo con las caricias se va desnudando en lo que ella, hedonista, se va dejando poseer. Sus pies resultan ser más bellos de lo esperado y los besa fascinado, sintiéndolos con su cara. También resultan ser punto sensible en Lauretta y recibir en ellos sus besos y caricias, catapulta su deseo, viéndose presa de agradables e intensos temblores. Tomando sus pies, cada uno en cada mano, continúa besándolos. Y doblándole las piernas, la penetra. Ella siente que se ahoga en un sorpresivo suspiro simultáneo, estirando los brazos para abrazarlo. Lo besa ahora, apasionada; lo besa, lo besa y lo sigue besando. Afinando su cadencia y su cadenza, Nicoló, en torrente, se entrega a lo creativo. Lauretta, en descubrimiento, pasa del éxtasis al orgasmo, una y otra vez. Finalmente, Nicoló se vierte dentro y los dos exhaustos yacen abrazados en letargo final.

Esta sesión, particularmente intensa, cambia la actitud de ella con él y la relación entre ellos. Lauretta, lejos de enamorarse, ha descubierto algo que le fascina y que le deja dividendos. Nicoló ve ahora en ella un simple capricho negociable y no un prospecto de esposa. Comprendiendo, en un panorama más amplio, que hay esposas, hay amantes y hay putas, y no deben confundirse.

36 Lord Byron.

Aprendida la lección de Lauretta, al día siguiente parte hacia Verona donde dará cinco conciertos. Jamás estuvo ahí e ignora que le esperan con una trampa para demostrar al público contundentemente que Paganini es un charlatán y un cirquero.

Durante el camino, observa lo bien que se han acoplado sus, nuevamente, tres colaboradores. Fabrizio, con su formación militar y don de mando, ejerce un saludable liderazgo e inspira respeto entre ellos, superando los inevitables celos iniciales. Un auténtico cambio de ánimo se da en Paolo y Pietro, armonizando con la nueva situación. Nicoló confía en Fabrizio con sólo verlo analizar mapas, escoger rutas y tomar precauciones. Satisfecho con los tres, está listo para la acción.

El público de Verona le da calurosa bienvenida. La expectación por oír al virtuoso se manifiesta en letreros y parafernalia. Nicoló se encierra a revisar partituras, al día siguiente es el primer ensayo y quiere definir ruta como lo hace Fabrizio. Paolo entra, diciendo excitado:

— ¡Maestro…! Una noticia.

—Dime…

— ¡El poeta Lord Byron acaba de llegar a la ciudad…!

— ¿Estás seguro que es él?

—Pues todo el mundo lo dice… ¡Si viera el carruaje en que llegó…!

— ¿Qué tiene el carruaje?

—Tendrá que verlo, es… estrafalario… extraño.

—Averigua dónde se hospeda… que tan pronto se pueda, le presentaré mis respetos.

—Eso es fácil Maestro, se hospeda en este mismo hotel, así me enteré.

Habiendo escuchado algunos de sus poemas a través de Octavio y Francesco, tiene verdadera curiosidad por conocer al personaje y tal vez, por qué no, juntar a los tres como amigos.

Nicoló garrapatea al reverso de una de sus tarjetas de presentación.

—Llévale una botella del mejor coñac que encuentres con ésta tarjeta…

—Claro que sí Maestro… ¡Qué buen detalle!

A unos metros, entre otras paredes, Lord Byron comenta con Fletcher, su valet, la oportunidad de escuchar al tan renombrado virtuoso y lo manda al teatro a comprar entradas. Aunque aficionado a posar para pintores, sus artes favoritas son la música y la literatura; de ésta última la poesía, que según él, es el mero tuétano, lo único que se aproxima a la música y que llega directo al alma.

Durante el ensayo, el primer violín, Maestro Valdabrini, con tono de reto, le propone que toque un concierto compuesto por él mismo sin aclararle que tomaría meses de práctica hacerlo.

—Maestro Paganini, conociendo sus habilidades, supongo que no tendrá problema en tocar este concierto de mi inspiración.

Nicoló revisa la partitura y no viendo inconveniente, más que su arrogancia al proponerlo:

—Claro, Maestro, será un honor. ¿El director, está de acuerdo?

—Desde luego.

—Sugiero que lo toquemos al final del concierto y cerrar así con broche de oro. ¿Le parece?

Valdabrini asiente, celebrando en sus adentros:

—No sabe cuánto honor me hace, Maestro Paganini. –Contesta con ironía.

Al llegar el momento de ensayar el mentado concierto, Nicoló se invierte en múltiples variaciones, inclusive cómicas, embelesando a los músicos. Valdabrini protesta, porque no se apega a la partitura y no reconoce su propio trabajo. Él, sólo le pide paciencia: llegado el momento lo reconocerá sobradamente. Y continúa entreteniendo a los músicos que resienten las interrupciones de Valdabrini.

La noche del concierto, el teatro está al tope y según Paolo, Lord Byron presente. El director levanta batuta y el concierto inicia. Paganini cubre toda la primera parte con composiciones propias y, conforme a lo convenido, cerrará con el concierto de Valdabrini. Desde su puesto de primer violín, preparado para su gran triunfo y listo a comenzar, ve entrar a Paganini apoyándose sobre un bastón de Malaca aparentando necesitarlo. El director, contrariado, cruza miradas con el virtuoso que le confirma proseguir; inicia el concierto entre suspenso, rumor y risillas del público. Nicoló lleva su violín al hombro mientras sigue apoyado sobre el bastón hasta el momento preciso de su entrada; y usando el bastón a manera de arco, ejecuta el concierto con la misma brillantez y pericia que con un arco convencional. Desde luego circense, pero espectacular y bien tocado. Y, tapándole la boca al autor, cada nota con su valor y entonación «con un bastón de Malaca». Además, una deliciosa cadenza que Valdabrini estuvo lejos de concebir.

El concierto es un éxito y el detalle del bastón muy aplaudido y comentado. Nadie hizo el ridículo frente al público, sólo Valdabrini ante Paganini y los músicos de su propia orquesta.

¿A quién se le ocurre tocar el violín con un bastón? Sólo a Paganini que, la noche anterior, utilizó su ingenio para hacer sonar el bastón, raspándolo y aplicándole resina hasta darle la textura correcta para lograr la vibración, mientras le ganaban las carcajadas que no podía reprimir.

Entre los que le felicitan, un hombre rengo, alto y bello, le saluda en italiano con acento inglés:

—Maestro Paganini, es verdadero honor escuchar su sublime arte y, ahora, estrechar su mano. Le agradezco la bienvenida; el coñac estuvo magnífico, me lo acabé... pero nada va a saber mejor que tener otro en su mágica compañía. Le propongo la noche, para también, beberla toda.

—Su Alteza, será un honor...

— ¡No! No... No altezas que si hay alteza por acá es usted –dice entre verdad e ironía. Yo... no he logrado hacer magia. De hecho... me pregunto qué es lo que he logrado.

—Perdone... su poesía es magia. Con palabras usted dice lo que yo intento esbozar con notas.

—Quizás, pero su música es poderosa y profunda, flota en el aire; toca el espíritu directamente sin que pueda rehusarse; le da órdenes, lo zarandea y lo catapulta en éxtasis. La música llega a todos, hasta a animales, tal vez, un árbol la disfruta. La poesía es más para aquellos que la buscan porque la necesitan.

— ¡Muy interesante!

—Quiero presentar mi gran amigo John Hobhouse que, como yo, ha deseado conocerle.

—Es un verdadero honor... ¿qué os parece si, en un momento, buscamos un refugio en donde continuar con las ideas y beber ese coñac que propone?

—Excellent! Maestro, nosotros le esperamos.

Nicoló se ocupa atendiendo admiradores viendo de reojo a Byron que es, a su vez, rodeado de gente particularmente damas. Lo que le impacta del personaje es su belleza femenina.

En una concurrida taberna, intentan reanudar su plática, constantemente interrumpidos por admiradores que terminan unidos al corro escuchando. La audiencia crece y su plática es escuchada por todos. El coñac se desliza por sus gargantas y cada vez que dicen «salud» todos en la taberna se unen.

Fabrizio ha montado guardia alrededor de ellos, asistido por Paolo, Pietro y el valet inglés. Después de mucho coñac, marchan al hotel a una plática menos pública y una última copa antes de dormir. Byron insiste que sea en su habitación y Nicoló acepta. De extraña manera que no logra discernir, la belleza femenina de este hombre, aunada a su cinismo, le producen una ambigua controversia de percepciones que, en momentos, no le son agradables.

—Paganini… usted me llama mucho…atención… ¿Puedo hacer pregunta directa…?

—Dígame… –contesta dudando.

Con tono lujurioso y buscando su mirada:

— ¿Cómo mató a su esposa?

Una gota faltaba, esto es una cubeta y de agua helada:

—« ¿Cómo se atreve este hombre bonito?»

La mirada inquisitiva de Hobhouse apoya la pregunta de Byron haciéndole el momento intolerable. Agraviado, asienta su copa.

—Vamos hombre, no quise ofender… Es conocimiento público… Yo mismo deseo matar a mi mujer muchas veces… —sin detenerse, continúa implacable buscando su mirada— La leyenda es bella: «Un violinista asesina su mujer y en oscuridad de fría y húmeda celda, solo con su violín, él pacta con el diablo para convertirse en: Gran virtuoso». Beautiful! Absolutely gothic!

—A vosotros os podrá parecer divertido, pero… ¡Son calumnias, infamias! –Afirma explosivo— Yo no soy el violinista que mató a su mujer, esa es una historia ajena que la prensa barata me endilgó. Y sobre el pacto con el diablo… no sé por qué le cuesta tanto trabajo a la gente aceptar que el talento existe. ¿Hizo usted acaso algún pacto con el diablo para sus poemas?

—La verdad… tengo mis dudas… But, calm down Paganini…! Calma. No ha sido mi intención molestar. Si acaso, yo pregunto… abiertamente…

— ¡Patrañas, puras patrañas!

—Pero le producen ganancia… ¿No? –agrega Hobhouse insolente.

Nicoló les dirige una de sus miradas fulminantes, Byron se cimbra en escalofrío, todos guardan silencio y viendo que no llegará una diplomática disculpa:

—Caballeros… ¡Buenas noches!

Byron inexpresivo lo mira salir, mientras sorbe su copa intercambiando miradas con Hobhouse.

En su cuarto, camina reflexionando y calmándose. ¿Qué tiene este sujeto que le inspira esas extrañas sensaciones? No es posible verlo como hombre con esa belleza de mujer; tampoco puede verlo como mujer, porque no lo es. ¿Cómo tolerar sus arrogantes e incisivas palabras, si le distrae la belleza de su boca al decirlas? ¿Es necesario tolerarlo siquiera… o volverlo a ver? ¿De qué sexo es ese individuo?

Al día siguiente despierta entre malestares y llama su atención una botella de coñac sobre la mesa con una nota recargada. Con curiosidad se incorpora y lee:

> *«Siempre hay que reír mientras se pueda.*
>
> *Es medicina barata.*
>
> *Más eficiente aún, con coñac.*
>
> *Asistiré a su concierto en la noche».*
>
> *Byron*

El público, acomodándose en sus butacas, llena palcos y platea; candiles cargados de velas inundan de luz dorada salpicada por los brillos de joyas y de egos. Perfumes compiten hasta fusionarse. Lord Byron contempla desde su palco. Sobre ruidos y rumor, los músicos afinan. El público descubre al poeta y se inicia un aplauso que se nutre y crece. De pie, sonríe y agradece. Entre bastidores, Paganini observa.

Después de su deliberado suspenso, aparece en el escenario con su característico desgarbo. Estalla el aplauso y le dedica el concierto a Lord Byron provocando más aplauso. Su ejecución es elocuente e inspirada con la orquesta a la altura. El torrente se da y el público extático lo recibe. Byron fascinado, disfruta. Valdabrini escucha de nuevo su concierto con insoportable frustración, esta vez, tocado con arco y sin retos. El sonoro aplauso no termina, revitalizándose en pulsaciones.

Una gran fiesta es ofrecida por un importante personaje de la aristocracia local que intenta brillar al hacerse anfitrión de tan brillantes celebridades. Pocas oportunidades se les presentan a los dos personajes de cruzar palabras, en la última de ellas, Byron le dice:

—Paganini, debo decir adiós. Voy mañana a Venecia. Me hubiera gustado completar nuestra plática.

—Tal vez, con un poco menos de coñac… —contesta bromeando— También yo voy a Venecia, ha sido mi base los últimos meses…

—Lo sé, yo esperaba verlo allá, fue una sorpresa encontrarle antes. ¿Cuándo llega a Venecia?

—Aquí en Verona, tres conciertos más… y dos en Padua… Regreso a Venecia… como a fin de mes.

—En Venecia dará conciertos…

—Sí, sí… Desde luego…

—Por cierto Paganini… Retomando el tema: Sólo hay una cosa peor a que digan cosas horribles de uno y es… que no lo mencionen en absoluto. –Los dos sonríen— ¿Nos vemos en Venecia?

—Será un honor…

Con sonrisa franca y apretón de manos, sellan la despedida.

Nuevamente, siente el ánimo llenársele de ambigüedades sobre el personaje. Hay algo en él que detesta instintivamente y, en contraparte, siente poderoso magnetismo y admiración. Su personalidad, talento e inteligencia le seducen; pero es bello como mujer y de amaneramientos femeninos provocándole inevitable desconcierto.

En días siguientes, listo para partir a Padua, recibe una carta de Germi informándole que la Corte de Génova falló en su contra, sentenciándole a pagar a los Cavanna la exorbitante suma de tres mil francos por daños. Su explosión y gritos se escuchan en todo el hotel y recorre el camino hasta Padua renegando. No recuerda siquiera, a qué le supo la mujerzuela por la que ha de pagar una fortuna; irónicamente descubre que tampoco recuerda su rostro, traspapelado entre tantos otros.

Tan pronto llega a Venecia contacta a Lauretta. En estiras y aflojas, el precio baja al hacerle ver que ella también lo disfruta y que existen, sobre todo en Venecia, bellísimas mujeres que desean estar con él sin costo alguno para él. Durante su cita con ella, en la plática postrera, él menciona haber conocido a Lord Byron y la posibilidad de reencontrarse con él en algún concierto. Ella explota en entusiasmo expresando su interés en conocerle y esto a él, lejos de agradarle, le pone celoso. Nicoló se viste sin decir palabra, mientras el frenesí de ella por conocerlo le resulta intolerable, imaginándola entregándose a él al sólo ver «su belleza». Tomando bastón y sombrero, se arroja a la calle en furiosa caminata.

Mientras agrede las baldosas con sus pasos, su corazón se enreda entre celos y pasiones. Agravando todo, su cabeza es un verdadero enjambre de pendientes: dejó a su memoria cuentas por cobrar en Padua sin recordar los términos; tiene compromisos urgentes que alinear en su agenda y dar fechas; ha de enviar dinero a Génova; el asunto de los Cavanna y la estúpida sentencia; necesita ir a Milán y no ve cuando; ama a una mujer a la que tiene que pagarle; se le olvidan citas y asuntos importantes; y para completar el cuadro: Lord Byron hace acto de presencia con su arrogancia y femineidad.

Ensimismado con el enojo y en caminata sin rumbo, no se percata que la acera termina y cae en un canal. El susto es descomunal y el agua helada, además, no sabe nadar. Angustiado, siente que se ahoga. Afortunadamente, Fabrizio y Pietro se precipitan al rescate. Resultado y unido a todo su tumulto: un brutal resfriado que, como siempre, amenaza en neumonía.

De algo sirvió el incidente. Al caer al agua sintió a la muerte mirándole a los ojos. El rescate fue tan rápido que no pudo hablar con ella pero no importa, recuerda lo que le dijo antes: «Tocar o morir». Su escala de valores se restaura y sus reflexiones se alinean. Tiene un destino que cumplir.

Si de algo puede estar seguro en medio de la confusión, es que toca su violín de manera irrevocable, es uno con él. Consecuentemente, si marchó hacia el horizonte dejando atrás mujeres como Dida, Elisa, Gina o Bashira, ¿por qué no hacer lo mismo con una de menor estatura, como Lauretta? Si tanto se complica con una serie de meros trámites, ¿por qué no delegárselos a Paolo, Pietro y Fabrizio tan eficientes, leales y dispuestos? En vez de organizarlos a ellos, que ellos le organicen a él. En cuanto a éste resfriado, pues es uno más que le queda por vencer y lo hará, como lo ha hecho tantas veces. Por lo pronto, tendrá que posponer los dos conciertos siguientes.

Para su asombro, el no presentarse crea consternación y recibe un sin número de cartas, notas y flores, también recibe una botella de coñac. La nota dice:

Admirado Paganini,

Los seres de la mente no son de barro;

esencialmente inmortales, crean

y multiplican en nosotros, un rayo brillante

y la más querida existencia: que es destino,

prohíbe la vida aburrida, en este nuestro estado

de esclavitud mortal, por estos espíritus suministrada.

Primero nos exilia, luego reemplaza lo que odiamos;

regando el corazón cuyas primeras flores han muerto,

y con un crecimiento más fresco rellena el vacío.

No sabe lo frustrante que es estar listo para su magia,

Y que ésta, no llegue.

Ambos sufrimos su enfermedad.

No sé si por usted o por mí,

le deseo pronto restablecimiento.

Byron.

Entre la poesía y la personalidad de este hombre peculiar, Nicoló recaba fragmentos de sí mismo. Su elocuencia en palabras es torrente y de ahí tanta intensidad. Sólo que ha de acercarse a él con mucha cautela. Mientras tanto, reflexiona y sorbe coñac.

Tres semanas le lleva reponerse. Cartas y atenciones continúan y uno que otro coñac. Ansía pararse en el escenario, sentir esa enorme cueva, llena de gente, donde se entrega en torrente con ese aplauso culminante que es parte inevitable de su vida.

Por fin, entre bambalinas, oye el rumor de la gente, la orquesta afina, se llena de humor de escenario, esa sensación tan única le recorre, le excita. Entra el director, aplauso; es su turno, espera, espera, espera; y entra decidido. El enorme aplauso le recibe; lo goza, ¡lo goza tanto! Ese preámbulo al concierto es intenso, poderoso, catártico. Con ese poder, toca su instrumento; la orquesta le sirve de base y sobre ella y con ella, danza, borda, pinta, se entrega, se fusiona. Al escucharlo, todos se unen y él lo percibe; toca para ellos y con ellos. El aplauso es clímax prolongado entre encores, entradas y salidas. Exhausto, se refugia en su camerino sudando profusamente. Mareado, sólo quiere recostarse.

Paolo, protegiéndolo, anuncia:

—El Maestro está muy cansado y no puede recibir a nadie, les pide disculpas a todos y les da las gracias por haber venido.

Pero la gente se amontona frente al camerino ovacionando. Fabrizio y Pietro custodian la puerta asistidos por personal del teatro. Nicoló recolecta fuerza, comprendiendo que no le queda más que salir y satisfacer al público como a una amante apasionada. Haciendo gran esfuerzo se incorpora y, al verse al espejo, se convence que sólo puede secarse el sudor y ordenarse un poco el cabello.

Cuando se abre la puerta, el silencio se sucede conforme lo ven irradiándose hasta dominar. Su palidez, unida a su mirada inexpresiva de malestar, le da un aspecto cadavérico impactante. Nicoló, al querer sonreír, perfecciona su macabro aspecto. Así como se irradió el silencio, se irradia ahora, la urgencia de no estar ahí y en pocos minutos se desalojan los pasillos.

Byron, que asistió al esotérico concierto, se ha mantenido embelesado y atento a todo el suceso posterior. Al ver que todos se marchan en inexplicable pasmo, con algunos francamente asustados, decide hacer acto de presencia. Acompañado de Hobhouse acude al camerino. Pietro lo anuncia.

—Maestro, el señor inglés, Lord Byron, quiere saludarle.

Nicoló, que recién ha vuelto a recostarse, resignándose, se incorpora para recibirlo con propiedad, de nuevo confirma al espejo que no tiene mucho por hacer y da señal a Pietro de hacerlo pasar. Al par de amigos les sucede la misma reacción y la palidez se les contagia quedando igualmente mudos.

—Qué gusto veros… os agradezco vuestra visita y también el coñac.

— ¡Por Dios Paganini! ¡Parece usted… un cadáver!

— ¡Así me siento precisamente!

—Por favor, recuéstese. ¿Ya vio al doctor?

—Demasiados tal vez… todo lo resuelven con sangrías… termina uno peor.

—Sí, así es... sangrías eliminan toxinas. ¿Ha probado usar laxantes? Ellos eliminan venenos naturalmente evitando se acumulen. Pero... creo que lo mejor, ahora, es que le dejemos descansar.

—Maestro Paganini, siento que esté enfermo... –dice Hobhouse.

—Más bien estoy agotado... Yo lamento perderme de una conversación con vosotros.

No bien se retiran, Nicoló queda dormido.

Catorce horas después despierta sintiéndose mejor. Por regla general, no permiten pasar la noche en camerinos, pero tratándose del famoso virtuoso, han montado guardia vigilando su sueño.

Definitivamente se ve con mejor semblante y humor. El ojeroso trío, aprovecha para transportarlo al hotel. Paolo ve con gusto que el Maestro tiene hambre pero, como es su costumbre, no come gran cosa.

A lo largo de su postración, ha pensado repetidamente en Lauretta, su belleza y negociaciones, su indiferencia y desamor, su entrega al placer mas no a la ternura, su bella voz y escaso talento para usarla pero abundante para manipular. Resiente que mientras el mundo le deseaba alivio con cartas, flores y visitas, ella destacó por su ausencia. No, no es amiga, pero ansía estar con ella y es lo primero que hace al poner pie en la calle.

Como es usual, la mucama le abre y le hace esperar. Nota cambios en la habitación, ya no es sobria y familiar, como si hubiera perdido su castidad. Cojines de colores brillantes adornan sofá y sillones. Una mesa que no existía, sostiene copas y licores en un rincón; observando mejor, ve que una de esas copas, a medio tomar, descansa en la mesita de centro. Un escalofrío recorre su columna, enderezándose. Poniéndose de pie, descubre un sombrero y un bastón; se dirige al pasillo cuidando que nadie le vea y sube la escalera sigilosamente, la puerta de su recamara está cerrada y escucha que está con un hombre; su temperamento no lo tolera e irrumpe sólo para confirmar lo que imaginó. Asustado, un sujeto regordete entrado en años y en Lauretta, sale de ella y salta de la cama buscando refugio; mientras ella y Nicoló se miran fijamente a los ojos. Él dice, concluyendo:

—Eres una puta…

Al decir estas palabras, siente que se deshace de una carga, liberándose. Soltando un suspiro, da media vuelta y se retira en calma, sumido en reflexiones.

Venecia es muy fértil para Nicoló y varios teatros le hacen propuestas, viéndose constantemente en cartelera. Al Lord Byron asistir a sus conciertos, también comparten algunas veladas que le confirman lo que dicen de él: «Muy malo, muy loco y muy peligroso conocerlo». Cuantas veces le han calificado de libertino, sin embargo, junto a él, se siente moralista. De cualquier manera, algo han compartido y aprendido el uno del otro; como el mismo Byron le dijera alguna vez: «Para decir la verdad se requiere una buena dosis de cinismo» y con esto se percata que es así como él toca su violín, con total entrega, veracidad y una buena dosis de cinismo. Pese a un sin número de afinidades, una gran amistad entre los dos no sucede, sobre todo, por las diferencias étnicas y de temperamento que amenazan desarrollar conflicto. La camaradería y sencillez de Nicoló, contrastan con el espíritu competitivo y arrogante de Byron.

37 Regreso a Ferrara.

Fabrizio sorprende a Nicoló con una propuesta: Un contrato en el Teatro Comunnale de Ferrara.

— ¡¿Pero cómo?! Si toco en Ferrara... me linchan.

—No Maestro, las cosas ya cambiaron radicalmente...

—No me dirás... que ahora me adoran... si me querían matar... me sacaron casi a patadas. Entiendo que ames Ferrara, pero... ¿tiene algún objeto arriesgar el pellejo?

—Pues... tal vez no lo crea pero... léalo... –dándole la carta.

Es una propuesta para tres conciertos por petición popular y con la venia y protección de la policía.

—No entiendo... ¿Qué pasó?

—Desde aquél tumulto, la polémica continuó hasta quedar claro que son muchísimos más sus defensores que sus detractores. Ferrara quiere escucharle, y esto incluye al jefe de la policía. Así que Maestro, depende de usted.

—No Fabrizio, depende de ti... tú eres el que cuida mi osamenta. Si crees que no hay problema, marchamos a Ferrara. Será un placer volver a ver a tu familia y tocar para los que insulté sin querer.

—Maestro, lo único que hizo con el incidente fue hacerse famoso... Todo Ferrara quiere verle.

—Mientras no sea para molerme…

—Nada de eso *mi Capitán*… además, tomaremos precauciones.

— ¿Y… por qué me vuelves a decir *Capitán*?

—En Ferrara se acuerdan de usted como «*el Capitán*».

— ¿De veras…? ¡Bueno…! Lo dejo en tus manos. Ponte de acuerdo con Paolo para la agenda, todavía tenemos compromisos en Venecia.

Fabrizio se retira feliz, sabiendo que irán a su ciudad natal y que será todo un evento.

Nicoló no ha dejado de pensar en regresar a Milán, donde sigue pagando renta de un apartamento que lleva meses sin usar y donde dejó cosas de valor, como el violín de Dida. Venecia ha estado muy bien y la ha disfrutado en grande, pero algunas intolerancias le hacen desear un descanso. Decide no aceptar más compromisos y después de Ferrara ir a Milán.

Dejando numerosos amigos en Venecia marchan a Ferrara. Antes de llegar, se detienen en un pequeño pueblo circunvecino donde Fabrizio le pide al Maestro hospedarse hasta comprobar que todo está bien. En una pequeña posada, Nicoló espera platicando con Paolo:

—Maestro, en este pueblo precisamente, nació Renzo.

Fabrizio y Pietro regresan ya entrada la noche, pero no los encuentran en la posada donde ya todos duermen. Alarmados, revisan el resto del pueblo sin éxito. Como medida final, Pietro, en uno de sus arranques, despierta al posadero y lo zarandea; es inútil, no sabe nada. Fabrizio decide volver a caminar el pueblo. ¿Cómo pudieron haberse perdido en un poblado tan pequeño? No hay donde meterse.

Llegando a las últimas esquinas y habiendo revisado a conciencia se detiene contrariado. La brisa al acariciarle, le trae la música del Maestro. ¿Lo estará imaginando? No, la escucha claro, pero ¿de dónde proviene? El viento juega trucos y por instantes cesa; lo confirma, viene de más afuera; la sigue mientras dura, se detiene, espera, la vuelve a percibir.

—« ¿Dónde rayos está Pietro?»

Sigue avanzando aprovechando ráfagas de sonido; la única luz es de la luna que, con la música en el viento, imprime una extraña magia a la noche más bien macabra. Sus pasos siguen avanzando loma arriba, acercándose al sonido. Al llegar a la cima, en sobresalto, descubre un cementerio sobre una planicie. Los monumentos en penumbra son imágenes fantasmagóricas; en su pecho golpetea su corazón agitado y sudor frío le recorre. Mirando alrededor, intenta recuperar la calma respirando lento y profundo; de manera instintiva empuña su pistola y va superando el susto en lo que examina el tétrico paisaje y cuida sus pasos en alerta. A medida que avanza, el sonido del violín es más claro y presente, viendo cosas que la misma música le hace imaginar. Frente a él, a cierta distancia, cree ver la larguirucha silueta del Maestro que las sombras de las ramas en movimiento confunden por momentos. No sabe si le alivia o le asusta encontrarlo bajo tales circunstancias, pero avanza hasta confirmar. ¡Efectivamente es él! Sin pensarlo y en alivio:

— ¡Maestro, por fin le encuentro…!

— ¡…Calla imbécil, ¿cómo osas interrumpirme?!

— ¡Perdón Maestro…!

— ¡Sh…!

Nicoló, haciendo un esfuerzo, logra reanudar el inspirado torrente que le dedica «a los que fueron», en especial a Renzo, en cuya tierra están.

Fabrizio, respirando aliviado, se dispone a contemplar el ritual, pero en nuevo susto siente una mano sobre su hombro; en reacción gira y encañona al transgresor, descubriendo que es Paolo, que con ojos desorbitados y la pistola en la nariz suelta un grito.

— ¡Maldita sea! Cuando es un público de imbéciles, ni modo… pero ¿vosotros? ¡Carajo! Habéis arruinado el flujo de las notas… ¿Qué es lo que pasa?

Los dos se deshacen en disculpas, implorándole a la vez que continúe. Nicoló lo intenta, pero es inútil, perdió el hilo y el ánimo. Guardando su violín y con voz grave, pregunta:

— ¿Qué pasó… cómo os fue?

— ¡Bien Maestro! Hay entusiasmo por su llegada y, de hecho, están preparando bienvenida…

— ¡Mientras no sean piedras para lincharme…!

—No…al contrario. Le digo, hay mucho entusiasmo…

—No me explico por qué el cambio… De cualquier manera, no debemos perder alerta…

De camino a la posada, Fabrizio le platica los pormenores de su exploración, en lo que Nicoló entre mezcla lo que escucha con recuerdos de Lord Byron mencionando el uso de laxantes para eliminar toxinas. No se siente bien. Al llegar a la posada interrumpe el relato escuchado a medias:

—Paolo: llegando a Ferrara me consigues un buen laxante. No se te olvide. …bueno muchachos, hasta mañana. –Seguidamente palmea el hombro de Paolo y le susurra— Ya le tocamos a Renzo…

Enternecido, Paolo sólo asiente, en lo que Fabrizio se resigna a no terminar su crónica.

Ante la incredulidad de Nicoló, Ferrara le recibe con alegría y respeto, aun así, le cuesta trabajo confiar. La familia de Fabrizio le aloja con la misma calidez y orgullo por tenerlo como huésped. El aumento de la celebridad de Paganini cambió la actitud de la mayoría de lugareños que, en vez de sentirse insultados, ahora se sienten honrados; no falta quien le pide disculpas, incluyendo la familia anfitriona.

Ferrara lo trata bien. Tres conciertos repletos, agasajos y festejos por todas partes, con más invitaciones de las que es posible aceptar. Con el único objeto de disfrutar de estas atenciones, prolonga hedonistamente su estancia. Nuevamente, le seducen la sencillez y hospitalidad, aunque echa de menos al joven músico Giordigiani que ya no vive en Ferrara.

La Pallerini, razón del conflicto con el público en la anterior ocasión, reaparece ante él con la esperanza de reanudar su breve e intenso romance, pero él no la reconoce. Con orgullo herido, ella lo comprende y prefiere no identificarse. Por más intentos que hizo para embellecerse, siente que no pudo ocultar el paso de los años y algunos kilos de más. No obstante, Nicoló le flirtea como si no la hubiera conocido jamás y ella decide seguirle la corriente. Para él, es una cara nueva que con tan correcto olor y formas, le es imposible ignorar, lejos de asociarla a aquella joven y flacucha cantante.

La presencia de una mujer siempre altera el ánimo de Nicoló, tanto más si le es atractiva. Su espíritu entra en túnel o tal vez burbuja, donde sólo la ve a ella y todo lo demás se desenfoca perdiendo importancia. Así, en plano desenfocado, Fabrizio se acerca y celebra el reencuentro entre los dos. Nicoló, más que escucharlo, resiente su intromisión que el otro percibe retirándose cortésmente. Vuelve a su concentración, sólo la ve a ella, deseando olerla y recorrerla toda. Ella se percata que su intenso cortejante no escuchó a Fabrizio identificándola o quizá esté montando alguna pantomima; de cualquier manera, sigue fascinada siendo seducida. Tiene la completa atención y admiración del gran virtuoso, sintiendo que todo Ferrara se percata de ello. Lejos ya de sentirse rechazada, la está volviendo a conquistar. En un arrebato Nicoló la besa y ella responde, Fabrizio de un brinco se pone junto interrumpiendo con energía:

—Maestro, recuerde que no estamos en Venecia y que no queremos ofender a nadie.

Nicoló, saliendo de golpe del seductor trance y aceptando posible desfiguro:

— ¡Gracias Fabrizio, tienes razón! Perdone señorita… jamás tuve la menor intención de ofenderle… —haciendo reverencias y retirándose.

Impaciente, ella lo detiene:

—Nicoló… ¿de verdad… no me reconoces?

Aún en el limbo, su expresión contesta.

—Soy Antonieta… Antonieta Pallerini… la soprano.

Haciendo esfuerzos reconoce sus facciones.

— ¡Mujer…! Pero has cambiado… como te voy a reconocer… ¡Mira en que mujer te has convertido…! Perdona que no te reconocí… pero, no perdones nada de lo que te dije ni el beso que te di. – Dirigiéndose a Fabrizio— ¿Alguien nos vio?

—Creo que no… Espero que no.

Después de muchos agasajos y las más disparatadas citas con la Pallerini en los lugares y a las horas más absurdas, Nicoló decide marchar a Milán y enfrentar una serie de asuntos que ya no resisten más postergación.

38 Rossini y una mala noticia.

Con sólo llegar a Milán siente bienestar. El apartamento está intacto, oscuro por las pesadas cortinas y con nostalgia de ruidos. Paolo organiza cartas que hay por leer y pendientes de todo tipo.

El compositor Gioacchino Rossini, le invita con anticipación y gran interés por su asistencia, al estreno de su ópera «La Urraca Ladrona», en el Teatro alla Scala en un mes. En el transcurso de ese mes se hacen grandes amigos. Gioacchino resulta ser un hombre muy inteligente que le encuentra filo gracioso a todo. Cuando se juntan reinan las carcajadas; Nicoló contagiado, saca lo histrión y cuenta sus anécdotas con lujo de montaje. Visitan los mejores restaurantes de Milán que Rossini conoce como la palma de su mano. Invariablemente llaman la atención de parroquianos y admiradores.

Una noche, al regresar de una tarde con Rossini, Nicoló toma su diaria cucharada de emulsión LeRoy, poderoso laxante que lo mantiene en una suerte de diarrea crónica para eliminar toxinas. Asentando frasco y cuchara, ve sobre la mesa unas cartas que Paolo consideró personales y no abrió. Sentándose pesadamente, lee dos o tres que resultan irrelevantes y encuentra una con la letra de Germi. A medida que lee, su rostro se agrava convirtiéndose en llanto. Una catarata de asuntos, «*te quieros*», abrazos y agradecimientos pendientes; todo sobre un lienzo sombrío e irrevocable. Su padre ha muerto.

En tumultuosa recapitulación, un sin número de vivencias. Siente caer un muro exponiéndole a los vientos; vértigo, inseguridad, arrepentimientos, frío, mucho frío. El abismo. La muerte.

Se encierra. Sus colaboradores ignoran qué le pasa. No se oye su violín ni su silbido cuando trabaja en sus partituras. A los golpes en la puerta sólo responde pidiendo que le dejen en paz. Las charolas de alimentos no han entrado en la habitación. La puerta permanece cerrada.

Una tarde se oye:

— ¡Paolo…! ¡Paolo!

Todos se alertan y Paolo acude. La puerta está entreabierta y entra para sacudirse con la pestilencia de heces y orines. Nicoló se encuentra al escritorio escribiendo, envuelto en una bata de brocado. Pese al tiempo que Paolo lleva con él y de haberse habituado a sus aspectos, al encarar al Maestro se estremece. A su rostro enjuto y demacrado, cabello alborotado y sin rasurar, se ha unido una extraña mirada insondable que jamás le vio. ¡Espeluznante!

—Dígame Maestro…

Al ver su expresión:

— ¿Pasa algo Paolo?

—Pues… que lleva tres días sin comer y nos tiene preocupados…

— ¡Tres días…! Eso quería decirte, tengo hambre y creo que necesito un baño… me va a hacer sentir mejor… ¡Ah! Y… ¿puedes encargarte de los orinales y demás…?

—Desde luego Maestro, enseguida le traigo algo de comer, le preparo el baño y… lo demás –en lo que abre la ventana–. Le recuerdo también, que tenemos muchos pendientes…

—Si Paolo, estoy consciente…

—Le puedo preguntar… qué le aqueja…

Después de un buen silencio:

—Murió mi padre, Paolo… murió mi padre…

Conmovido con la forma desolada en que lo dice, inclinándose a él sentado, lo abraza. Nicoló se vierte en llanto. Paolo lo consuela, sintiendo entre sus brazos una suerte de pajarito indefenso de extrema fragilidad. Tratando de hacerlo fuerte con razonamiento, le dice:

—Creí que no tenía… muy buena relación con él…

—Así es. No tenía buena relación con él, pero me doy cuenta cuánto le quería y que ya jamás podré decirle lo que ha significado en mi vida. Tal vez fui injusto con él… conmigo mismo; no lo sé, ya nunca lo sabré. Sólo sé que murió y que ahora siento… un inexplicable miedo que jamás sentí… ¿Por qué? Tampoco lo sé. Mi padre tenía una fuerza que siempre admiré… y a la que me revelé. Hice muchísimas cosas… sólo por demostrarle que podía. Ahora, tendré que buscar una nueva razón, un nuevo apoyo. Su mera existencia me daba fuerza… aun en su ausencia. ¿Comprendes…?

Paolo empático llora con él.

Al otro día, sobreponiéndose a la tristeza se entrega a sus diligencias y acude al banco por una serie de pendientes; el principal, depositar el dinero que ha cosechado desde que salió de Milán rumbo a Venecia, una notable cantidad. El banquero, Carlo Carli, lo recibe con ceremoniosa cortesía, siendo él mismo, un serio aficionado a tocar violín y admirador suyo. Esta vez tiene en su agenda una propuesta que hacerle, así que, llegado el momento:

—Su Excelencia, un muy buen cliente nuestro, Su Alteza, el Conde Cozio de Salabue, es dueño de un magnífico violín *Stradivarius* del año 1724 que tal vez a usted le interese adquirir. Cuando él me lo mencionó… de inmediato pensé en usted. El instrumento está en prístinas condiciones.

Para Nicoló, no sólo es un gran violín, también está seguro que trae los espíritus correctos. Sus violines más preciados han acudido y éste lo está haciendo.

— ¿Dónde puedo ver el violín?

—Aquí mismo, Excelencia. El Conde guarda una buena parte de su valiosa colección con nosotros.

El extraordinario instrumento es extraído de la bóveda con lujo de cuidados y sometido al experto escrutinio del virtuoso. Abriendo el elegante estuche, lo contempla por un momento sin sacarlo. Es bellísimo y tiene una presencia magnífica. Enseguida lo toma y lo examina, se asoma en su interior y estirando los brazos lo contempla desde varios ángulos. El banquero en silencio no pierde detalle del ritual. Tomando el arco, que también revisa, afina y ejecuta una serie de espectaculares pruebas que llaman la atención de los presentes, acercándose curiosos. Como era de esperarse, el virtuoso se mete en el violín para sentirlo, y entrega, sin proponérselo, un inesperado recital que los afortunados presentes disfrutan. Es muy buen violín y no tiene dudas, le interesa. Termina su ejecución para cerrar el trato y un inesperado aplauso a sus espaldas le sorprende. Carli sonríe y se une al aplauso, comentándole:

—Quién mejor que su Excelencia para tocar esta bella joya. Tal para cual.

Agradeciendo el comentario y los aplausos, pregunta:

— ¿Si decido comprarlo, me lo puedo llevar ahora mismo?

—Sí claro, el Conde nos encargó ponerlo en buenas manos y no me puedo imaginar unas mejores que las suyas, Excelencia.

Cumplidas sus diligencias en el banco, sale Nicoló con mejor estado de ánimo y nuevo violín bajo el brazo. Paolo, testigo de todo el suceso, contempla con satisfacción el efecto bienvenido y oportuno que tanto necesitaba el Maestro, impresionado además, del precio que puede llegar a tener un violín.

Al ellos salir, una expresión de júbilo explota en el interior del banco. Ese momento lo habían esperado en suspenso por meses. Al recibir la comisión, el señor Carli y el Conde, acordaron que Paganini tuviera prioridad, pues «quien mejor». No contaron en que estuviera ausente por tanto tiempo. Una vez más, ahora sin intención, había hecho su entrada después de un gran suspenso.

Al subir al carruaje le dice a Paolo:

—Por favor, ten todo listo... después del estreno del Maestro Rossini, nos vamos a Génova.

—Y ¿Cuándo es el estreno Maestro?

—Buena pregunta –asomando por la ventana– ¡Pietro, vamos a ver al Maestro Rossini!

—Sí Maestro –contesta cambiando de rumbo.

—Ahora nos enteramos Paolo, mientras, ve todos los pendientes... no sé cuánto nos tardemos en regresar... ¿De qué te ríes?

—De que va abrazando su nuevo violín...

Sonriendo y aceptando lo pueril del detalle, coloca el estuche sobre el asiento de enfrente, acomodándolo cuidadoso y quitándole los polvos, mientras intercambia miradas infantiles con él.

La convivencia con Rossini restaura su buen humor, dejándole ver lo gracioso de muchas situaciones, inclusive trágicas. Rossini se lo muestra sobradamente ilustrado con sus propias angustias en la víspera del estreno de su ópera. Con el trajín de los ensayos, postergó la composición de la obertura hasta último momento y no le queda más que encerrarse a escribirla un día antes. El hombre es un bollo de nervios. Nicoló se divierte asistiéndole en los ensayos y viéndolo sufrir, porque hasta en esto, Rossini es gracioso.

Estrenada la ópera con gran éxito y terminados los festejos, con apretado abrazo, los ya grandes camaradas se despiden.

39 Réquiem para Don Antonio.

De nuevo camino a Génova. Hace ya más de un mes que murió su padre y por fin verá a su madre que tanto le preocupa; le consuela pensar que es una mujer tan fuerte y sabia.

Calor de primavera y movimiento de carretera, ensueños intentando hacerse sueños pero que algún bache o piedra lo impide. Al principio lo sufría, ahora lo disfruta, cambió horribles mareos por ensueños.

La llegada a Génova es nocturna. Trote sobre adoquín y suavidad de marcha interrumpen el trance. Ve pasar farolas, olores antiguos, nostalgias. La ciudad cambió, su padre ya no será visto en ella. ¿Cómo es posible? Eran uno. ¿Cómo será ahora mamá sin su Antonio? ¿Y sus abrazos y besos? ¿Dónde quedó todo? Como arena entre los dedos: empieza, transcurre, termina, se va.

La pesadumbre de Nicoló se aligera viendo la entereza de su madre que con admirable estoicismo acepta su nuevo estado de soledad. Esa noche la contempla cocinar, lamentando cómo esa extraordinaria belleza se ha ido evaporando; baja los ojos y ve sus propias manos, ahora, de hombre maduro. La irrevocable ausencia de su padre le da escalofrío. No puede detener el avance aunque se detenga. La quietud no es posible. Melancolía y lágrimas le agobian.

Teresa se acerca a su lado abrazando su cabeza:

— ¿Qué pasa hijo?

— ¡Te quiero mucho...!

Seguido a pocos pasos por Pietro y Fabrizio, merodea por calles cercanas a los muelles buscando memorias. Se sigue asombrando del profundo duelo que siente por su padre, deseando encontrarlo al doblar esquina. Una vendedora de pescado lo reconoce:

— ¡Usted es Paganini, el violinista!

Enseguida un hombre:

— ¿Es usted el famoso Nicoló... el gran virtuoso... el hijo de Antonio? ¿Qué le trae por aquí?

—Paseaba... lugares que frecuentaba mi padre... ¿Usted le conoció?

— ¿Qué si conocí a Antonio? ¡Uh! No hay alma en los muelles que no le haya conocido. Amado, temido, odiado... todos sabemos de él, y claro... de usted... ¡Que él no hablaba de otra cosa...!

El rústico hombre le llena de anécdotas y memorias, dichas sin gracia ni talento pero con afecto acentuado con lágrimas emocionales. El corro aumenta al descubrir quién es, añadiendo memorias y comentarios. Todos confirman que Antonio hablaba mucho de él. Un hombre viejo y magro se pone firme frente a él y retirándose la cachucha en respeto, le dice muy serio con una boca casi sin dientes:

—Señor Paganini... es un verdadero honor tenerlo de visita. Alguna vez... le vimos zarpar rumbo a Livorno... estaba usted chiquito... y Antonio...lleno de esperanzas. Seguro no se acuerda de mí, pero yo estuve ahí a despediros. Antonio siempre supo... que usted triunfaría.

Un rato Después, Pietro, sintiendo al Maestro ya demasiado atribulado, dice en voz alta:

— ¡Maestro tenemos que irnos! Recuerde que tiene... una cita importante.

— ¡Tienes razón Pietro…! — Contesta apreciando el rescate —
¡Caballeros…! Os agradezco vuestras pláticas y el cariño que aún le
tenéis a mi padre. Espero veros de nuevo. — Dicho esto y después de
estrechar varias manos con algunos espontáneos abrazos, salen de los
muelles. Meditabundo, sigue generando ideas y destilando
conclusiones:

La presión que su padre ejercía sobre él le impidió conocerlo y le
hizo huir. Huyó de una tiranía donde amaba al tirano y viceversa.
Aunque amara a su padre, no podían dejar de antagonizar. Aun en
la distancia, llevaba un intenso debate imaginario con él. Su audacia
y arrojo se fortalecían en ese debate. Ahora ¿con quién debatirá?

Al llegar a casa le dice a Paolo:

— Corre la voz. Hay que dar un concierto antes de irnos.

— Sí mi *Capitán*. –contesta Paolo. Nicoló sorprendido ve a
Fabrizio con tal cara de imbécil que le provoca una carcajada. Teresa
complacida, contempla a su hijo con sus fieles colaboradores.

40 Tadea.

Varios días en reflexiones restauran su maltrecho espíritu. Cuando por fin decide salir es para encontrarse con Luigi Germi en un concurrido restaurante. De inmediato le reconocen en otras mesas saludándole. La familia Pratolongo, amigos de Germi, les invita a unirse para la sobremesa. Entre el numeroso grupo una bella joven, con su porte y elegancia, acapara su atención. Su nombre es Tadea, pero si quiere acercarse a ella, tendrá que hacerlo siguiendo protocolos sociales y familiares. En el inevitable cruce de miradas, Nicoló se siente correspondido. Al salir del restaurante Germi le reitera la necesaria seriedad que tiene que adoptar en el cortejo de esta joven en particular.

—En el caso presente se trata de matrimonio… y todo correctamente hecho.

—Desde luego Luigi, entiendo…

El entusiasmo de Tadea resulta mayor del que los dos juntos pronosticaran, pues acudiendo a mamá, que ejerce el poder aunque papá se infarte, invitan a Paganini y a Germi, a pasar un fin de semana en su casa de campo.

Germi preocupado, sólo asiste para supervisar a Nicoló legalmente. Por su parte, Nicoló se presenta con sofisticados vinos, manjares y flores como ofrenda, además de la magia de su violín.

Los Pratolongo son familia religiosa y no sabrían entender el anecdotario de Nicoló y mucho menos los terribles rumores. El padre tiene idea de esto, pero enfrentarse a su mujer ya no asoma en su espíritu.

En la finca, Tadea organiza un paseo a caballo en el que quedan eliminados los padres por no montar. Germi, que no es precisamente jinete, no tiene más remedio que subirse a un rocín y seguir su guardia sabiendo los trucos de Nicoló; el problema es que ignora los de Tadea, que se las ingenió para asignarle el caballo más lento de la finca, aunque eso sí, irrechazable por su bellísima estampa. De cualquier manera, la virtud de la joven está custodiada por sus dos aguerridos hermanos, estupendos jinetes con veloces corceles, que gracias al poder que ella tiene sobre ellos, le conceden cierta latitud, verbigracia: breves momentos a solas, nada más; de resto, respiran todo el tiempo sobre el hombro del tenaz cortejante.

En casi tres días que dura la estancia y con arduo esfuerzo de ambos, logran besarse un par de veces por breves segundos; siendo uno de los besos parcialmente atestiguado por uno de los hermanos, que le hace sentir, desde ese momento, que por ese detalle tendrán que casarse. A Nicoló le basta el atractivo que siente por la bella joven y la reciprocidad que ella le muestra para mantenerse motivado; la oposición lo único que hace es incitarle. Germi, con mucho esfuerzo, sólo ve a Nicoló enredarse poco a poco en lo que, legalmente, pudiera interpretarse como una «promesa de matrimonio». Pese a sus advertencias, él continúa en el juego. El sonido de su recién adquirido *Stradivarius* se deja escuchar por las tardes completando el cuadro de su cortejo con toda la familia.

De regreso en Génova, Germi intenta esclarecerle la situación y Nicoló va entendiendo su intensidad para con Tadea y su familia, por lo tanto, la resultante y lógicamente esperada petición de mano.

—O sea que: ¿están esperando a que yo me presente a pedir la mano de Tadea?

—Así es mi querido amigo… Ahora dime: ¿quieres casarte con ella? ¿O sólo…? —insinuando con los ojos.

Nicoló atónito reflexiona.

— ¿Me casaría yo con ella? Supongo que sí, es una linda joven y de buena familia… pero… no sé…

—Tienes que tomar en cuenta… que ella no viene sola.

— ¿Cómo…?

—Si te casas con ella, te casas con la mamá. ¡Que está de pensarse! Te casas con los dos hermanos… que tanto me has dicho que detestas… En fin, te casas con esa familia… ¿Vas a dejar de viajar? ¿Crees que te lo van a permitir o que la podrás llevar contigo?

—Yo creo que ella… sería buena esposa.

— ¡Ese no es el asunto! ¿Sería buena esposa para ti…? Tú, ¿serías buen marido para ella?

—Definitivamente, tú nos ves como un disparate… ¿No es así?

—No sé… ¿tú cómo lo ves?

Después de más reflexiones:

—Creo que no estoy realmente enamorado de ella… y está muy complicado…

— ¡Exacto! Tu vida ya es bastante complicada… Si te casas… tal vez debiera ser con una mujer que esté dispuesta a viajar, a apoyarte en tu carrera… a cuidarte en el camino. En fin… la esposa de un viajero, que además de un talentoso violinista, eso es lo que eres: un viajero.

Sus palabras se acomodan con su propio peso. En silencio y mirada abstracta, asiente repetidas veces.

Los días pasan sin salir. Ha pensado en ver a Gina pero entre la muerte de su padre, el enredo con los Pratolongo y algunos otros asuntos demandando atención, lo ha postergado en su ánimo. Una tarde se decide y le manda un mensaje del que no recibe respuesta. Intrigado, al día siguiente toca a su puerta. Al abrir, aparece ante sus ojos una Gina deprimida y deteriorada. Sin reparar en su aspecto Nicoló la saluda y le entrega las flores que le lleva. Haciendo esfuerzos por sonreír lo hace pasar.

Ésta vez, su encuentro con Germi es en un restaurante con recovecos que ofrecen privacidad. Su confianza en él creció con el proteccionismo fraternal y objetivo ante su capricho con Tadea. En efecto, le hizo ver los contras y, con ello, su insensatez. Su inteligencia es notable y le comprende bien.

—Luigi, tengo algo que encargarte de extrema delicadeza.

—Te escucho…

—Necesito que… así como le entregas mensualidades a mi mamá… hagas eso mismo con otra persona. Sólo que la discreción es de capital importancia. Quiero proporcionarle ayuda a esta persona… no estigmas… ¿Me entiendes?

— ¿Me estás diciendo que quieres ponerle una pensión a una amante o ex amante?

— ¡Qué barbaridad…! ¡Qué manera de ponerlo!

— ¿Confías en mí?

— ¡Sí… desde luego!

—Entonces al grano, «al pan, pan, y al vino, vino».

—Tienes razón… No tienes idea qué trabajo me cuesta hablar de esto…

—Bueno… ¿Quieres ponerle una pensión a una mujer…?

—Así es…

— ¿Quién es esa mujer?

Nicoló queda petrificado y mudo.

—Lo primero que tienes que comprender es que, esto que pretendes hacer, es una práctica de lo más común y somos precisamente los abogados los que nos encargamos de los pormenores con absoluta y total discreción, por razones más que obvias. Son secretos profesionales.

—Supongo que tienes razón… Pero no por eso es fácil…

— ¿Quieres que me encargue del asunto?

—Sí, sí, por favor…

— ¿A quién quieres que le entregue las mensualidades?

Contrariado y sintiendo que viola algo.

— ¿Te acuerdas de…? Pues mira, es… ¡Dios mío como decirlo!

—Sólo di un nombre y se acabó. Afinamos detalles y no volvemos a hablar de ello… si no es necesario. No te haré una sola pregunta que el asunto no requiera. Los bancos, tampoco me hacen preguntas, no les interesa, sólo ejecutan los pagos. Protegen la privacidad de sus clientes so pena de perderlos. Con los abogados, es lo mismo… ¿De quién se trata…?

—Es… la señora Gina… viuda de Morelli.

Germi queda en silencio pensativo.

—En buena hora le llega tu ayuda, Nicoló…

— ¿Cómo…?

—Esa pobre mujer no tiene sustento. Cuando murió el Doctor Morelli, la dejó cargada de deudas; más de la mitad de los pacientes del doctor no pagaban. Era más conocido por eso que por su talento médico. Un tiempo después de su muerte, ella perdió la casa y, para completar, se murió la nana que la cuidó toda su vida. Quedó prácticamente en la calle. Al parecer, algunos parientes y amigos la han ayudado esporádicamente.

Cimbrado y con ojos nublados, escucha el relato, cuestionándose cómo pudo ser tan ciego.

—Entonces… ¿lo puedes hacer?

—Cuenta con ello. Por cierto… valga la indiscreción. Te felicito, es una mujer muy atractiva. Te aseguro que muchos hombres hubieran querido estar en tu lugar y que tenaces lo intentaron… sin logros.

Escucha el comentario serio y sin réplica. La plática sigue y Nicoló, mirando de reojo el horizonte, le hace todos los encargos pertinentes.

En la víspera del concierto en honor a su padre, entrega a sus colaboradores un fajo de boletos:

—Vayan a los muelles y, a esos con los que conversamos el otro día, se los entregan y les piden que convoquen a todos aquellos que eran amigos de mi padre. Si necesitan más boletos que me lo hagan saber. —No tardan en hacerlo y él en entregar otro fajo.

El día del concierto hay frente al teatro un letrero que dice: «Vivan los Paganini». Sobre el escenario y con esta imagen sazonando su inspiración, Nicoló rinde un torrente de una fuerza tremenda sin quedarle una sola nota por entregar. Su inspiración es amplia y profunda: del infinito del cual proviene, su origen, su conexión con la eternidad, su padre.

Los amigos de Antonio se ven unidos al virtuoso y con gran emoción sienten los vínculos. Su madre escucha dedicatoria y concierto con incontenibles lágrimas. Sumamente solemne y memorable, en sublime ritual. Réquiem para Don Antonio Paganini.

41 Lipinski.

De Turín le invitan, y habiéndole encontrado el truco a la distancia, entre ganas de ir y huir, acepta.

Tan pronto llegan, dificultades; documentos, hospedaje, teatro, autoridad... ¡Dificultades con todo! Siente Turín como un salto para atrás. Ha de esperar semanas y cuando por fin toca, el público hace ruido insoportable; nadie guarda silencio, la moda es ahora ir a socializar, a llamar la atención no a prestarla. El ruido es general, juegan cartas, beben, ríen, festejan, reciben invitados, se van, regresan, gritan, aplauden cuando y si les viene en gana, cantan al ritmo de la música, se vomitan por borrachos; en fin, increíble.

En el segundo concierto, igual de caótico, Nicoló en un desplante demanda atención. Su rabieta es de tal intensidad que lo logra y el silencio reina. Pero metiéndose en argumentaciones, algunos observadores, que han percibido que jamás repite, le demandan que lo toque otra vez igual para prestarle la debida atención. Él muerde el anzuelo y explica que jamás lo hace y que les tocará algo nuevo. En la bravata, los necios aprovechan coyuntura y plantan un ultimátum: «lo mismo o nada». Ante su cerrada negativa, se arma una trifulca interviniendo las autoridades. El fallo del gobierno dicta que en el tercer concierto: Paganini repita lo que el público solicita o no hay permiso. Nicoló se niega. El concierto no se da.

Harto de tanta estulticia, cambia de planes; no volverá a tocar en Turín y Piamonte, y los conciertos convenidos en Vercelli y Alejandría pueden irse a la porra. Revisa el mapa; piensa otra vez en Viena, aunque ve Piacenza mucho más cerca, con menos riesgo y bastante más predecible, conquistable.

Lleno de planes, vuelve a lanzarse al camino. Sobre la marcha recuerda que se le olvidó despedirse de un romance con una tal Elena, y así, sobre la marcha, se convence de no hacer nada al respecto.

Piacenza, haciendo honor a su nombre, le resulta agradable. Se siente mejor y todo fluye en armonía, aunque ha de aguardar. La espera es tranquila y le desintoxica de la nefasta experiencia en Turín. Aprovechando la paz, trabaja en sus partituras progresivamente capturando lo que sus manos hacen en el violín. Da por terminado su primer concierto que ha ido evolucionando a medida que lo toca sin ya recordar cómo era al principio. Finalmente lo tiene en papel y de manera satisfactoria.

Absorto en su trabajo, otro viajero interrumpe su concentración, un violinista polaco que, según le platica, lo buscó en Venecia, Ferrara, Milán y en Turín, donde le perdió la pista.

— ¿Y entonces cómo llegó usted aquí?

—El posadero me dijo, finalmente, que creyó haberles oído decir que se dirigían a Piacenza y… como puede ver Maestro, aquí estoy.

—Bien ¿Y qué puedo hacer por usted? —Impresionado por la tenacidad del muchacho.

—Mi nombre es Karol Lipinski, sería absurdo pedirle que me enseñe su técnica; lo único que quiero es escucharle. He oído tanto de usted y su manera de tocar, que sentí no ir a ningún lado hasta escucharle.

—Pues, daré un concierto en menos de una semana… —aunque en su interior— « ¿Quién es este muchacho? ¿Qué tanto toca el violín? ¿Me está haciendo perder tiempo?» ¿Es usted buen violinista?

—Según yo, el mejor.

Basta oír esto, Nicoló se prende de interés. Recuerda que antes de la fama tenía que dar audiciones por todas partes y solía contestar parecido. Viendo que trae su violín:

— ¿Puede tocar algo para mí?

—Me honra Maestro, lo haré con gran gusto.

Esperando que valga la pena, con gran sencillez y genuino interés, escucha sintiéndose honrado. Visiblemente nervioso, Lipinski ejecuta una pieza con máxima destreza y certero sentimiento. Nicoló escucha cerrando los ojos. El violinista se desborda ligando piezas en una gama de ritmos y melodías, conforme toca se suelta en flor extasiado, se sumerge en su violín, mientras el Maestro le sigue. Cuando el violinista abre los ojos, se sorprende ante la mirada atenta y seria de Paganini, que además de asustarle, le hace sentir que es suficiente y da por terminada su ejecución. Baja entonces los brazos y con mirada tímida, como esperando sentencia, mantiene respetuoso silencio. Nicoló reflexivo, acariciándose el mentón, asiente reiteradamente:

— ¡Excelente! Es usted muy buen violinista. –Recordando la respuesta de Rolla, agrega—   Creo que no tengo gran cosa que enseñarle. Está usted sobradamente listo para conciertos.

—Le agradezco su graduación Maestro pero, aun con ella y los conciertos, de los que ya he tenido algo, ardo en deseos de escucharle.

Viendo que tiene un interlocutor digno, no lo piensa más, saca su violín y le toca en exclusiva a un emocionado y sorprendido Lipinski. Inspirado, al sentirse escuchado por un oído entendedor, pasa de lo apasionado a lo pirotécnico con lujo de habilidad y acrobacias. Lipinski extático, después de meses de esfuerzos, escucha a la leyenda.

Al terminar de tocar, ve a su huésped con la boca abierta en expresión de asombro, lo que le es usual. Ignorando la experiencia demoledora y pasmosa que es escucharle.

Ese momento es crucial para Lipinski, catártico. Un parte aguas. El inicio de otro capítulo en su vida. Ve claramente que hay un «antes y después de este momento». Si le escucha tocar primero, no se hubiera atrevido a tocar frente a él. Tiene mucho que aprender y está en el lugar correcto: frente al gran Maestro.

La amistad entre los dos progresa con avidez de ambos. Conviven en dialogo constante, al principio con palabras y a medida que Lipinski va comprendiendo y se va soltando, con violines. Juntos, se les escapa el tiempo entre dedos y cuerdas. Los tres absortos colaboradores les escuchan, como quien asiste a una plática entre notables. Propuestas y respuestas, contrapuntos y armonías, voces y coros; profundidad. Una danza entre dos violinistas en la que ninguno apabulla al otro, sólo se acoplan y tocan componiendo, contrapunteando o arreglando al vuelo. Al término de estas elocuentes conversaciones, ya se quedan serios viéndose a los ojos, ya se sueltan en carcajada de celebración y beben vino alegremente.

— ¡Es un placer tocar contigo Lipinski!

— ¿Qué le puedo decir yo, Maestro? Me ha abierto el espíritu a un campo nuevo y maravilloso. Jamás hubiera imaginado todo esto que hacemos. Para mí, es todo un descubrimiento.

—Para mí también… ¿O crees que voy por ahí, acoplándome con cualquier violinista? Hay que tener en cuenta, que sólo el que intenta lo imposible puede lograrlo y tú, eres así.

— ¿Lo hago…?

Al verlo reflexionar:

—He aprendido estas palabras de algunos profundos que hacen con letras lo que nosotros con notas.

Nicoló se siente feliz, tiene en Karol Lipinski al ansiado interlocutor afín con el que confirma un acoplamiento entre virtuosos de manera continuada y duradera. Karol por su parte, aprende con intensidad y va abriendo alas que ignoraba tener. Sus prácticas con el Maestro, lejos de ser repetitivas, son divertidas y diferentes cada vez; aventuras y exploraciones en las que nadie sabe qué va a suceder; descubrimientos y más descubrimientos sin tediosas repeticiones.

Llega el día del concierto y Lipinski extasiado se llena de Paganini en el escenario. El señor es todo un espectáculo y, como parte de su extraordinaria magia, su personalidad emana un poderoso magnetismo hipnotizador del cual es imposible sustraerse. Su manera desgarbada y extraña de caminar, las torcidas posturas de su cuerpo al tocar y las arcaicas reverencias al agradecer aplausos que lejos de mermar, completan la presentación, aportan un «algo más» que lo catapulta al nivel de lo fantástico. Al terminar el concierto, Lipinski lamenta frustrado que no se haya prolongado al infinito y lo único que desea, es un concierto más. Al mirar alrededor, constata que esta última impresión es general. El aplauso es fanático y el suyo también. Las manos le duelen pero no deja de aplaudir, lagrimando de emoción.

A partir de este concierto la admiración de Lipinski se dispara y sus diálogos violinistas se enriquecen a tal grado que, en su siguiente concierto una semana después, Nicoló le incluye en el programa a manera de sorpresa. Sorpresa para el empresario, sorpresa para el público y sorpresa para Lipinski que no se lo esperaba.

—Pero ¿qué es lo que voy a tocar? Tendré que montar algo.

—Pero de qué rayos hablas… se trata de hacer frente al público: lo que hacemos todos los días.

— ¿Sin ensayar… sin escribir nada… sin leer?

— ¡Sí, como lo hemos venido haciendo diario! Diálogos, discusiones, contrapuntos, armonías, etc. Todo lo que hemos hecho de manera compulsiva y espontánea, divertida y natural. Yo francamente creo que el público lo va a disfrutar y que será muy comentado.

—Y… ¿si no nos sale igual?

— ¡Sale diferente! De eso se trata. Já, já, já. Nunca podría salir igual.

—Pero… me puedo quedar petrificado y arruinarlo todo.

—Imposible, estás lleno de música Lipinski… Hay que tener audacia. Lo único que ocasiona el miedo al ridículo es eso precisamente: ridículo. No te preocupes, saldrá bien. Un poco de nervios por ser la primera vez… normal.

—Pero…

Mirándolo con absoluta seriedad:

—Lipinski, tienes que soltarte, liberarte… abandonarte al violín… Si quieres que corra el caballo… no le jales la rienda… déjalo, cree en él, entusiásmalo, siéntelo, acóplate, entrégate... Si no, te estás haciendo idiota. Y estás haciendo idiota al caballo también.

El joven violinista reflexivo, asiente y escucha.

En la segunda parte del concierto: Nicoló presenta a Lipinski muy a su estilo:

—Respetable y querido público, os voy a pedir disculpas, pero tengo la imperiosa necesidad de sostener una conversación con un muy buen amigo.

Dicho esto, toca unos acordes y unas cuantas notas, escuchándose enseguida la réplica igualmente básica de Lipinski fuera de la vista del público. El diálogo continúa y se va sofisticando, entrelazando, contrapunteando; un telón se abre y deja ver al segundo violinista provocando un aplauso espontáneo. En un crescendo de dificultad y velocidad, el diálogo se intensifica y con él, el frenesí del público.

Paganini y Lipinski entretejen el sonido de sus violines y logran algo jamás visto ni escuchado. Uno propone un tema, el otro lo desarrolla, los dos hacen variaciones contrapunteadas al tiempo por completo diferentes pero en perfecto ritmo y armonía. Magia pura. Para terminar, perfectamente acoplados, dan la última arcada. El sorpresivo final deja pasmado al público y el aplauso tarda en explotar.

Los dos violinistas agradecen con reverencias. Entonces Paganini, levanta el brazo imponiendo silencio y señala a su compañero, anunciando con total seriedad:

— ¡Lipinski!

El aplauso revienta de nuevo. Lipinski hace varias reverencias al público y la última a Paganini. Levanta también el brazo y al hacerse el silencio, dice pleno de admiración y entusiasmo:

— ¡Paganini!

Con el prolongado aplauso en estruendo, salen y entran repetidas veces. Ante la exigencia de encore, Paganini toca una incipiente melodía que Lipinski complementa, iniciando otro caluroso enjambre de variaciones, diferente y por otros rumbos. Los dos Magos se acoplan otra vez en vuelo, haciendo un complicado bordado ante un público delirante y asombrado. ¿Circense? Tal vez. ¿Espectacular? Incuestionablemente.

Horas después, los dos violinistas celebran el resultado del singular concierto. Nicoló se siente muy bien con Lipinski, que carece del espíritu competitivo de Lafont o la absurda arrogancia de Spohr; es sencillo, de gran sensibilidad y talento, como son los mejores artistas.

Un empresario de Cremona asiste al concierto con la intención de contratar a Paganini y se fascina con la idea de presentar el concierto, así, con Lipinski de sorpresa. Al recibir la propuesta, Nicoló acepta de inmediato, sin darle tiempo de pensar a su colega polaco. Lipinski, entregado, sólo sonríe, este concierto le hizo descubrir nuevos horizontes que le impiden pensar en otra cosa. Además, ¿qué mejor que seguir bajo el ala de Paganini?

La rutina diaria de los virtuosos en encierro es una cantidad extraordinaria de variaciones en encuentro, de las cuales, sólo disfrutan ellos mismos y los afortunados colaboradores. Se entienden mejor tocando, que platicando en italiano-polaco. Antes de ir a Cremona, dan un concierto más en Piacenza con excelentes resultados y otro más en Parma, aunque con poca asistencia por un exceso de lluvia, pero con un Lipinski mucho más suelto y un acoplamiento entre los dos de extrema inspiración.

Para la fecha del concierto en Cremona, los violinistas se han mantenido produciendo diálogos, logrando espectaculares derramas que el polaco lamenta constantemente no poder capturar en papel para la posteridad. Al comentárselo a Nicoló, le responde:

—Ese, siempre ha sido el dolor de mi corazón.

La expectación reina en Cremona por la aparición de Paganini. En la víspera del concierto, los lutieres Ceruti, que son los únicos lugareños que han tenido algún contacto con él y que le han escuchado tocar, son interrogados repetidas veces sobre su anécdota personal. Con lujo de devoción y respeto, Cremona adora a Paganini como si se tratara de un semidiós. Un representante de La Academia Filarmónica de Bolonia le anuncia su nombramiento como Miembro Honorario, invitándole a Bolonia a recibir el reconocimiento; de donde le rechazaron, ahora le invitan a recibir honores.

Los dos legendarios conciertos en el Teatro alla Concordia de Cremona se ven repletos y disfrutados meticulosamente por un público muy apreciador que, emocionado, ve llegar la segunda parte con la presentación de los asombrosos diálogos con Lipinski.

De regreso en Piacenza, los virtuosos dan un último concierto al público y en sus encierros, se despiden tocando los 24 caprichos, de los cuales Lipinski queda enamorado y con suficiente tarea para seguir su aprendizaje por meses, tal vez años, insistiéndole al Maestro que los publique para beneficio de los violinistas y para darlos a conocer como obra suya. Esto le interesa a Nicoló y lo pone en su agenda de Milán. Se lo habían propuesto antes pero no se lo plantearon con los argumentos y la pasión con que el colega polaco lo hace. Los publicará a la brevedad y su primer concierto, también.

Los dos violinistas se despiden afectuosamente para seguir cada uno su camino. Nicoló parte hacia Mantua, donde ya tiene un concierto programado.

El entusiasmo que sentía por Tadea Pratolongo se dispersó en el aire entre notas con el intenso diálogo violinista con Lipinski. La presencia de ese interlocutor a la medida, acaparó su atención. La despedida le ocasiona dolorosa resaca y un vacío equivalente en ausencia de la sinergia recién vivida. Pero no debe caer en melancolía, ve claro que el diálogo con Lipinski no ha terminado. Lo vio florecer ante sus propios ojos y se fue entusiasta a estudiar sus «Caprichos». Conclusión: ha de ser paciente y esperar a que el discípulo digiera su tarea, posiblemente años, como le sucedió a él con Locatelli. En reacción, imagina a Locatelli, que jamás conoció en persona y le dice al aire con gran respeto:

— ¡Gracias, Maestro!

42 Bolonia y Rossini. Al filo de la navaja.

—Fabrizio, ¿hay conflictos o peligros para ir a Mantua?

—No veo por qué Maestro, ya cambiaron todas las condiciones y no creo que la gente se acuerde siquiera. Es otro gobierno… No se preocupe… ¿Por qué? ¿Le mencionan algo en las cartas…?

—No… en lo absoluto. Sólo recuerdo todas esas intrigas y peligros… y a ti como gran salvador ¡Ja, ja! ¡Vámonos a Mantua! Nos llenaremos de lagos.

Sin contratiempos, la llegada y el concierto en Mantua se llevan a cabo con tal orden, que momentos antes de salir del camerino, Nicoló está seguro que no vino suficiente público. Asomado entre cortinas descubre el teatro lleno.

El empresario le comunica su voluntad de apegarse al convenio donde expone que de haber éxito en el primer concierto se darían otros dos. Se llevan a cabo y todos los boletos se venden también; tampoco se experimenta desorden alguno y Fabrizio comenta:

—Maestro si así fuera siempre… no me necesitaría.

—Y sería bastante aburrido… ¿No crees?

Pese a que el resultado económico no pudo ser mejor, se culpa a sí mismo por esa falta de euforia en el público, siente que algo le faltó a los conciertos sin poder señalar qué. El que haya cierta tibieza al iniciar cada concierto le es irrelevante, pero el que no haya locura al terminar, definitivamente no le agrada; sobre, todo porque dio otros dos conciertos llenos con algún público repetido, como pudo observar. ¿Acaso algo en su magia está fallando?

Vuelve a circular por las calles de Bolonia que otrora le sedujo y rechazó. Ahora lo reciben con honores y se marchará como «Miembro Honorario de la Academia Filarmónica de Bolonia». No puede creer sus pasos por esas mismas baldosas, cargado con fama, fortuna y optimismo. ¿Qué más sorpresas le esperan ahí?

El Teatro Corso ha pegado carteles por toda la ciudad anunciando la aparición del gran virtuoso. Como niño jugando, los va contando. Otra cosa completamente.

Temeroso de un triunfo frío como en Mantua, da su primer concierto lleno al tope. Al terminar, la gran diferencia, el público explota en histeria no permitiéndole abandonar el escenario. ¡Es la absoluta locura! No se conforman con sólo aplaudir. Paolo, Pietro y Fabrizio preocupados, pierden contacto con el Maestro que dentro de un tumulto, desaparece a sus ojos reapareciendo eventualmente cuando es elevado en hombros. La gente le aplaude, ovaciona, silba y, en euforia colectiva, lo sacan del teatro y lo pasean por las calles; de las ventanas se asoman al bullicio. Se oyen gritos: «Viva Paganini», contestando la masa excitada: ¡Viva! ¡Viva!

Desde la distancia y haciendo esfuerzos por acercarse, sus colaboradores observan las expresiones del Maestro, detectando que le ha dejado de ser agradable. Abriéndose paso como pueden, llegan por fin hasta aquellos que lo cargan; Pietro con su manaza, toma del hombro al más cercano y apretando, ordena:

— ¡Bájenlo!

El otro es abordado por Fabrizio que con más sutileza le da la misma orden. Arredrados los cargadores, entre empujones y ovaciones, lo bajan. Nicoló agradece los honores ahora protegido por sus dos guerreros que lo van sacando del tumulto, asistidos por policías. A buen recaudo en una casa vecina, Nicoló, más pálido de lo usual le dice a Paolo angustiado:

— ¡Uno de los músicos de la orquesta se quedó con *El Cañón*…!

— ¿Quién de ellos, Maestro…?

—Creo que un oboísta, no estoy seguro pero es de la orquesta… ¡Localízalo, por favor!

Paolo sale a toda prisa atravesando las calles en donde la gente comienza a dispersarse y entra al teatro; en el vestíbulo no ve a nadie con el violín en mano; va hacia el escenario pero ya está vacío, se dirige a los camerinos y avistando a unos músicos, les pregunta por los oboístas.

— ¿Los oboístas…? No… quién sabe… han de estar allá afuera… muchos salieron a ver al virtuoso… Es usted el asistente del Maestro Paganini… ¿No?

—Así es…

— ¿Para qué quiere a los oboístas?

—Parece que… uno de ellos tiene el violín del Maestro…

— ¡Ah, El Violín del Virtuoso! …el oboísta se lo recibió… pero la mitad de la orquesta lo pusimos a salvo… ¿Se imagina si lo dejaran caer o lo robaran?

—Y… ¿dónde… está el violín…?

—No se preocupe, nosotros lo tenemos…

Paolo no sabe si respirar con alivio o sudar frío y su rostro lo delata. El músico agrega bromeando:

— ¡Tampoco queremos rescate! Pase por aquí…

Entra a un camerino colectivo donde hay un corro de músicos en tertulia. Al centro, acaparando la atención y la plática: *El Cañón*. Felice Radicati, primer violinista de la orquesta, custodia el violín, vigilando que ninguno de los músicos sucumba al deseo de tocarlo, incluido él. Uno de ellos pregunta:

— ¿Por qué Paganini toca un *Guarnerius* y no un *Stradivarius*?

—El Maestro también posee dos *Stradivarius* y un *Amati* pero este es su favorito, le tiene mucho cariño… Según dice, tiene la voz y la fuerza de un cañón y así le llama: «*El Cañón*». Además, según nos cuenta, se le atravesó en su camino y ya no quisieron separarse. Estaban hechos, el uno para el otro. Os podréis imaginar qué preocupado está el Maestro en este momento… Con mucho gusto os contaría más anécdotas, pero ahora, he de llevarle su violín.

Respetuosos asienten en lo que Paolo lo toma y va en busca de su estuche a otro camerino.

Al verlo llegar con el violín, Nicoló siente la pesadumbre desvanecerse, más aún, al ver que Paolo le sonríe. Un corro de fanáticos más exclusivos, le da cuidados a su ego; escucha con atención encomios intelectualizados que, con mucho estilo, intentan algún virtuosismo verbal con el cual impresionarle.

Los dueños de la casa, que cortés y piadosamente ofrecieron refugio, vigilan nerviosos y emocionados la presencia inusual de tanta gente y sobre todo de tal celebridad. Suenan golpes en la puerta y el dueño, abriendo con mucha cautela, ve a un hombre corpulento y de enorme sonrisa:

— ¿Está Paganini? –pregunta sonoramente.

— ¿Quién le busca?

— ¡Rossini!

Su voz operística se oye hasta el interior, provocando que Nicoló se incorpore de entusiasmo.

— ¿Rossini…? ¡Dejadlo pasar por favor!

Hace su entrada cantando:

—«Paganini, ¡Qué buen concierto has dado! ¡Por poco te matan de puro amor!»

Los concurrentes boquiabiertos en lo que Paganini suelta una carcajada y se funden en abrazo.

—Mi querido Gioacchino… ¡Que gusto verte!

—Vine al concierto a darte la sorpresa y la sorpresa me la diste tú. —Retirándose un poco, hace una reverencia— Maestro… eso, es magia pura. ¡Qué manera de tocar el violín! ¡Flaco, eres un músico extraordinario… excepcional! ¿Es acaso por no comer? ¿Cómo puedes tocar así…? ¡Es la locura…!

Un enviado del empresario a la puerta, le recuerda la cena ofrecida en su honor en casa del Señor Annibale Milzetti. Sin intención de renunciar a la compañía de Rossini:

—Tú vienes conmigo ¿No?

—Desde luego… también estoy invitado. No pienso soltarte en toda la noche, ¡Já, já, já!

— ¡Excelente!

La casa de Milzetti es sobria, elegante, con muebles finos y buen gusto; iluminada por mil velas y personajes importantes; todos ellos ávidos de estrechar la mano de Paganini, que es recibido con aplauso. Rossini es reconocido de inmediato. La velada es intensa y llena de caras nuevas que Nicoló intenta memorizar. Después de un rato de presentaciones, platica con el anfitrión: un hombre sobre los sesenta, elegante, culto y de buen porte, que ha venido poniendo atención en el violinista y le ha escuchado en repetidas ocasiones en sus viajes; en un momento a solas con él, en tono paternal, diserta con gran tacto, sobre los modos licenciosos en que un artista suele llevar su vida y que, lejos de censurar, en momentos enaltece con picardía. Nicoló escucha sin saber hacia dónde se dirige su interlocutor.

—Tal vez me esté yo metiendo en lo que no debo… pero hay momentos en la vida en que hay que tomar importantes decisiones…

— ¿Importantes decisiones…? ¿A qué se refiere Señor Milzetti?

—Pues… tal vez tener una esposa con la cual compartir… hijos… familia.

—Estoy de acuerdo, mi madre y amigos me hacen esas mismas observaciones y créame… estoy abierto a conocer a la que será mi esposa, pero no es fácil. Me es más más fácil tocar el violín.

—Pero ¿cómo? Un personaje de su calidad, no tendrá dificultad en conocer a la joven correcta.

—De eso… no estoy tan seguro… además, creo que mi criterio no me ayuda gran cosa. Cada vez que creo encontrarla, resulta que estoy cometiendo una barbaridad. ¡Mujeres muy bellas… he conocido muchísimas! Y… no soy precisamente guapo, pero cuando toco mi violín, llegan a mí hasta arrastrándose.

—Lo sé Maestro, lo he visto; sólo por eso, le creo.

— ¿Cómo saber cuál de ellas es la correcta?

—Posiblemente, ninguna de ellas… Tal vez esté usted… en el filo de la navaja.

— ¿En el filo de la navaja?

—Si Maestro… Tener lo que todos los hombres quisieran, tiene un precio muy alto… la salud se deteriora… y el vacío crece después de cada aventura, lo que incrementa el sentimiento de soledad.

Sin poder replicar, el violinista Radicati acompañado de su esposa les interrumpe:

—Maestro Paganini, espero haya recibido su valioso violín sin contratiempos.

— ¡Ah…! ¡Cuánto le agradezco! Mi asistente me comentó de sus esfuerzos, ese violín es parte de mí.

Después de platicar la anécdota del *Cañón* con todo detalle, la Señora Radicati le pregunta:

—Maestro, ¿se acuerda usted de mí?

Una vez más, pasmado ante la incómoda pregunta; cuando se la hacen, es cuando no recuerda.

—Me va a tener que disculpar, aunque creo que está por ayudarme…

—Hace ya muchos años, en Génova, canté junto con Marchessi en su primer concierto.

Iluminándosele la cara:

— ¡La Bertinotti!

—Así es…

—Perdón Señora, es un honor volver a verle.

—No se preocupe… yo tampoco le hubiera reconocido, era usted apenas un crío.

Nicoló entonces se enreda en esfuerzos con ella para recordar la anécdota y en sus reflexiones: «Así que la soprano Teresa Bertinotti es la esposa de Felice Radicati, un violinista… Muy interesante.» Siempre le gustaron las cantantes, viendo a la pareja y a Milzetti como inevitable ecuación. Todo tiene algún sentido que él cree vislumbrar. Rossini se presenta con su vozarrón y filo gracioso:

—Señor Milzetti que buena fiesta le está ofreciendo a este flaco querido.

—Espere a ver la cena. –Contesta orgulloso.

Rossini abre los ojos inmensos en cómica mueca y se relame los labios.

Otros caracteres con más comentarios se van uniendo, entre ellos una pareja que quiere complacer a su hija adolescente en su deseo de saludar al artista. Milzetti los presenta a Nicoló, que al ver a la joven, entra en aquél túnel o burbuja ya descritos. Pasmado se sumerge en sus ojos y, ella, que aún siente su música vibrar, hace lo mismo. A duras penas logran sustraerse del sortilegio que les engancha, retornando a la reunión que les rodea. Flotando sobre nubes, escucha su nombre: Marina Banti.

Rossini es quien lo regresa a la realidad con certeros chistes que le hacen detonar en carcajada. Sentados a una larga mesa, Nicoló localiza a Marina y descubre sus ojos mirándole, mientras su madre intenta evitarlo. Los sofisticados platillos anunciados por Milzetti son foco de atención, excepto para ellos. La cena transcurre entre miradas furtivas, brindis por el virtuoso y más ocurrencias de Rossini.

En medio de su túnel, apenas da algunos bocados por quedar bien y agradece palabras poniéndose de pie. Al terminar el banquete, el anfitrión, con su elegante estilo, invita a los caballeros a la biblioteca a fumar y beber coñac, lo que tácitamente implica que las damas pasan a otro salón a su tertulia.

Nicoló, incómodo, tiene que fingir que le agrada la idea, esperando el momento de ver a Marina. En medio de este bostezo, Radicati le propone reunirse a tocar, mostrándose enterado de los conciertos con Lipinski y con algún ambicioso anhelo por hacer algo semejante. Para Nicoló, la propuesta es todo un rescate y, aceptando de buena gana, lo programan para después del siguiente ensayo.

Cuando el encierro del coñac termina, Nicoló sale disimulando su prisa en busca de su nueva enamorada pero, se ha marchado. En plena desconcierto, un sirviente le intercepta:

—Su Excelencia… me encargaron que con suma discreción le entregara esta nota.

Mirando alrededor busca donde leerla, pero es interrumpido y atrapado en pláticas. Por miedo a confundir el arrugado recado con otros, previamente recibidos, usa un bolsillo diferente.

Reuniones numerosas y por compromiso, son para él una serie de pláticas repetitivas y forzadas, no sabiendo realmente con quien está hablando. Por fin, lee el recado:

«*Su música me ha llegado a lo más profundo.*

Me encantaría verle.

P.»

—« ¿Y… quién demonios es P….?»

Como acostumbra en los ensayos, sólo practica las partes con la orquesta y marca las entradas de sus solos, dejando a todos los músicos con deseos de escucharle. Al terminar, Radicati le recuerda:

—Hoy practicamos esgrima, ¿no Maestro?

—Créame… no he pensado en otra cosa. Usted dirá.

— ¿Le parece que esperemos a que todos se retiren?

Nicoló asiente y se dispone a esperar mientras Radicati acumula nerviosismo.

Con el teatro vacío, los violinistas afinan. De inmediato, Nicoló hace una propuesta sorprendiendo a Radicati que esperando alguna partitura queda en el limbo.

— ¿Algún problema, Maestro…?

—Pues… sí… ¿Qué vamos a tocar?

—No me diga que necesita leerlo…

— ¿Cómo… si no?

Ahora el asombrado es él, que deseando tener una tertulia violinista tal vez se topó con una piedra.

—Vamos a hacerlo así, usted proponga algún tema que sepa de memoria y yo… lo tomo y hago variaciones desembocando en otro tema, que usted toma y hace variaciones desenlazando en otro tema más y así sucesivamente. Además y muy importante, en lo que uno toca, el otro, enriquece con contrapuntos y armónicos oportunos.

Después de muchos intentos fallidos, esfuerzos y tenacidad; una muy buena música a dos violines llena el recinto. Lejos de parecerse a lo logrado con Lipinski, Radicati se ha revelado como extraordinario acompañante siendo capaz de seguir al virtuoso en lo que se proponga aunque sin protagonismos ni grandes propuestas o respuestas; sus bellos contrapuntos completan el torrente como las hojas la flor. Nicoló, al principio frustrado por no darse el intenso encuentro espadachín, se va percatando del cuadro que pintan, entregándose a él y soltándose.

Al terminar la ardua sesión, Radicati se muestra muy satisfecho con el resultado, sintiendo que ha tocado espontáneo, sin leer y sobre todo que se ha acoplado a las demandas del gran virtuoso. Los dos se miran satisfechos.

Entre las penumbras del teatro ha habido testigos que no perdieron detalle apareciendo en puntos diferentes al ver que terminaron. Pietro pregunta desde la entrada:

— ¿Traigo el coche Maestro?

— Por favor...

Paolo sube al escenario y saludando cortés, recolecta las pertenencias del Maestro mientras Fabrizio sale de algún rincón y se dirige hacia la salida. Al ver el susto de Radicati que les creía solos, le aclara:

— ¡Ah...! Son mis ángeles de la guarda...

Entonces, inesperadamente, de una zona oscura de las butacas, una poderosa voz les cimbra:

— ¡Tu ángel de la guarda soy yo flaco! –rematando con estruendosa carcajada.

Nicoló suelta otra carcajada al reconocer la voz de Rossini y ver la expresión lívida con ojos desorbitados de un aterrado Radicati que recuerda los diabólicos rumores y que, temblando visiblemente, ve algo aparecer entre penumbras. Mientras Nicoló trata de calmar su propia risa y el susto de su colega.

— Maestro Radicati, perdone usted el susto, es el Maestro Rossini con una de sus bromas operísticas.

Mientras tanto, Rossini se acerca por el pasillo con su gran capa ondeante entre sombras. Radicati no sabe que creer y su susto no mengua. Alarmado Nicoló:

— ¡Calma Gioacchino! Que la broma ya pasó a serio...

— Radicati por favor... ¿No me reconoces?

Volviéndole el alma al cuerpo, reconoce el rostro de Rossini con mejor luz, sintiéndose ridículo.

— ¿Quién creías que era… el diablo? ¡Já, já, já, já, já! ¡Con la fama que tienes flaco!

Finalmente todos ríen y Rossini concluye:

—Tanto ensayo me ha dado tremenda hambre, vamos a cenar. ¡Ah! Y te aclaro, este tío no tiene nada de diablo…más bien de diablillo diría yo. ¿O no te has fijado que atiende a las damas delante de todos, mientras los caballeros creen que sólo está tocando el violín? ¡Já, já, já! ¡Hay que oírlas gemir! –Poniéndose serio— El flaco es un mago sublime. No podemos esperar que el vulgo comprenda. Se requiere humildad para reconocer el talento ajeno, los que no lo tienen inventan patrañas para atenuar su mediocridad. ¡Ha de ser *diabólico* ser así! ¡Já, já, já!

En un restaurante cercano, entra Rossini seguido de los dos violinistas. Su entrada es a escenario, reclamando la atención del público. Al ver quiénes son, los parroquianos les aplauden.

—Me gustó mucho lo que tocasteis. Desde luego, cuando… ¡por fin! …os pusisteis de acuerdo…

— ¿Desde qué hora llegaste?

—Desde el principio del ensayo de la orquesta…

—O sea que estuviste ahí cinco o seis horas. ¿Y por qué no te anunciaste al terminar la orquesta?

—Por poco lo hago… pero me fijé que todos los músicos guardaban sus instrumentos excepto vosotros dos… como, esperando hacer alguna travesura… Soy la Urraca Ladrona… no se os olvide. Algo tramabais y… no me lo iba a perder. ¡Ja, ja, ja!

Desde otra perspectiva, Nicoló ve enfrente a dos excelentes músicos que pudieran ayudarle en las tan escurridizas orquestaciones.

—Eso que hicimos me gustó mucho… –dirigiéndose a Radicati— …fue como buscar en un baúl lleno de chucherías y encontrar cosas muy bellas.

— ¿De veras le gustó Maestro?

—Sí, sí, me encantó… ¿Tú qué dices Gioacchino?

—Fascinante… sé que te refieres al momento culminante, pero… me gustó todo, desde el principio… donde no os poníais de acuerdo y por poco os dais con el arco… Poco a poco os fuisteis fusionando hasta lograr lo sublime. Me gusta la idea para una ópera. Ahora… ese acoplamiento final… fue muy bueno, ¡magnífico! ¡Flaco, gracias a Dios no compones óperas!

— ¡Siempre ves el lado gracioso…!

—Por poco suelto unas carcajadas y arruino todo. ¿Esto es lo que hiciste con Lipinski?

—Eso era lo que intentábamos… aunque salió otra cosa. Con Lipinski fue una suerte de discusión, sofisticando cada vez más lo que decíamos hasta terminar en un acoplamiento a base de contrapuntos en perfecta armonía y ritmo. En esta ocasión intentamos la discusión pero no se dio y simplemente fluimos, sin forzar y Radicati terminó bordando maravillosos contrapuntos.

—Yo les vi como una primera bailarina realizando sus bellezas y un gran bailarín apoyándola.

Nicoló le dirige a Rossini una de sus miradas enfría-sangre.

— ¡Y ahora…! ¿Por qué me ves así? Me asustas…

— ¿Por qué me dices bailarina? –bromeando.

—Pues por lo flaco… tú no te das cuenta que cuando vas a tocar, el público no sabe cuál de los dos es el arco, hasta que lo pones sobre el violín –lo dice tan en serio que los dos violinistas tardan en reaccionar en carcajada— ¡Come Nicoló, come! Que te elevas con tus notas y te pudiera llevar el viento.

Dicho esto, le dirige una elocuente mirada. Nicoló disfruta su peculiar manera de expresarle cariño.

Al día siguiente, Paolo le despierta con una nota que le ilumina el rostro. Es de Marina y, aunque no dice mucho, confirma que el sentimiento es mutuo:

«Señor Paganini:

Su maravillosa música me ha mantenido en una nube.

Me siento enamorada.

Esta noche, haré lo imposible por asistir a escucharle.

Marina»

Montado en la misma nube, Nicoló espera con ansiedad.

Fabrizio ha tomado precauciones para el segundo concierto. Entre otras, distribuye guardias a lo largo del escenario para evitar que el público lo invada, además no habrá paso a los camerinos. El resultado vuelve a ser delirante con la asistencia de importantes personajes, inclusive extranjeros.

Después de siete encores, estruendosos aplausos, ovaciones, gritos y demás, Nicoló espera en camerino y en suspenso. Durante el concierto, mantuvo contacto visual con Marina en un palco. Le tocó a ella, aunque el público estuvo tan involucrado que también se entregó a complacerle. Algunos deliciosos pasajes con el estricto acompañamiento de Radicati fueron la innovación de la noche. Siente esa peculiar sensación de haber logrado perfección.

En la entrada de camerinos, todo el mundo alega importancias para entrar. Paolo le avisa que alguien le espera en el privado del empresario. Acicalándose al espejo, sonríe pensando en Marina. Pero en la oficina encuentra al famoso cantante soprano, Girolamo Crescentini, que acompañado de dos atractivas damas desea felicitarle e invitarle a una cena en su honor en su casa de campo, para el día siguiente:

—Sólo seremos un pequeño grupo… y desde luego algunas damas… –señalando a las beldades.

Convencido por la fama del cantante y la belleza de las damas, acepta el honor.

Enseguida, un mensajero del Señor Milzetti le entrega una invitación a cenar para esa misma noche, recalcando la importancia de su presencia.

Rossini logra cruzar los impedimentos mientras el gentío continúa en el exterior del teatro. Como si no hubiera sido suficiente con el concierto y los encores, demandan ver al virtuoso con gritos colectivos. Fabrizio acecha el momento de salir por la puerta de servicio donde hay menos aglomeración.

Aunque frustrado por no ver a Marina, Nicoló, concentrándose en el momento, usa su creatividad histriónica. Con una idea en la cabeza, se mete a un camerino colectivo, recordando algunas anécdotas que comparte con Rossini y, en medio de carcajadas, se caracteriza con elementos que ahí encuentra convirtiéndose en un anciano cascarrabias. Gioacchino, en carcajadas, aporta su talento teatral-operístico y enriquece el cuadro convirtiéndose en la señora del anciano. La hilaridad es general. La pareja hace ensayos y la risa aumenta. Fabrizio, entre risas y con muchas dudas, acepta la propuesta.

—Traed el coche, pero no lo pongáis en la mera puerta… no despertemos sospechas, que Paolo conduzca… y tú y Pietro quedaos cerca, por si no nos sale la pantomima y se arma un jaleo.

Aprestados junto a la puerta de personal, Paganini y Rossini disfrazados, esperan el momento propicio para entrar «a escena». Rossini hace la última recomendación:

—Todos aquí adentro calladitos y nada de asomarse y levantar sospechas… arruinando todo.

Llegado el momento, sale un anciano renegón repartiendo bastonazos a los que obstruyen el paso:

— ¡Haceros a un lado! ¡No sé qué le veis a ese virtuoso rasca tripas…! ¡Vamos, dejadme pasar!

Pegadita a él, su acomedida mujer:

— ¡Ay mi vida! Ya te dijo el médico que tienes que moderar ese horrible carácter…

— ¡Cállate vieja insoportable! ¡Ya estoy harto de tus estúpidos comentarios…!

La gente se hace a un lado con cierta repulsión, dejando pasar a la horrible pareja y amontonándose nuevamente sobre la puerta demandando ver al virtuoso. La pareja avanza sin perder el personaje y sin contratiempos entran al carruaje que se pone en marcha dejando atrás al gentío. El coche recorre el empedrado en trote tranquilo dándole ritmo a las carcajadas de los tripulantes.

Esa noche se presenta en compañía de Rossini en la casa de Milzetti. Ambos se sorprenden al encontrar sólo a la pareja recibiéndoles en tono familiar. Sentados en una pequeña sala, les es ofrecido un aperitivo. Rossini, en una oportunidad le susurra:

—Creo que te ven como el hijo que perdieron en alguna guerra…

Efectivamente, la manera en que ambos se refieren a él, refleja un cierto amor paternal.

Milzetti, viendo su reloj anuncia:

—En unos minutos nos acompañarán las familias Banti y Vercelli, también admiradores vuestros.

Nicoló en agradable sensación en lo que Milzetti prosigue.

—«Cierto violinista» causó profunda impresión en la joven Marina y, ella, en él.

En obvio nerviosismo, Nicoló abandona el sofá y camina de lado a lado de la pequeña habitación confirmando. Rossini sólo contempla su expresión imbécil y el brillo en sus ojos que la acentúan.

Casi enseguida, alguien a la puerta y esperan en suspenso. Rossini reprime las carcajadas. Anuncian a los Vercelli y la señora ordena pasarlos al salón, los tres caballeros se disponen a seguirla.

Los Vercelli son pareja joven, entre los dos no tienen un solo atributo ni gracia, pero abundan en comentarios nimios; ella es hermana mayor de Marina y no deja de examinar a Nicoló. A duras penas, la plática se reanuda.

Eternos segundos después, vuelve a sonar la puerta apareciendo el resto de la familia Banti. Rossini con avidez casi morbosa, observa y memoriza detalles e ideas para una ópera. El Señor Zaccaria Banti, con muchas reservas, saluda a Nicoló, que ya se encuentra en su túnel mirando a Marina que hace lo mismo con él. Gioacchino se acerca discretamente a Nicoló y le susurra:

—Flaco reacciona... que pones cara de imbécil.

Ni este llamado de atención rompe el encanto. Rossini resignándose, se relaja y contempla el sainete.

Intercambiando melosas miradas de complicidad, los Milzetti disfrutan a los tórtolos en su danza de amor. A los Banti no les es agradable ni el momento ni el pretendiente, pero Milzetti es de extrema importancia en sus vidas y sumamente persuasivo.

Nicoló, en plena cena, integra en su burbuja a todos los presentes, sintiendo una suerte de gran claridad que le deja ver a Marina Banti como el perfecto prospecto de esposa. Es de buena familia y cuenta con el apoyo de los Milzetti y del famoso Rossini. ¿Qué pudiera ser más auspicioso?

Al día siguiente, Nicoló le escribe a Marietta, como ahora le llama, mientras olfatea un pañuelo que le dejara en la mano al despedirse. En el impulso, le escribe también a Germi suplicándole que lo justifique con Tadea Pratolongo, que Marietta eclipsó.

Pese al suspenso, al llegar la tarde, acude con Rossini a la exclusiva cena de Crescentini. En el camino, entre zangoloteos, se suelta platicándole a Rossini todos los porqués de contraer matrimonio y de hacerlo de una manera correcta. Después de una buena perorata, que Rossini escuchó pacientemente:

—Estoy de acuerdo con todo eso... pero, ¿qué rayos tiene que ver contigo?

—Pues que tengo que casarme... tener hijos, sentar cabeza...

— ¿Pero, no te das cuenta que llevas rato casado con tu música? Que tus hijos son los conciertos. Y que todo esto, con sus necesarios viajes, es donde tienes que sentar cabeza, es decir, darle la necesaria duración. Lo que funciona para unos, no necesariamente es para otros; en especial contigo que… tienes una tan especial tarea por hacer. Tu talento maravilloso no puede depender de los caprichos de ninguna mujer, mucho menos de los de una niña controlada por sus padres y que, entre los tres, no tienen ni la menor idea en qué se están metiendo.

—Oye… ¡Tú eres muy joven! ¿Qué sabes de todo esto?

— ¡Uy, uy, uy! Veo que ahora te molesta mi edad y… dicho en éste tonito.

—Perdona… no quise ofenderte…

— ¡Yo tampoco…! aunque lo parezca. Pero, nobleza obliga y… como amigo, tengo que prevenirte cuando creo que… estás por derramar toda la sopa.

— ¿Por qué?

—Para empezar… porque no conoces a la fulana, seguido… porque apenas tendrá quince años, con lo cual: ¿Qué criterio o experiencia? Y para terminar… no les gustas a sus padres. ¿Quieres cargar con todo eso? Yo, te veo conquistando el mundo… dando conciertos por todas partes, siendo aclamado… y muchos violinistas siguiendo tus pasos… atesorando lo que dejas detrás… o pudriéndose de la envidia. Eres diferente y no tienes por qué hacer lo que los demás… como ellos no pueden hacer lo que tú.

—Entonces, ¿nunca me caso ni tengo hijos?

—Tampoco dije tal. Si acaso, no creo que esta niña sea de tu estatura y te mantenga el paso… El matrimonio es sedentario, tú no lo eres. Además de que, francamente, no sé qué le ves. Es un pan sin sal.

—Milzetti es un hombre muy respetable y opina lo contrario… Él apoya todo esto…

—También es muy rico y lleno de opiniones, pero no tiene nada que ver con tu mundo y no ve más allá de sus intereses y de sus narices. ¿Qué sabe él? Verte en un concierto es un gran espectáculo, ¡qué saben de la friega que es hacerlos! No puedes esperar que entiendan, si no tienen la menor idea de cómo vives tu vida. Tú mismo me has platicado cómo te deshiciste del yugo de tu padre y dejaste adorables mujeres atrás, por la misma necesidad de libertad. ¿Y ahora... ofreces el cuello para un cencerro... o una yunta... o la guillotina tal vez? No lo sé, tú sabrás... eres «mayor que yo...» Creo que ya hablé más de la cuenta.

Ensimismado reflexiona y se calma. Lo expresado por su fraternal amigo tiene absoluta congruencia y remarca las palabras de Germi con respecto a Tadea.

El coche se detiene frente a la casa de Crescentini.

43 Barbaja y Colbran.

Crescentini sale a recibirlos acompañado del empresario Doménico Barbaja. Ambos saludan con antigua amistad a Rossini. Al entrar, tres damas esperan sentadas en un sofá y ambos reconocen a la famosa cantante española Isabela Colbran; Rossini, al verla, siente un vuelco en el abdomen, desde adolescente la ha adorado no sólo por su belleza, sino por la rara tesitura de su voz, soprano sfogato o absoluta, con los graves de una mezzosoprano y la riqueza de los altos de una soprano coloratura. La segunda, Eva, es también cantante, aún sin experiencia y bastante más joven, alumna de Crescentini y que Barbaja se propone lanzar en la primera oportunidad. La tercera, Silvia, un poco más madura, es tía y chaperón de la segunda, no canta ni carece de atractivos.

Barbaja había empezado como mesero en un café, introduciendo innovaciones al giro e iniciando su cuantiosa fortuna. Manejó un tiempo La Scala de Milán y además de escoger a los mejores artistas, como el mismo Rossini, su aportación, para muchos intolerable, fue la instalación de mesas de juego que producen grandes dividendos; lo que ahora hace en el Teatro San Carlo de Nápoles.

Crescentini captura la atención sentándose al piano y dejando oír su maravillosa voz en una canción de Rossini, quien sonríe alagado mirando coquetamente a la Colbran.

Nicoló escucha la canción aún con Marietta en mente, sin dejar de percibir los atractivos de cada una de las presentes, particularmente de la diva, que se une al canto haciendo magnífico dueto. Escucharla cantar, le borra pensamientos y acapara sus sentidos. ¡Qué mujer! ¡Qué voz! ¡Qué presencia!

Cantos continúan y cantantes rotan. Rossini interpreta un par de arias mostrando su poderosa voz que sólo usa en ensayos y bohemia. Nicoló toma una guitarra para acompañar y contrapuntear. No le queda duda: una mujer es más bella cuando canta. El peculiar timbre de esa voz le eleva maravillosamente.

La disfrazada competencia entre machos por la atención de la Colbran se prolonga y encumbra, Nicoló utiliza sin piedad su gran recurso, el violín. Pero muy a su pesar y, sobre todo, el de Rossini, Barbaja con muchas tablas, en un oportuno desplante, abraza y besa a la diva clarificando su relación amorosa ya existente.

Crescentini, alerta, anuncia oportunamente que la cena está servida. Nicoló se enfoca entonces en Eva y Silvia que todavía están bajo el embrujo de su música. Rossini desconcertado y Barbaja con la diva del brazo, concurren a una larga mesa donde el cantante-anfitrión los acomoda a su criterio, sentándose él en un extremo y Nicoló en el otro como invitado de honor. La plática continúa sin espíritus competitivos, aunque Rossini hace esfuerzos por superar los celos que le mantienen callado. Comer para él es toda una inspiración y no tarda en soltar el primer chascarrillo. De cualquier manera, le es imposible dejar de ver a la diva que Crescentini le puso exacto enfrente y muy cerca, gracias a la angosta mesa.

Barbaja toma palabra:

—Maestro Paganini, nos ha causado una muy poderosa impresión… Isabela no me va a dejar en paz hasta que le comunique nuestro deseo de presentarle en Nápoles.

—Le agradezco la invitación y la acepto con gran placer. Será un honor presentarme con vosotros.

Para gran sorpresa de Rossini, al saborear a ojo cerrado unas deliciosa sopa, siente el pie de Isabela, sin zapato, escalar su pantorrilla. Sin romper el ritual hedonista, sólo abre los ojos y recibe de ella una sugestiva mirada que de inmediato disimula acentuando la caricia. Es tan fuerte su emoción, que por reflejo constata que nadie se percató, reanudando su placer con una nueva mirada, ahora, de complicidad.

Al llegar al postre, Nicoló extrañado:

—Gioacchino, has estado muy callado... comer contigo sin oír tus ocurrencias... ¿Cómo puede ser?

Con expresión de innegable bienestar:

—Es que la comida está exquisita y no todos los días disfruta uno de tales acompañantes –al decir esto, por debajo de la mesa acaricia el pie envuelto en media que, ahora, entre sus muslos, sigue travieso.

El anfitrión invita a salir al jardín y disfrutar de las bondades del clima para después reanudar el encuentro musical, todos aceptan y salen con él, incluida la Colbran. Rossini permanece sentado.

— ¿Vienes Gioacchino?

—Adelántense... ahora los alcanzo.

Preocupado, Nicoló le pregunta:

— ¿Te sientes bien? Has estado extraño...

—Si Flaco... todo bien... sólo necesito ir a la letrina primero... anda adelántate.

Al quedarse solo, los sirvientes también le hacen preguntas que contesta sin levantarse, esperando que su cuerpo se relaje. Poniendo su mente en cuanta cosa desagradable se le ocurre, logra neutralizar el estímulo causado por esta espectacular mujer de la que ya se siente irremediablemente enamorado.

De regreso a la ciudad es el otro lado de la moneda; es ahora Gioacchino el que no deja de hablar de su inflamación amorosa y Nicoló quien intenta convencerle de lo peligroso de la situación y lo dañino que pudiera ser. Y aunque reconoce los atractivos de la Colbran, no se explica tal exaltación en su amigo.

La intensidad en Bolonia no disminuye, viéndose enredado en diarios compromisos sociales y profesionales: entrevistas, posibles contrataciones, posar para retratos, etc. A esto se une la presencia de público ávido por donde se mueva, demandándole atención.

Milzetti, tenaz, no quita el dedo del renglón sobre la promisoria unión con Marina, aunque Nicoló no la ha vuelto a ver y terminados sus compromisos en Bolonia, partirá a Florencia a fines de mes.

En la proximidad de los siguientes conciertos, las localidades están agotadas y la Paganini-manía desbordada. Se adoptan medidas de seguridad para llegada y salida del virtuoso. Fabrizio, en alerta, estudia rutas de acceso soltando su imaginación para detectar imprevistos; una de sus preocupaciones es Pietro con su concentración mermada por un romance.

En el concierto, el público le recibe de pie aplaudiendo. Su actuación, es interrumpida repetidamente por explosivas ovaciones y aplausos. Ya para finalizar, cuando se encuentra sumergido en un elocuente pasaje, se le revienta una cuerda generando conmoción y la orquesta se detiene esperando que el virtuoso haga lo mismo. Como otrora hizo, Paganini continúa apasionado con las tres cuerdas restantes sin siquiera abrir los ojos; la orquesta, en apuro, retoma la partitura y vuelve a fluir; pero no bien vueltos a lo normal, una segunda cuerda revienta con la consecuente reacción del público y el titubeo de los músicos, que ven al violinista continuar imperturbable. Un aplauso intenta dominar, pero el virtuoso mantiene el tono de su ritual que inclusive eleva un poco con la emoción colectiva. Lo imposible se sucede y una tercera cuerda revienta con su peculiar sonido. El virtuoso continúa su flujo de notas, enardeciendo la euforia general a nivel de locura. Radicati honrando su posición de primer violín y presa de una inesperada inspiración, mantiene el paso hasta el último momento, acompañando y contrapunteando en un torrente paralelo e inspirado. ¡Extraordinario! ¡Increíble! Para algunos, espeluznante y sobrenatural.

Los comentarios posteriores no cesan y las versiones se multiplican en abundantes arborizaciones. Algunos sostienen y apuestan que Paganini reventó las cuerdas con toda intención y lo tenía planeado, mero circo y seguro hay truco. Para otros más, usó magia y es capaz de tocar el violín sin cuerdas; algunos juran haber visto la presencia de Mefistófeles junto a él, bla, bla, bla, etc., etc., etc.

Los congruentes, ven su maravilloso talento: un artista capaz de lo sublime en pleno rigor.

La pérdida de cuerdas ya le había sucedido en Livorno y en peores circunstancias aun, pero esta vez, Nicoló se siente particularmente satisfecho, porque en ningún momento interrumpió el bellísimo torrente que capturaba en esos instantes. Se adaptó a lo que tenía, haciendo lo que pudo y lo entregó completo. Una perfecta ofrenda en extremo alerta.

A la mañana siguiente reflexiona y al entrar Paolo:

—Abre las ventanas, necesito un baño de aire.

El viento en la cara le refresca la memoria, sin embargo, el momento culminante fue de tal intensidad, que no recuerda qué pasó después, ni cómo llegó hasta su cama. Paolo completa los faltantes y cambiando el tema:

—Maestro, lo que importa mucho que recuerde, es que hoy le hacen miembro de la Academia Filarmónica de Bolonia.

— ¡¿Hoy…?!

—Hoy Maestro…

— ¡Carajo… es cierto! Yo que acariciaba no salir en todo el día…

—Fabrizio y Pietro desde muy temprano han estado ocupados en el asunto.

— ¿Por qué, va a asistir mucha gente?

—Tal vez no, pero salió en los periódicos, Fabrizio está preparándose para lo peor, como él dice.

—Ha salido muy eficiente este hombre ¿No?

— ¡Ah! Ya lo creo… hasta se excede. Anoche tenía listo un baúl acojinado para sacarlo del teatro…

— ¿De veras? Pero… no hubo problema… ¿Cómo es que salimos?

—Bueno, no hubo problema, porque la policía acordonó, pero también Fabrizio tuvo que ver en ello.

Pese a que le molesta no recordar detalles, le complace ver cómo le cuidan y saberse rodeado de capaces que de manera invisible hacen su parte.

—Gracias Paolo, no sé qué haría sin vosotros.

—Maestro… yo no sé… qué haríamos nosotros sin usted… ¿Le apetece darse un baño?

— ¿Acaso huelo mal…?

—No, pero le haría sentirse bien para recibir su reconocimiento.

—Buena idea, prepáralo.

Ésta es la hora en que no recibe noticias de Marietta, después de dos cartas incontestadas, ya no sabe qué pensar. Las palabras de Gioacchino siguen en eco. Esa parte de su destino no deja de ser un nudo que está lejos de resolver. Casarse y asentarse; seguir en las giras; tener hijos; serle fiel a una sola mujer; encontrar la mujer exacta. ¿Es acaso posible?

Con todos los flemáticos protocolos y discursos, la Academia Filarmónica de Bolonia le nombra miembro honorario y distinguido. Nicoló siente orgullo al haber logrado esto en su propia forma y por el camino de la libertad, donde es tan fácil perderse. Ya es músico, oficialmente, aunque sabe que nació siéndolo y que jamás tuvo otra opción. Conmovido acepta el reconocimiento e igual lo agradece.

El último concierto en Bolonia es también estruendoso, pero sin cuerdas rotas que eran la expectativa de la gente. Harto de compromisos sociales, opta por el encierro a manera de desintoxicación. No está para nadie. Por días, el silencio impera en su habitación y sólo tiene contacto con sus colaboradores que lo protegen de intromisiones. No falta el periodista que quiere oírlo ensayar y monta guardia hospedándose en algún cuarto vecino, sólo para constatar el silencio en que el virtuoso se sumerge.

—Bueno y ¿a qué horas practica? –le preguntan a Paolo.

— ¿Practica? No… sólo ensaya con la orquesta en la víspera del concierto, pero practicar solo… ya no. Si acaso… toca algo, pero no por practicar. Le gusta siempre tocar para alguien, ya sean los pajarillos, el bosque, el mar, la gente… o hasta los ya muertos.

Llegado el momento de partir lo hacen discretamente y aún oscuro. El día anterior se depositaron en el correo algunas cartas necesarias. En ellas dice que estará de regreso pronto y que se dirige a Florencia. Queda en buenos términos con Milzetti, pues además del asunto con Marina, le ayudó con conexiones bancarias durante su estancia. A Germi, le invita a reunirse con él en Florencia, para después ir a Lucca al festival de la Santa Cruz. También escribe a Marietta sin entender su silencio.

El campo abierto y el horizonte enfrente le hacen sentir paz, como despojarse de pesada carga entregándose al viento en liberación. Las mejores reflexiones las experimenta mientras se desplaza; viajar le da perspectiva, necesario desapego para ver con objetividad. También es cuando Paolo le platica lo que sucede a su alrededor, que de otra manera le pasaría desapercibido; como el romance que Pietro dejara atrás en Bolonia, que explica su gravedad y silencio.

Cada ciudad le libera de la anterior. Florencia le fascinó desde niño; ahora, se le presenta fresca, sin la pesadumbre y pendientes de la última vez bajo Elisa. Su percepción está lista a nuevas experiencias y la ciudad se abre candorosa en flor.

En realidad, no tiene compromiso alguno, sólo se dejó llevar por el impulso y la idea de disfrutar Florencia. Quiere privacidad, entregarse a caminatas, sabiendo que tan pronto da conciertos tiene que irse, como ya siempre sucede. Se limita a trotar calles silbando y curioseando, como cuando escapara de su padre para hacerlo. Teatro, ópera, tabernas y pláticas con desconocidos sin identificarse. O, entre callejuelas, disfrutar el glorioso pasado.

En una taberna, un violinista ameniza el momento, pero la gente lo tapa con su plática; estoicamente, el humilde músico toca con entrega y habilidad. Nicoló en el intento de escucharlo, opta por cambiarse a una mesa cercana seguido de sus tres. El ejecutante lo nota y sintiéndose halagado toca para esta única mesa atenta, ante la indiferencia y ruido de los demás. Al terminar la pieza, Nicoló y acompañantes aplauden con entusiasmo contagiando alrededor. El violinista conmovido:

— ¡Gracias… muchas gracias! Aquí nadie aplaude jamás. Me hacéis sentir Paganini.

Nicoló queda conmovido sin dejar de ver al hombre, como si hubiera recibido una condecoración. Saliendo de la emoción del inesperado honor y con ojos nublados:

— ¿Puede tocar algo más?

— ¡Desde luego que sí, su Excelencia!

Enseguida, el hombre entusiasmado eleva su violín y cerrando los ojos, comienza. Al ver ese detalle y oír a la vez el molesto bullicio del lugar, Nicoló explota en grito:

— ¡Silencio, que el Maestro va a tocar!

Ante la sorpresa del mismo violinista, la gente se calla y volviendo a su concentración, pone arco sobre cuerdas. Sintiéndose esta vez protegido y apreciado, presa de desconocidos nervios, toca lo mejor de su repertorio en una ágil e inspirada entrega. Aprovechando el silencio y el público, ahora atento, une algunas piezas improvisando puentes para prolongar su propio éxtasis.

Nicoló lo nota y en empatía absoluta recorre al individuo. Es un hombre joven, enamorado incuestionable de la música y de su instrumento. A juzgar por sus raídas ropas y zapatos en las últimas, pobretón, sin embargo, su violín, impecable. Toca con total entrega y su entonación es magnífica.

Cuando termina su ejecución, la taberna completa aplaude. El humilde músico, emocionado al extremo, agradece haciendo reverencias sin poder creer. Nuevamente en reciprocidad se acerca a ellos. Nicoló aprovecha para estrecharle la mano y, en ella, le entrega un par de monedas de oro. El músico, asombrado, lo refleja en el rostro con ojos desorbitados pero Nicoló, con ademanes, le suplica discreción.

Agradecido, pregunta:

— ¿Desea su Excelencia que toque algo más?

—Sí… definitivamente, toca el resto de tu vida… Si no tocas, te mueres.

—Sí… sí. Gracias… muchas gracias… –conmovido y confundido con la charada, que pudiera parecer maldición, el hombre opta por tocar algo más, haciendo reverencias ruborizado. El público, en silencio y atento, escucha del motivado violinista su elocuente discurso entregándoselo a su recién conocido benefactor. Finalmente, en medio de un sólido aplauso, el hombre se despide emocionado.

—Maestro ¿no le da miedo la competencia? — Pregunta Pietro.

— ¿Cuál competencia? Sólo compito si mi vida está en juego. Derrotar a otros, no engrandece a nadie… al contrario. El camino de la libertad no tiene que pasar por la derrota de nadie.

— ¿Y si un día apareciera un violinista mejor que usted?

— ¡Já, já, já, Tú me quieres ver competir! ¿Verdad? Pues… aprendo de él todo lo que pueda y, si es posible, lo hago mi amigo… como Lafont y Lipinski.

— ¡Claro! ¡Qué bello, ojala yo pudiera ser así…!

—Tú eres así Pietro… ¿Recuerdas? Primero, me querías moler a puñetazos… y míranos aquí, años después. Somos amigos… no me derrotaste, no te derroté, los dos ganamos. ¿Cuál competencia?

Pietro se sumerge en pensamientos, en su corazón compiten la idea de casarse enamorado y la de seguir al servicio del Maestro. ¿Cómo aplicar ese conocimiento ahora? Decidiéndose, plantea su dilema. Nicoló escucha atento viendo la analogía de su propia encrucijada. Paolo escucha aparte.

—…como ve Maestro, hay una competencia y yo soy el juez que tiene que dar el fallo.

—Eso no es competencia, si acaso disyuntiva y la necesidad de tomar una decisión. Tienes que decidir entre quedarte y formar otra familia o continuar en el camino. ¿Cuál es tu destino?

—Quisiera saberlo…

—Yo mismo me meto a menudo en esa pregunta y sé que un día llegaré a una conclusión.

Cubriéndose el rostro con una mano, Pietro llora abiertamente sin poderlo controlar. Nicoló por instinto revisa quien les ve alrededor. ¿Cómo es posible que semejante grandullón llore como un niño en ese lugar? Sin embargo una absoluta empatía le hace comprenderlo. Si él fuera capaz de abandonar el movimiento, lo haría para casarse y hacer una familia, el problema es que no puede. La necesidad de Pietro de tomar una decisión le orilla a tomar la suya. ¿Cómo darle un consejo si no? Por lo pronto conviene salir de la taberna.

De los detalles que Pietro platicara, destaca que este enamoramiento y aquél con su fallecida esposa, son los únicos en su vida. ¿Por qué él había tenido tantos? ¿Fueron enamoramientos o caprichos? El ver a Pietro sufrir le hace dudar. Demasiadas mujeres han pasado por su vida y guarda gran cariño por muchas de ellas, mientras ha olvidado a otras. ¿Está ahora realmente enamorado de Marina?

Pasan los días y la melancolía de Pietro se le contagia. Desea ver a Germi pero no aparecerá sino hasta mediados del mes siguiente. Impaciente, solo da un concierto que le reanima y parten rumbo a Livorno en donde tiene tres conciertos por dar.

El movimiento del coche le retorna a un punto neutral, se aquieta; entonces, desfilan sus vicisitudes como en una pasarela. Lauretta, Tadea, Marina… en realidad no quiere a ninguna, ya se le pasaron las fiebres, ahora, las ve sin autoengaño. La primera, que tanta pasión desató con sus rechazos y exquisiteces, resultó puta; la segunda: carnada de una trampa familiar, y la tercera: apenas una niña que ama su música y cuya familia le detesta.

Pasará por Lucca, tal vez, vea a Dida o visite la casa de la Rochelle, si aún existe, o simplemente se encierre. Las mujeres y las ciudades le fascinan, pero no puede permanecer en ellas, le asfixian al convertirse en rutina y obligación. Si tocara su violín por obligación, también huiría de él, como huyó de las maratónicas prácticas que, en su momento y paradójicamente, le sirvieron para huir de su padre. ¿Es acaso entonces, huir su destino? Desconcertado, se siente a veces sin rumbo, lejos de percatarse que en ningún momento se aparta de él.

Esta vez, la llegada a Lucca no le entusiasma, tiene memorias que no le interesa repasar y antiguos amigos que no visitará. No puede entender por qué ahí se liberó y también se entregó a la esclavitud voluntariamente. Cómo estar en Lucca sin recordarlo.

Da un concierto que llena al tope y le carga de energía; parte al día siguiente dejando compromisos firmados para ese mismo mes. En el camino Fabrizio va a caballo manteniéndose ágil alrededor del coche y Pietro conduce asistido por Paolo que a veces viaja en cabina. Esta vez, a solicitud de Nicoló, Pietro viaja con él en el interior:

— ¿Cómo se llama tu novia Pietro?

—Arabella, Maestro.

¿Cómo sabes que la amas y no es un mero capricho?

— ¡No… no es capricho! Si la amo. ¿Por qué Maestro?

—Te he estado viendo sufrir... no eres el mismo, reías todo el tiempo y hasta cantabas cuando azuzabas los caballos.

El rostro de Pietro se arruga en espontánea mueca de llanto que enseguida reprime.

—Perdón Maestro...

—Veo que estás a flor de piel... Dime... quiero aprender... ¿Qué sientes?

— ¿...Cuándo estoy con ella?

—Y cuando no estás, como ahora... En general...

Pietro se recoge en pensamientos y al cabo de un lapso:

—No sé cómo explicar, pero... con ella me siento más grande.

— ¡¿Más?! –reacciona Nicoló.

—Me siento grande en otro sentido, como si ella y yo... formáramos un todo. Mis ojos ven lo que ella y así... todos mis sentidos... ¿Se ha fijado cuando, después de montar caballo un buen rato, al bajarse... se siente uno corto y lento...? Así me siento sin Arabella, corto y lento... mutilado, incompleto.

La metáfora del caballo le recuerda inevitablemente a *Staccato* y la comunión que llegó a tener con él, sintiéndose parte de un organismo mayor. La separación, por poco lo mata. Es también lo que siente con su violín, en particular con *el Cañón*. Unidad. Lo que a veces siente cuando está en carretera. Lo que experimenta con el público al tocarle. Todo eso, lo completa.

—Y ella... ¿te ama igual?

—Sí Maestro...

—Las mujeres a veces engañan...

—Yo lo sé... pero con ella es diferente... Yo también la aumento... Sus ojos brillan al verme y sólo quiere estar conmigo. Juntos somos algo mucho más grande que el doble de uno sólo.

Recuerda que con Dida sentía algo semejante.

—Pietro, eres un filósofo… Me gusta como piensas, te creía más brutal… quizás por lo grandote y temperamental. Veo que, con la misma pasión, ahora describes a tu amada y vuestra maravillosa relación. Créeme que es la mejor descripción que he oído del amor. ¿Te vas a casar con ella?

— ¿Cómo Maestro…? …mi lugar está aquí, con usted… cuidándolo.

— ¿Pero qué dices?

—Maestro, yo estoy en deuda. Si no fuera por usted, hace rato que estaría yo muerto. Me dio una vida cuando ya no tenía ninguna. Yo… le debo a usted mi más absoluta lealtad.

— ¿Y esta lealtad… incluye aceptar una mutilación como la que acabas de describir? ¿Acaso quieres hacerme sentir culpable?

— ¡No Maestro, de ninguna manera!

—Entonces… ¡cásate con ella!

— ¿No le molesta que venga con nosotros?

— ¡Pero ¿estás loco?! ¿Cómo va a venir con nosotros?

—Perdón… creí que…

—Pietro, por favor. Una mujer necesita hacer hogar, tener hijos… qué se yo, no ir dando tumbos por los caminos. Imagínala aquí con nosotros, mal comiendo y llegando a alojamientos de mala muerte respondiendo a mis caprichos… ¿Cuánto pudiera durar? - Reflexionando sus propias palabras.

—Pensará usted que soy un desagradecido.

— ¡Eh…! déjame pensar lo que me dé la gana… y lo que pienso… es que serías muy tonto si no te casas con ella. No se puede tenerlo todo Pietro.

— ¿No le importa que abandone mi trabajo?

— ¡Claro que me importa! Pero qué remedio, seguiremos adelante. Por cierto, no eres fácil de sustituir; Fabrizio ha estado en el caso desde que te supo enamorado... lo vio venir. Vamos a hacer una cosa... Por lo menos un mes nos tardaremos en regresar a Bolonia, mientras... pones buena cara y piensas todo esto, tranquilamente. En Bolonia me dejas saber tu decisión. ¿Te parece?

—Sí Maestro, le agradezco... ¡No sabe cuánto!

En Livorno corrió la voz de su llegada como fuego en hierba seca. Las autoridades municipales tomaron medidas para mantener el orden y organizar el evento. En las proximidades de la ciudad, varios jinetes les interceptan invitando a Nicoló a pasarse a un carruaje abierto para hacer su entrada. Paganini es tratado otra vez como realeza, la gente, en gran orden, aplaude y vitorea a los costados y desde las ventanas. Emocionado, agradece con ademanes. Fluye el carruaje sin dificultad hasta el mismo lujoso hotel en que se hospedara tiempo atrás. Un comité de recepción le aguarda atrapándolo en un sinfín de protocolarios saludos. Complacido pero cansado del viaje, no ve la hora en que todo esto termine. Por fin en su habitación el deseado silencio. Tumbado sobre la cama, las imágenes desfilan en su mente pero sin querer pensar las deja fluir; entrelazada, escucha la voz de Paolo:

—Maestro, aquí le dejo té y sus medicinas... que descanse.

El té, las medicinas y la idea de tomarlos, son ahora, la imagen principal. Recolectándose y con decisión, se incorpora, lo hace y vuelve a la cama sumergiéndose en sueños. La luz le despierta, no se ha movido; sorprendido se percata que se quedó dormido y que ya amaneció; la taza de té sobre la mesilla de noche jamás fue bebida ni las medicinas tomadas, sólo lo soñó. Le molesta haber dormido vestido, pues ha minimizado su guardarropa a un par de trajes negros y ha de cuidarlos.

Dos conciertos repletos, elocuente torrente, aplausos, gentío, honores y una gran despedida. De vuelta al camino y al ensueño entre bamboleos. Por un momento ve con pasmosa claridad que todo, absolutamente todo, son sueños.

La grata sorpresa al regresar a Florencia, es que Germi le espera:

—No sabes que gusto me da verte, tenemos mucho que platicar.

—Ya lo creo, hay asuntos pendientes…

— ¿Qué tal si dejamos los asuntos pendientes, pendientes, y celebramos nuestro encuentro?

A la mesa de un buen restaurante comparten la cena e inician una plática-discusión que durará todo el tiempo de este encuentro entre los dos crecientes amigos. Germi insiste en que sea más cuidadoso al acercarse a jovencitas de familia, por los compromisos legales que adquiere sin percatarse. Nicoló le afirma, que no tiene por qué preocuparse pues ya tuvo suficiente de esa farsa en la que no volverá a caer, y más, después de la decepción que se está llevando con Marietta que jamás contestó sus cartas.

—Dime Luigi, ¿tú te has enamorado?

—…pues sí… creo estarlo ahora.

— ¡No me digas! Y… ¿de quién?

— ¿Vas a ser mi abogado?

— ¿Cómo?

—Por razones muy particulares… no puedo revelar su identidad.

— ¡Mm! Entiendo… «Una dama misteriosa». ¿No me puedes decir quién es? Tú sabes cosas de mí.

—Sé las que necesito saber para poder asistirte en aspectos legales… de resto ignoro todo. Jamás profundizamos en nada que no sea necesario.

—Bueno, pero ¿confías en mi discreción?

—Desde luego que confío en tu discreción… pero sobre todo, confío en la mía. Es un caso sumamente especial que prefiero no comentar.

—Y ¿Cómo sabes que estás enamorado de ella? …sin decirme quién es, claro.

—Pues… cuando estoy con ella, siento… paz… que me hace ver la vida con más claridad. Nos tenemos mucho cariño… disfruto mucho de su compañía.

— ¡Qué bello!

— ¡Sí… ya lo creo! La estoy echando de menos.

—El problema de las damas secretas es eso precisamente, son secretas, no puede uno casarse con ellas por ser secretas, y a la vez, le hace a uno sentirse más enamorado.

—Así es… Es algo que no compartes con nadie, sólo con ella.

—Tal vez, lo que debiera uno hacer, es sólo mantener relaciones de este tipo y olvidarse de bodas…

—Yo no tengo ningún inconveniente, es la sociedad la que tiene objeciones y puede destruirte con un escándalo. Además… si quieres tener hijos y formar familia, no puede ser en secreto; está todo el aspecto legal: el patrimonio, los derechos y obligaciones… Pero dime, entrando en materia: ¿Quién es esta Marietta de la que me escribiste?

El tema es intenso pues Germi, intentando justificar la conducta de Nicoló con los Pratolongo y amortiguar los efectos, se ha metido en una serie de embrollos que han sembrado dudas sobre su propia honorabilidad. Agravándose todo con el escándalo Cavanna, que Nicoló no calló a tiempo, empeorándolo con su ausencia y rehusando pagarles lo sentenciado con contrademandas. Germi le suplica no encargarle más este tipo de asunto personal, originados por una confusión interna que él mismo tiene que resolver.

Nicoló, con su vehemencia característica, defiende su actuación, alegando que no han hecho más que atentar contra su libertad y que no piensa casarse con cualquier fulana.

Pasan varios días y el coloquio continúa entre momentos cordiales y agrias discusiones, Nicoló le dedica un concierto sumamente elocuente con palabras, notas y corazón. Al día siguiente parten a Lucca al Festival de la Santa Cruz, donde cada uno espera convencer al otro. La polémica no cesa a lo largo del camino: acuerdos y desacuerdos, comentarios y carcajadas, bocadillos y silencios, sorbos de coñac o vino.

Entran al bullicio de Lucca en Festival con todo tipo de gente en las calles. Nicoló vuelca sus anécdotas sobre Germi que escucha fascinado. Su diálogo continúa entre espectáculos formales y callejeros. Por fin, termina prometiendo no enamorarse y menos de una niña de familia, esto le da a Germi cierta paz, pues no tendrá que enfrentar embarazosas querellas de este tipo. Paganini da el concierto que clausura el Festival, que también le dedica a su ya entrañable amigo.

Al Germi despedirse y partir de regreso a Génova, Nicoló queda atrás cargado de tristeza y sentimientos de culpa. Preguntándose también, por qué Dida no ha aparecido cuando toca en Lucca. El vacío le atrapa y sin poderlo evitar, vuelve a sentirse solo en esa ciudad, sin ánimo alguno. Le apetecería trotar las calles hasta enderezar sus pensamientos pero no es posible y permanece encerrado.

Paolo ya sabe que la gran herramienta para sacar al Maestro de estos baches, es viajar. Nada le anima más que hacerse al camino y cambiar de panorama. Por suerte, les espera un buen garabato en el mapa, yendo y viniendo entre Pistoia, Florencia y Siena, para luego, regresar a Bolonia.

En medio del trajín, llega una carta de Germi donde le agradece su hospitalidad, comentando lo bien que la pasó y lo orgulloso que se siente con todos los honores recibidos, en especial, las anécdotas convividas y contadas, que no ha dejado de presumir. El efecto en Nicoló es liberador, quitándole de encima los remordimientos por haberlo maltratado con sus explosiones.

También recibe la tan esperada carta de Marina en la que le declara su amor, implorándole pronto regreso. Al ella confesar su amor, su padre la había encerrado mientras su hermana y su cuñado, se dedicaban a recabar rumores que desprestigiasen al «virtuoso», echándole en cara que se fue y la olvidó.

Una tercera carta comunica la sorpresiva y penosa muerte de Anna, esposa de Carlo.

De camino a Bolonia, Pietro, ansioso, ve acercarse el momento de ver a Arabella, que a base de añorarla se ha enamorado cada vez más. Fabrizio contactó a un ex compañero soldado que cree buena opción para substituir a Pietro y encontrará al llegar. Nicoló, que se emocionó con la carta de Marietta, se va enfriando a medida que se acercan; viéndose a sí mismo como el viajero que es, recapitulando los puntos de Germi y Rossini. Paolo, siendo el único que viaja en total paz, sólo ve unos pacíficos meses por venir, en lo que pasa el invierno.

Llegando a Bolonia, cada uno se vierte en sus asuntos. Pietro ha confirmado, al reencuentro con Arabella, que se aman y se casará con ella. Fabrizio entrevista a su prospecto, descubriendo que el sujeto se dio a la glotonería y al vino, convirtiéndose en un obeso borracho que no le sirve.

Nicoló sin decidir qué hacer con Marina, lo resuelve conforme pasan los días viendo que su indiferencia crece por minuto sin el menor deseo de contactarla, muchísimo menos de casarse. Se convierte en un penoso compromiso del cual no sabe cómo desembarazarse.

Una tarde contempla desde la ventana; la ciudad le sofoca. El entusiasmo de Pietro por su propio casamiento le muestra que él, no tiene ninguno por el suyo. Sólo se pondría una camisa de fuerza.

— ¡Paolo! Nos vamos…

— ¡¿A dónde Maestro?!

—No lo sé, trae mapas y propuestas… llama a Fabrizio.

—Pero Maestro… tiene conciertos… y entra el invierno.

—Precisamente por eso nos vamos. No quiero estar aquí tanto tiempo. Los conciertos pendientes son cancelables, no hay nada firmado.

Sobre el mapa contempla ir a Viena, donde no hay contactos pero ya hay fama. Más fácil y seguro, ir hacia el sur a Roma y Nápoles, más cerca y mejor opción para el invierno.

Fabrizio prefiere permanecer en Italia hasta cubrir el hueco de Pietro. El único cochero que encontró no domina artes marciales ni tiene la imponente presencia. Los tres, de acuerdo: Roma.

Seis días después de llegar a Bolonia, parte sin contactar a Marina. Sintiéndose miserable por no haber tenido ni palabras ni valor para explicarle el porqué de su mudanza que no acaba de entender.

Encima de todo esto, Milzetti le previno de algunos turbios manejos en el banco de Bolonia, lo que le obligó a transferir esos fondos a Milán, quedando el pendiente en su espíritu.

Lo bueno es que Roma es sumamente promisoria y excitante, pues según el dicho: «El que conquista Roma, conquista el mundo», así que, no le quedará tiempo para nada más, se entregará completo a la música y a Roma. No más buscar esposas; hará música para vivir, vivirá para hacer música.

En su mente y corazón, monta guardia el deseo de dirigirse a Viena y de ahí, al resto de Europa. Lo intuye necesario. Recorrerá el mundo tocando su violín con toda el alma, paso a paso, día con día hasta llegar a la cumbre y cumplir con su destino: ser el más grande violinista de todos los tiempos.

Fin del Volumen II. Con Toda el Alma.

Ignacio Farías

Villita Qüichiqüí, Arizona.

¡PAGANINI ESTÁ VIVO!

Volumen I. EL PRODIGIO

Volumen II. CON TODA EL ALMA

Volumen III. EL INMORTAL

PAGANINI. CON TODA EL ALMA.

www.ingramcontent.com/pod-product-compliance
Lightning Source LLC
Chambersburg PA
CBHW070620260626
47161CB00007B/2520